T0247547

La dulzura del agua

Nathan Harris

LA DULZURA DEL AGUA

Traducido del inglés por Maia Figueroa Evans

AdN Alianza de Novelas

Título original: *The Sweetness of Water*

Esta edición ha sido publicada por acuerdo con Brandt
& Hochman Literary Agents, Inc., a través de Yañez,
parte de International Editors' Co. S.L. Literary Agency.

Diseño de colección: Estudio de Pep Carrió

PAPEL DE FIBRA
CERTIFICADA

Copyright © 2021 by Nathan Harris
© de la traducción: Maia Figueroa Evans, 2022
© AdN Alianza de Novelas (Alianza Editorial, S. A.) Madrid, 2022
Calle Juan Ignacio Luca de Tena, 15
28027 Madrid
www.AdNovelas.com

ISBN: 978-84-1362-696-3
Depósito legal: M. 7.594-2022
Printed in Spain

Capítulo 1

Había transcurrido todo el día y George Walker aún no había hablado con su esposa. Por la mañana se había marchado al bosque a seguirle el rastro a una bestia que se le escapaba desde la niñez, y ya empezaba a oscurecer. Había visto al animal al despertar, en su imaginación, y perseguirla le provocaba una sensación de aventura tan satisfactoria que en todo el día no había sido capaz de pensar en volver a casa. Era la primera de esas excursiones de toda la primavera y, mientras pisaba hojas de pino rotas y esquivaba las setas infladas por la lluvia matinal, había llegado a un terreno que aún no había explorado por completo. Estaba convencido de que el animal siempre andaba un paso más allá de hasta donde le alcanzaba la vista.

La tierra que su padre le había legado tenía más de ochenta hectáreas. Los grandes robles rojos y los nogales que rodeaban su casa atenuaban la luz del sol hasta convertirla en poco más que un suave centelleo filtrado entre las ramas. A muchos los conocía de sobra, como si fuesen meros carteles, pues llevaba estudiándolos muchísimos años, desde la infancia.

La maleza que George encontró le llegaba a la cintura y estaba llena de cadillos que se le enganchaban a los pantalones. En los últimos años había desarrollado una cojera que él achacaba a haber pisado mal el suelo del bosque al salir de la cabaña, aunque sabía que se mentía: había aparecido con la persistencia y el progreso constante de la edad, tan natural como los surcos de la cara, las canas. La cojera lo frenaba, y cuando se detuvo a recobrar el aliento y se fijó en su entorno, se dio cuenta de que el silencio dominaba el bosque. El sol, que apenas unos momentos antes había estado sobre su cabeza, se había diluido en el extremo más alejado del valle y ya casi no se veía.

«Maldita sea…»

No tenía ni idea de dónde estaba. Le dolía la cadera como si tuviera algo encajado dentro, intentando escapar. Enseguida lo abrumó la necesidad de beber; tenía el paladar tan seco que se le pegaba la lengua. Tomó asiento en un tronco pequeño y esperó a que oscureciese del todo. Si las nubes cedían, aparecerían las estrellas: esa era toda la orientación que necesitaba para regresar a casa. Por mucho que errase el tiro, la ruta lo devolvería a Old Ox, y aunque aborrecía la mera idea de ver a cualquiera de esos individuos lamentables y desesperados del pueblo, al menos uno de ellos le ofrecería un caballo con el que volver a la cabaña.

Durante un momento le vino su esposa a la cabeza. A esas horas era habitual que él llegase a casa, y la vela que Isabelle dejaba en el alféizar de la ventana guiaba sus últimos pasos. A menudo ella le perdonaba esas ausencias tras un abrazo largo y silencioso en el que la tinta negra de los árboles le dejaba tenues huellas de las manos en el vestido, lo que la irritaba de nuevo.

El tronco donde se había sentado bostezó y a George se le hundió el trasero en la tierra anegada. Entonces, cuando hizo el ademán de levantarse para sacudirse el agua, los vio delante de sí. Dos negros vestidos con ropa similar: camisas de algodón blanco sin abotonar y unos pantalones andrajosos que más bien parecían sacos de arpillera mal tejida. Estaban petrificados y, si la manta que tenían delante no hubiera ondeado al viento como una bandera que señalase su presencia, podrían haberse confundido con el entorno.

El que estaba más cerca le habló.

—Nos hemos perdido, señor. Pero no nos haga ni caso, enseguida nos vamos.

La imagen se volvió más clara, y no fueron las palabras lo que más sorprendió a George, sino que el joven tenía precisamente la misma edad que su hijo Caleb. Que su compañero y él hubiesen entrado en su propiedad sin permiso era del todo irrelevante. Con el tono nervioso con el que había hablado, con esa mirada que iba de un lado a otro como la de un animal escondiéndose de un depredador, el joven se había ganado la compasión de George, tal vez el último resquicio que le quedaba en el corazón, que, por lo demás, tenía roto.

—¿De dónde venís?

—Somos del señor Morton. Bueno, éramos.

Ted Morton era un zoquete; un hombre que, si alguien le ofreciese un violín, sería tan capaz de rompérselo contra la cabeza para oír el ruido como de frotar las cuerdas con el arco. Sus tierras bordeaban las de George. Cuando surgía algún problema (algún fugado, más que nada), el espectáculo que se producía, plagado de capataces armados, perros de hocicos enormes y farolillos que iluminaban tanto que impedían que nadie durmiese, era tan desagradable que a menudo George delegaba en Isabelle toda comunicación con esa familia para evitarse el mal trago. Sin embargo, encontrar en su tierra algo que antes era propiedad de Morton era en sí mismo una paradoja de agradecer: la emancipación de los esclavos significaba que ese bufón no podía hacer nada si estos se marchaban, y por mucho que le gustase hacer gala de su poder, aquellos dos hombres eran libres de estar tan perdidos, en ese caso, como George.

—Disculpas —dijo el de delante.

Se pusieron a doblar la manta, a recoger un cuchillo pequeño, un poco de vaca curada y unos pedazos de pan, pero pararon al ver que George continuaba hablando. Recorría el suelo con la mirada como si buscase algo que hubiera perdido.

—Estaba siguiendo a una bestia de un tamaño considerable —dijo—. De color negro; capaz de sostenerse sobre dos patas, aunque lo habitual es que camine a cuatro. Hace años que no veo a la criatura con mis propios ojos, pero a menudo me despierto con la imagen en la cabeza, como si intentase alertarme de que está cerca. A veces, cuando estoy a punto de dormirme en el porche, el recuerdo me viene con tanta fuerza, tanta claridad, que me recorre la mente como un eco, dando brincos de sueño en sueño. En cuanto a seguirle el rastro, debo decir que me lleva ventaja.

Los dos hombres se miraron y después observaron a George.

—Pues… vaya, qué curioso —dijo el pequeño de los dos.

Con los últimos retazos de luz, George distinguió los rasgos del alto, un hombre cuya mirada era tan plácida y delataba tan poca emoción que parecía simple. Tenía la mandíbula abierta de par en par y dentro de la boca se le veía una hilera inclinada de dientes. Era el otro, el pequeño, el que hablaba todas las veces.

George les preguntó cómo se llamaban.

—Este es mi hermano, Landry. Y yo soy Prentiss.

—Prentiss. ¿Se le ocurrió a Ted?

Prentiss se volvió hacia Landry, como si él lo supiera mejor.

—No lo sé, señor. Nací con ese nombre. Sería él o su mujer.

—Supongo que fue Ted. Yo soy George Walker. ¿No tendréis por casualidad un poco de agua?

Prentiss le ofreció una cantimplora y George comprendió que esperaban que les preguntase por ellos, que investigase por qué estaban en sus tierras; sin embargo, la cuestión era tan nimia en su mente que le parecía que sería malgastar la escasa energía que le quedaba. Adónde iban los demás hombres le interesaba tan poco que esa indiferencia era la principal razón para vivir tan alejado de la sociedad. Tal como sucedía tan a menudo, tenía la cabeza puesta en otras cosas.

—Me da la sensación de que lleváis aquí un tiempo. No habréis… Por casualidad, no habréis visto al animal del que hablo, ¿verdad?

Prentiss estudió a George un momento, hasta que este se dio cuenta de que el joven dirigía más allá la mirada, hacia algún punto distante.

—Pues yo diría que no. El señor Morton me llevaba a cazar de vez en cuando y he visto de todo, pero nada como lo que usted dice. Eran aves, más que nada. Los perros volvían con los pájaros aún temblando en la boca, y Morton me hacía atarlos juntos y cargármelos a la espalda, hasta casa. Eran tantos que no se me veía debajo de las plumas. Los había que se ponían celosos de que me librase del trabajo por un día, pero no tenían ni idea. Yo prefería estar en el campo que cargar con todo eso.

—No me digas —respondió George mientras consideraba la imagen—. Qué curioso.

Landry arrancó un pedazo de carne y se la dio a Prentiss antes de coger otro para él.

—No seas grosero —le dijo Prentiss.

Landry miró a George y señaló la carne, pero George la rehusó negando con la cabeza.

Se quedaron en silencio y George agradeció que fuesen reacios a hablar. Aparte de su esposa, parecían las únicas personas con las que se cruzaba desde hacía tiempo que preferían la desnudez del momento a embadurnarlo con palabras desperdiciadas.

—Entonces, esta tierra es suya —dijo Prentiss al final.

—La tierra de mi padre y ahora mía, la que un día iba a ser de mi hijo… —Las palabras se vertieron en la noche y él cambió de rumbo—. Ahora mismo me tienen tan confundido que no sé ni hacia dónde voy. Y estas nubes malditas…

Notó que el bosque se mofaba de él y quiso levantarse en señal de protesta, pero el dolor de la cadera le tensó como un muelle. Soltó un grito y cayó de nuevo sobre el tronco.

Prentiss se levantó y se acercó con cara de preocupación.

—Pero ¿qué se ha hecho? ¿Por qué grita de esa manera?

—Si supieras el día infernal que he tenido, tú también darías voces.

Prentiss estaba tan cerca que George le olía el sudor de la camisa. ¿Qué hacía tan quieto? ¿Por qué lo incomodaba tanto de repente?

—Si no le importa, no haga ruido; aunque sea por mí, señor Walker. Por favor.

George se acordó con tal urgencia del cuchillo que el tonto tenía al lado que la hoja estuvo a punto de materializarse en la oscuridad. Se dio cuenta de que, más allá de los confines de una casa, perdido en el bosque, él no era más que un hombre en presencia de otros dos y había sido un necio al dar por sentado que allí estaba a salvo.

—¿De qué hablas? Mi esposa llamará pidiendo ayuda de un momento a otro, te das cuenta, ¿verdad?

Pero ambos muchachos miraban con fijación, desesperados, hacia un punto detrás de él. Se oyó un latigazo a un lado de George, que se giró y vio una cuerda y una roca grande haciendo de contrapeso: un lazo bien construido de donde colgaba por la pata una liebre que se agitaba unos metros más allá. Landry se levantó más deprisa de lo que a George le habría parecido posible y le prestó toda su atención al animal. Prentiss retrocedió un paso e hizo un gesto con la mano.

—No quería preocuparlo —dijo—. Es que... Todavía no hemos atrapado nada que... Hace tiempo que no comemos como está mandado, nada más.

—Vaya —respondió George mientras se serenaba—. Entonces, lleváis aquí más de lo que yo pensaba.

Prentiss le explicó que se habían marchado de la finca del señor Morton hacía una semana; se habían llevado lo poco con lo que podían cargar (una hoz que alguien había abandonado en el campo, algo de comida, el petate del camastro) y no habían pasado del lugar en el que estaban en ese momento.

—Nos dijo que podíamos llevarnos alguna cosa de las cabañas —aseguró Prentiss sobre la escasa generosidad de Morton—. No hemos robado nada.

—Nadie ha hablado de robar. Y tampoco me importa: ese bobo tiene más de lo que alguien como él podría aprovechar. Pero me pregunto por qué, la verdad. Podríais ir a cualquier parte.

—Es lo que pensamos hacer. Pero esto es agradable.

—¿El qué?

Prentiss miró a George como si tuviera la respuesta delante de las narices.

—Que te dejen tranquilo un tiempo.

Landry, que no les hacía ningún caso, había cortado unos pedazos de una rama de roble para encender un fuego.

—¿No está usted aquí por lo mismo, señor Walker?

George se había echado a temblar. Habló del animal, de cómo había llegado hasta allí siguiéndolo, pero el ruido que hacía Landry cortando leña le hizo perder el hilo y se encontró, tal como le sucedía desde el día anterior, reflexionando sobre su hijo. Cuando el chico era más joven, recorrían el bosque juntos y cortaban leña y jugaban como si en casa no los esperase una chimenea siempre encendida. Con esa imagen vino un torrente de recuerdos, los pequeños momentos que habían forjado su vínculo: acostarlo por la noche, rezar sentado a la mesa con él, los gestos vacíos y los guiños que se hacían como si fueran secretos susurrados al oído, mandarlo al frente con un apretón de manos que debería haber sido mucho más. Al final, esos momentos se disolvieron al llegar al rostro del mejor amigo de su hijo, August, que los había visitado esa mañana con la noticia de la muerte de Caleb.

Se habían reunido en el pequeño despacho de George. August se parecía mucho a su padre: el mismo pelo rubio, los rasgos juveniles, cierto aire regio que no tenía más fundamento que el folclore familiar. August y Caleb habían partido de Old Ox vestidos con uniformes de color nuez y las botas abrillantadas, y George esperaba que su hijo regresase hecho un salvaje, embarrado y harapiento; imaginaba que Isabelle y él serían unos padres dedicados que lo cuidarían hasta que recuperase la normalidad. Teniendo eso en cuenta, la vestimenta elegante de August le había resultado indecente: la camisa amplia, el chaleco planchado con el reloj colgando libremente. Daba la impresión de haber dejado atrás el tiempo que había vivido en la guerra y eso quería decir que Caleb también formaba parte del pasado mucho antes de que George supiera que jamás volvería a ver a su hijo.

Mientras August estaba sentado delante de la mesa de George, este no había podido separarse de la ventana. El joven le dio el parte de las heridas que había sufrido: un mal tropiezo durante una patrulla que había hecho que lo licenciasen una semana antes, el primer día de marzo. Que George alcanzase a ver, August estaba del todo sano y supuso que su padre había pagado para ponerlo a salvo en un momento en que la guerra, que daba sus últimos coletazos, se había recrudecido. Pero esa sospecha no tenía ningún peso en comparación con el motivo que lo conducía hasta ese momento. Hasta esa habitación. Así que August empezó a hablar y, ya con la primera palabra que pronunció, George captó lo vacías que eran las declaraciones del chico, la teatralidad de su discurso, y se lo imaginó en su pequeña carreta de camino a la finca, repasando todas las frases, todas las sílabas, a fin de conseguir el mayor efecto posible.

Le dijo a George que Caleb había servido con honor y que había recibido la muerte con dignidad y valentía, que Dios le había concedido una marcha tranquila. Caleb había rondado con ese chico desde que eran los dos tan pequeños que ninguno le llegaba a la cintura; George se acordó de la vez que, tras correr a jugar al bosque, Caleb volvió tan abochornado y August tan lleno de dicha que George entendió que el contraste era el resultado de algún tipo de competición, una ocasión que podría dar pie a una lección moral. «Acepta la derrota como un hombre», le había dicho George. Pero, más tarde, al ver que Caleb no quería sentarse a cenar y se dolía solo de pensarlo, le bajó los pantalones. El niño tenía el trasero cubierto de rajas, algunas que aún sangraban y otras magulladas, de color morado. Caleb le refirió el juego que había ideado August, que se llamaba «el señor y el esclavo», y que durante la tarde cada uno había asumido el papel que le correspondía. El dolor no era por las heridas, continuó Caleb, sino por el hecho de que no podía ocultarlas, por si su padre se lo contaba al de August. George tuvo que jurarle que le guardaría el secreto.

De pie en su despacho, George suspiró y le dejó claro a August que sabía que mentía. Su hijo podía atribuirse muchas características, pero la valentía no era una de ellas. Ese comentario fue todo lo que hizo falta para que la actuación de August perdiera lustre; a partir de ahí, se le trababa la lengua, cruzaba las piernas y miraba la hora, desesperado por escapar de allí, pero George no se lo permitía.

No. Su hijo había muerto. Y él merecía saber la verdad sobre lo que había sucedido.

George no había visto a Landry prender el fuego que tenía delante, pero la luz de las llamas se hizo con aquel rincón del bosque y dibujó la silueta del hombre grande, que cogió la liebre despellejada y espetó el cuerpo ensangrentado con la punta de una rama que había limpiado para asarlo. Las nubes se habían abierto y el cielo estaba lleno de estrellas tan claras, tan magníficas, que era como si las hubieran colocado para ellos tres.

—Debería volver a casa —dijo George—. Mi esposa estará preocupada. Si me pudierais echar una mano…, os lo compensaría.

Prentiss ya se había levantado a ayudar.

—O sea, os podríais quedar aquí, si queréis. Una temporada.

—No nos preocupemos por eso todavía —contestó Prentiss.

—Y quizá os pueda ayudar con alguna cosa más.

Sin hacer caso de George, Prentiss lo cogió por debajo del brazo y lo levantó de golpe, antes de que le doliese la cadera.

—Venga, así, despacio.

Caminaron compenetrados entre los árboles y Landry los siguió. Aunque George necesitaba mirar las estrellas para orientarse, a duras penas conseguía echar la vista al frente para no caerse, para no dejarse llevar por el dolor. Apoyó la cabeza en el hueco entre el pecho y el hombro de Prentiss y permitió que él lo mantuviese erguido.

Al cabo de un rato, le preguntó si sabía dónde estaban.

—Si esta tierra es suya, como usted dice, he visto su casa —respondió él—. Es muy bonita, ¿verdad? No está lejos. No está nada lejos.

George se dio cuenta al llegar al claro de hasta qué punto se había agotado. De repente, la noche que momentos antes aún estaba suspendida en el tiempo se desplegó ante él; la realidad se presentó en la forma de su cabaña de madera, que se alzaba ante él, y de la silueta negra de Isabelle, pues no podía ser otra cosa, tallada entre las sombras de la ventana de delante.

—¿Podrá llegar? —le preguntó Prentiss—. Será mejor que a partir de aquí siga usted solo.

—¿No podemos esperar un momento más? —le pidió George.

—Tiene que descansar, señor Walker —arguyó Prentiss—. No debería estar aquí fuera.

—Ya, es cierto. Aun así...

Eso no era propio de él. Debía de ser la deshidratación. Sí, estaba desorientado, un poco confundido, y las lágrimas no eran más que un síntoma del aprieto en el que estaba. Y fueron solo unas pocas.

—No estoy en condiciones. Disculpa.

Prentiss aún lo sujetaba. No lo soltó.

—No he... Es que no se lo he dicho, es por eso —dijo George—. No he sido capaz.

—¿El qué no le ha dicho?

Y George pensó en la imagen con la que August lo había dejado, la de su chico abandonando la trinchera que había ayudado a construir, presa del pánico hasta el punto de ensuciarse los pantalones, acobardarse y echar a correr hacia la línea unionista como si fuesen a apiadarse de sus gritos de terror, como si fuesen a verlo a través del humo denso y aceptar su rendición en lugar de matarlo a tiros como al resto. Se le ocurrió que quizá Caleb hubiera heredado de él alguna deficiencia. Al fin y al cabo, ¿quién era más cobarde? ¿El chico por morir sin coraje o George por no ser capaz de decirle a la madre del chico que no volvería a ver a su hijo?

—Nada —contestó George—. He estado solo durante periodos tan largos que a veces hablo solo.

Prentiss asintió con la cabeza, como si sus palabras encerrasen algún razonamiento.

—Sobre ese animal del que me hablaba, el señor Morton me enseñó algún que otro truco con los años. A lo mejor mañana puedo echarle una mano y lo buscamos.

Se compadecía de él. George, consciente de la paradoja implícita en el hecho de que un hombre que vivía con tan poco fuese caritativo con él, se enderezó y aprovechó la poca energía que le quedaba para recuperar la compostura.

—No hace falta.

Miró a Prentiss de arriba abajo, pensando que quizá esa sería la última vez que se verían.

—Agradezco mucho la ayuda, Prentiss. Eres un buen hombre. Buenas noches.

—Buenas noches, señor Walker.

George renqueó hasta los escalones; el frío ya se le iba de los huesos incluso antes de que se abriese la puerta y el calor del fuego lo alcanzase. Durante un instante mínimo, antes de entrar, volvió a mirar hacia el bosque: oscuro, en silencio y carente de vida. Como si allí no hubiera nada.

Capítulo 2

El amor de George por la cocina era una de sus muchas excentricidades. Isabelle había intentado hacerse con el papel de cocinera al inicio del matrimonio, pero la opinión de su marido sobre la preparación de un jamón asado no difería de sus ideas sobre la búsqueda de una seta, la construcción de un columpio en un árbol: era un proceso refinado, específico, y lo ejecutaba con concisión una y otra vez. Sentada a la mesa a la hora del desayuno, Isabelle observaba sus hábitos con una mezcla de fascinación y deleite. Eran costumbres que él había perfeccionado con el tiempo, desde que era soltero: cascar un huevo era cuestión de una sola mano, un movimiento suave del pulgar, un gesto bastante femenino con el que partía la cáscara en dos; para engrasar la sartén caliente usaba un pedazo de más de medio centímetro de mantequilla que repartía por toda la base con movimientos semicirculares hasta que burbujeaba y desaparecía.

Se sentía más satisfecho cocinando que comiendo, y esto último le parecía un mero trámite que superar. En la mesa se dirigían pocas palabras. Sin embargo, esa mañana era distinta. Por algún motivo, George se había levantado antes que Isabelle, algo que era un logro en sí mismo teniendo en cuenta lo tarde que había vuelto de por ahí. Y, al bajar la escalera, Isabelle lo encontró sentado a la mesa, contemplando la pared como si la madera llena de astillas fuese a levantarse y proseguir con su día.

—¿Te apetece desayunar? —le preguntó ella.

George no tenía ninguna expresión en el rostro. Nunca había sido apuesto, ya que el equilibrio que tenía que ver con la fisionomía de la belleza lo eludía. Tenía la nariz grande, los ojos pequeños, y el pelo le formaba un anillo que parecía una corona de laureles bien colocada; su vientre tenía la rotundidad tersa del de una mujer embarazada y siempre estaba bien guardado a la altura de la cintura, entre los tirantes.

—Podría hacer unas tortitas —dijo Isabelle.

George por fin reparó en ella.

—Vale, si no es molestia.

Cuando Isabelle estuvo delante de los fogones preparando la masa, tuvo la sensación de que había olvidado el procedimiento. Lo recreó de memoria, no por haberlas cocinado ella, por supuesto, sino por haber observado a su marido durante más de un cuarto de siglo. La cabaña era modesta, de dos pisos, y la escalera estaba en el centro de la vivienda. Desde la cocina veía a George sentado en el comedor, pero, cada vez que él se movía, quedaba oculto por los peldaños y luego reaparecía.

—¿Quieres que prepare más de lo habitual? —le preguntó desde la cocina—. Debes de estar hambriento de anoche.

Ese sería el único intento de obtener una explicación. No era cuestión de que él no tolerase los interrogatorios (le daban bastante igual), sino que indagar más casi nunca conducía a más descubrimientos. Isabelle había aprendido a ahorrarse las palabras.

—¿La encontraste? —le preguntó para acabar—. A la criatura. Me imagino que saliste a buscarla.

—Se me escapó —respondió él—. Tuve muy mala suerte.

Las tortitas chisporroteaban, las burbujas de la masa se abrían y se cerraban como un pez intentando respirar fuera del agua. George ya les habría dado la vuelta. Pero ella las dejó tal cual, a modo de experimento.

Llevó dos platos a la mesa y regresó al cabo de un momento con dos cafés. Comían con cierto ritmo. Uno daba un bocado y después lo daba el otro, y eran esos pequeños reconocimientos, igual que cuando se turnaban para respirar hondo mientras se dormían, los que hacían que las pinceladas de su matrimonio se fundiesen día tras día, noche tras noche, y produjeran un retrato que era gratificante, pero tan difícil de interpretar que resultaba exasperante.

Cuando George había vuelto a casa la noche anterior, tenía un rubor tan intenso en la cara y temblaba tanto que Isabelle no había sabido si bañarlo con un trapo mojado o meterlo en la cama. Las molestias de la cadera lo hacían tambalearse a cada paso, pero él había subido los peldaños muriéndose del dolor, sin aceptar ninguna ayuda. Apenas era capaz de pronunciar una frase, mucho menos de explicar su ausencia, y se había dormido tan rápido que Isabelle se preguntó si ya estaba antes sumido en un estado de somnolencia y su cuerpo lo había llevado adonde tenía que estar durante la noche. Ella era consciente de que, aparte de mencionar de pasada que le interesaba seguirle el rastro a una bestia misteriosa (la misma que había buscado con su padre años antes en una aventura compartida, la misma bestia que ella nunca había visto), el hombre estaba decidido a no compartir con nadie los secretos de esas noches. Cosa que la irritaría aún más de no ser porque ella tenía su propio secreto.

No porque quisiera tener secretos. Casi no recordaba ocasiones en las que le hubiera ocultado algo a George, pero el silencio estaba siendo una carga tan pesada que a ratos le costaba respirar.

—¿Qué tal la fiesta? —le preguntó George sin apartar la mirada del plato.

—Igual de tediosa que las últimas. Katrina se marchó después del té y yo me fui con ella. Solo hablan de quién ha vuelto o de los rumores sobre quién podría volver, y yo no lo soporto. Tratan el hecho de que el bando contrario capture a sus hijos y los mande a casa para intercambiarlos por otros prisioneros con la misma satisfacción que una victoria en una partida de Corazones. Y justamente por eso dejé de jugar a ese juego de cartas. Me parece bien que ganen, pero la posibilidad de perder yo...

—Hay que perder con elegancia, Isabelle —dijo George entre bocado y bocado.

—En este caso no.

Al oírlo, él enarcó las cejas.

—No me parece que las cartas sean distintas de cualquier otro tipo de competición.

—A lo mejor no hablo de cartas.

Él encogió los hombros a modo de respuesta, como si no hubiera entendido ni una palabra de lo que le decía. Isabelle se dio cuenta de que estaba enfrascado en sus pensamientos, así que se volvió hacia la ventana y contempló el camino que conducía a la carretera hacia el pueblo. No tenía buena mano con las plantas, pero eso no le había impedido plantar los arbustos feos y bajos que flanqueaban el camino. A un lado se levantaba el viejo granero, donde todavía estaban las herramientas de cultivo que había almacenado el padre de George y por las que él no se interesaba. Y detrás, oculta a las miradas ajenas, se extendía la cuerda de tender la ropa, que en ese momento estaba desnuda: un simple trazo blanco delineado en el rocío de la mañana. Era justo allí donde había nacido su secreto, y solo de pensarlo se sonrojó.

Se le cayó el tenedor en el plato.

—Esto no me gusta, George —le dijo—. No me gusta. No sé cómo decírtelo, pero... creo que no hemos sido sinceros el uno con el otro. Que desaparezcas durante horas como hiciste ayer, que me dejes quemar las tortitas sin decir nada...

Él levantó la vista de la comida y dejó el tenedor en el plato.

—Bueno, huelga decir que les has dado la vuelta demasiado tarde.

Ella negó con aire desafiante.

—Es una cuestión de gustos, cosa que ahora no viene al caso. Tanto si quieres contarme qué hacías tan tarde por ahí como si no, yo no aguanto más sin compartir las cosas que tengo en la cabeza.

Él estaba a punto de decir algo, pero Isabelle carraspeó y prosiguió con una declaración que le salió en voz tan baja que era casi un susurro.

—Tendí la ropa la mañana después de que lloviese y, esa misma noche, un hombre intentó robarte unos calcetines.

—¿Unos calcetines míos, dices?

—Eso digo. Los grises que te tejí.

Por fin contaba con la atención de su marido.

—¿Quién haría algo así?

Entonces ella le relató parte del asunto. Que fue a recoger la ropa antes de que se pusiera el sol, la sensación de estar acompañada y pensar que era George, pensar que lo olía a él cuando en realidad era el olor de su ropa.

—Estuve a punto de gritar, pero, cuando lo vi, como él estaba muchísimo más asustado que yo, sentí otra cosa. Compasión, supongo.

—¿Y esto ocurrió ayer?

—Han sido dos ocasiones —respondió Isabelle.

Ahora era ella la que contemplaba el plato, incapaz de mirar a George a los ojos.

—Debería habértelo contado entonces. El hombre estaba escondido detrás del granero. Cuando salió de allí para huir, nos miramos. Era alto. Un negro...

Levantó la mirada y vio que George la observaba con poco más que una ligera curiosidad. Tras ese exterior imperturbable, había un hombre que siempre había agradecido algún que otro chismorreo, todo lo escandaloso y extraño, y la consternó que no estuviera más interesado en la historia.

—Y estaba muy perdido. No solo en el sentido físico. No es algo que se pueda describir con exactitud. Era evidente que él deseaba estar allí, delante de mí, mucho menos de lo que yo quería que estuviese, y, tan pronto como apareció, desapareció.

Isabelle se había callado algunos de los sentimientos. Sobre todo, la mera emoción que le había supuesto la presencia de ese hombre durante el primer encuentro. Casi podía contar las veces que durante su vida adulta se habían presentado oportunidades emocionantes, y no cabía duda de que esa era la más apremiante de todas. En ese momento preciso no había sentido nada más que miedo y, sin embargo, se le antojaba un regalo inesperado más que una amenaza. Después de la primera ocasión, Isabelle había pensado en ello en la cama, al lado de George, y por la mañana aún lo tenía en la cabeza. La imagen del hombre, de la mandíbula inferior casi dislocada, como el cajón de debajo de una cómoda cuando alguien lo deja sin cerrar; la manera desgarbada de encorvar esos hombros tan anchos.

Se dijo a sí misma que el hombre podría ser peligroso, que preocuparse por si volvía era razonable solo si tenía en cuenta lo que podía hacer en el futuro. Así que, mientras George se echaba una siesta en el porche de atrás o se iba al bosque, no era extraño que ella le prestase tanta atención a la cuerda de tender la ropa. Y, sin embargo, la ausencia de sombras de intrusos por la noche la desilusionaba en lugar de tranquilizarla. A raíz de aquello, vigiló la propiedad con más ahínco y esperó a que reapareciese como si el misterio que lo envolvía fuese a descubrirle a Isabelle algo oculto sobre sí misma. Ojalá él pudiera regresar para divulgarlo.

Que volviese dos días más tarde, como si ella lo hubiera invocado a fuerza de desearlo, había sido una mala sorpresa, algo que creía que solo sucedería en las maquinaciones de su imaginación. Isabelle lo vio antes que él a ella, ya que estaba absorto en su propia sombra; sus movimientos eran tan deliberados que parecían los de un niño pequeño. Ella lo observó desde la seguridad de su casa, sabiendo que podía llamar a George en cualquier momento porque estaba arriba, en su despacho, y él se ocuparía del asunto. Sin embargo, Isabelle no tardó en acercarse a la puerta de atrás y, con solo girar el pomo, ya estaba en el porche, vigilando mientras el hombre inspeccionaba de nuevo la ropa tendida.

Había pocas cosas que asustasen a Isabelle. Una vez, cuando era pequeña, su hermano Silas había intentado atemorizarla con historias de fantasmas cuando la luna entraba por la ventana y zarcillos de su luz suave atravesaban la oscuridad. Eran las historias que su padre le había contado a condición de que no las compartiera con ella, las que eran solo para los hombres de la familia y para que él se las narrara en el futuro a sus hijos varones. Cuando Silas iba por el ecuador del relato de sangre y muerte, ella había reaccionado con tanta tranquilidad, con un escepticismo tan hiriente formulado en su silencio, que a su hermano se le había trabado la lengua y se había callado. No había sido el último chico en poner a prueba su valentía; ella no pensaba dejarse intimidar por el hombre del granero aunque, de un modo u otro, la vez anterior se las hubiera apañado para inquietarla.

Se levantó el vestido para protegerlo de la hierba triguera y se acercó tan deprisa que él casi no tuvo tiempo de reaccionar. De lo primero de lo que se dio cuenta al plantarse delante de él fue de que tenía las uñas negras de toda la suciedad que se le había incrustado debajo. Él estiró un brazo hacia la cuerda, cogió uno de los calcetines de George, luego el otro y se volvió hacia ella. Isabelle no sabía qué decir. El hombre no salió corriendo. Ni siquiera se movió. Su mirada expresaba muy poco; se aferraba a los calcetines como si fueran su única posesión, suyos para siempre.

—Si me lo permites, ¿qué haces?

No dijo nada.

—¿De dónde vienes?

Su boca, abierta a perpetuidad pero vacía de palabras, le resultaba frustrante.

—Di algo —le suplicó—. Tienes que hablar.

Pero, si el motivo de su primera aparición no estaba claro, lo que hacía en ese momento era tan evidente que no precisaba explicaciones. Aún no se le había secado la ropa tras el chaparrón de la noche anterior y llevaba un calzado de cuero tan oscuro de la humedad y tan desgastado que parecía que le hubieran metido los zapatos en un horno y hubieran fabricado ese desastre con los restos chamuscados. Qué duda cabía de que, para un hombre en esas circunstancias, no había nada más atractivo que un par de calcetines secos.

Isabelle se soltó el vestido y el borde rozó la hierba.

—Vaya, debe de haberte pillado la tormenta.

La simplicidad de ese hecho se le echó encima al mismo tiempo que sentía una oleada de vergüenza; se preguntó cómo había acabado en una situación tan poco digna como estar sola en presencia de ese hombre. Recordaba una época en la que su vida estaba cosida como un corsé bien atado: su marido y su hijo, los lazos que sujetaban las costillas de una activa vida social, las relaciones que había cultivado desde que se había casado y se había mudado a Old Ox. Sin embargo, a lo largo del último año, desde que Caleb se había alistado, se le había desabrochado el corsé y ahora se sentía desnuda ante aquel desconocido, desilusionada no por su silencio, sino por las estúpidas expectativas que había puesto en él.

—Por favor —le dijo—. Márchate. Puedes llevártelos. No me importa.

Él parpadeó una vez, miró los calcetines y, a continuación, volvió a tenderlos en su sitio como si, tras haberlos examinado mejor, no estuviesen a la altura.

—¿No me has oído? —dijo ella—. Te he dicho que te los lleves.

Se quedó quieto mientras contemplaba con cierta satisfacción el trabajo que había hecho y, como si nada, dio media vuelta para dirigirse al bosque sin ni siquiera mirarla.

—¿Adónde vas ahora? —le preguntó ella a la espalda en voz más alta—. Podría volver a llover. Vuelve, hombre. Vas a pillar algo. ¿Por qué no me haces caso?

Él siguió andando con pesadez, con un vaivén acompasado en los hombros, hasta que lo envolvió la oscuridad y se perdió entre los árboles. Sin que nadie la oyese ni la viese, Isabelle se quedó allí unos minutos, mecida por el viento que se le colaba bajo el vestido. La colada ondeaba a su lado. Aún intentaba tragarse la vergüenza cuando volvió a la cabaña.

Y, desayunando al lado de George, lo único que había compartido con él de toda la escena habían sido las acciones del desconocido, su silencio y su partida repentina.

—Lo ahuyenté —dijo a modo de resumen mientras recogía los platos—. Se fue en un abrir y cerrar de ojos. No estoy segura de que no vaya a volver. Y no quería preocuparte, pero he pensado que era mejor contártelo.

Se apresuró a la cocina; quería que George dijera algo, cualquier cosa que le permitiese dejar ese recuerdo atrás.

—Creo que conozco a ese hombre —dijo George, y se limpió la boca con la servilleta—. Has dicho que no te dijo nada.

—Ni una palabra.

—Entonces sí. Y, por lo que sé, es del todo inofensivo. No tienes que preocuparte por él.

—En ese caso, no me preocupo.

Tenía preguntas. Siempre había preguntas. Pero le daba igual si George había conocido al hombre de verdad o no, cómo había sido, porque su despreocupación tuvo el efecto inmediato de un bálsamo. Con qué facilidad su marido dejaba atrás el pasado y le quitaba importancia a las preocupaciones que la atenazaban. Si George alguna vez carecía de cierta calidez, cosa que sucedía a menudo, su capacidad infatigable de devolverla a puerto cuando se adentraba en un mar picado era una ventaja que compensaba con creces lo demás. Nadie era más fiable que él y, si ese no era el acto de compasión definitivo, Isabelle no sabía cuál lo sería.

—Me alegro de haberlo mencionado —dijo—, ahora puedo olvidarme del tema.

Sin embargo, su marido tenía el mismo aspecto de antes, como si se hubiera hecho cargo de su sentimiento de culpa. Isabelle se lo veía en los hombros encorvados, en las mejillas huecas. Entonces, en ese preciso instante, se dio cuenta del dolor con el que cargaba. Cuando George se volvió a hablar con ella, lo hizo con una mirada tan afligida y tan debilitante que habría paralizado a un hombre menos fuerte que él.

—Yo también tengo que decirte una cosa. Y quiero disculparme por no habértelo dicho ayer, pero no sabía cómo hacerlo. Todavía no sé. Isabelle... —dijo, y flaqueó.

«Ese tono.» No estaba segura de la última vez que lo había oído. Tal vez en la timidez casi trágica con la que había pedido la aprobación de su padre y su mano para casarse con ella, sin saber que estaba sentada en el carruaje, justo delante de ellos. O quizá años después, cuando asomó la cabeza en el dormitorio para preguntarle a la comadrona si Caleb había nacido por fin, como si los lloros del niño no fuesen suficiente prueba. Isabelle cayó en que no era distancia lo que había notado esa mañana, sino nerviosismo. Y, antes de que pronunciase una palabra más, supo que no le perdonaría lo que fuera que le hubiese ocultado. Tuvo el impulso de echar a correr, pero se le habían pegado los pies al suelo. Cuando él acabó de hablar y cerró la boca, el plato que Isabelle tenía en la mano se había secado con el aire de la mañana; consiguió apoyarlo, como si fuese mejor que las lágrimas cayesen al suelo en lugar de manchar algo que ella acababa de limpiar.

Capítulo 3

Prentiss tenía los pies de su hermano en el regazo. Le presionaba los dedos uno a uno, después la suela, luego el talón, y le hincaba los pulgares en el pie izquierdo con tanta fuerza que a Landry se le quedaba la carne blanca hasta que la sangre le devolvía su color. Landry estaba tendido en el lecho del bosque con la cabeza apoyada en un tronco. Contemplaba el horizonte.

—Tú siempre estás intentando colarme alguna, ¿verdad? —le dijo Prentiss.

Landry gruñó, aunque por el sonido era más producto del deleite que de cualquier otra cosa.

—Te has comido los restos del conejo como si estuvieran a punto de echar a correr. Como si yo no fuese a darme cuenta, tonto de mí.

Prentiss llegó al puente del pie y Landry bajó la vista como para aprender la técnica de su hermano, pero después volvió a mirar el sol, que aún despuntaba.

—Pues no tenemos más comida; puede que tú me hayas robado unas migajas, pero no pasamos de esta tarde sin poner otra trampa.

Landry permaneció en silencio, un acto que para ese hombre no tenía nada que ver con hablar, sino más bien con sus sentidos, con la manera en que existía. Siempre se comportaba así cuando su hermano le masajeaba los pies. Prentiss notaba que relajaba el cuerpo hasta llegar a un estado próximo al sueño, que respiraba cada vez más despacio y dejaba caer los hombros; era un modelo de cómo aceptar el placer, cómo perderse en las sensaciones.

Era una tradición que les venía de las cabañas, de cuando eran niños y Landry seguía entero. Se sentaban cara a cara, cada uno en su jergón, y, mucho después de que su madre hubiese apagado la vela de sebo, uno estaría masajeándole los pies al otro en preparación para el día siguiente en el campo. Prentiss se acordaba de la vez que el señor Morton había intentado engañarlos prometiéndole un par de guantes al que más algodón recogiese: un gesto que ellos sabían que era vano y que mostraba a la perfección lo poco que los conocía. Las manos se endurecían rápido con el dolor de la recogida, mientras que los pies, por muy protegidos que estuvieran, siempre encontraban la manera de doler después de tantas horas soportando el peso de un cuerpo destrozado.

En la finca del señor Morton habían trabajado juntos; habían dejado atrás la única vida que conocían y, a menudo, pensaban al unísono, como si fueran un mismo ser. Así que, cuando Prentiss se levantó, no le sorprendió que su hermano ya estuviera de pie, a pesar de que ninguno de los dos hubiera dicho ni una palabra al hacerlo.

Landry fue a coger la cuerda que habían usado para atrapar la liebre, pero Prentiss le puso la mano en el hombro.

—Deja eso. Ya va siendo hora de que vayamos al campamento a ver a nuestra gente.

Su hermano echó un vistazo pausado a ese hogar improvisado.

—No será para siempre —lo tranquilizó Prentiss—. Conseguiremos algo de comer y volveremos antes de que se ponga el sol.

Había sitios y sonidos que reconfortaban a Landry, y era reacio a todo lo que quedaba fuera de esa esfera de lo conocido. Una semana antes, lo mismo podía haberse dicho de ese bosque: plantados ante él, con las cabañas que siempre habían sido su casa detrás, un mundo desconocido por delante y sus pocas posesiones atadas a la espalda, los hermanos se habían enfrentado a un misterio silencioso e inquietante. Para Landry, un solo paso adelante se convirtió en algo imposible. Tenía los pies como enterrados y negaba con la cabeza, hasta que al final, después de que Prentiss pasase una hora entera suplicándoselo, dio una zancada por voluntad propia, como si el acto de continuar precisase una cantidad exacta de valentía que no había recabado hasta ese momento.

Prentiss se temía que el trayecto hasta el campamento sería igual. Se aseguró de haber dejado atrás el Palacio de Su Majestad un tiempo antes de salir a la carretera, pues no quería ver a su antiguo amo ni a los que habían escogido quedarse con él.

¿De verdad había pasado solo una semana? Qué extraña había sido esa mañana. Habían oído rumores que decían que los soldados de la Unión se acercaban, susurros que no eran distintos de otros muchos que habían circulado entre las cabañas durante años desde el día en que había empezado la guerra. A Prentiss la mera idea de una emancipación auténtica siempre le había parecido tan fantasiosa que, de producirse, esperaba que la proclamasen con una fanfarria, hileras de hombres que se presentasen en el Palacio de Su Majestad sin avisar y marchando al unísono, como si fueran ángeles dispuestos a servir las aspiraciones de Dios. Cuando por fin tuvo lugar, acudieron un puñado de jóvenes con uniformes azules tan harapientos como la ropa que llevaban Prentiss y Landry. Bajaron por el camino y los hicieron salir de las cabañas; el amo Morton apareció a la vez, aún en pijama, más desprotegido de lo que Prentiss lo había visto nunca. Morton les suplicó comprensión a los soldados e insistió en que los esclavos querían permanecer a su cargo, pero no le hicieron caso y anunciaron que todos los hombres, mujeres y niños con un vínculo de servidumbre eran libres de irse si querían.

El amo Morton alegó que eran criaturas desamparadas y les rogó una vez más que reconociesen ese hecho, a pesar de que era evidente para todos los presentes que el que quedaba desamparado era él, puesto que se comportaba peor que un niño que acabase de quedarse huérfano de madre. Aun así, al principio no se movió ni uno. Fue Prentiss el que se bajó del peldaño de su cabaña y se acercó a uno de los soldados, un blanco de rostro pueril que debía de ser incluso más joven que él y no disimulaba que esa finca le importaba tan poco como la siguiente, donde Prentiss sospechaba que enseguida repetiría el anuncio con el mismo tono monótono.

—¿Cuándo podemos irnos? —le preguntó.

Lo hizo en voz muy baja para que Morton no lo oyese, pues ¿qué pasaba si había gato encerrado y a cualquiera que se dignase a preguntar lo esperara un castigo?

No había oído palabras más valiosas que las que le dijo el chico a continuación:

—Cuando os apetezca, supongo.

Prentiss se volvió hacia Landry sin pensarlo dos veces; su vida ya podía comenzar, y había llegado la hora de urdir la trama como a ellos les pareciese mejor. El temblor de la mandíbula y la manera en que Landry asintió con la cabeza le indicaron que estaba del todo de acuerdo.

Entrar en el bosque había sido una expedición en sí misma, y ahora que lo dejaban atrás, sus sonidos se atenuaron y se fundieron en el silencio; de vez en cuando aparecía algún carruaje que enseguida los adelantaba. Hacían el camino sin prisa, paso a paso, y la tierra llenaba los agujeros sin remendar de sus zapatos. Todas las casas que veían eran o bien más impresionantes que el Palacio de Su Majestad, o bien menos, pero todas eran notables y todas eran blancas.

—¿Crees que esa te gustaría? —preguntó Prentiss.

Sin embargo, Landry mantenía la vista fija en la carretera. En la veranda de la casa que tenían delante había espacio suficiente para un grupo grande de personas. Debajo de todas las columnas de la fachada delantera había unos arbustos pequeños de color azul con una separación entre ellos.

—A mí tampoco me gusta mucho, no más que las demás —continuó Prentiss—. Demasiado sitio, ¿no? ¿Cómo se explica que te puedas perder en tu propia casa? Tú me dirás.

La cuestión ya se le había pasado por la cabeza, pero, dado que era la primera vez que veía casas que no fuesen el Palacio de Su Majestad o las más cercanas, no se había percatado hasta entonces de que la epidemia de excesos que afectaba a su anterior propietario aquejaba a la población entera.

No llevaban nada encima. Se cruzaron con más bueyes que hombres; no obstante, era como si alguien vigilase cada paso que daban, igual que había pasado casi siempre hasta entonces. Cuanto más lejos iban, más real les parecía: a cada paso se confirmaba su libertad.

—Míranos —dijo Prentiss—. Viajando por el mundo. Viendo el paisaje. ¿Qué te parece?

Le dio a su hermano un toque con el codo en las costillas. Con las adulaciones solo consiguió que llegaran hasta la señal con el nombre de Old Ox. Landry se detuvo como si hubiera chocado contra una pared. De pronto, el runrún de ruidos e imágenes: los gemidos del ganado escondido en establos que desde allí no veían, los chillidos de niños peleándose, un hombre que escupía los jugos de mascar de forma indiscriminada desde el porche. Prentiss lo experimentó todo a la vez, lo percibió como debía de percibirlo su hermano y supo que tenían por delante una tarea difícil.

—Es un paso como cualquier otro —le dijo.

Landry lo miró con ojos severos, como queriendo decir algo.

—De acuerdo —respondió Prentiss—. De acuerdo.

No pensaba obligar a su hermano a entrar en ningún pueblo, igual que no lo había obligado a adentrarse en el bosque. En su vida los habían forzado a hacer tantas cosas que le parecía correcto que todas las decisiones fuesen valiosas: suyas para tomarlas por sí mismos.

—Te quiero preguntar algo: ¿por qué atravesar el pueblo cuando puedes rodearlo? ¿No dirías tú lo mismo?

Landry lo miró de nuevo. Se ladeó un poco, acomodó la postura, levantó las puntas de los pies del suelo como preludio de un arreglo aceptable, y Prentiss no necesitó más para reemprender el paso sabiendo que su hermano caminaría a su lado.

El bosque rodeaba el pueblo muy de cerca, lo que hacía más fácil maniobrar a su alrededor sin llamar la atención, aunque tampoco nadie quería reparar en ellos. Se limitaron a pasar por detrás de los edificios. Al otro lado de una verja vieron un caldero borboteante de pedazos de cerdo hirviendo, tan grande que, de haberlo querido, alguien podría haberse dado un baño dentro. Del interior de la casa salían voces y Prentiss supuso que eran hombres hambrientos. En otro patio trasero había una mujer que usaba un pincel para limpiar los reposabrazos de un sillón; lo pasaba con mucho cuidado, como si los pintase. Después, Prentiss dejó de fijarse. Tenía la ropa húmeda del sudor y se dio cuenta de que caminaba muy deprisa, como si algo los persiguiese y estuviera a punto de alcanzarlos. Nunca había visto a personas de ese modo y sin su permiso, no había avistado a la gente normal ocupándose de sus asuntos en privado y, de inmediato, le pareció una circunstancia peligrosa.

—Ya casi estamos —dijo.

Sin embargo, no tenía ni idea de si era cierto, ya que los rumores de que había un campamento situado al otro extremo de Old Ox no eran para él más que eso. Las palabras eran no tanto para Landry como para sí mismo, un acicate de confianza, una costumbre adquirida en una vida en la que a su único compañero no le sobraban palabras ni confianza.

Prentiss no le tenía en cuenta las debilidades a su hermano: las anomalías de Landry eran los cimientos de su fortaleza, ya que, si bien era propenso a atascarse en un sitio, en cambio nunca se desviaba del camino. Landry iba adonde se esperaba que fuese; el hecho de que una persona estuviera dispuesta a seguir adelante o a enfrentarse cara a cara con su miedo sin parpadear, por mucho que a veces eso lo obligase a no moverse del sitio, no estaba exento de valentía. Era un principio que llevaba grabado desde su nacimiento del mismo modo que llevaba grabado el gusto por la comida, y eso no había servido más que para complicar el día que se enfrentó a su destino.

Había sido mucho tiempo antes, en una época en la que no habían crecido del todo pero tampoco eran niños; cuando tenían el torso estrecho y las piernas largas; cuando eran pequeños como para que su madre estuviera detrás de ellos casi tanto como el capataz y grandes como para que tuvieran que recoger en un día lo mismo que los adultos. Una mañana concreta tuvieron que formar delante de las cabañas, cosa que no era extraña, ya que todas las mañanas formaban para el recuento, y el lugar donde cada uno ponía los pies estaba tan marcado en la tierra que las huellas permanecían hasta el día siguiente. Un momento bastó para que se percataran de la ausencia en la cabaña de delante: donde se suponía que debían estar Little James y Esther no había nada. Ese cambio en la rutina le produjo a Prentiss un sufrimiento silencioso que nunca había sentido. Pensó que el corazón había dejado de caberle en el pecho. Se suponía que debía mantener la vista al frente, pero el instinto le hacía mirar a cualquier otra parte con la esperanza de que sus vecinos apareciesen detrás de la ropa tendida o que saltasen de la copa de un sauce antes de que el señor Cooley se presentase y determinase la pérdida.

Pero el señor Cooley había aparecido de la nada. Se detuvo delante de la cabaña, pero no desmontó. Se limitó a quitarse el sombrero, estudiar a todas las personas que tenía delante y preguntar sin rodeos adónde se habían ido esos dos. No hubo respuesta.

—Quedaos donde estáis —ordenó.

Dio media vuelta con el caballo y echó a galopar hacia el Palacio de Su Majestad.

—No quiero oíros decir ni una palabra —les susurró su madre.

Les puso una mano en el hombro a cada uno; estaba de pie entre ambos, como un escudo.

Nadie se atrevía a moverse cuando el señor Cooley regresó con el señor Morton. Se colocaron con la espalda bien erguida delante del grupo, y el señor Morton se apartó el pelo de los ojos y respiró por la boca.

—No tardaré en empezar a sentir el calor —dijo—. Y el señor Cooley puede deciros que nunca me ha sentado muy bien.

—No le sienta bien —corroboró el señor Cooley.

—¿Por qué creéis que no bajo a los campos? ¿No creéis que me iría bien la compañía? No, veréis: es que soy un hombre de sangre caliente por naturaleza y que me lleve el diablo si lo que quiero es que se me caliente aún más. Cuando pega el sol, me mareo un poco. Nada me cae bien al estómago.

—Nada.

—Señor Cooley —el señor Morton estiró el brazo para hacerlo callar—, dígame antes de que empiece a notar el calor en la espalda adónde han ido ese par, porque, si no, me voy a poner de mal humor, y si se me estropea el día a estas horas, como vosotros sois todos criaturas muy compasivas, supongo que lo pasaréis tan mal como yo.

Al ver que nadie respondía, el señor Morton continuó su perorata. Sin Little James y Esther, dijo, el valor de la producción sufriría pérdidas que se sumarían a la pérdida acumulada por la falta de dos esclavos. Y ¿por qué debería él, un hombre que no le hacía mal a nadie, un hombre piadoso y honesto, cargar con las consecuencias de la insubordinación imprudente de dos personas a las que había vestido y alimentado tal como estaba mandado? Así pues, si nadie estaba dispuesto a decirle dónde podían encontrar a Little James y a Esther, escogería a un esclavo, y ese esclavo al final de cada mes recibiría los azotes que les correspondiesen a todos los demás. Morton llevaría la cuenta de todas las faltas, que se cobraría solo de su espalda, y, si había alguien dispuesto a ser el mártir y asumía esa responsabilidad, aceptaba propuestas de voluntarios.

—Venga, adelante. —Los miró uno a uno—. Me vale cualquiera.

Landry no dio un paso adelante. Lo único que hizo fue echarse mano a un picor que tenía en el brazo. Prentiss nunca supo con certeza si era consciente de lo que había hecho. Solo recordaba que su hermano contemplaba la nube de moscas que había delante de la cabaña con la mente en otra parte, tal como acostumbraba.

—¡Ya tengo a mi hombre! —dijo el señor Morton.

Eso sorprendió incluso al señor Cooley, un capataz igual de estúpido pero solo la mitad de cruel.

Prentiss no se atrevió a mirar a su madre mientras ella suplicaba y tampoco a Landry; cargaría para siempre con la culpa de no haberse presentado voluntario para salvar a la única persona del mundo a la que había tenido que proteger.

Todos los meses, el señor Morton supervisaba los latigazos como si fueran una ocasión especial; se administraban porque la señora Etty se hubiera despertado tarde o porque Lawson tardase demasiado en recoger su hilera. Después de la paliza en la que le partieron la mandíbula, el chico tardó apenas unos meses en dejar de utilizar las pocas palabras que decía. Su madre contaba que, en su día, Landry había estado entero, después lo habían partido por la mitad y al final lo habían hecho tantos pedazos que era imposible recomponer al hijo que había conocido como suyo.

El único cuartel que el señor Morton le daba a Landry era no ofenderse cuando no decía nada en respuesta a su llamada. «No me lo tomo como falta de respeto —decía el señor Morton en voz alta para que lo oyesen todos—. A veces me gustaría que los demás aprendiesen a amar el silencio tanto como tú, Landry. Me gustaría. Y mucho.»

El único placer que les quedaba a los demás era la cabaña abandonada que se mofaba del señor Morton siempre que él los visitaba: la humillación de la pérdida, a la vista de todos. Era como si con cada azotaina pensase que Little James y Esther fuesen a reaparecer. A Prentiss le infundía cierta calma y satisfacción imaginárselos muy lejos, ausentes para siempre, pensar que jamás oirían los gritos de Landry ni volverían para darle al señor Morton la paz que buscaba con tanta obstinación.

Cuando ya habían pasado Old Ox de largo, no les costó encontrar el campamento, ya que solo había que seguir el rastro de cuerpos. Se acumulaban a lo largo de la carretera: unos cuantos bajo la cubierta que ofrecían las hojas amplias de los manzanos silvestres que había por allí, otros con la basura del pueblo; constituían una colección de hombres y mujeres que dormían tras toda una vida de trabajo. Más adelante había una bifurcación hacia una carretera improvisada, un camino de lodo encharcado que se había formado con las pisadas de los que pasaban por allí. Durante unos metros estuvieron rodeados de matas densas de colas de caballo. Y entonces, a lo largo del riachuelo que atravesaba el pueblo, el sendero se abría a una extensión de tiendas y de gente que aparecía de la nada. Un pueblo sin edificios ni señales ni nombre.

—Diría que es aquí —dijo Prentiss.

Al principio no les prestaron mucha atención. Hileras de tiendas, la mayoría hechas con poco más que mantas unidas, una al lado de la otra. Niños que jugaban descalzos entre los árboles mientras sus padres dormían o charlaban con los demás.

Cuando los hermanos avanzaron, los siguieron miradas ansiosas, pero enseguida se desviaban. No había hostilidad alguna, sino más bien una mansedumbre colectiva que Prentiss reconocía de haberla experimentado en sus propias carnes. Esa era su nueva vida. El trabajo había sido sustituido por un ocio sin objetivos o por la búsqueda de comida, como si fueran animales. Eran rostros desconocidos. Prentiss pensó en vocear algunos nombres, pero no quería llamar la atención.

—¿Qué tenéis? —preguntó una voz desde una tienda que había allí al lado.

Prentiss se volvió y vio a un grupo de hombres y mujeres apiñados alrededor de una sartén con restos chamuscados, comida crujiente y reseca. Cada uno sostenía una hoja de periódico donde había peladuras de patatas. De pronto Prentiss se dio cuenta de lo hambriento que estaba. No podía quitarle ojo a la tinta que desprendía el papel, húmedo de manteca. Vio que Landry se acercaba despacio a la tienda, igual de ansioso por probar un bocado. El líder los llamó una vez más para que lo atendieran.

—O habéis venido a hacer algún trueque o habéis venido buscando problemas. ¿Cuál de las dos?

Prentiss le dijo al hombre que buscaba a los suyos, a los del Palacio de Su Majestad.

El hombre se lamió los dedos.

—Chico —respondió—, nosotros somos de Campton.

—No he oído hablar de esa finca —dijo Prentiss.

—Este se cree que es una casa.

Al ver que Prentiss no contestaba, el hombre se dio una palmada en la rodilla y les preguntó a los demás por segunda vez si habían oído lo que había dicho el chaval.

—Campton, Georgia, hijo. Es un pueblo. No está a más de quince kilómetros carretera arriba.

Al final se apiadó de ellos. Les explicó que el campamento estaba en la intersección de varios pueblos. Muchos esclavos libertos ya habían partido hacia el norte con poco más que el sustento para un día. Algunos habían ido directos a un aserradero que había un poco más arriba, donde buscaban ayuda. Otros habían ido más lejos. Mencionó Baltimore, Wilmington y suficientes poblaciones como para que Prentiss perdiese la cuenta.

—A mí no se me ha perdido nada en Baltimore —sentenció Prentiss.

—A ninguno se nos ha perdido nada en ninguna parte. Pero eso no le impide marcharse a nadie.

—¿Cogéis y os vais sin más?

El hombre asintió.

—Ahora parece que yo he contestado tu pregunta, pero tú la mía no. ¿Qué tenéis?

Quería la cantimplora. Prentiss la miró; nunca la había considerado valiosa. Tal vez no se hubiera fijado en algo que estuviese grabado en la lata, algún significado en la muesca del corcho. A cambio consiguió tres patatas. El hombre hasta le dio a Landry los restos de la sartén, que se comió con mayor celeridad de la que había demostrado en todo el día.

—Seguro que un poco más allá encontráis sitio —les dijo.

El sol estaba más alto. Fuera de la tienda había tanta luz y dentro tan poca, que Prentiss apenas veía al tipo con el que había estado hablando. Se volvió hacia su hermano.

—Devuélvele la sartén.

Se la dio y ambos volvieron a la carretera con el olor de las patatas en las narices hasta mucho después de partir. Landry se calmó con ese poco de comida en el estómago y empezó a caminar por delante de Prentiss en dirección al bosque con sus andares sinuosos.

—No te salgas del camino —le dijo Prentiss.

Ya estaba pensando en cuándo marcharse, en cómo se lo haría saber a su hermano cuando llegase el momento. Esta decisión llevaba implícita una renuncia que lo inquietaba: por cada kilo que habían cargado a la espalda, por cada gota de sudor que habían vertido, ni un centímetro de esa tierra era suya. Mientras se quedasen allí, no valían más que los demás, que se mantenían a las afueras de los pueblos, escondidos entre los árboles como sus hermanas y hermanos. Y le quedó cada vez más claro que el único camino hacia una vida que mereciese la pena lo encontraría en cualquier otra parte, donde quizá no fuesen a tener más, pero era imposible que tuvieran menos.

Percibió un movimiento apresurado al frente.

—¡Landry! —chilló.

Su hermano se desvió entre los matorrales que bordeaban el camino y, como no le dio tiempo a echarle mano, Prentiss tuvo que seguirlo campo a traviesa, hundido hasta los tobillos en un lodo que le tiraba de los zapatos y con nubes de mosquitos que zumbaban tan fuerte a su alrededor que su cabeza era un hervidero. Allí los juncos eran más altos. Las ortigas le atravesaban los pantalones y le picaban las piernas. De pronto dejó de ver a su hermano y, durante un momento, no supo hacia dónde tirar, qué camino era el bueno. Cerró los ojos ante la pared de hierba que tenía delante, salió en estampida y enseguida se liberó y notó un golpe de aire fresco. Habría caído al agua de no ser porque Landry, que estaba agachado a sus pies, impidió que se precipitase hacia delante.

—¿Qué mosca te ha picado? Más te vale que me respondas...

Entonces lo vio. Era un estanque con la envergadura de unos pocos hombres. La superficie estaba cubierta de nenúfares y espadañas que se elevaban como dedos buscando el sol. En el centro había una pequeña isla de juncos. Su hermano hundió la mano varias veces y sorbió el agua. Prentiss la observó hacer contacto con la superficie, sumergirse y reaparecer mientras las ondas centelleantes se alejaban y desaparecían en el ambiente cálido. Era como si Landry descubriese la imagen de nuevo cada vez.

Ese entusiasmo le trajo a la mente los campos de algodón, donde había abrevaderos al final de las hileras. Los capataces llevaban a los caballos a beber a lo largo del día y, si los que recogían el algodón dejaban la hilera limpia en poco tiempo, a veces les permitían arrodillarse allí y beber. Sin embargo, los campos tenían forma de herradura y en el extremo de su hilera, cerca de la curva más alejada, Landry casi nunca deseaba esa agua, sino que fijaba la vista en la fuente que había delante del Palacio de Su Majestad. Prentiss le decía que bebiese, pero al parecer su hermano consideraba que el agua de la fuente era mejor, como si le compensase aguantarse la sed a cambio de lo que lo esperaba, de un agua que jamás sería suya. Y allí, de algún modo, había encontrado agua a la altura de la de esa fuente.

—Qué agradable, ¿verdad? —dijo Prentiss un poco más relajado.

Se sentó al lado de Landry y se maravilló no por la belleza que tenía delante, sino por la gracilidad de su hermano, la curiosidad vibrante oculta en su mirada distante, las partes de él en las que otros no reparaban. Sus dedos eran de una delicadeza y elegancia especiales, y su madre decía a menudo que eran dignos de tocar un instrumento, uno con clase; el órgano era su preferido. En privado, le decía a Prentiss que era adonde miraba ella cuando ataban a Landry para los latigazos. Había partes de uno que podían tocar, decía ella, y partes que no, y sus manos, incluso estando atadas a un poste, jamás perderían su belleza, aunque le destrozasen el resto. Ojalá ella hubiese sabido la fortaleza con que Landry había aguantado a lo largo de los días y los años, mucho después de que la vendiesen, después de que los latigazos mensuales se terminasen y la amenaza del látigo continuase presente a cada momento.

Unas pocas semanas antes, el señor Morton había abordado a los esclavos que todavía aguantaban un duro día de trabajo a pesar de las raciones de tiempos de guerra y de los cupos redoblados, y había despertado a unos cuantos que se habían acostado pronto. Les dijo a los hombres más fuertes que tenía una oferta generosa, fruto de su patriotismo y de una petición del presidente Davis: les otorgaría la libertad si se presentaban voluntarios para luchar por la causa.

—Prentiss —le había dicho Morton cuando le llegó su turno—, tú siempre has sido un trabajador digno de confianza. Necesitan hombres como tú. ¿Qué me dices?

Él había mirado al señor Morton con toda la seriedad que le había sido posible.

—Bueno, Landry y yo es como si fuéramos uno. —Entonces se volvió hacia su hermano—. Landry, ¿qué te parece luchar por la causa?

El señor Morton se inclinó hacia delante sobre el caballo, esperando la respuesta con ansia, pero la boca de Landry permaneció cerrada y este no movió la cabeza para asentir ni para negar.

—No me parece que sea un sí, señor —le respondió Prentiss a su amo—. Pero la verdad es que no habla mucho. No me lo tomaría como una falta de respeto.

Landry dibujó un levísimo repunte con la comisura de la boca, el inicio de una sonrisa demasiado tenue para que el señor Morton la apreciase, pero tan clara para Prentiss que a duras penas consiguió reprimir una sonrisa amplia.

La vida de ambos había cambiado de manera tan drástica que ese instante le pareció como de un pasado muy lejano. Quiso sentir la dicha que había sentido entonces, pero no la recuperó. Esos días, los únicos recuerdos que le aceleraban el corazón eran esos que estaba tan desesperado por olvidar. Quizá su mayor miedo era que aquello no fuera a cambiar jamás: que la sombra alargada de las espadañas a su espalda siempre lo hicieran tragar saliva pensando en la llegada de la yegua del capataz, que el temblor de la superficie del agua siempre fuera el espasmo de la espalda de su hermano con el impacto del látigo del amo.

Le apoyó a Landry la mano en el hombro, muy despacio para no darle un sobresalto.

—Ya vale por hoy, ¿no crees?

Y cuando se levantó para marcharse, Landry lo siguió.

Capítulo 4

Old Ox se había incendiado en dos ocasiones en los últimos cincuenta años y ambas se había lamido las heridas y había vuelto a la vida rugiendo como si se alimentase de las mismas llamas que lo habían reducido a cenizas. El lugar no tenía ningún sentido: te hacían un mejor corte de pelo en la carnicería del señor Rainey que en la barbería; vendía mejores cortes de carne un chickasaw que pasaba por allí una vez a la semana en una carreta cubierta que los que ofrecía el señor Raney en su tienda. Sin embargo, no se podía poner en duda la resiliencia de la población, ya que cada nueva resurrección le daba más vida de la que podrían haber tenido sus versiones anteriores.

Se había convertido en un entramado espacioso de casas y edificios conectados al que George no le veía ni pies ni cabeza; además, recelaba de los establecimientos más nuevos atendiendo al principio de que la siguiente vez que los viese cuando volviese a pasar por allí podrían haber dejado de existir: si no por un incendio, por una deuda sin pagar, y si no por una deuda sin pagar, por aprovechar la próxima oportunidad que surgiera en las poblaciones vecinas de Selby, Chambersville o Campton. Por ese motivo, George no hacía ningún caso de los sitios que no frecuentaba cuando acudía a por víveres los sábados por la mañana o iba por negocios cuando era estrictamente necesario.

La excursión hasta allí le costaba media hora a lomos de su burro Ridley, al que siempre ataba en el poste torcido que había delante de casa de Ray Bittle, en el extremo más apartado del pueblo. Ray dormía en el porche con una sed de sueños que George admiraba; no obstante, el viejo solía apañárselas para levantar un poco el sombrero siempre que algún transeúnte se detenía delante de su vivienda. Era el único trato que George y él habían tenido desde hacía años.

—No tardo —dijo George, más para el burro que para Bittle.

Cogió las alforjas y se dirigió a la vía principal.

En las calles del pueblo había pasarelas de tablones de madera, la mayoría tan finos y combados como la tapa de un ataúd: a la mínima que caían unas gotas de lluvia, los caminos se inundaban y las rendijas escupían chorros de agua como si fueran los jugos que rezuman de un asado. La calle principal se desviaba hacia callejones que conducían a construcciones modernas y, por último, a la parte más antigua del pueblo, la hilera original de casas que siempre encontraba la manera de sobrevivir mientras otras se marchitaban. El paisaje daba la sensación de ser muy amplio; sin embargo, el flujo de personas era sofocante y ese excedente arruinaba la poca decencia que le quedaba al lugar. Las paredes de Mercantil Vessey tenían tanta mugre (humana y demás) que las manchas y salpicaduras resultantes recordaban a un dibujo en el que un niño hubiera mezclado todos los colores de la paleta hasta obtener un tono embarrado. Entre el Café de Blossom y la tienda había recovecos que no ocupaban más que una jaula para perros y casi todos albergaban grupos de tiendas de personas sin hogar; algunos eran blancos que habían regresado de la guerra y aún llevaban el uniforme harapiento, y otros, negros libertos. El contraste era digno de la pluma de algún satírico con mal sentido del humor.

Con cierto alivio, George se apartó de la muchedumbre, entró en el negocio de Ezra Whitley y respiró el aire como si lo hubieran protegido a lo largo de mucho tiempo del efecto del mundo exterior.

—¿Ezra? —llamó George.

Dejó las alforjas cerca de la puerta y miró a su alrededor.

Las mesas largas donde los hijos de Ezra habían aprendido las lecciones sobre el negocio familiar antes de fundar los suyos propios estaban vacías. Una librería que empezaba en la pared del fondo rodeaba toda la habitación y terminaba poco antes de dar la vuelta entera.

Estaba a punto de llamarlo de nuevo cuando se oyó un ruido que venía de arriba. Ezra, muy encorvado, bajaba la escalera con mucha precaución y un sándwich en la mano. Le dio un bocado mientras saludaba a George.

—Sube, sube —dijo.

—Hombre, no bajes tú si voy a subir yo —le respondió George.

Para entonces Ezra ya había llegado al pie de la escalera y le quitó importancia con un gesto de la mano.

—Me va bien mover las piernas. El doctor dice que tengo una acumulación de pústulas detrás de las rodillas. Cuando descanso, se me ponen como un melón maduro.

—Ay, Señor. ¿Tiene cura?

—El doctor dice que el tiempo, así que la única cura será la muerte. Pero las escaleras me alivian un poco.

Le puso la mano en el hombro.

—Venga, sígueme.

George siguió a Ezra, tal como había hecho durante casi toda su vida. Nadie más que él había tenido una relación tan estrecha con Benjamin, su padre. Ezra se había ocupado de las finanzas de la familia desde que los padres de George se mudasen a Georgia desde Nantucket buscando los terrenos baratos con los que hicieron fortuna. Aunque Benjamin estaba ansioso por comprar terrenos agrícolas, Ezra le había sugerido que metiera sus inversiones en Old Ox y, a resultas de eso, durante un tiempo se había convertido en el principal arrendador de todo el pueblo. Desde entonces, Ezra lo había mantenido al corriente de las oportunidades, había llevado la contabilidad y había compartido con él rumores sobre el mercado que la mayoría de los hombres no tenía la inmensa suerte de oír. George, que había nacido en la granja, casi no le pasaba de la altura de la rodilla la primera vez que había ido a casa de Ezra. Tenía muy buenos recuerdos de cuando Ezra los visitaba y le llevaba un caramelo de tofe con sal para mantenerlo ocupado mientras él y su padre hablaban de negocios.

Con el cuidado de los que tienen los huesos frágiles, ascendieron por la escalera y llegaron al despacho de Ezra. Para entonces el viejo se había acabado el sándwich. Mandó a George sentarse delante de él. De la pared de detrás del escritorio colgaba una piel de bisonte que a Ezra no le interesaba, pero, tal como le había dicho en una ocasión a George, había hombres a los que les gustaban ese tipo de cosas y su comodidad era primordial para conseguirlos como clientes.

—Espero que el camino haya sido tranquilo —dijo Ezra.

—Supongo que sí. Tanto que hablaban del infierno que se nos venía encima y no noto la diferencia entre ahora y antes de la ocupación.

—No pensarías lo mismo si estuvieras aquí todos los días como yo. Soldados de la Unión patrullando y preguntando por nosotros como si fuésemos a sublevarnos en cualquier momento. Por no hablar de los esclavos que han liberado.

—¡No me digas!

—Es una abominación. Mires donde mires hay uno necesitado de caridad. El domingo se congregaron todos a rezar en la plaza del pueblo y, por la manera en que gritaban y se comportaban, yo no sabía si daban las gracias por la libertad o si se lamentaban por el aprieto que supone.

—No les quitaron las cadenas hasta hace unos días. No les tengas en cuenta que aún les duelan las rozaduras.

—Hay que ver lo piadoso que eres —repuso Ezra—. Me pintas como cruel mientras tú te retiras a tu casa del campo. En cambio, yo cruzaré la calle al final del día y dormiré con un ojo abierto.

George bostezó.

—¿Por qué hablamos de esto? ¿Es necesario?

Ezra se encogió, y el gesto no solo fue con los hombros, eternamente encorvados, sino que también le alcanzó el abatimiento de su mirada.

—Somos amigos. Los amigos hablan de cosas que tienen que ver con ellos. Se llama conversar con educación.

—Pues me aburre.

—En ese caso, si me lo permites, ¿a qué has venido?

George se toqueteó un botón de la camisa y por fin le dijo a qué había ido: quería mantener las propiedades.

—O sea, entonces no vendes nada.

Desde el fallecimiento de su padre, George había elegido abstenerse de trabajar e ir deshaciéndose de porciones de tierra como medio de supervivencia. La libertad que eso producía valía más que la molestia de cuidar de una superficie que no quería cultivar. Ezra había sido un comprador entusiasta, puesto que estaba tan interesado en hacer negocios como George lo estaba en permanecer ocioso. Pese a que muchos especuladores habían dejado de comprar durante la guerra, Ezra había seguido fiel a su intención de adquirir las mismas tierras que muchos años antes había ayudado a Benjamin a procurarse.

Ezra negó con la cabeza.

—No me parece propio de ti. Demasiado repentino.

—Los hombres cambian.

—Antes me creo que las mofetas huelen a flores que eso de que tú hayas cambiado, George. Sé que no eres un hombre orgulloso, pero no pones a nadie por delante de ti.

—Piensa lo que quieras.

—Estoy seguro de que hay algún motivo...

—Mi hijo ha muerto.

Lo dijo de manera llana, como si leyese el último artículo de la contraportada de un periódico.

Ezra se puso tenso. Se levantó y rodeó la mesa. George pensaba que quizá tenía intención de consolarlo de algún modo, cosa que implicaría el primer contacto físico desde la muerte de su padre, cuando él aún era un niño. Sin embargo, Ezra se limitó a hacer una mueca y le tembló un ojo, como si demostrase una preocupación más sincera de la que podrían transmitirle las palabras.

—Lo siento mucho —dijo—. Muchísimo.

George le habló de la visita que le había hecho August, de que su esposa había guardado silencio desde el momento en que le había dado la noticia hasta esa misma mañana, cuando él había salido de casa para ir al pueblo.

—Isabelle saldrá adelante —aseguró Ezra—. Dale tiempo. No le queda más remedio.

George se levantó y se sacudió la camisa como si, de repente, después de muchos años, le molestasen las manchas de tierra.

—No puedo controlar cómo se toma las cosas. Pero puedo controlar lo que es mío. Esas tierras... Supongo que lo que quiero es no perder lo que tengo. Hacer algo con ello. Algo que merezca la pena.

Ezra no dijo nada.

—Tengo que irme —repuso George.

Y el viejo, al parecer, aprovechó el momento para reafirmarse.

—Sí, por supuesto. Ahora no es momento de hablar de negocios. Ve a estar con tu esposa. Aunque ella te rechace. Aunque te escupa a los pies.

—Esperemos que no llegue a eso.

George vio las costuras de la edad que convergían a los lados de los ojos de Ezra; la barba de un día parecía la de un chaval.

—Cuenta conmigo si necesitas cualquier cosa —dijo Ezra.

—Gracias. Hasta entonces, pues.

Hasta que salió por la puerta con las alforjas en la mano y pasó de la oscuridad del porche al sol de poniente, no fue consciente de la jugada que le había hecho su amigo: posponer la decisión de George de no vender las tierras, como si estuviera nublada por sus emociones, a fin de llegar a un acuerdo en otra ocasión. En parte, el engaño lo divertía, ya que en él identificaba un destello del respeto en el que se cimentaba su relación. Ezra no pensaba cambiar su manera de actuar porque su cliente llorase la muerte de un hijo, y George tampoco querría que lo hiciese.

La plaza del pueblo era en realidad una rotonda para el tráfico en cuyo centro había un jardín siempre en flor del que se ocupaba la sociedad de jardinería. En ese momento, había un soldado de la Unión plantado en medio con el rifle colgado del hombro; se lio un cigarrillo y lamió el papel como un perro se lamería una herida. George agachó la cabeza y caminó con brío por la calle antes de entrar en el establecimiento. La puerta ya estaba abierta.

Rawlings, el tendero, saludó a George con poco más que una mirada y le preguntó qué lo traía allí.

—Lo básico, nada más —respondió George.

Rawlings se levantó del cajón de madera donde descansaba y se puso a preparar las cosas esenciales que George pedía todas las semanas: azúcar, café, pan. Al fondo, cerca de las herramientas, estaba Little Rawlings con un trapo en la mano, puliendo una guadaña tan afilada que, por su aspecto, podría haberle atravesado la mano. Parecía un talento, uno que se aprendía sin apenas margen de error.

—¿Le has echado el ojo a algo? —le preguntó Rawlings—. Nos llega mercancía todo el tiempo. A lo mejor no sabes que lo quieres hasta que lo ves.

George negó con la cabeza con aire reflexivo, pero cambió de parecer.

—De hecho, sí hay algo…

Después de pagar, George salió de allí con la imagen de Ridley en la cabeza. Le bastaba con media tarde para echar de menos al burro; no al animal en sí, sino la paz a la que lo transportaba. Cuando llegó a casa de Bittle, encontró a Ridley intentando comerse unas briznas de hierba que había por el suelo. George le acarició la crin y saludó con la cabeza a Ray, que parecía más vivo de lo habitual, colocado en una pose estoica con la espalda erguida en lugar de encorvada como de costumbre.

—Pues venga, vamos —le dijo a Ridley.

A Bittle se le escapó un ruido atronador, y aunque no había manera de saberlo a ciencia cierta, George no pudo sino interpretar como una despedida la manera en que el aire le había echado el sombrero hacia delante.

Aún faltaba mucho para el verano, pero en Old Ox ya se notaban las primeras señales y no había mejor refugio contra el recién estrenado calor de la tarde que los árboles de hoja perenne que se alzaban sobre la carretera Stage; era como si el sol, a pesar de su determinación, no hubiera visto jamás la tierra que esos árboles protegían. Ridley iba al paso de un burro de la mitad de sus años y George le decía cada poco que frenase, que se guardase las energías para un día que tuvieran más prisa.

La verdad era que a George no le habría importado que el viaje no acabase nunca, ya que llegar a casa significaba rendirle cuentas a Isabelle. Naturalmente, quería cuidar de ella. Quería ayudarla a enfrentarse a la injusticia que les habían infligido a ambos. Pero lo que compartían tenía límites. Era la pasión de cada uno por la independencia lo que los había unido, la capacidad de pasar amplios segmentos del día en silencio, con solo una mirada, un roce en la espalda para afirmar sus sentimientos. Al actuar de ese modo, el vínculo entre ambos se había fortalecido con el paso del tiempo y, aunque no tendía a ceder, su único punto débil era la vergüenza de su mera existencia: que dos personas que rechazaban de lleno la idea de necesitar a alguien ahora estuviesen desamparadas la una sin la otra.

«¡Qué le vamos a hacer!», le dijo al burro.

Presa de esos pensamientos funestos, George pasó por delante de la casa de Ted Morton. A diferencia de otras viviendas de esa zona apartada, Ted había erigido la suya casi al borde de la carretera, como si la rica extensión de hectáreas que conformaban su propiedad no le bastasen. Eso había dificultado las cosas cuando su esposa, una mujer tan seria y de semblante tan traslúcido que parecía compuesta de puro cristal, le ordenó construir una fuente delante de la casa. La creación resultante, con sus querubines y sus hadas, estaba tan pegada a la carretera Stage que el agua goteaba fuera del límite de la propiedad y pasaba bajo los pies de todo el que caminaba por allí. A George eso le parecía un acto decadente, una intrusión en terrenos públicos, y momentos como aquel, en los que el chorrito fluía bajo las pezuñas de Ridley y le apelmazaba la tierra en los cascos, sacaban a relucir el desprecio que sentía por aquel hombre de manera habitual.

Una respuesta emocional que podría haber enterrado en lo más hondo de no ser por que Morton estaba delante de la fuente, contemplándola desde debajo del sombrero con auténtica concentración y embeleso. La cabellera de color trigo le caía sobre el cogote, y cuando parpadeó sumido en su propia confusión, el gesto le confirió a su expresión característica el aspecto de un hombre que siempre tenía algo metido en el ojo.

Se volvió cuando Ridley se acercaba y esbozó media sonrisa para George.

—George, estás hecho un bandido. ¿Cómo te va?

—Bien —mintió—. ¿Y tú?

—Ahí estamos, aguantando.

Ted inspeccionó la fuente con más atención y, por cómo la escudriñaba, George supo que le esperaba una conversación.

—Uno de mis chicos. Pagué para que aprendiera con un cantero del pueblo. Es el que se ocupaba de que esto funcionase, pero ahora ha cogido y se ha escapado sabe Dios adónde. Yo invierto dinero en ese chaval y el mocoso se comporta como si jamás hubiera hecho nada por él.

—Qué pena.

Ted lanzó un escupitajo marrón al suelo.

—Y que lo digas.

Normalmente había muchos trabajadores corriendo por la finca, pero en ese momento el aspecto era fantasmal. Le había puesto a la residencia Palacio de Su Majestad y, según opinaba George, otorgarle un título a algo que no respiraba era una ofensa. Tenía el tamaño suficiente para requerir un mantenimiento constante, y los detalles dorados eran tan frágiles que, más que para otra cosa, parecían hechos para cuidarlos. Y, detrás de la casa, tal como George sabía, en la zona de las cabañas había metido gente suficiente para reconstruir la antigua Roma, de sobra para que la granja y el hogar funcionasen sin problemas.

—Podría ser peor —continuó Ted—. Me quedan unas quince manos dispuestas a seguir trabajando. He oído que Al Hooks los ha perdido a todos, sesenta personas sanas que crio y alimentó él mismo. ¿Te lo imaginas?

—Supongo que no.

Ted lo miró con el mismo desprecio que empleaba siempre que se hacía alusión a las raíces norteñas de George. Los hombres como Ted acostumbraban a desconfiar de él, como si la ofensa de escapar del hogar no conociese barreras de color. Nantucket o una plantación: daba lo mismo.

—Dicen que ese general que está ahora al mando… ¿Cómo se llama?

George se acordó de la circular que había encontrado en su porche: proclamaba que el pueblo de Old Ox formaba parte de los bienes del norte; la orden la había dado el presidente Lincoln y la había ejecutado un general de brigada llamado Arnold Glass. Al parecer, el aserradero de Roth era la joya de la corona, según había oído. Le dijo a Ted el nombre del general.

—Eso, Glass —repitió Ted—. Dicen que no quiere inmiscuirse mucho, que deja que la gente haga lo que le plazca. Pero no ha dicho cómo se supone que hay que sobrevivir sin ayuda. Cómo se supone que vamos a salir adelante sin nada. Ni siquiera puedo hacer que me arreglen la fuente.

Lamentable, pensó George, mientras Ted contemplaba la fuga, impotente ante una fisura que era incapaz de arreglar.

—Lo único que puedo hacer es desearte suerte con la reparación, Ted. Y con todo lo demás.

—Sí. Ve por la sombra.

George preparó la pierna para darle un toque a Ridley, pero Ted estiró un dedo.

—Antes de que te vayas, ¿te importa que te pregunte una cosa?

No tuvo tiempo de contestar antes de que prosiguiese.

—A mi chico William le gusta salir a pegar tiros. Últimamente va mucho al bosque con la escopeta. Aún está en edad de pensar que ve espíritus y cosas así de vez en cuando, pero me jura y me perjura que te ha visto por ahí, cerca de nuestra linde, andando solo, a lo lejos. Yo le digo que habla de un hombre que sale tan poco de su porche que seguramente hace décadas que no sale ni del condado. Dime que mi chaval no ha visto bien.

George esperó un momento. Iba a tener que mentir de nuevo y se sentía un poquito culpable por que fuese a costa del pequeño de Morton, que aún no había adoptado la naturaleza de su padre.

—Es común que los niños de esa edad vean cosas —dijo—, ya sean espíritus o sombras o nada en absoluto. William aún tiene la imaginación intacta, eso es todo.

Ted negó con cierta satisfacción, como si la regularidad de las costumbres de George confirmase que el mundo volvía a estar del derecho.

—Venga, cuídate, George.

Él ladeó el sombrero y por fin se relajó cuando puso a Ridley a medio galope. La tarde tocaba a su fin, el sol jugaba entre los árboles como el roce de una melodía amable y la carretera se estrechó en el desvío hacia su cabaña.

Aparcó a Ridley en el establo que había junto al granero y se tomó un minuto para serenarse. Tenía el bosque detrás y la cabaña delante. Las cortinas raídas que había tejido Isabelle cubrían la ventana de su dormitorio; durante un momento pensó que había visto su silueta, vigilándolo mientras él la miraba, pero la sombra no se movió y él abandonó la idea.

Lo esperaba la puerta. Una vez dentro, los peldaños conocidos de la escalera, el pasillo de tablones chirriantes hacia la habitación, los pies de la cama donde podía arrodillarse y apoyarle la cabeza en el muslo y pedir perdón por faltas que no había cometido. Sin embargo, no encontraba las palabras por mucho que las buscase. Y aún le quedaba una cosa más que hacer ese día.

Dejó las alforjas en el suelo, delante de la puerta de atrás, las abrió y sacó el único artículo que buscaba: un par de calcetines. Volvió a mirar la figura de la ventana, la sombra que no era su esposa, se volvió y desapareció entre los árboles para saldar una deuda.

Capítulo 5

Prentiss y Landry llegaron a su campamento a una hora en que la sombra de los árboles les ponía la piel de gallina. Prentiss no tenía intención de comer, a pesar de llevar en la mochila las patatas que le había intercambiado al hombre de la tienda. Tenía más hambre de dormir.

—Te cocino algo —le dijo a su hermano—. Pero me guardo mi mitad para la mañana, lo que significa que vayas a echarle mano tú antes, ¿me oyes? Que las cocine no significa que sean para el primero que las pille, que ya sé que es lo que tú te piensas, pero te equivocas.

Calló en cuanto vio que, de pie delante de los restos de una de sus fogatas, estaba George Walker.

—Hola otra vez. —George los saludó con la mano.

—Señor. Señor Walker.

—Llámame George. Traigo algo para tu hermano. Mi esposa me dice que hace unos días se interesó por la ropa que ella tenía tendida, después de que lo empapase un chaparrón.

Le entregó a Landry el par de calcetines.

—¿Landry? —preguntó Prentiss—. Creo que se equivoca de hombre.

—La descripción era muy detallada. Él tiene… una apariencia única.

El viejo bostezó y se rascó el trasero. Se comportaba con mayor lasitud que cualquier otra persona que Prentiss hubiera conocido, blanca o negra. Parecía la clase de persona capaz de andar por la calle en calzones sin considerarlo raro, y mucho menos motivo suficiente para regresar a casa antes de haber hecho los recados. Pero, teniendo en cuenta que apenas unas horas antes su hermano se había desviado del camino hacia un estanque que ninguno de los dos había visto hasta ese momento, Prentiss no se sentía capaz de refutar esa afirmación. Tal vez fuese cierto que Landry había vagado hasta la ropa tendida de los Walker.

—Es por la ayuda de anoche —explicó George—. Estamos en paz.

—Estoy seguro de que se lo agradece mucho —dijo Prentiss.

Landry miró a George y se sentó delante de la hoguera apagada a inspeccionar los calcetines.

—Le alegrará saber que tenemos intención de marcharnos —continuó Prentiss—. Creo que iremos al campamento que hay más arriba. Ha sido usted muy amable.

—¿Tan pronto? No hay prisa, de verdad. Además, me dijiste lo de ir a cazar a esa bestia conmigo, si me permites que te lo recuerde.

Prentiss dejó las patatas en el suelo. Hasta ese momento no se acordaba de lo que le había dicho a George la noche anterior. Estaba tan absorto en el sufrimiento de aquel hombre que le habría dicho que habían nacido de la misma madre si hubiera creído que con eso le proporcionaría una gota de alivio.

—No se me olvida.

George se cogió las manos detrás de la espalda.

—¿Qué me dices a una expedición corta? Ahora, de camino a mi casa.

A Prentiss le dolían los pies de la caminata. El frescor del bosque lo había adormecido incluso estando de pie. Mientras tanto, Landry estaba examinando el punto de los calcetines, a su aire, y la fascinación que mostraba por el regalo hizo que Prentiss viese a George de otra manera. Si el hombre quería dar un paseo por el bosque, daría un paseo con él.

—No veo por qué no —contestó.

George le dedicó una sonrisa alentadora.

Prentiss miró a Landry, que estaba tan tranquilo delante de la hoguera, y echó a andar con George. Pensó que podría preguntarle por el animal en cuestión; a juzgar por la descripción que George le había hecho, ni lo había visto ni había oído hablar de él en la vida.

No obstante, George lo interrumpió antes de que pudiera empezar. El hombre miraba de soslayo a su alrededor, como si alguien pudiera oír lo que iba a decirle.

—¿Sabes lo que son los cacahuetes, Prentiss?

—¿Cacahuetes?

—El cultivo de cacahuetes. Estoy seguro de que la planta la conoces.

—¿Adónde quiere llegar?

George torció la comisura de la boca con desaliento, pero no lo había disuadido.

—Quiero aprovechar esta tierra. No me queda más remedio si quiero ganar suficiente dinero para mantenerla. Pero necesito ayuda. Lo he pensado más de lo que imaginas.

Prentiss sabía que a los hombres blancos les gustaba que les diesen las respuestas que querían oír, pero el problema con George era que sus preguntas no eran tan claras como para provocar una reacción adecuada. Bajo el hechizo del hambre y del agotamiento de ese día, le parecía casi imposible discernir la manera de apaciguarlo.

—Tú, Landry y yo —dijo George—. Podríamos aprender juntos. ¿Estarías dispuesto? Suponiendo que os quedaseis.

¿Qué le pasaba a ese hombre? La única dolencia que Prentiss podía atribuirle era un episodio de soledad, la misma aflicción que lo ensombrecía la noche anterior.

—Discúlpeme, señor Walker. George. Pero acabo de librarme de un amo. No busco uno nuevo. Ha sido un día largo y será mejor que no nos entretengamos. Le deseo lo mejor —dijo, y se volvió para marcharse.

—No seas tonto. Podemos alojaros. Y os pagaría como a cualquier otro. Podéis comprar comida y ropa en condiciones.

—No puedo ayudarle —contestó Prentiss—. Pero cuídese.

Echó a andar de nuevo, esta vez con más brío.

—En cualquier caso, esta noche os llevo un poco de comida, que me parece que tenemos un estofado en el fuego.

—¿Por qué no acepta un «no» por respuesta, señor? —le preguntó Prentiss, y lo encaró de golpe—. No somos sus trabajadores. Y que sepa que no es por nada, pero ahora me voy con mi hermano.

El dolor del rostro de George, tan inmenso que podría habérselo partido en dos, fue momentáneo y enseguida consiguió disimularlo con una sonrisa ancha.

—Por supuesto. Cuídate tú también, Prentiss.

Prentiss se habría disculpado, pues había entrevisto lo frágil que era, pero el viejo ya había dado media vuelta a toda prisa y se alejaba.

—¿Sabrá encontrar el camino? —le gritó.

No obtuvo ninguna respuesta y los bosques quedaron en silencio con la ausencia de George. Prentiss se giró y vio que su hermano estaba detrás de él, mirando al frente con aire estudioso.

—No quería que me saliese así —dijo Prentiss, y se acercó a él—. He intentado ser educado, pero te lo ponen difícil. Siempre te lo ponen difícil con todo.

Capítulo 6

Su amor nunca había sido refinado, y no tenía manera de identificar qué podía requerir su esposa de él, qué necesitaba para aliviar su pena. Eran pocas las ocasiones en las que se había sentido intimidado siendo adulto, pero la puerta del dormitorio de Caleb, donde ella se había encerrado, lo abrumaba tanto que tuvo que echarse contra la pared del pasillo para acomodar los huesos. Avanzó alentado por la rendija de luz que se veía en el suelo y que remoloneaba a sus pies: la única señal de que ella estaba dentro.

—Isabelle.

Se le quebró la voz, aunque hubiese sido una sola palabra. Retrocedió y apoyó las manos en las caderas antes de dar otro paso adelante e intentarlo de nuevo.

—Isabelle —repitió—, he hecho un estofado.

El proceso en sí mismo tenía el gran inconveniente de que, como ambos sabían, en realidad él no era capaz de consolar a Isabelle. George era el hombre que había pasado el funeral de su suegro no en la capilla junto a ella, sino dándoles de comer manzanas caídas a los caballos que habían tirado del ataúd; un hombre que al principio del matrimonio la había hecho enfadar muchísimo porque, en lo más gélido de una noche de invierno, después de abrazarla con el

63

calor de su cuerpo, había decidido que, a fin de cuentas, hacía demasiado frío, había encendido la chimenea y se había dormido delante tan contento. Lo que él le dijese, lo formulase como lo formulara, serían palabras sinceras, pero lo más probable era que ella las rechazase porque encajarían tan poco con el hombre que ella conocía que no valía la pena tomárselas en serio.

—¿No vas a comer nada? ¿Quieres que te traiga un plato?

Dejó pasar un rato y, cuando ya no aguantaba el silencio, bajó y cenó solo. Se preguntó cuánto tiempo se quedaría Isabelle allí dentro. Una disculpa tal vez funcionase, pero no estaba claro que el retraso en darle la noticia fuese la causa de su reclusión. Quizá necesitase tiempo, nada más; una noche sola. Pero el deseo de hacer por ella algo que le mitigase la culpa era tan apabullante que George a duras penas podía estarse quieto. Echó más leña al fuego. Dio vueltas sin parar mientras las tablas del suelo crujían allí donde la madera estaba pulida por el uso. Por insufrible que le resultase regodearse en la tristeza de su esposa, sabía que era mejor que entrar en contacto con su propio dolor, el lugar oscuro que había obviado desde que August le había traído la mala noticia. El silencio de la tarde lo aprisionaba. En la pared del fondo, las sombras de las ramas subían y bajaban como dedos pulsando las teclas de un órgano. Se abstrajo de esa velada sentándose delante del fuego, en su sillón.

No fue hasta la mañana siguiente cuando sus reflexiones alcanzaron algún tipo de conclusión; para entonces ya se había resignado a lo que lo esperaba y lo único que sentía respecto de lo que había hecho el día anterior era escarnio. Los pasos en la escalera, llamar a la puerta de Caleb, invitarla a que comiera algo: para ella había sido todo una decepción. El chico al que quería ver, el que podría remendarle el corazón, no se presentaría allí nunca más. Y si así era, ¿por qué había pensado él que Isabelle le abriría la puerta?

Pasaron tres días antes de que empezasen a aparecer las flores en el porche. Algunas visitas llegaban a pie, otras en carruaje, y el sonido de los cascos de los caballos bastaba para arrastrarlo hasta el fondo de la casa. Esperaba a que se marchasen con la misma paciencia que había soportado el mal humor y las discusiones de sus padres cuando era niño: escondido a la sombra fresca del gallinero, haciendo caso omiso de cualquier sonido que no le gustase. Eran todas amigas de Isabelle, mujeres charlatanas que llevaban sombreros tan altos que parecían macetas.

Isabelle, por su parte, también se negaba a responder a esas llamadas, y él pensaba que quizá compartían el deseo de no hacer caso de ellas ni de sus regalos. Sin embargo, le bastó con salir al granero a dar de beber a Ridley para darse cuenta de que las cosas no eran del todo como parecían, puesto que al volver vio que, de pronto, una maceta de claveles que alguien había dejado en el porche estaba en la mesa del comedor. Un día después, un ramo de lirios presidía la repisa de la chimenea. Lo siguiente fue la balda pequeña que había junto a los fogones, que acabó decorada con tantas plantas que la cocina olía más a jardín, a tierra y a perfume que a cocina.

Mientras tanto, él tenía la sensación de vivir con un fantasma. Isabelle bajaba de vez en cuando, pero tan solo como lo haría un espíritu: en las horas en las que él dormía, cuando su presencia podría no ser más que parte de sus sueños. El par de veces que él se había despertado en el sillón, los intentos de hablar con ella habían sido desdeñados y casi le daba miedo mirarla a la cara, como si cupiese la posibilidad de que los días de pena y aislamiento le hubieran provocado una transformación macabra.

Una de esas mañanas, mientras se preparaba unos huevos, oyó que alguien llamaba a la puerta y no se daba por vencido. Los huevos aún no estaban fritos del todo, y tener que dividir la atención entre preparar comida y la agresividad de los golpes se volvió tan molesto que George cogió la sartén, fue a la puerta y empezó a regañar a la persona que interrumpía su almuerzo antes de ver de quién se trataba. Entonces alzó la mirada, vio a Mildred Foster y supo que toda la paz que esa mañana le había proporcionado estaba a punto de desaparecer.

—George —dijo Mildred.

Llevaba botas de montar de cuero pulido y el caballo estaba atado en la cerca de delante de la cabaña, donde pastaba con libertad.

—Señora Foster, no tengo tiempo para esto. Estamos de luto.

—Sé cuánto queríais los dos a vuestro hijo. Y siento muchísimo vuestra pérdida. Sé la suerte que tengo de que mis hijos ya hayan regresado y no soportaría el sufrimiento si no volvieran, así que empatizo con vuestra situación.

Podría haber querido darle las gracias si no hubiera aprendido ya. En lo que a Mildred respectaba, un comentario de apoyo siempre iba seguido de otro que tenía la capacidad de tumbarte.

—Pero, si quieres que me crea que Isabelle está metida en alguna parte de esta casa por voluntad propia, voy a verlo por mí misma en lugar de confiar en lo que dice la gente del pueblo. De eso puedes estar seguro, señor Walker. Ahora llámala, y si ella quiere que me vaya, que yo se lo oiga decir.

Como de costumbre, su mirada era cortante y hostil. Era mayor que Isabelle, y tras la muerte de John Foster había asumido el papel de padre de sus cuatro hijos; en consecuencia, la viudez la había convertido en más hombre de lo que había sido el propio John, que había nacido enfermo. Se quitó los guantes de montar, largas cañas de satén negro, y se quedó esperando delante de George como si una roca no pudiera hacer descarrilar sus intenciones.

—Al menos permíteme que deje la sartén —dijo él.

Los huevos ya se habían estropeado. Dejó la sartén en el fogón, se limpió las manos en la camisa y llamó a su esposa por el hueco de la escalera sin levantar mucho la voz:

—Isabelle, la señora Foster ha venido a verte.

Mildred, a quien el esfuerzo no le parecía suficiente, entró en la casa, y si bien otro hombre habría protestado, George no tenía fuerzas para impedírselo.

—¡Isabelle! —gritó Mildred—. Isabelle, soy yo. Solo quiero saber que estás bien.

Entonces, con un tono muy formal, le preguntó a George si Isabelle comía.

—Un poco.

—¿Se baña?

—Eso no te lo sabría decir.

—De acuerdo. ¡Isabelle!

Mildred Foster era una de las amigas más antiguas de Isabelle y había quedado claro desde el principio que no consideraba a George digno de su mano. Aunque tampoco lo era nadie más. Él apenas recordaba una ocasión en la que Mildred hubiese tenido algo amable que decir sobre cualquier hombre, incluido su marido, a quien a menudo describía como una persona sin agallas o floja por naturaleza. A George eso le hacía gracia. A pesar de ser tímido, John había sido una de las pocas personas a las que había tolerado alrededor de una mesa: cuidadoso con lo que decía, inteligente cuando compartía sus pensamientos. Mildred censuraba este modo de ser, consideraba que George tenía los mismos defectos, y siempre intentaba demostrar que ella tenía una relación mucho más estrecha con Isabelle que él. Así que no era de extrañar que el silencio que venía de la escalera le produjese a George un ápice de regocijo. Casi se alegraba de que hubiese venido solo para recibir ese rechazo.

—Al parecer, mi esposa prefiere que la dejen en paz. Si no te importa —señaló la puerta con la cabeza—, me espera el desayuno.

Mildred dirigió la mirada un momento desde la escalera hasta la entrada. Él dejó que transcurriera ese instante, disfrutando de su incertidumbre.

—Ayúdala a pasar esto —le pidió ella—. Se lo debes, George.

George fue a cerrar la puerta tras ella.

—Le diré que has venido. Gracias por la visita.

Al oír pisadas que venían de arriba, George se volvió sin dar crédito. Isabelle bajaba los peldaños con el vestido sujeto en las manos. Pasó como flotando junto a él y salió como si su marido fuese invisible.

Mildred se giró en el patio y envolvió a Isabelle con un abrazo prolongado; le acarició el pelo como si fuera la crin de un caballo mientras le arrullaba al oído.

—Tranquila. Ay, Isabelle, ay.

George fue a por los huevos y se los comió fríos de la sartén sin dejar de supervisar el encuentro de las dos mujeres, absortas en ese abrazo mutuo. El resentimiento que se apoderó de él no tenía nombre, unos celos de tal magnitud que le dieron ganas de lanzar la sartén afuera y montar una escena. Hablaban demasiado bajo para que él distinguiese las palabras, y al cabo de un rato dejó de prestarles atención. Se le despertó curiosidad por la apariencia de su esposa, que no respondía en absoluto a sus miedos iniciales ni a la idea de que quizá se hubiera marchitado de manera horrible. Tenía el pelo recogido en una coleta canosa, pero con mechones castaños que relucían al sol con un tono canela, y el rostro, suave y pleno, tan lleno de vida como el día en que la había conocido.

Durante un instante brevísimo, como una centella de luz en la mirada, vio ante sí a la joven con la que se había casado.

En esa época George ya había pasado de los treinta, decrépito según los estándares impuestos a los solteros; sin embargo, a él no le importaba en absoluto que su casa le perteneciese a él y a nadie más que a él. Sus días se reducían a lo que a él le apeteciese, y ninguna mujer lo ayudaba a obtener satisfacción, puesto que ya la tenía a manos llenas. La cosa podría haber seguido así de no ser por la banda itinerante de viento que había pasado por Old Ox, un acontecimiento en el auditorio al aire libre al que Ezra había insistido en que debía asistir aunque fuese tan solo para estar en compañía de más gente durante una tarde. La primera vez que se vieron no hubo nada dramático: ella estaba con su padre, ambos hablando con otro joven, y cuando este se marchó, ella lo miró con mala cara, como si hubiese dicho algo repugnante; su padre no había tenido más remedio que reírse y, con esa pequeña travesura, con la disposición de ella a dejar la modestia de lado, George supo que había encontrado su media naranja. Ezra se apresuró a informarlo de quién era la muchacha y, lo que era aún más importante, de que aún no se había casado. Pero, antes de que Ezra pudiera preguntarle si quería que los presentase, George ya se había ido, pues la posibilidad de mantener una conversación lo aterrorizaba.

Isabelle. Por muchos días que pasasen, no se quitaba de la cabeza el nombre, el recuerdo, y pronto estuvo tan preocupado que la necesidad de hacer algo al respecto se convirtió en un asunto de la máxima seriedad. Así que talló una figura con la silueta y la fluidez de una mujer hermosa (la definición que podía conseguir con un medio como la madera) y se la envió por correo. Transcurrida una semana, envió una cesta de flores, todas recogidas en la granja, pero esa vez contrató a un mensajero para que llegasen sin marchitarse. Al ver que eso tampoco obtenía respuesta, por fin tuvo las agallas de hacer el viaje hasta Chambersville en persona. Preguntó por la casa de Isabelle y no tardó en hallarse ante una vivienda de ladrillo construida al estilo colonial, con un gran jardín delante cuidado por una cantidad modesta de negros que justo en ese momento estaban enfrascados en una conversación tan animada que le daba reparo interrumpirlos. Cuando lo miraron de arriba abajo, se encogió ante ellos, como temía que les hubiese ocurrido a las flores unos días antes. Después le preguntaron con quién quería hablar.

—Si no me equivoco, se llama Isabelle —respondió.

Le dijeron que pasase.

Cuando el mayordomo avisó a la joven de su llegada y ella bajó a la puerta, George se quedó tan estupefacto por gozar de nuevo de la presencia de una mujer de tal belleza que a duras penas fue capaz de pronunciar alguna palabra.

—Tú eres el que me manda los regalos, ¿verdad? —dijo ella incluso antes de llegar a los pies de la escalera.

Un tartamudeo. Un balbuceo. No recordaba los detalles ni si había conseguido juntar las suficientes palabras.

—La verdad, una simple nota habría bastado. Es más fácil responder a eso que a una talla. Las flores eran bonitas, pero es mucho mejor que te las entreguen en persona. Pensé que lo mejor era esperar a que te presentases aquí para darte las gracias.

La labia, el ingenio (por no hablar de la presencia intimidadora de su padre al otro lado de la estancia, vigilando todos sus movimientos). Pronto se enteraría de todos los motivos por los cuales Isabelle abrumaba a todos sus pretendientes, que ni siquiera se atrevían a intentar hacerla suya. Pero él no era como los demás. Y ella no era como otras chicas.

Así pues, empezó esa misma tarde. Una vida de felicidad que trascendía la anterior independencia de George, una vida de unidad. Dos vidas que habían convergido. Su belleza era secundaria a su carácter, a la fortaleza con la que albergaba sus creencias, a su forma de vida, a la terquedad que él compartía. Se suavizó un poco con el paso de los años, a medida que intentaba integrarse con las mujeres de Old Ox, que recelaban de su marido, el curioso terrateniente que no tenía ni un amigo cercano. Isabelle se volvió cordial y después maternal con el nacimiento de Caleb. Pero esa mujer feroz estaba siempre presente, pasara lo que pasase, así que tal vez a George no debería haberle sorprendido que estuviera tan entera a pesar de la mala noticia que habían recibido.

La admiración que sentía por su esposa no hacía más que incrementar sus ganas de hablar con ella y participar en la conversación que Mildred Foster le robaba en ese momento. Al cabo de unos minutos, Isabelle volvió dentro y, al pasar por su lado, lo miró un instante nada más.

Mildred, mientras se ponía los guantes, gritó «Descansa, cielo» dos veces sin reparar en George.

Él estaba en el porche de la casa con la sartén en la mano, suplicando para sus adentros que le diese una migaja de información, como un vagabundo con la taza de metal en la mano.

Mildred dobló los dedos ya enguantados. Su piel relucía a la luz del sol de la mañana como si fuera de porcelana.

«Sé paciente con ella —le dijo con calma—. Todavía no sabe cuánto os vais a necesitar.»

Sorprendido por el comentario, la observó buscando señales de un posible sarcasmo, de algún matiz oculto pensado para arponearlo, pero cuando se dio cuenta de que hablaba con sinceridad, ya era demasiado tarde. Ya estaba enfilando el camino. George dejó el tenedor en la sartén, volvió dentro y la colocó sobre el fogón. Tal como había sucedido los días anteriores, en la cabaña se sentía atrapado; no por la vivienda en sí, sino por los recuerdos que le traía y que acechaban allí donde posara la vista. Pensó que un paseo largo se los quitaría de la cabeza.

Cogió la chaqueta del respaldo de su silla de la cocina, miró una vez más escalera arriba y salió sin prisa por la puerta de delante, al aire fresco de la mañana. No tenía ningún recorrido específico en mente, pero se aseguró de no seguir la senda que había tomado para encontrarse con Prentiss y Landry. No se había dado cuenta de lo insensible que había sido su petición hasta que se había marchado de allí. El que hablaba, Prentiss, tenía todo el derecho del mundo a regañarlo. Pero, si George pensaba quedarse con las tierras y cultivar algo, necesitaba ayuda, y no había ni un solo hombre en Old Ox en quien confiase lo suficiente para mover un dedo por él. Aparte de su intimidad, en el mundo le quedaba muy poco, sobre todo en ese momento, y quería mantenerla a toda costa.

Las hojas siseaban a su alrededor como si alguien las hubiese pisoteado; sin embargo, como no hacía viento, los árboles estaban quietos, y si George miraba a su alrededor, no había nada que ver. Esa era la belleza de la naturaleza: siempre iba un paso por delante, siempre sabía algo que él no, un acertijo sin respuesta. Se sentó con la espalda apoyada en un gran roble y fijó la vista al frente, en un lugar donde las espirales de corteza de color cobre y los mantos de follaje verde se volvían infinitos y se mezclaban a medida que se alejaba el paisaje.

Había dado por casualidad con una parte de sus terrenos que conocía bien, uno de los escondites favoritos de su padre. Era tal vez el lugar donde le había plantado en la imaginación la idea del animal, la idea de que algo monstruoso y quizá incluso siniestro vagaba por la finca. Su padre le aferraba la mano con tanta intensidad que, al caminar, George le notaba el pulso, el ritmo de los latidos de su corazón. Benjamin hablaba en voz tan baja que el acto de escucharlo requería un esfuerzo tan grande como el de seguirle el paso, pero George siempre resistía apoyándose en la importancia sagrada de lo que le contaba.

La historia de la bestia no estaba clara, pero su padre la había visto en una ocasión, paseando solo, y la describía con una precisión sorprendente: con un pelaje negro que se aferraba a las sombras, se movía con fluidez, como si fuese parte de la propia oscuridad; parecía ir erguida, pero se puso a cuatro patas en cuanto él la vio y desapareció tan deprisa como se había materializado. Los ojos eran el rasgo más revelador: canicas de un blanco lechoso, como los de un ciego, y tan inquietantes que incluso alguien como Benjamin había echado a correr presa del miedo (decisión que más tarde lamentaría).

Las tardes de caminata eran como una generala que llamaba a seguirle el rastro al animal, ya fuese real o no, y George, a pesar de ser un niño, era consciente de que ese tiempo juntos era, más que nada, la oportunidad de estar con su padre y de conocer las tierras que un día serían suyas. Hasta que una noche, a la que siguieron muchas más, él mismo vio a la bestia desde la ventana de su dormitorio.

Un grito interrumpió sus recuerdos. No estaba seguro, pero había sonado como si Isabelle lo llamase. Se levantó de golpe y volvió por donde había venido. No tenía indicios de que aquello fuese otra cosa que una mala pasada de su mente; no obstante, cuando llegó al claro, ella estaba en el porche delantero, haciendo bocina con las manos alrededor de la boca, mirando hacia lo lejos. George se había apurado tanto que se le había resentido la cadera y los pinchazos le hacían palpitar todo el costado.

—Estoy aquí —dijo al llegar al porche—. Estoy aquí. —Se puso firme y se sacudió la suciedad de los pantalones—. Estaba dando un paseo, nada más.

Miró detrás de ella y se preguntó si habían recibido más visitas, pero la casa parecía vacía.

—No lo dudo —respondió ella—. Me gustaría que fueses al pueblo a enviar un telegrama. Para Silas. Debería saber la noticia de su sobrino.

—Si es lo que quieres... Pero te recuerdo que en su último mensaje dejaba claro que emprendía el regreso hace tan solo una semana, y en ese caso no lo recibirá hasta dentro de un tiempo.

—Mándalo a su casa. Lo recibirá Lillian. Ella también debe saberlo.

—Mañana a primera hora.

—Gracias. No quiero hacer un... No quiero ceremonias hasta que vuelva Silas. A él le gustaría estar presente.

George no tenía nada que objetar y dijo que, en cualquier caso, eso debería decidirlo ella. Se quedaron allí plantados. Era el momento. A George le pareció que estaba en juego una decisión importante. Isabelle se quedaría en el salón o volvería a recluirse arriba, separada de él, así que sintió la necesidad abrumadora de actuar, de conseguir que no se alejase, de rectificar todo lo que se había estropeado entre ambos.

—Quizá podríamos leer algo juntos —propuso.

Ella no parecía molesta precisamente, pero tampoco con motivos para contestar. Cuando le habló, lo hizo con palabras frías, como si quisiera apagar las de él.

—Estoy convencida de que puedes leer sin mi ayuda, George. Si necesitas algo, estoy arriba.

George fue a la cocina y vio que, durante su ausencia, ella había fregado la sartén con los restos de los huevos y la había colgado en su sitio, encima de los fogones. Había muy poco que hacer aparte de acabar de recoger la cocina, así que lo hizo mientras sopesaba los actos de su esposa, si se debían a su sufrimiento o a sus reticencias, si lo segundo iba dirigido a él y lo primero era por lo que habían perdido, y lloró delante del fregadero, en el mismo lugar donde lo había hecho ella cuando él le había dado la noticia, con gemidos largos y sollozos vergonzosos. Cuando llegó la hora, se preparó unos huevos para la cena, ya que las gallinas llevaban unas semanas muy activas y ahora él era el único que se los comía, y además, quería enmendar el desayuno.

El único acompañamiento para la cena mientras anochecía fue una novela de Dickens, una que leía a días desde hacía semanas y que apartaba cuando se distraía. Estaba decidido a avanzar un buen trecho en la lectura, pero dejó el libro en cuanto oyó un ruido entre los árboles. Una voz que venía de lejos imploraba cada vez más alto. Desde la ventana no veía nada, ni siquiera la luna. Al final, se oyó un crujido y un par de sombras errantes salieron de entre los árboles y se acercaron a la casa, una delante de la otra. La más grande (que George vio que se trataba de Landry) avanzaba a la vez que Prentiss, que caminaba de espaldas a la cabaña mientras hablaba con tono desagradable, intentando disuadir a Landry.

—No piensas, no has pensado en toda tu vida. Debería darte un cachete en el culo como el padre que no has tenido y ver cómo vuelves al bosque con el rabo entre las piernas.

Ambos habían alcanzado la cabaña. George se levantó con precaución y abrió la puerta con cuidado para no hacer ruido. Fuera hacía fresco; se le puso el vello de punta y se le tensó el cuerpo cuando se encontró con los hermanos en el camino.

—¿Qué pasa? —preguntó.

—Señor Walker —dijo Prentiss—. George.

—Bajad la voz, Isabelle está descansando. Creía que os habíais ido.

—He intentado que nos vayamos —bufó Prentiss mirando a su hermano.

Landry lo miró con cara de estar muy concentrado. Ambos sudaban, pero Prentiss sudaba más y el pelo le brillaba incluso a oscuras, como si lo tuviera escarchado.

—Empieza por el principio —le pidió George.

—No hay principio. Es este necio —señaló a su hermano—, que no se quiere ir. El otro día le metiste la idea del estofado en la cabeza y desde entonces no ha parado de hablar del tema.

—¿Hablar del tema?

—Sí, del estofado ese.

—Correcto, el estofado, eso lo entiendo —contestó George con impaciencia—. Es lo de hablar lo que no entiendo.

Prentiss respondió con la misma impaciencia.

—Me refiero a que le vi la cara cuando dijo usted que lo había preparado. Desde entonces se acerca todas las noches a hurtadillas y no hay manera de moverlo de aquí, ni por mí ni por nadie. El único motivo que se me ocurre, aparte de que es más tozudo que una mula, es que le ha metido la idea en la cabeza y no se la saca de ahí.

—Pues te aseguro que el estofado me lo acabé hace unos días —le dijo George a Landry—. Y, si me quedase, no te lo daría; no por desdecirme, sino porque ya se habría echado a perder.

—Cosa que ya he intentado decirle —apuntó Prentiss—. Pero está tan hambriento que no hace más que tonterías.

El grupo se calmó y George reparó en el ruido que hacían las ranas toro, que se oía más que la respiración jadeante de los hermanos. Ninguno de los dos tenía buen aspecto. Landry, a quien George vio más desgarbado que la última vez, estaba desnutrido a todas luces, lo que quería decir que Prentiss, que era demasiado orgulloso para reconocerlo, también debía de estarlo.

—Tengo una reserva de huevos —dijo—. No es un estofado, pero hay más de los que Isabelle y yo nos podemos comer.

Con los intereses de su hermano o los suyos en mente, Prentiss no objetó.

—Si esperáis aquí, os los puedo preparar.

—¿Y la señora?

—Ya se ha retirado por hoy. Bueno, durante un tiempo.

Landry esquivó a su hermano y echó raíces en los escalones del porche, de espaldas a la casa.

—Supongo que si los huevos se van a desperdiciar... —dijo Prentiss.

George entró en casa. Cocinó con ganas, como siempre hacía cuando tenía invitados. Siempre había opinado que las deficiencias en cuanto a personalidad o encanto las compensaba con los platos, incluso con algo tan sencillo como los huevos: el toque perfecto de la sal y la pimienta, la capa de queso tan fina sobre el revuelto que se preguntaba cómo se mantenía intacta. Era su acto de buena voluntad favorito. Los hermanos parecían sorprendidos cuando volvió con los platos, que acompañó de un par de trozos de pan y, por último, dos vasos de agua.

—Muchísimas gracias —dijo Prentiss, y su hermano asintió con la cabeza—. Ojalá tuviera con qué pagárselo.

George no le hizo caso. Comieron despacio, Landry también, ambos saboreando cada bocado. Cuando Landry terminó, Prentiss le dio los restos de su revuelto: le entregó el plato sin pensárselo dos veces. George se había quedado detrás de ellos, en el porche, sin decir nada.

Prentiss habló primero.

—El terreno que quiere despejar. ¿Es lo que estoy viendo?

George avanzó un paso y señaló los bosques que había detrás del granero, a mano derecha de la casa. Quería despejar esa zona, le dijo, la más alejada de la casa, colina abajo; se veía desde allí, pero estaba detrás de la primera línea de árboles.

Prentiss bebió un sorbo de agua.

—Necesitaría toda la luz del sol que haya, y esos árboles no están de su parte.

—No tengo ni idea del tema —admitió George.

—Nuestra intención sigue siendo ir hacia el norte. Pero para eso necesitamos fondos. A lo que me refiero es a que no podemos echarle una mano gratis.

Solo de pensar en renovar esa posibilidad, George sintió una sacudida. Contestó que el dinero estaba invertido en las tierras, pero que hablaría con alguien para solucionarlo. Pagarles no era un problema.

—¿Será lo justo? Dígamelo ahora, porque, si no lo va a ser, antes le corto las piernas por las rodillas a este chico para obligarlo a irnos de aquí que trabajar un solo día por tan poco que nunca nos permita marcharnos.

—Pues dentro de lo razonable. Lo mismo que le pagaría a otro hombre por el mismo trabajo.

—¿A un hombre blanco?

—Nunca he engañado a nadie —se ofendió George—, qué me importa a mí el color...

No hubo apretón de manos ni nada que sellase la conversación. Prentiss recogió ambos platos y se los dio a George.

—Os descontaré los huevos de la primera paga —dijo George—. Supongo que es lo correcto, ¿no?

Cuando Prentiss ladeó la cabeza como si de pronto le hubiese hablado en otro idioma, George le aseguró que era una broma, una bromita inofensiva para cerrar el trato.

Prentiss no dijo nada y tampoco suavizó la expresión.

—Lo he dicho por decir —intentó George de nuevo.

—Bueno, buenas noches —se despidió Prentiss al final.

—Buenas noches, chicos.

Los miró marcharse; la silueta de Landry eclipsaba la de Prentiss mientras se adentraban en la oscuridad.

—Ahora sí que me sigues, después de tanto disparate —oyó que decía Prentiss—. Andas como una gallina demasiado llena...

A George se le había hecho tarde. Arriba no había luz, las cortinas estaban corridas, la casa en silencio. Decidió volver a dormir en el sillón, sabiendo que la actividad de aquella noche y de los días anteriores lo mantendría despierto y que se levantaría temprano, listo para poner en marcha todas las ideas que le ocupaban la cabeza. Le pareció que lo más sensato era no molestar a Isabelle y darle la libertad de moverse por su parte de la casa como mejor le pareciese.

Capítulo 7

George no fue el primero en levantarse a la mañana siguiente, sino que lo sobresaltó la voz de Isabelle. El fuego se había apagado. La luz del sol inundaba el salón.

—George, tienes visita.

Siguió a Isabelle al porche. Prentiss y Landry estaban delante de la casa, cada uno con sus pocas pertenencias en la mano. Hasta ese momento solo los había visto a la sombra de los árboles o a oscuras, de noche. La luz de primera hora magnificaba todos sus padecimientos: los huecos de las mejillas, las grietas astilladas de los labios, las camisas tan finas que, de haberlas frotado, se habrían deshecho como una tostada quemada.

—Ese es —le indicó Isabelle como si ellos no la oyesen—. El que te dije del tendedero.

—Le pido disculpas por mi hermano —dijo Prentiss—. Nunca ha sido de irse por ahí, pero se ha interesado por su finca. Sé que no quería asustarla ni robar nada, solo le picó la curiosidad.

Isabelle se volvió hacia George. Aún tenía cierto lustre de sus costumbres matutinas: el pelo brillante después del cepillado, las mejillas voluptuosas y sonrosadas de haberse aplicado un trapo caliente. Aun así, George se daba cuenta por el frunce remilgado de los labios de que estaba irritada; quizá tuviera la sensación de que su marido no solo había demorado la noticia sobre Caleb, sino que de pronto había otro secreto que no le había revelado hasta ese momento.

—Te lo puedo explicar —dijo él—. No es malo en absoluto. Tengo un proyecto en mente.

—George —respondió ella con un tono neutro.

Entró en casa. George les hizo una señal a los hermanos para que esperasen un momento y corrió tras ella.

El café estaba preparado. Se sirvió uno y se sentó con ella a la mesa del comedor.

—Quiero tener algo, Isabelle. Me he sentido impotente, no sabía qué hacer. No quiero perder también estas tierras. Lo que hemos sufrido me ha cambiado. No del todo, solo en parte. Igual que te ha cambiado a ti. Y esos chicos acaban de salir de la tierra del señor Morton y también están ansiosos por hacer un cambio de vida. Por ganarse un sueldo respetable haciendo lo que saben hacer, igual que cualquier otro hombre.

Ella bebió un sorbo de café y miró por la ventana, como enfrascada en sus pensamientos.

—Quiero utilizar esta tierra para lo que es —continuó él—. Quiero cultivar, trabajar. Quiero hacer algo tangible, algo... real. Quiero que esta tierra sea mi legado, igual que lo fue para mi padre. Dime que te parece bien. Si me dijeras solo eso, lo significaría todo para mí.

En ese momento, ella se dignó a mirarlo.

—¿Qué diferencia hay entre esto y todo lo demás? Harás lo que te venga en gana, y yo haré lo que yo quiera, y ambos toleraremos lo que resulte de esto.

Un momento antes, a George le había dado la sensación de crecer al compartir sus sentimientos, pero parte de él se desinfló con el peso de la frialdad de Isabelle y volvió de inmediato a su modo de ser habitual: una especie de recogimiento encorvado.

—¿Buscarás un rato para enviar el telegrama? —le preguntó ella.

—Ah, sí.

—Dijiste que lo harías hoy a primera hora.

—Pues será mejor que vaya ya.

George se levantó, cogió un par de tazas de la alacena y sirvió dos cafés pensando que a los hermanos les gustaría. Se detuvo justo antes de salir afuera.

—Isabelle, ¿hoy te encuentras mejor?

Ella respiró hondo por la nariz, bebió un sorbo de café y, por último, encogió los hombros y le dedicó una expresión amistosa.

—Hace una mañana bonita.

George los puso a trabajar en el almacén antes de irse al pueblo. Cuando volvió, tenían un par de hachas que habían rescatado de las fauces de aquel lugar, de un rincón lleno de excrementos de ratón. Habían tardado algo más en localizar la piedra de afilar, pero también la habían desenterrado y habían conseguido un filo en ambas hachas que George casi no podía mirar sin que lo intimidase.

Prentiss, que ya había estudiado el pedazo de tierra que tenían que despejar, le explicó a George las dimensiones que podían abarcar como equipo de tres, una estimación a la que había llegado calculando en el tiempo el trabajo de tres hombres de la plantación de Morton.

—Bueno, no hay prisa —dijo George—. La eficiencia es importante, pero tampoco queremos agotarnos.

Prentiss, que estaba dispuesto a seguir adelante con su plan, lo miró con cara de póquer: una expresión que era cada vez más habitual.

Nadie mencionó que George hubiese ido al pueblo. Había enviado el telegrama a casa de Silas. En esos momentos, Silas regresaba de otra incursión para vender productos a cambio de grandes beneficios en lugares donde otros preferían no pasar la noche. La última ubicación había sido a las puertas de un fuerte confederado de los Everglades que se había rendido; George se imaginaba a su cuñado bebiendo whisky con ademán ocioso delante de un pantano, tal como bebía whisky con ademán ocioso en su granja de Chambersville.

El telegrama había sido breve y directo: «Caleb muerto en combate. Poca información. Tu hermana llora su pérdida». Durante un momento había pensado en cómo redactarlo, en si su propio luto era digno de mención («Estamos de luto» o «Lloramos su pérdida»), pero no era asunto de Silas saber cómo se sentía George y lo había dejado tal como lo había escrito al principio.

Después había cruzado la calle y había estado diez minutos con Ezra; había interrumpido una reunión para pedir un pequeño préstamo que el viejo le había concedido con poca curiosidad y sin pedir que firmase ningún documento. Le había extrañado solo una cosa: que George solicitase que le entregara la mitad en monedas y la otra mitad en billetes pequeños. Había musitado que no era un banco, pero había cumplido con sus deseos. George había llegado a casa con casi todo el día de luz solar por delante, pero no quería ponerse a trabajar por mucho que Prentiss y Landry (lo poco que se delataba Landry, apoyado con aire estoico contra la pared del granero) estuvieran más que dispuestos a empezar la tarea.

Prentiss se fijó bien en él.

—He visto la guerra que le da esa pierna. Le ha costado una barbaridad bajarse del burro.

Pero se trataba de algo ante lo que George no pensaba ceder. El trabajo, si lo hacía otro, no cumpliría el objetivo de su campaña: distracción. No quería admitir lo poco que deseaba estar en casa y lo poco que había en el mundo que le interesase aparte de eso. Se limitó a insistir en que era fundamental que lo hiciera con ellos, codo con codo; así, cuando ellos se marchasen, sabría continuar por su cuenta.

—Dice que está ansioso por empezar, señor Walker, pero, por lo que yo veo, me atrevería a decir que no ha trabajado ni un día en su vida.

—Ya te he dicho que puedes tutearme. No soy tu padre. Y hasta ahora siempre he considerado que un día de éxito se definía por la ausencia de trabajo, así que no puedo decir que te equivoques en tu apreciación.

Prentiss se puso firme.

—Pues estás a punto de recuperar el tiempo perdido, de eso me ocupo yo.

—Pero ¿aquí quién manda?

Prentiss sonrió sabiendo lo que tenían por delante, quizá mucho mejor que George.

Ese día fue el primero de muchos que pasaron juntos. Los tres se turnaban con el hacha; George cortaba con resignación cuando podía, pero, si no, se la pasaba a otro y se secaba el sudor de la frente. El derribo de los árboles siempre era un sobresalto, los últimos no menos que los primeros. El acto en sí tenía un significado que lo impulsaba: la corteza que se astillaba al tomar contacto con el hacha, el gemido de la madera, la tala, el eco del golpe reverbeando por todo el bosque como una ráfaga de viento repentina y siniestra y del todo impresionante.

George no era ni mucho menos capaz de hacer el mismo esfuerzo que empleaban los hermanos. Cuando el día se alargaba, las veces que se excedía dando hachazos y le ardía la cadera y tenía los brazos doloridos, Landry se inclinaba hacia delante, le tocaba el hombro como para decirle que ya había hecho suficiente y le quitaba el hacha de las manos. George exclamaba que acababa de empezar, pero Landry no le hacía caso, se ponía en su lugar y golpeaba el árbol haciendo unos ruidos guturales tan violentos que George se callaba.

Era diligente con los pagos: un dólar al día para cada uno, suficiente para que ahorrasen para pagar no solo los billetes de ferrocarril, sino también ropa nueva y alojamiento y comida hasta que empezase a irles bien. A mediodía, George acostumbraba a ir al almacén a por un poco de cerdo curado con sal y un poco de pan seco de las sobras de la cena, y les preparaba dos comidas a cada uno para que aguantasen todo el día.

De vez en cuando, alguna tarde dejaban el trabajo de lado y no hacían más que pasear o descansar, aunque George se daba cuenta de que, al parecer, eso inquietaba a Prentiss. De todos modos, escuchaba con atención las historias de George, anécdotas del pasado de un viejo. George comprendía que, tal como pasaba con su contribución deslucida a la tala de los árboles, si Prentiss lo escuchaba no era más que por un acto de cortesía. Pero lo disfrutaba igualmente.

Un día que habían terminado pronto y se habían sentado en un árbol talado que más tarde cortarían en trozos pequeños para subirlos al trineo y que Ridley se los llevase, George volvió a hablarles de la bestia. Prentiss le daba vueltas a la idea y parecía admitir que ese tipo de manifestaciones tenía un origen oscuro: criaturas que existían en la frontera entre la realidad y las leyendas.

George les habló también de un ejercicio mental que su padre se había inventado: todos los días de todos los años, un hombre debía imaginar un árbol. El árbol, a medida que el hombre hacía el bien en el mundo, crecía fuerte y grueso; en cambio, con cada decisión mal tomada, se pudría un poco, se le enredaban las raíces o se le partían las ramas con el toque más liviano. Al final de un periodo concreto (un mes, un año) convenía pararse a pensar en el crecimiento del árbol de cada uno y en las decisiones que lo habían llevado a su estado actual. Que creciese o muriese dependía de cada uno.

—Me gusta mucho —dijo Prentiss.

—Pues ya puedes contarte entre los pocos que le da crédito —respondió George—. Yo no hago mucho caso. Mi propio padre no seguía sus enseñanzas, y eso que era el inventor del cuento. Maldita sea, mi hijo se mofó de la idea cuando tenía la mitad de años que vosotros. Pero suena muy bonito, ¿verdad?

Prentiss lo miró y George tardó un momento en percatarse de que había invocado a Caleb delante de los hermanos por primera vez desde que los conocía, a pesar de que se había esforzado mucho por evitarlo. Prentiss le preguntó de manera directa, pero con una nota de ternura, qué había sido de su hijo.

George se planteó eludir la respuesta, pero se lo contó.

—Es una lástima —dijo Prentiss, que parecía a punto de añadir algo, pero no lo hizo.

—Es indescriptible. No se lo deseo ni a mi peor enemigo. Espero que nunca viváis algo así.

Landry, que hasta entonces había estado sentado inmóvil a su lado con un hacha cogida por debajo de la hoja como si fuera un juguete, cogió una rama suelta y se puso a sacarle punta.

—Cuando tenía trece años perdí a mi primo mayor porque lo vendieron —le contó Prentiss—. Eso fue después de que la cosecha se incendiase. El señor Morton vendió a nuestra madre un par de años después. Se la llevó a su casa a trabajar en el telar cuando ya no podía recoger igual que los demás, pero luego le aquejó un temblor en las manos y se deshizo de ella. Mi padre murió cuando mi madre estaba embarazada de Landry. Yo era muy pequeño y no lo conocí.

George entornó los ojos bajo la mirada del sol. No supo qué decir durante un buen rato y al final deseó no haber hecho caso de su instinto y haberse callado lo de Caleb.

—Supongo que todo el mundo sufre —dijo al final.

—Supongo que sí.

Volvieron a la cabaña cuando el día refrescaba. George dejaba que Prentiss y Landry durmieran en el granero para evitarles tener que vivir en el bosque. Isabelle estaba en el porche, igual que cuando se habían marchado por la mañana, y al verla se quedaron callados. Ella había recibido a una o dos visitas desde que Mildred Foster se había presentado en la casa, pero en general a George le decía muy poca cosa. Ese día estaba previsto que apareciese Mildred y George se alegró mucho de ver que había estado tantas horas en el bosque que se había perdido la visita. Pensó que los hermanos y él debían de parecer un grupo de niños de escuela, ya que llegaban sudando y hablando a voces, pero habían enmudecido de repente al verla a ella. Landry, que se toqueteaba la camisa incómodo, se puso detrás de su hermano, aunque ese intento de ocultarse no tenía ningún sentido dado su tamaño.

George le preguntó a Isabelle qué tal le había ido el día.

—Bien. Mildred te manda saludos.

—Ah, bien, muy amable por su parte.

—Es una mujer fuerte. Sirve de ayuda en épocas como esta.

George tenía la esperanza de que Mildred hubiese animado a su esposa, pero era evidente que estaba de un humor taciturno. Isabelle se levantó, fue adentro y volvió con una jarra de limonada y un anillo de tazas sujetas por el asa con el dedo índice. Bajó los escalones, se las repartió a los hombres y las llenó. Tenía la vista fija en el suelo, como si le hubieran mandado hacer una tarea que la agraviase. Prentiss le dio las gracias más de una vez, y George, con cara de estar demasiado confundido, se las arregló para hacer otro tanto cuando ella regresaba al porche, donde se sirvió una taza. Hasta ese momento, ella había hecho caso omiso de los hermanos, de modo que esa acción parecía indicar algún tipo de tregua no con ellos, sino con George y con las circunstancias relativas al empleo de los chicos.

—Será mejor que la dejemos tranquila —dijo George en voz baja.

—Parece que allí está bien —respondió Prentiss, y bebió limonada—. Creo que no la molestamos mucho.

No obstante, se dirigieron en silencio al granero, como si fueran uno, haciendo crujir la hierba a su paso.

—Crees que ya no quiere saber nada de ti —comentó Prentiss.

—Yo no he dicho eso.

—Pero actúas así.

Parecía una oportunidad, una invitación; sin embargo, George, que aún recordaba la conversación que habían tenido en el bosque sobre Caleb, prefirió no aceptarla.

—Voy a ver qué hay de cenar y os traigo lo que pueda.

Landry entró en el granero. Se quitó la camisa. Había una palangana más pequeña que una jofaina, pero podían llenarla de agua y lavarse. George los dejó solos.

Quería asearse y para eso necesitaba ropa limpia del dormitorio. La noche se acercaba, la casa estaba en silencio, y ese era el momento que menos le gustaba del día. El despacho era la primera habitación que uno encontraba al subir la escalera, su dormitorio era la última; el de Caleb estaba entre los dos, donde la estrechez del pasillo era más evidente. La puerta, que estaba entreabierta, atraía a George, lo llamaba, pero él no podía con esa tentación. Un mero vistazo podría destapar un torrente infinito de recuerdos: la imagen del chico entrando a hurtadillas en su despacho como si él no lo viese o, peor aún, la imagen de Caleb ya de joven, leyendo al borde de la cama, de cara a la ventana, cuando se giraba a verlo pasar y le ofrecía una sonrisa tan amplia que le ocupaba todo el rostro aniñado.

Si no abría la puerta, era como si Caleb siguiera allí, leyendo para siempre; darse cuenta de que era incapaz de enfrentarse a la verdad y de que prefería dejarse llevar por un rechazo infantil de la realidad le dolió tanto como la muerte del chico. George tal vez no fuese un hombre fuerte y de gran determinación, pero siempre se había creído capaz de mirar en su interior con una honestidad que otros no podían atribuirse. Excepto en ese caso. Excepto delante de la puerta de su hijo.

Sacó una camisa del dormitorio y se apresuró a bajar la escalera.

Por primera vez desde que George le había dado la noticia funesta, esa noche Isabelle cenó a su lado. Y a lo largo de los siguientes días volvió poco a poco a la vida activa, aunque como una nueva variación de sí misma, transformada en un elemento frío del porche que estaba dispuesto a cuidar del hogar, a cocinar y a ocuparse del jardín, a atender a las visitas alguna que otra tarde, pero todo eso sin la alegría que antes le redondeaba el carácter.

Siguieron durmiendo separados. Todos los días George se despertaba en el sillón con la duda de si los hermanos aparecerían de nuevo. Estaba muy convencido de que podían coger el poco dinero que les había dado hasta entonces y esfumarse. Sin embargo, todas las mañanas los hermanos salían del granero y se acercaban a los escalones de la casa, y George, que estaba sentado en el porche, se rascaba el trasero y se levantaba, contento de saludarlos. Juntos, se apoyaban en el granero a beber café y comentar lo que el día les deparaba; luego lo llevaban a cabo y terminaban con el resplandor tranquilo del final de la tarde, habiendo talado árboles a la carrera para acabar con tiempo de arar el terreno y prepararlo para la siembra.

Aunque con ellos hablaba con libertad, no delató la única mentira que les había dicho, que era que la alegoría de su padre no tenía para él ninguna importancia. A decir verdad, en su mente se imaginaba su vida como un roble languideciente, azotado por los elementos, con ramas tan torturadas que brotaban en ángulos imposibles, con la corteza salpicada de hongos amarillentos y las hojas quemadas por el sol. El declive no había hecho más que acentuarse con el paso de los años, pero George creía que el árbol había brotado podrido, como si supiera que había empezado en un suelo demasiado pobre, con una moralidad inestable y cambiante, que no habría mejoras.

Una mañana que hacía un viento horrible y un frío desacostumbrado para principios de la primavera, llegaron a un árbol moribundo que era una réplica asombrosa del que George tenía en su mente. Exigió cortarlo él solo, y aunque tardó casi una hora, el trabajo lo puso exultante. Era como si, al extirpar ese árbol de la propiedad, tan enclenque en comparación con el resto, pudiera de algún modo erradicar de su propio ser un pasado decepcionante. Así que blandió el hacha con abandono, creyendo como un niño en la posibilidad de revertir años de inactividad, de tierra despilfarrada y relaciones derrochadas. Sintió una gran liberación, que se le abría un espacio interior que podría dar lugar al nacimiento de algo nuevo, algo bueno, algo por lo que valiese la pena vivir.

El árbol flaco apenas hizo ruido al caer, lo que significaba que el sonido que llegaba a sus oídos debía de venir de algún otro lugar. Le llegaban aullidos largos como los de un niño, y, junto con Prentiss y Landry, George los siguió, primero caminando despacio y después corriendo hacia la cabaña con una honda preocupación en el pecho. En cuanto salieron al claro, sus peores miedos se materializaron, pero desaparecieron de inmediato.

Era Isabelle, que gemía sobrepasada por las circunstancias. George a duras penas daba crédito a lo que vio a continuación: la capa larga de pelo rubio ondeando al viento como una bandera delante de la cara de su hijo. Caleb intentó volverse, pero su madre se aferraba a él con tal fuerza que no pudo enseñar la cara. Cuando George se acercó lo suficiente para mirarlo a los ojos, padre e hijo eran un par de desconocidos. Isabelle soltó a Caleb un momento y los dos se quedaron inmóviles, algo separados, como si necesitasen que los presentaran.

—Vaya —era lo único que George podía decir—. Vaya.

Se le quebró la voz y le costó trabajo reprimir la ola que le crecía dentro y que tenía encerrada desde hacía tiempo. No podía correr a por él, las piernas no le respondían, pero ahora tenía tiempo. Al final se acercó con cautela y por fin distinguió los rasgos de la cara de su hijo, los mismos que veía en su imaginación noche tras noche cuando se imaginaba a Caleb leyendo al borde de la cama y mirándolo. Como en cualquier otro momento de emociones arrebatadas, George no sabía cómo reaccionar ni qué esperaban los demás que dijese: lo único que lograba pensar era en cómo debía comportarse, en cómo actuaría otro hombre, un hombre mejor, en su lugar.

Le tocó la mejilla a Caleb para asegurarse de que era real.

—He oído a tu madre, pero no se me pasaba por la cabeza... —Entonces se metió ambas manos en los bolsillos—. ¿Por qué no vamos dentro?

Capítulo 8

Caleb no había conseguido matar a su padre, pero no cabía duda de que había envejecido por su culpa. El viejo se dolía al caminar, y las líneas de su rostro parecían grietas que hubieran salido con el tiempo en la superficie de un cristal. Su madre, a primera vista, lo reconfortaba más. La había añorado igual que el resto de los soldados añoraban a su madre, sabiendo que su hogar no era tanto la cabaña como el lugar en el que ella existía, donde ella esperaba su regreso para estrecharlo. Cuando se abrazaron, cuando apretó su silueta contra la suya, se sintió de nuevo como un niño y deseó ser capaz de recuperar esa sensación siempre que quisiera durante lo que le quedase de vida.

Cuando ya estaban sentados a la mesa del comedor, ella le acarició la cara y le pasó la mano por la cicatriz de la mejilla, por la forma nueva de la nariz, y exigió saber si su salud permanecía intacta.

—¿Llamamos al médico? —le dijo—. Creo que deberíamos. Ya está decidido.

—Estoy curado —respondió él—. Ya está. Se acabó.

Después de su larga ausencia, la casa se le presentaba como el escenario de un sueño y tenía ganas de inspeccionar todas las habitaciones, de confirmar las particularidades de cada una en relación con el todo. Y también tenía necesidades más sencillas: ver a Ridley, a quien, en un giro inesperado, había echado muchísimo de menos; bañarse, dormir en su cama.

Su madre le preparó un plato de queso blanco y pan, y le prometió que le haría una tarta de manzana, su única y auténtica especialidad, en cuanto consiguiera los ingredientes necesarios. Habló de la tarta con todo lujo de detalle, abrumada hasta tal punto por la excitación del regreso de su hijo que su mente podía con un único pensamiento: descorazonar la fruta y conseguir sidra para animar las entrañas de la tarta y preparar la harina para la masa y todo lo demás.

—Si sigues así —apuntó su padre—, me da miedo pensar en lo que habrá que aguantar cuando te pongas a hablar de la cena.

Estaba en el salón, sentado en su sillón raído. Caleb no pudo reprimir una risa.

—No la provoques.

—Ya es tarde para eso, está claro —respondió George.

Su madre, sin hacer caso de las bromas, cogió aire, le tomó el brazo a Caleb y se lo frotó con el mismo vigor que emplearía para encender un fuego.

—Una madre tiene derecho a ponerse nerviosa. ¡Mi hijo ha vuelto! Venga, dinos qué te pasó. Vino August. Nos dio unas noticias horribles. Bueno, que...

—Que te habían matado —dijo su padre.

No había sido así exactamente, explicó Caleb. Lo habían hecho prisionero. Lo habían intercambiado. Después lo habían dejado volver a casa. Como a tantos otros. Le habían dado un documento que indicaba que debía rendirse ante la ley de la Unión y regresar. Tuvo la sensación de que la manera en que había condensado los acontecimientos era el primer paso para dejarlos atrás, en el pasado. Era improbable, pero tenía que intentarlo.

—Así que August ha vuelto a casa —dijo sin dejar traslucir ninguna emoción.

—También sufrió lesiones —contestó su padre—, aunque no se las vi por ninguna parte. Una mala caída, al parecer.

Caleb se movió y de los pantalones le cayeron trozos de barro seco que aterrizaron debajo de la silla. Su madre, a pesar de la emoción del momento, no pudo evitar mirar la alfombra como si un animal acabase de llenarla de excrementos.

Su padre le preguntó hasta dónde había llegado.

—Hasta las Carolinas.

—¿Fuiste a pie hasta allí?

Había encontrado alguna ambulancia con espacio para llevarlo y algún que otro granjero con sitio en la carreta se había apiadado de él, pero, antes de que pudiese contarlo, su madre lo interrumpió.

—¿Qué te hicieron en la cara? ¿Se te puso muy mal? Tienes que contárnoslo todo y no dejarte nada.

—Siento decir que no hay mucho que contar. Ocurrió antes de que me capturasen. Los chicos haciendo el tonto. Se nos hizo tarde y habíamos bebido de más. Nada emocionante.

Mordió el pan y al cabo de un segundo terminó el queso. Sus padres parecían esperar que dijera algo más; que quisieran que él llevase la batuta del interrogatorio que ellos habían empezado era peor que las preguntas.

—¿Aquí ha ido todo bien? —indagó.

Su madre volvió a mirar el suelo, cerca de la silla.

—Aparte de mi muerte prematura —añadió Caleb con intención de levantar el ánimo.

—Son tiempos difíciles para todos —contestó su padre—. Creo que tu madre me dará la razón.

Entonces se dio cuenta de lo vasto que era el espacio que había entre sus padres: aún no se habían mirado a los ojos ni se habían acercado el uno al otro ni se habían dicho nada. Caleb había recorrido un trecho enorme para regresar a lo poco que conocía y de pronto tuvo la sensación de que quizá ya no existiese. Mientras afrontaban una espera interminable para que él volviera a casa, sus padres habían cambiado; ahora los tres estaban alterados, aunque en el mismo lugar que habían ocupado durante tantos años.

Le costaba estarse quieto, movía la rodilla sin parar y el golpeteo del pie hacía sonar los tablones del suelo.

—A lo mejor podríamos continuar más tarde —dijo—. Si pudiera descansar un poco, creo que me sentaría de maravilla.

Su madre se levantó.

—Por supuesto. Tienes la cama hecha. Todo está ordenado. Hay toallas limpias en el cajón.

Lo abrazó tan fuerte que le robó la respiración. Entonces bajó la mano por el costado y tocó el cuero de la pistolera. A los soldados capturados les hacían entregar las armas a la Unión, pero Caleb había conseguido esconder la pistola sabiendo lo que podía sucederle durante el camino a casa, los peligros con que se topaban los hombres solos por la carretera. Su madre se apartó y miró la pistola.

Su padre también se levantó y la contempló con cautela.

—Eso ya no te hace falta —concluyó—. Voy a guardarla en el sótano con el rifle de tu abuelo.

Lo mejor era complacerlos, y Caleb lo sabía; volver, en la medida de lo posible, a la versión de sí mismo que antes conocían: un niño que jamás tocaría algo tan vulgar. Desenfundó la pistola y se la entregó a su padre.

Arriba, su dormitorio, que estaba tan pulcro como su madre había descrito, exudaba cierto aire macabro: las muletas en miniatura de su niñez estaban apoyadas en la pared, limpias y sin polvo; los sombreros, apilados uno encima del otro, estaban impecables, ni una mota de polvo. ¿Hasta cuándo lo habría mantenido su madre así? ¿Meses? ¿Años? Su muerte era algo que había que blanquear con una tabla de lavar o barrer con una escoba.

Se quitó las botas y después los pantalones y se dejó caer sobre la cama como un saco. Durmió tranquilo, pero se despertó muy confundido, sin saber dónde estaba ni cómo había llegado allí, tal como le había ocurrido tantas veces en los días precedentes. La diferencia en esa ocasión era que, al estirar el brazo hacia un lado, no encontraba los pantalones. Miró por la ventana con la vista aún borrosa y vio a su madre metiéndolos en el agua hirviendo de un caldero de cobre. Los golpeaba con el cucharón de madera con tanta fuerza que podría haberles arrancado a esos harapos la suciedad de toda una vida. Creyó que tendría que ir en calzones por la casa hasta que recordó que al otro extremo de la habitación había un cajón lleno de ropa, un tesoro para un hombre que durante tanto tiempo se había aferrado a tan poco.

El día anterior, su padre había matado una gallina para la cena, pero Caleb no se había despertado a tiempo de probarla. Por la mañana la devoró, y su madre, que se había sentado a la mesa con él, lo miraba como si fuese un espectáculo, un animal acabándose las sobras. Cuando terminó de comer, la informó de que quería ir al pueblo y la cara de desilusión que puso ella estuvo a punto de hacerlo cambiar de opinión.

—Te comportas como si aquí también estuviera prisionero —le dijo.

—No digas eso, ni se te ocurra decirlo. Es solo que quiero pasar tiempo contigo.

—Tendremos todo el tiempo del mundo. No tendremos nada más que hacer que estar aquí los dos juntos. No hay motivos para tener prisa.

Se acercó, le plantó un beso en la frente y echó la silla hacia atrás.

—¿Dónde está el viejo?

Su madre señaló con la cabeza el granero, de donde salía su padre. Caleb fue al porche y él se acercó con cautela y le preguntó cómo se encontraba.

—De categoría —respondió Caleb.

De la taza de café de su padre salían volutas de vapor, lo que le trajo a la memoria la última marcha bajo los colores del enemigo, cuando los llanos se habían rendido ante un frente frío muy severo. Lo habían puesto en manos de unos chicos de su misma edad, jóvenes revoltosos y dados a robarles a los granjeros y a los vecinos de los pueblos siempre que pudiesen salirse con la suya. Habían robado abrigos para resguardarse del tiempo, y el día que había vuelto a salir el sol se los habían quitado, pero no veían motivos para dejarlos en el bosque, donde no le harían servicio a nadie. Un teniente flacucho mencionó la cantidad de veces que Caleb se había quejado de estar demasiado lejos del fuego, y el resto decidió que él sería el adecuado para recibir en herencia el exceso de abrigos, que cargaron sobre sus hombros hasta que se le doblaron las rodillas bajo el peso. A medida que avanzaba el día, subió tanto la temperatura que el sudor se le acumulaba en los puños de la camisa y en los pantalones.

Sintió humedad detrás de las orejas solo de pensarlo y se alegró de que ese recuerdo pasase. Entonces vio a los dos hombres que salían del granero. Uno era de un tamaño extraordinario, con una inconfundible corriente de músculos en los hombros y un cuerpo tan ancho que hacía que el otro pareciese diminuto.

—¿Piensas explicármelo? —le preguntó a su padre.

Eran dos hermanos, le dijo, que lo ayudaban con la plantación de cacahuetes que estaba preparando en unos terrenos algo más abajo.

—Si quieres, te enseño cómo va la cosa.

—¿Una plantación de cacahuetes? ¿Tú?

—¿Tanto te cuesta creerlo?

—Si casi no hubo manera de que ayudases a madre con las rosas que plantó. Dijiste que solo las ponía porque la señora Foster también las tenía, y que pasarse la vida compitiendo con los que están enfrascados en aficiones insulsas no era como para estar orgulloso, si no recuerdo mal.

—No recuerdas mal —contestó su padre, y le dio un sorbo al café—. Pero esto es diferente.

—Siempre es diferente cuando lo haces tú, ¿verdad?

Pensó en la breve incursión que había hecho su padre en la manufactura de licor casero y en que la consideraba única en comparación con la de otros entusiastas porque su ojo para el whisky de calidad no tenía rival. Luego había sentido el deseo espontáneo de construir un armario, un proceso que consideró válido solo hasta que se dio cuenta de que no tenía ninguna de las habilidades necesarias, momento en el cual todo el campo de la fabricación de armarios se convirtió en algo trivial y con el que merecía tan poco la pena perder el tiempo que durante años había negado con desaprobación al pasar por delante de los carpinteros del pueblo.

Caleb escupió por encima de la baranda y comentó que los hombres ya estaban con su padre el día anterior, a su llegada.

Sí, dijo su padre, se llamaban Prentiss y Landry, y le explicó cómo habían acabado en el bosque. De momento, vivían en el granero.

—O sea, que tienes a tu cargo a dos negros del señor Morton.

—Yo diría que esa interpretación no es justa. Han decidido estar aquí.

—Sí, bueno, supongo que tener negros también es distinto cuando los tienes tú.

Su padre bebió un sorbo de café y tragó saliva.

—Me da la sensación de que estás siendo tozudo sin motivo. Y me resulta un poco pesado a estas horas de la mañana.

No era la primera vez que su padre decía algo sobre su tozudez, pero esas palabras habían perdido poder con el paso del tiempo. En esa ocasión, dado que estaba contento de haber vuelto a su hogar, prefirió pasarlo por alto. El canto de los pájaros había cogido ritmo y reconoció las mismas melodías que había oído desde la niñez.

—Les he dicho que hoy podían hacer lo que quisieran —comentó su padre— porque pensaba pasar el día contigo.

—Pues yo quería preguntarte si podía llevarme a Ridley. Estoy pensando en ir al pueblo.

—Entonces ya te has aburrido de nosotros.

—Hablas como mamá. Tengo a más gente que ver. Volveré antes de que anochezca, podemos acabarnos la gallina entre los dos.

—Ya eres mayor —dijo George—. Harás lo que quieras.

Caleb se quedó inmóvil delante de él.

—No necesitas mi permiso para coger a Ridley. Si quieres la silla, debería estar junto a la bolsa de forraje.

Caleb dejó a su padre en el porche y fue a buscar a Ridley al establo. El burro había cambiado tan poco (las orejas de conejo nervioso, la crin en punta como una cordillera serrada que se adaptaba a su mano pero temblaba al tacto) que sintió que la reunión perdía importancia por la familiaridad del animal. Para el burro, al parecer, Caleb no se había ausentado. Llevó a cabo el cepillado y el encabestrado sin mucha ceremonia y después sacó a Ridley del establo, pasó por delante de la casa, se despidió de su madre con la mano y alcanzó a ver a su padre de nuevo mientras se terminaba el café en el porche.

—Dile a August que le mando un saludo —voceó su padre—. Y cuando vuelvas, me gustaría oír qué te pasó en la cara. Eso que mencionaste sobre hacer el tonto.

Caleb no respondió, sino que continuó por el camino. El sonido de los pájaros se mezclaba con la melodía del aire; el sol desnudo de la primavera brillaba lo suficiente para arrojar un resplandor dorado en la tierra, como una especie de premonición alentadora desde las alturas, como si quisiera avisarlo de que el día saldría a pedir de boca.

Le habían partido la cara con la culata de un rifle. Se había echado ambas manos a la cara, pero por mucho que se tapase la herida, no podía evitar que se le escurriese la sangre entre los dedos y se derramase al suelo. Esa noche había llorado no por culpa del dolor, sino por miedo a quedar deformado, a verse como otra reliquia mutilada de la guerra, una curiosidad para los niños, digno de un circo. Más tarde, como si eso fuese a animarlo, le habían dicho que el golpe había sido más por desertar que por cualquier otra cosa; aunque no fuesen del mismo bando, un acto como aquel merecía un castigo con independencia de los colores de su uniforme.

Por su parte, Caleb se alegraba de que no lo hubieran cosido a tiros en cuanto había asomado la cabeza por la trinchera en la que él y los demás se habían refugiado. La influencia que ejercía el padre de August tenía la fuerza suficiente para que no los mandasen al frente (o a cualquier sitio que implicase peligro, en realidad). Hasta que se encontraron con esa hilera de cañones de rifle tan calientes que el humo tenía el aspecto de un incendio forestal, él no había visto disparar ni una sola bala. Estaba seguro de que se habían topado con un ataque a gran escala, de esos que los convertirían en leyendas cuando volvieran a casa, historias para los nietos. Pero más tarde los chicos de azul lo abofeteaban alegremente y se reían al tiempo que pulían los rifles con cenizas del fuego y se metían tabaco debajo del labio. «Eso —le habían dicho— es lo que llamamos una refriega.»

No se avergonzaba de haber desertado; para él era un hecho pragmático, nada más, con el objetivo de sobrevivir. Pero sabía cómo lo percibirían los demás. De lo único de lo que se arrepentía era de haber abandonado a August; sin embargo, lo consolaba saber que su amigo era el único soldado de su entorno que había sido testigo de su cobardía. Gracias una vez más al señor Webler, los habían asignado a una compañía distinta de aquella en la que habían acabado los demás chicos de Old Ox. Mientras tantos perdían la vida o alguna extremidad, August y él habían estado vigilando las vías de ferrocarril en la distancia, pasando las noches con pocas preocupaciones, arropados por bromas infantiles y partidas de damas hasta el punto de que todo el asunto sabía a viaje de placer.

Hasta que la compañía se internó en el bosque y se perdió. Ese había sido el error irreparable, una frase que les repetía a sus escoltas a medida que pasaban los días. Todo el asunto era una grandísima equivocación, les decía, porque no tendría que haber estado con ellos para nada. Pero, si Caleb imaginaba que cabía la posibilidad de que lo soltasen, no era más que una ilusión. La suerte que tuvo fue que, cuando se cansaron de oírlo quejarse, apuntaron a la entrepierna y dejaron que se le curase la cara.

Ridley lo llevaba por el camino, y la primera imagen que lo recibió en Old Ox fue la de una prostituta entrada en años que se exhibía en la calle ante una cuadrilla de jinetes. Resbaló en un charco de barro, se levantó y volvió al prostíbulo del que había venido sin dejar de reírse por el camino. El pueblo había crecido durante la ausencia de Caleb, y eran muy pocas las caras que confirmaban que aquel era el mismo lugar de hacía un año. Una o dos personas repararon en él, pero enseguida apartaron la mirada hacia el suelo. Caleb no estaba seguro de si era por los rasgos maltrechos o de si lo que llamaba la atención era que hubiera vuelto de la tumba.

Los soldados de la Unión habían ocupado una serie de bajos de casas y, apostados en la fachada, lo miraban con recelo, con más fatiga que repulsión. La escuela que estaba junto a la rotonda tenía aspecto de ser el cuartel general. Una mujer parecía a punto de llegar a las manos con un soldado por unas provisiones que él no tenía, y Caleb no pudo evitar preguntarse qué castigo era peor: el suyo por que lo hubieran apresado tras demostrar su cobardía o el de esos pobres diablos, destacados tan lejos de su hogar y rodeados de tanta gente que los despreciaba.

Giró con Ridley allí donde el tráfico se volvía más lento y los cobertizos improvisados daban paso a las casas de verdad, robustas, de las que sobrevivían a un par de chaparrones; viviendas refinadas con tejados a dos aguas y columpios colgando de los árboles del jardín. Los rayos inclinados del sol iluminaban con simpatía a dos niñas que jugaban al juego del volante junto a su casa, con una mano en la raqueta y otra en la capota. Cerca de ellas, sentado en el regazo de su madre, había un niño más pequeño que luchaba por soltarse para unirse a la partida. Las demás casas estaban vacías, las puertas cerradas mientras las familias se dedicaban a sus asuntos como si fuese un día cualquiera, que para ellos, como Caleb sabía, sí lo era.

Donde parecía que el pueblo se acababa de repente, la tierra fructificaba y se expandía, y amplias bandas de hierba fresca daban paso a fincas más grandes arropadas por el terreno antes de que empezase el bosque algo más allá. Contándolas todas, en total no había más de diez, y los vecinos se referían a ese conjunto de residencias como la rúa del Alcalde.

La de los Webler era la última: una vivienda de tres plantas con una mansarda inclinada y un seto de arbustos prietos y bien cuidados cuya altura ofrecía intimidad, pero no como para disuadir a los invitados bien recibidos. Desde la calle, Caleb miró el dormitorio de August preguntándose si, como había sucedido en tantas de las visitas que habían precedido a esa, el chico estaría esperándolo allí arriba. En esa época pasada, después de mirar abajo y saludarlo con la mano, August desaparecía y reaparecía en el porche para hacerlo pasar. En cambio, en ese momento el dormitorio estaba a oscuras. Caleb se volvió como si lo que tuviera detrás fuese a indicarle qué debía hacer a continuación, pero no vio más que arbustos. Llevaba pensando en ese instante desde que los soldados de la Unión lo habían dejado marchar y había emprendido el camino a casa. Sin embargo, estaba parado sobre un burro, lacado por una película de sudor, tan asustado como el día de su deserción.

La voz que lo llamó desde la puerta principal fue tan repentina que sorprendió a Caleb y también a Ridley. Ambos alzaron la vista a la vez, aunque el burro continuó pastando, mientras que a Caleb no le quedó más remedio que pensar en qué ofrecer como respuesta. Pero eso no era nuevo. Siempre le había costado hablar en presencia de Wade Webler.

—¡Buenas! —fue lo único que dijo, y se horrorizó al momento.

—Caleb Walker, ¿qué ven mis ojos? August me había dicho... Bueno, qué diablos, me había dicho que te habían matado. Pero no parece que haya sido así. Acércate, anda. Tienes pinta de estar medio derretido, y eso que el sol empieza la tarde con mucha educación. Te juro que te pareces demasiado a tu padre. No tienes ni un pelo de sureño.

Caleb amarró a Ridley y se acercó a la veranda. El señor Webler llevaba una colección de prendas elegantes (pantalones de buen corte, una chaqueta con faldones); sin embargo, la camisa de seda dejaba al descubierto su torso abultado y por ella asomaban un montón de cúmulos de pelo. Caleb nunca había visto al hombre expuesto de esa manera y no estaba seguro de si debía tenderle la mano para que se la estrechase o dejar que volviera adentro a acicalarse.

—Dichosos los ojos —dijo el señor Webler—. Dichosos los ojos.

Se dieron un apretón de manos. Caleb se puso tan tenso por culpa de los nervios que parte de él habría querido ocupar el puesto de Ridley y pasar el resto del día comiendo hierba a solas.

—¿Estás bien? ¿Has visto a tus padres? Deben de estar eufóricos.

—Están muy contentos, señor.

—Es una pena que no hayas vuelto hasta hoy. Te has perdido la gala que ofrecí ayer; fue un éxito clamoroso, aunque esté mal que lo diga.

El señor Webler señaló el interior, y cuando Caleb lo siguió adentro, vio negros arrodillados limpiando los suelos y niños y niñas sentados en la madera para alcanzar con un trapo la parte inferior de los sofás y los armarios a la que sus mayores no llegaban. Todavía estaban recogiendo copas con las bandejas, y a pesar de que Caleb solo vio el comedor justo antes de que la puerta se cerrase, atisbó un mantel con manchas de vino. El señor Webler lo condujo a una salita donde lo hizo sentarse junto a un reloj de pie que se quejaba a intervalos concretos que para Caleb no tenían ningún sentido. Webler no lo dejaba meter baza y hablaba como si Caleb hubiese ido a verlo a él, mientras que el joven no veía la manera de librarse de esa interacción sin parecer grosero.

—Me pareció prudente organizar una especie de recaudación de fondos para la causa. Hemos reunido una cantidad de la que estoy bastante orgulloso y que se invertirá en desempeñar un trabajo importante para este gran condado. Aquí, incluso en tiempos de emergencias como estos, la gente es cristiana como la que más; ya podría instalarse en este pueblo el ejército entero de Grant, que nosotros conservaríamos nuestros valores, nuestro legado...

Lo llamaban «el tren de carga» porque, cuando se ponía a hablar y cogía carrerilla, alimentaba el motor con tanto alcohol y tabaco que era capaz de entretener a las visitas hasta bien entrada la noche sin pararse a descansar. Nunca se había presentado a ningún cargo, pero a menudo hablaba como un político y señoreaba por todo el pueblo como si fuera el alcalde. Le habló del guiso de marisco, de las mujeres que habían bailado mientras sus maridos se quedaban dormidos. Sin lugar a dudas, todo el asunto evocaba un tiempo en el que el mundo estaba en su sitio y los hacía preguntarse si Old Ox acabaría escapando del abrazo de la Unión.

—Parece que ha sido todo un baile, señor.

—Un baile no, Caleb. Una gala.

—No estoy seguro de saber la diferencia.

Webler gruñó y Caleb cayó en la cuenta de que todavía estaba borracho de la noche anterior. El señor hizo una pausa para recomponerse, lo suficiente para fingir que se interesaba un poco más por Caleb.

—Dejemos el tema —dijo—. Prefiero que me hables de ti. Lo único que sé es que te separaste de August. Aparte de eso, las cosas están... muy poco claras.

Esa era exactamente la clase de afirmaciones para las que Caleb debería haberse preparado. De camino a casa, después de que la Unión lo liberase, si algún desconocido le preguntaba por el tiempo de servicio, las batallas que había visto, la dureza que había soportado, Caleb a menudo contestaba con una frase cargada de vaguedad que acostumbraba a callar a quienquiera que le hubiera planteado la cuestión: «No quiero presumir de cuántas veces he apretado el gatillo ni en qué lugares lo he hecho», con lo que omitía que no había apretado el gatillo ni una sola vez. En cambio, el señor Webler esquivaría esa costumbre con tanta facilidad que sabía que lo mejor era evitarla de buenas a primeras.

—Me imagino que August ya le contó todo lo que se podía contar.

Él lo miró con una sensación de repulsión o remordimiento que le escoció. Se le agitó el bigote como una oruga con cosquillas. Se volvió hacia el aparador que tenía detrás y de dentro sacó un vaso y un decantador medio vacío y sin tapón.

—Voy a decirte una cosa, hijo.

Se sirvió la bebida con tanto cuidado que el chorro iba al ritmo de su historia; el olor del whisky era tan potente y las palabras tan mordaces que tuvo la impresión de que la mezcla de ambos podría entrar en combustión.

—Yo luché en México —dijo— cuando August no era más que un bebé. Hubo una expedición a Puebla antes de que viésemos a nadie usar las armas. Cuando pisamos la ciudad, ya habían izado nuestra bandera, así que pasé la noche de juerga con los chicos, como de costumbre. Pero uno de esos mexicanos se topó con nuestro campamento y armó una buena; supongo que estaba tan borracho como yo, aunque yo vi la amenaza y supe que tenía que ganarme los galones fuera como fuese. Así que lo llamé, conseguí involucrarlo en la pelea y lo tumbé en menos que canta un gallo. Los chicos no paraban de dar voces y ese licor de bichos me hacía sentir invencible, así que no estaba dispuesto a aflojar.

El señor Webler se recostó en el asiento y suspiró como si acabase de desenterrar una nueva interpretación de la historia que antes se le había escapado, y Caleb asistió a la función como un espectador buscando la reacción adecuada (aplaudir o reírse o llorar), sin saber hacia dónde iba aquel hombre, pero esperando con paciencia a que acabase.

—Me puse en un ángulo cómodo, le metí los dedos en los ojos y apreté como un demonio, y se le salieron con tanta facilidad y suavidad que cualquiera habría pensado que eran un par de babosas lo que apretaba. Y cuando me levanté, estaba sonriente y ni me di cuenta de que con todo el esfuerzo me había meado encima. Obviamente, les dije que había sido por la fuerza que había hecho; canté para que no hubiera líos. Pero, cómo no, antes de dormirme, me di media vuelta en la tienda, lloré un poquito y me meé otra vez. Y de esa no se enteraron, claro. Esa me la guardé.

Las mujeres y los niños, todos mudos, seguían limpiando sin parar alrededor de los dos hombres; el lugar daba la sensación de ser una cárcel donde Caleb estaba obligado, junto al resto de los prisioneros, a aguantar la perorata de un guardia que presumía del poder que ejercía sobre las personas que estaban a su cargo. Caleb sintió lástima por quienes habían soportado al señor Webler durante tanto tiempo y que después de años de esclavitud debían de trabajar por una miseria, y se preguntó qué pasaría si hubiese un alzamiento en la casa, si habría alguien aparte de su esposa y su hijo que se lamentase si le hundieran el cráneo.

—Creo que me arrepiento de ese día —continuó—. No por mearme. No era el primer chico de uniforme que se lo hacía encima. Es porque ese mexicano no había hecho nada para ganarse la violencia con la que lo traté. No es que hubiera desertado de su bando, él aún estaba en Puebla. Todavía buscaba pelea. Eso lo honraba.

Caleb no fue capaz de decir ni una palabra durante un rato. El reloj cantó una vez más.

—Parece que fue un desastre, señor —consiguió responder al final.

El señor Webler se acabó el whisky de un trago y le ofreció a Caleb una leve sonrisa.

—Estoy seguro de que te lo imaginas.

Justo en ese instante la luz que venía de la escalera se interrumpió cuando alguien abrió una puerta y tapó el sol con ella. El salón quedó tan oscuro y después volvió a estar tan iluminado cuando se cerró la puerta que hasta el señor Webler hizo una pausa, si bien los trabajadores siguieron frotando el suelo sin cesar.

Caleb no pudo evitar levantarse.

—Ah, aquí está —dijo Webler.

Cuando se oyeron pisadas en los peldaños, el señor Webler se puso en pie y se excusó.

—Supongo que será mejor que os deje solos.

August invitó a Caleb a montar con él hasta su escondite favorito, el lugar donde habían pasado grandes etapas de su juventud. Por el camino, August se disculpó por el comportamiento de su padre. (Llevaba despierto, tal como Caleb pensaba, desde la fiesta de la noche anterior, y al parecer la ocupación de Old Ox por parte de la Unión lo había impulsado a dejarse aconsejar casi todas las noches por la bebida.) Pero ninguno de los dos amigos parecía dispuesto a hablar de nada que no fuesen pequeñeces.

Caleb le preguntó a August sobre el tiempo que había pasado después en el Ejército.

—Aburrido durante largas temporadas, la verdad. Nos enfrentamos a unos cuantos azules rezagados, y llegué a apuntarles con la Colt.

—Seguro que eso te gustó.

—Al principio sí.

Pisadas en la hierba. Ese crujido tan familiar.

—¿Te importa que te pregunte qué te trajo a casa? —dijo Caleb.

August guardó silencio y se le empezó a formar una sonrisa en las comisuras de la boca. Cuando se acercaba el final, le contó, habían recibido órdenes de dirigirse al fuerte Myers, en Florida. Por fin una batalla de verdad. Por desgracia, durante el camino resbaló por una colina cuando estaban patrullando y estuvo a punto de romperse la pierna. Pasó una semana en la enfermería y después lo mandaron a casa.

Igual que había hecho su padre, cuando Caleb se fijó no vio que le pasase nada en la pierna. No parecía distinto del día en que habían partido juntos desde Old Ox; en todo caso, parecía más lleno de vida. Sabía, naturalmente, que August no habría llegado a ver un campo de batalla. Su padre no lo habría permitido. Pero no estaba, digamos, dispuesto a admitirlo.

—Ni una leve cojera —observó.

—No, he tenido suerte.

En lugar de bombardearlo a preguntas, August le contó a Caleb que durante las semanas que habían transcurrido desde su regreso a casa había estado trabajando para su padre, aprendiendo sobre el negocio de la madera, sobre construcción y sobre las propiedades que podían comprar y vender. Siempre había dado la impresión de que el trabajo de Webler no le parecía muy interesante; sin embargo, el modo en que hablaba parecía indicar que August quizá ya hubiera vivido suficientes aventuras, por breves y consentidas que hubieran sido, y que estaba listo para sondear las aguas tranquilas de la vida cotidiana.

Una vez dejaron el pueblo atrás, se detuvieron y amarraron a Ridley y al caballo de August a un árbol desnudo. Después buscaron una piedra grande que habían marcado de pequeños con una pincelada blanca; lo hicieron con tanta intensidad que parecía una oportunidad más de alejarse el uno del otro, de evitar incluso mirarse y acortar la distancia entre ambos. La piedra parecía más pequeña que en su infancia, pero Caleb encontró la raya difuminada y la dejaron atrás, se adentraron entre los árboles y atravesaron la maleza alta. Los latigazos y crujidos de las hierbas que pisaban eran los únicos ruidos que se oían. Al final, el estanque se dejó ver, con un ribete de lirios y pamplinas bordeando el agua cristalina.

—Sigue igual —dijo August.

El tiempo se había olvidado de aquel lugar. Allí jamás habían visto ni un alma. Una vez habían encontrado un pato solitario flotando en el agua, pero el animal no había vuelto y el recuerdo era para ambos algo borroso, algo perdido en la frontera entre lo real y lo imaginario. Caleb se sentó frente al agua y August hizo lo mismo; tardaron solo un momento en volverse hacia el otro y mirarse con sinceridad.

«Esto», pensó Caleb. Eso es lo que había estado esperando. Los ojos de August eran tan juveniles, tan azules y llenos de inocencia y encanto que habían aguantado el escrutinio de hasta los superiores más crueles; sus labios rosados, casi inexistentes, sugerían una falsa timidez que no alteraba sus sentimientos reales en ningún momento. Solo de verlo Caleb sentía un gran alivio; cuando se hubo saciado, ya era demasiado tarde para pensar en su propio aspecto. Apartó la mirada con la misma modestia que una chica.

—¿Qué te hicieron? —preguntó August con frialdad.

—¿Tan mal estoy?

—No he querido decir eso.

Caleb respondió que le habían dado un culatazo.

August se rascó el cuello y le lanzó una mirada afilada antes de apartarla de nuevo.

—¿Te doblegaron?

—Supongo que sí. Pero el sentimiento de culpa por dejarte fue peor. O igual de malo.

August no contestó a eso y a Caleb se le aceleró el pulso ante la reticencia de su amigo. Siempre se había sentido más cómodo siguiendo instrucciones, y desde el día en que se habían conocido de niños, en August había encontrado a una persona a quien podía seguir, alguien cuyas aficiones podía adoptar, alguien cuyos pensamientos podía hacer suyos. Era el camino más sencillo hacia el placer. Pero, si bien ese arreglo le proporcionaba una estructura y unos objetivos, también implicaba una debilidad, en el sentido de que, en esos casos, cuando August no le daba indicaciones sobre lo que debía hacer o pensar, se volvía contra él. August marcaba el ritmo de la conversación tan despacio que para Caleb se volvió una tortura y también algo que lo atemorizaba: si August no le daba la oportunidad de afrontar sus actos, podrían no reconciliarse, y si no se reconciliaban...

—Lo siento —dijo Caleb—. En lo más hondo de mi corazón. Pienso cada día en lo que hice y lo pensaré todos los días de mi vida. Fui allí para estar a tu lado y ni siquiera lo cumplí. No perdería ni un segundo de sueño por pensar que cualquier otro hombre me llamase traidor, pero no soporto que tú opines eso. Perdóname. Por favor. Es lo único que te pido.

No podía llorar. No en esa coyuntura, con todo dicho. Sin embargo, notaba las lágrimas acechando.

Su amigo se había sentado con las rodillas pegadas al pecho, y su postura le recordó al August de antes, al niño. Le vinieron a la mente las noches que habían ido a ese lugar y se habían tumbado bocarriba a señalar las estrellas con los dedos, confiando en que apuntaban a la misma. Había momentos que parecían tan eternos como el paraje.

Pero eso era antes.

Notó un roce en la cara y, de pronto, una mano lo agarró por la mandíbula. August se acercó tanto a Caleb que casi se tocaban la nariz; se miraron a los ojos como si fueran uno y pronto se estudiaban el rostro con tanta atención que Caleb sintió que se entregaba a su amigo, como si esperase una orden. Entonces August le dio una bofetada tan fuerte con la mano abierta que se le nubló la vista. Unas chispas negras le enturbiaron la visión. Parpadeó y el mundo volvió: la mirada de August, los labios fruncidos, las mejillas rojas de furia.

—Después de todo —dijo—, que te marchases de mi lado...

—¡No hace falta que me lo digas! Ya lo sé. Si pudiera volver atrás... —Caleb suspiró frustrado. Él no podía sonsacarle el perdón a nadie como hacía August; no era un hombre encantador—. ¿Tan difícil sería dejarlo pasar?

—¿Dejarlo pasar?

August volvió a levantar la mano, pero, antes de que lo golpeara, Caleb se la agarró. No era un acto de defensa, sino más bien la erupción de todo aquello con lo que había cargado durante los largos días del trayecto a casa, los pensamientos contenidos y el tormento persistente de sus remordimientos. Mientras se subía encima de August y lo sujetaba, su amigo se sacudía contra él, pero en vano. Caleb repitió las palabras «Perdóname, perdóname», que al cabo de poco se volvieron tan penosas que August destensó el cuerpo y se quedó flojo, la rabia sustituida por un sentimiento que solo podía ser lástima. Pero cuando Caleb lo soltó, August se le escapó de debajo, invirtió las posiciones y, con una mirada vacía, lo sujetó contra la hierba y le impuso su peso contundente y rotundo.

Lo agarró por la garganta.

—¿Has acabado? —le preguntó.

Apretó más fuerte y Caleb aguantó solo un momento antes de asentir con la cabeza. August lo liberó y se dejó caer en la hierba al lado de su amigo, ambos demasiado cansados para hacer nada aparte de respirar, llenar y vaciar el pecho, mientras los mosquitos revoloteaban en la estela de la conmoción. Era la manera en que solucionaban los problemas cuando eran niños y parecía correcto empezar a arreglar las diferencias volviendo a ser quienes eran antes, volviendo a los puñetazos, las bofetadas y los gruñidos: el vulgar castigo, el remedio más antiguo de todos.

—Se lo contaste a tu padre, ¿verdad? —inquirió Caleb, aún sin aliento—. Le dijiste lo que hice.

—Pensaba que habías muerto.

—Ojalá no se lo hubieras dicho. —Caleb se apoyó en los codos—. ¿Y a mi padre?

—Solo le dije que habías caído. Con honor.

August, que seguía tumbado, miró el cielo; la cabellera rubia le tapaba los ojos.

Con esa confirmación y el alivio que comportaba, Caleb examinó el catálogo de pensamientos sobre los que quería hablar, pero tenía el cerebro demasiado disperso para ordenarlos. Eso no era nuevo. Años antes, cuando aún iban a la escuela, no había casi ninguna noche en la que no acumulase una retahíla de temas que compartir con August y las horas interminables lo inquietasen no solo por la distancia que los separaba, sino también por la ansiedad que le producía la posibilidad de olvidar alguno. A la mañana siguiente se encontraban en clase y Caleb se veía obligado a fingir calma, a disimular el torrente irresistible de conversaciones que esperaban la aprobación o condena de su amigo, su entusiasmo o desinterés. Pero el mayor placer era que August se dirigiese a él primero. «Anoche pensé una cosa», decía con tanto aplomo que Caleb, que sabía el tormento que se había impuesto queriendo pronunciar esas mismas palabras, se ponía celoso, una emoción que, de todos modos, nunca igualaba la felicidad que sentía sabiendo que ambos pensaban en el otro y que eran la primera persona a quien le contaban todo lo que se les venía a la cabeza. Tumbado junto al estanque, Caleb pensó que lo mejor era, entonces y siempre, no parecer demasiado entusiasta; podía hablar de cosas sencillas e ir poco a poco, como si nada.

Sin embargo, fue August el que habló primero.

—Supongo que mi padre no te lo dijo. Mientras te regañaba. —En la pausa que hubo a continuación, Caleb notó que lo esperaba algo que no quería oír—. Me refiero a por qué ha organizado la gala. Por qué estaba tan contento.

—Recaudó dinero —respondió Caleb—. Al parecer eso siempre lo hace feliz.

—Bueno sí, pero solo en parte.

Era cierto que a su padre le habían concedido los contratos para la reconstrucción y que el dinero recaudado iba destinado a esa causa, pero ese no era el motivo de la celebración.

—Te escucho —dijo Caleb.

—Era un anuncio. Quería compartir la noticia con todo el pueblo para que yo no pudiera escabullirme. Ha sido una estratagema bastante desconsiderada, la verdad.

—August.

—Me han escogido para esa tal Natasha. La hija de los Beddenfeld.

August sonreía con superioridad y cierta indiferencia y diversión, como si todo eso fuese una broma.

—¿Y qué? —respondió Caleb incrédulo—. ¿Te vas…?

—Ella no tiene pega. Es un poco aburrida, pero eso me facilitará la vida. Tenía que ser alguien, supongo. Ya me he hecho a la idea.

A Caleb se le arqueó la espalda, se le tensó todo el cuerpo contra su voluntad. Naturalmente, no tenía derecho a considerarlo una traición ni a pensar que era una especie de venganza de su amigo por su trasgresión. Alzó la mano como si sostuviera una copa de champán y simuló una sonrisa.

—Por ti y por la futura señora Webler.

August no había dejado de sonreír con suficiencia.

—Estás loco.

—Por favor, acabo de darte mi aprobación.

—No hace falta que finjas.

No obstante, eso era lo que había hecho durante toda su relación, siempre que se lo pedía. Todas las ocasiones en las que August le había regalado un gesto de amor, este había servido solo como precursor de la indiferencia, de la frialdad que siempre venía después, y Caleb se quedaba fingiendo que el beso o la caricia no habían sucedido en absoluto. Cada enmienda era como una magulladura, y todas le dolían igual. Era el motivo por el cual, tras haber consumado por fin sus sentimientos en ese mismo estanque unas semanas antes de que August se alistase, Caleb había decidido alistarse con su amigo. Pensaba, con la misma parte necia del cerebro que le había hecho amar a August, que los acercaría más. Quizá lo más importante y aún más estúpido era que tenía miedo de lo que podía pasar si August se quedaba en presencia de otros soldados sin él. Imaginarlo forjando vínculos que podrían menospreciar el suyo era algo imposible. No, tenía que ir con él. Tenía que seguir a su amor. No le había sorprendido que August hiciera migas con los demás chicos, que forjase amistades y no le hiciera caso a él, como si fuera un hermano pequeño al que era mejor dejar en la tienda mientras los demás iban a fumar o a hablar de las chicas de sus pueblos. Tampoco se sorprendía ahora de oír que iba a casarse con Natasha Beddenfeld. Lo único que podía hacer era mostrarse cordial. Aparentar, como había hecho siempre cuando se trataba de la crueldad de August, que su mundo no se desmoronaba. Que no tenía el corazón roto.

Caleb se incorporó. Los árboles, que hacía apenas un rato aún resplandecían como si fueran de oro con la luz del sol, habían perdido lustre y la irrupción del cielo nocturno les había robado el brillo.

—Quizá deberíamos irnos —propuso—. Le he dicho a mi padre que cenaría con él.

Se levantaron a la vez. El paisaje estaba inmóvil y el estanque que tenían delante era una poza oscura de tinta. Se sacudieron la hierba, las motas de barro.

—No te preocupes —lo tranquilizó August—. Esto no cambiará nada.

Una vez más, le cogió la mandíbula a Caleb con la mano y le apoyó el pulgar en los labios. Esa vez no le apretó la cara. Hubo cierta ternura. No dijo nada más, se limitó a soltarlo y emprender el camino de regreso.

Capítulo 9

Estaba sola. Esa era la cuestión. Isabelle había llegado a esa conclusión despacio, se le había aparecido en forma de miedo, como las últimas volutas de una idea que resistían tras la muerte de Caleb. Lo primero que había pensado tras el regreso de su hijo era que ese pensamiento desaparecería. En cambio, se había fortalecido con el tiempo y ahora Isabelle conocía una perspectiva de la vida que tiempo atrás quizá la habría abrumado: una existencia de libertad sin concesiones.

Ese conocimiento se le había instalado a traición en la conciencia como una especie de despertar, de efusión espiritual, y después había asumido forma física en las partes de sí misma que ella había descartado. La ropa de viuda había sido lo primero en desaparecer, incluso antes de saber que, de hecho, Caleb había sobrevivido; la había relegado al fondo del armario sin pensárselo dos veces. Siguieron los proyectos, las obligaciones que apenas tenían importancia: el gorro morado de lana merina que estaba tejiendo de repente le parecía un derroche de hilo y tiempo, así que la caja de labores se perdió debajo de la cama, de donde no volvió a salir. Dejó las rosas desatendidas mientras florecían y algunas semanas se olvidaba de regarlas, hasta que se les marchitaron los pétalos y se cayeron, cadáveres a la vista de cualquiera que pasase por el camino.

Al principio, la inactividad le producía una vergüenza palpitante. Sentía que su versión anterior, la versión productiva y diligente, llamaba con los nudillos a las puertas de su conciencia suplicando que la dejase volver a entrar en su vida. Pero esa sensación se esfumó y lo que ocupó su lugar fue algo similar a la dicha. Sentarse en el porche con Mildred no era un descanso de otra tarea, sino una forma de pasar el día. La limpieza de la cocina podía esperar hasta el día siguiente; ya le quitaría el polvo al despacho de George en otra vida. Había épocas en las que ni siquiera se bañaba. Una vida sin movimiento, sin expectativas; ese era el secreto que le ocultaba al resto del mundo, ya que nadie comprendía la alegría que encerraba el abandono, el hecho de rendirse y empezar con una página en blanco, una página que quizá no llenaría jamás.

En realidad, se lo debía a George. Él había sido el primero, el que había alterado el orden de su hogar y había apuntalado su pena con los dos chicos que ahora vivían en el granero, con el trabajo que hacían juntos en la tierra. A partir de ahí, ella había tenido que enfrentarse a la vida sola, encararla todas las mañanas al despertar y continuar sin saber adónde la llevaría el trayecto, si es que la llevaba a alguna parte.

Seguía teniendo momentos de duda. El día que Silas regresó galopando a caballo envuelto en un velo de polvo, la perturbación de su rostro al contemplar su apariencia desaliñada y las inmediaciones descuidadas de la cabaña solo la igualó un momento después la confusión de ver a Caleb.

—Supongo que recibiste el telegrama —dijo ella—. Por fortuna, Caleb está sano y salvo.

—Eso está claro —resopló él—. Un segundo telegrama anunciándolo habría estado bien.

Aparte de su tez, transformada por el sol de Florida en un bronce turbio, Silas era una réplica casi exacta del hermano que Isabelle conocía desde siempre: el muchacho de pelo amarillo y pantalones anchos que le hacía compañía durante esos días tan largos de su infancia. Él se había quedado con los terrenos de su padre después de que falleciese, los había cultivado y, más recientemente, había empezado proyectos propios que le dejaban muy poco tiempo para reparar en Isabelle.

Desmontó, se acercó al porche, rechazó el té que ella le ofrecía y le echó un vistazo muy serio a Caleb, que estaba incómodo, plantado delante de la puerta con las manos en los bolsillos.

—Entonces, ¿estás bien?

—Todo lo bien que se puede estar —respondió Caleb.

—¿Y la nariz?

—Un rasguño, nada más.

—Por lo poco que he visto, ha habido muchísimos de esos.

Caleb dejó a su madre sola con Silas en cuanto tuvo la oportunidad; había tanto de que hablar que les era difícil empezar. Huérfanos de la muerte de Caleb como tema de conversación, era como si ningún otro asunto trivial tuviese más valor para inspirar una charla que otro. El silencio se volvió tangible e Isabelle no lo palió hasta que le preguntó por Lillian, su esposa.

—Ah, está de maravilla.

—¿Y los chicos?

—Bastante bien. Estoy convencido de que serán algo en la vida. Los dos disfrutan en la escuela. A Quincy le gustan los barcos de vapor, me lo imagino de ingeniero.

A pesar de que Silas nunca le había tenido cariño a George y de que esa brecha se había ensanchado a lo largo de los años, con Isabelle siempre había mostrado una naturaleza jubilosa que derivaba en charlas animadas. Pero había pasado más de un año desde la última vez que se habían visto y a Isabelle le daba la sensación de que en ese tiempo su hermano había perdido esa manera de comportarse, hasta el punto de que su pariente más cercano le parecía un desconocido.

Le preguntó si quería quedarse a cenar, pero él se levantó y puso reparos, le dijo que no debía quedarse. Si todo estaba bien, se marchaba. Le dio vueltas al ala del sombrero, lo lanzó al aire y lo atrapó, como hacía su padre en momentos de nerviosismo. Eso la hizo pensar: tenía delante a un chico que había heredado los principios de otro hombre, mientras que ella intentaba reinventarse sin ninguna guía ni ayuda. Silas había tenido una vida muy fácil. Y, sin embargo, estaba orgullosa de su hermano y hasta hallaba consuelo en su seguridad.

Estiró el brazo antes de que él se marchase y le puso la mano en el hombro.

—Silas, puede que un día recurra a ti.

Él torció el gesto con preocupación.

No había tenido la intención de inquietarlo. Confesó que no estaba segura de lo que quería decir.

—Es que... Bueno, hoy en día nunca se sabe.

—Estoy tan solo a un día a caballo. Si necesitas algo, ven a buscarme.

Satisfecha, Isabelle le soltó el hombro y lo observó marcharse sopesando, una vez más, hasta qué punto podían alejarse dos hermanos sin perder el vínculo que los unía. Pensó en llamarlo y darle las gracias por haber venido, pero se dio cuenta de que con un hermano como el suyo una muestra de gratitud como aquella no era necesaria. Él habría seguido sin hacer caso de sus palabras.

Los días siguientes fueron tranquilos. Tal como había prometido, Caleb estaba en casa a menudo y comía o se sentaba con ella. Sin embargo, igual que su tío, parecía haber mudado parte de sí mismo y tendía a guardar cierta distancia, a comportarse con la frialdad a la que eran propensos, como sabía Isabelle por experiencia, la mayoría de los hombres. La desfiguración de su rostro la debilitaba si lo miraba demasiado rato. Caleb tenía la piel pálida y demasiado fina de nacimiento; su nariz, sus ojos y su boca eran más delicados de lo que correspondía a un varón, y en el momento de su partida el año anterior ella estaba convencida de que ese cuerpo, demasiado inconsistente y frágil para el clima de la guerra, lo convertiría en más propenso a hacerse daño que el resto de los chicos. La cicatriz le trazaba una línea entre la mejilla y la nariz, las separaba como si fueran dos compartimentos, y la nariz había quedado desviada hacia la derecha como si persiguiese una fragancia que no lograba captar.

Recordatorios. Esos recordatorios constantes. De un tiempo perdido, de relaciones desgastadas. Isabelle se había resignado a todo aquello, pero se negaba a dejar que su hijo habitase el centro de ese dolor. En los momentos en los que él se distanciaba, ella lo espoleaba, segura de que un poco de actividad, la que fuese, era mejor que nada.

—A tu padre le iría bien un poco más de ayuda —le sugirió.

—Ya tiene ayuda.

—Estoy segura de que se alegraría de tener más, a eso me refiero.

Caleb recogía los huevos de los nidos del gallinero o bañaba a Ridley y se entretenía mirando desde la distancia el campo de más abajo. George no era sensible a su hijo, no más de lo que lo era a cualquier otra persona. Ahora vivía al margen de su familia, lo que estaba bien por lo que a Isabelle respectaba, pero no podía brindarle ese tratamiento a Caleb. Ella pensaba asegurarse de que eso no ocurriera.

—Tu padre podría pagarte —dijo—. Podrías trabajar a tu aire.

Estaban sentados a la mesa del comedor, hablando o, cuando se quedaban sin ganas de conversar, leyendo. Era principios de abril, hacía un tiempo suave, jornadas húmedas atemperadas por vientos reconfortantes. A pesar de todo, a Isabelle la extensión de los días, tal vez por culpa del talante abúlico que había adquirido su vida, se le hacía cuesta arriba.

—¿Me sugieres que vaya a pedírselo? —preguntó Caleb.

—¿Tan horrible sería?

—Me lo pensaría si la petición viniera de él. Pero de otro modo no. No quiero discutir más del tema.

Se abanicó con el periódico con aire dramático y se marchó arriba.

Esa noche, mientras George se preparaba para acostarse, Isabelle le dijo que le pidiera a Caleb que lo ayudase en el campo.

—Pensaba que seguía convaleciente —respondió George mientras se quitaba las botas.

Ella contestó que no y que le iría bien tener un poco de rutina.

George se lo preguntó al día siguiente a primera hora.

Caleb miró a su padre y después a su madre con complicidad y respondió que sí encogiéndose de hombros.

—Si necesitas ayuda, sí.

—Bueno, no nos va mal, pero...

La mirada severa de Isabelle lo calló.

—Sí —dijo—, supongo que sí nos hace falta.

Isabelle no había visitado ni una sola vez el terreno que habían despejado para cultivar, más que nada por falta de interés, pero, con Caleb presentándose allí todas las mañanas, desarrolló cierta curiosidad. Acababa de transcurrir otra semana sin visitas, ni siquiera una carta de Mildred, así que se puso las botas y salió por la puerta de atrás. El sol la envolvió de inmediato y caminó con brío como si quisiera dejarlo atrás. A pesar de que la tierra desnuda y amplia donde antes había un bosque era bastante visible, el sol arrojaba un manto fluido de oro sobre ella y al principio Isabelle no distinguió ninguna señal de vida humana. Se protegió los ojos con la mano para que se le acostumbrase la vista y de pronto el campo labrado apareció a lo lejos, con el asombro que produce un milagro. No era por la magnitud del terreno, ya que en Old Ox había muchas plantaciones que eran el doble de grandes, si no el triple. Era más bien por el hecho de que esa había salido de la nada. Su mera existencia era como si una de las maravillas del mundo se hubiera materializado en su jardín.

Unos surcos como líneas trazadas cuidadosamente con una pluma discurrían a lo largo de la extensión, hacia el borde del bosque. Era una tierra fértil, de color marrón café y muy rica en comparación con el suelo que ella pisaba. Ya veía a los cuatro hombres. Cada uno sujetaba una azada y tenía su propio surco que labrar, y ninguno hablaba, pues el trabajo era la prioridad. No estaban por debajo de ella y, sin embargo, lo parecía, como si el terreno estuviera arropado en un valle, a la sombra de dos colinas paralelas, a salvo y a un tiro de piedra del resto del mundo.

Distinguía a George, alcanzaba a ver la caída larga de su azada, la suavidad con la que atacaba con la herramienta y volvía a levantarla, la precaución con la que removía toda la tierra, siempre con golpes delicados pero certeros. En ese momento, a Isabelle la asaltó una ráfaga de viento; se estremeció como la cuerda de un arpa al pulsarla y apretó los dedos de los pies dentro de las botas como reacción al fresco momentáneo. No lograba sacudirse la sensación de que era testigo de algo íntimo. Se dio cuenta de que aquel no era lugar para una observadora, no era lugar para ella. Emprendió el camino de regreso a la cabaña y decidió que no volvería al campo.

Cumplió su promesa solo durante un día, si bien Isabelle no fue la culpable de esa falta. La tarde siguiente, mientras estaba tumbada delante de la casa disfrutando sobre una manta de un sol moderado, a lo lejos aparecieron unos visitantes a caballo. Eran Ted Morton y su trabajador, Gail Cooley, y ambos frenaron el paso a medida que se acercaban. No desmontaron hasta que la sombra de los animales la tapó y el sol desapareció a sus espaldas.

—Señora Walker —saludó Ted.

Isabelle se incorporó y, una vez sentada, saludó a los hombres.

—Busco a su marido —dijo Ted—. Es urgente.

Conociendo a George y sabiendo lo que opinaba de Ted Morton, a Isabelle le costaba imaginar que compartiesen ni una sola preocupación, mucho menos una que fuese urgente. Pero era muy consciente de cuál era la única complicación que los vinculaba y se formó su propia hipótesis sobre lo que llevaba allí a su vecino.

—Hoy está muy ocupado —contestó—. ¿Por qué no lo aviso de que has venido?

—Que está ocupado ya lo sé. Puedo ir yo mismo a buscarlo.

—Ted.

Morton hizo trotar al caballo y Gail lo siguió hacia la parte de atrás. Isabelle fue tras ellos intentando convencerlos de que diesen la vuelta, pero fue en vano. Cuando llegaron al campo, los cuatro hombres estaban sin camisa; también George, que era orondo a la manera inocente de los niños y tenía una barriga que botaba con cada golpe de la azada. La presencia de Isabelle parecía confundirlo tanto como la de Ted y Gail. Dejó de trabajar cuando ellos desmontaban y Caleb y los dos hermanos hicieron lo mismo.

—¡George! —proclamó Ted—. Creo que me debes una explicación.

Miró a Prentiss y a Landry y después otra vez a George.

—¿De qué se trata?

—No te has ganado el derecho a hacerte el tonto, George.

Hubo otro golpe de silencio y esa fue la última humillación que Ted pudo capear.

—Basta, para ahora mismo. ¡Los dos sabemos que estos chicos son de mi propiedad!

Hizo esa proclamación a tal volumen que se oyó a un animal huyendo en el bosque, al borde del campo labrado.

—Me engañas delante de mis narices. A unos pocos kilómetros de mi casa, donde crie a esos chicos desde que estaban en la cuna. Puede que no nos llevemos bien, pero ni siquiera tú deberías rebajarte de esta manera. Por Dios, ¿sabes que esos dos me han robado? Y no solo ellos dos. Todos. Las ollas y las sábanas y todas las malditas cosas que les proporcioné. Almacenes enteros desaparecidos de la noche a la mañana.

Los hermanos apartaron la mirada y George dio un paso adelante.

—Tranquilízate, Ted.

—¡Me niego!

Estaba rojo a causa del arrebato y resoplando como si lo hubieran abofeteado e intentase contener las lágrimas.

—Tu caridad no es diferente de la mía. Los traté lo mejor que supe. Tú podrías remontar el Misisipi con esa labia que tienes, pero eso no te hace mejor que el resto. Con lo poco que he ganado con mi propio esfuerzo y ahora llegas tú de repente y me quitas lo que es mío, igual que hizo tu padre cuando se abalanzó sobre el condenado pueblo y se quedó con todo lo que quiso. Estamos hablando de mi sustento. Puede que no esté a tu nivel, pero soy buena persona. Y Gail también.

George, con la barriga apoyada en el mango de la azada, tenía aspecto de estar cansado bajo el sol pero tranquilo.

—Estos dos son hombres, no niños. Y son dueños de sí mismos. Si les pidieras que volvieran contigo, yo no me interpondría.

Ted se secó la saliva de la boca. Parecía que le doliese enfrentarse a Prentiss y Landry, y al principio no podía más que señalarlos con el dedo. Al final, se volvió y los miró a los ojos.

—Os di un sitio donde vivir. Os alimenté, os vestí. Es una vergüenza cómo os habéis comportado.

Landry, cuyos hombros se alzaban por encima de los demás, bostezó con indiferencia.

El campo estaba en silencio.

—Huesos —dijo Prentiss—. Nos daba huesos para comer. Y el techo de la cabaña goteaba siempre que llovía. Era casi como dormir fuera. Y en esa finca no hay ni un alma que se haya criado en una cuna, excepto sus parientes. Mi madre me crio en sus brazos. Igual que a Landry.

Ted miró a George y después a Caleb como si esperase que uno de los dos castigase a Prentiss por ese arranque, por semejante insolencia. Isabelle pensó que se le había desatado algo dentro, la angustia de alguien rechazado.

—¿Por qué no lo dejamos para otro día? —propuso Gail—. No van a ir a ninguna parte.

—Sí, haga caso del señor Cooley —intervino Isabelle con ternura precavida, creyendo que quizá la dulzura de una mujer, por falsa que fuese, podría acabar con su ira—. Esto no es algo que no se pueda tratar más adelante. Hoy no es necesario hacerle daño a nadie. No querrá que yo vea algo así, ¿verdad?

Ted abrió las fosas nasales como haría un animal agotado. Dio media vuelta y se subió al caballo. Gail hizo lo mismo.

—Ya que estamos siendo sinceros —le dijo Ted a George—, deberías saber que esto está mal. Yo no cultivo cacahuetes, pero hasta yo sé que hay que plantar en un lecho al menos el doble de alto del que tienes tú ahí y no tan cerca del surco. Si tuviera que arriesgarme, diría que las semillas no te darán nada.

George dio unos golpecitos en la tierra con el pie.

—Muchas gracias por el consejo, Ted. No te lo tomes a mal, pero te agradecería aún más que no volvieses aquí sin avisar como has hecho hoy. No es de buen vecino.

Un trueno estalló dentro de Morton; Isabelle se sorprendió de ver que no se hacía pedazos ante sus ojos. Al final, el hombre consiguió serenarse.

—Con Dios —dijo.

Salieron al galope y dejaron grandes terrones de tierra removida a su paso. Iban levantando una nube de polvo que se posó poco a poco.

Cuando ya se habían ido, George se volvió hacia Prentiss y le habló con un tono distendido.

—¿Tiene razón? No se me habría ocurrido hacer algo así. Levantar los lechos.

Prentiss seguía contemplando a los hombres que se alejaban. No consiguió ofrecer una respuesta.

—Volverán —dijo Caleb.

—No podemos preocuparnos por Ted —repuso George con desdén—. Hace mucho que especulo con que sufre alguna anormalidad cerebral y esto no hace más que demostrarlo. Viene aquí haciendo aspavientos como si dirigiera una orquesta... No le sienta bien ponerse como un loco.

—Volverá —repitió Caleb—. Ya lo verás.

Sin hacer caso de su hijo, George se dirigió a Isabelle.

—Espero que no te hayan asustado a ti también.

—No, a mí no.

—Bien, bien. ¿Qué te parece el campo?

—No sé, George —respondió ella—. Impresiona.

Satisfecho con la contestación, le dio las gracias, levantó la azada y volvió a bajarla.

—Por si sirve de algo, yo creo que Ted se equivoca. Si les das cariño a estas plantas y las alimentas como está mandado, crecerán perfectamente.

No parecía darse cuenta de que era el único trabajando. Los demás estaban quietos y en silencio, como si los acontecimientos los hubieran paralizado.

¿Era valentía lo que George había demostrado? ¿O era su habitual ingenuidad? Isabelle no sabía la respuesta, que en sí misma dejaba entrever una de las mayores cuestiones de su vida: la de si conocía el funcionamiento de la mente de su marido. De manera consciente o inconsciente, delante de su familia había hecho frente a esos hombres sin mostrar ni un ápice de miedo o de vacilación, con la misma confianza en la voz que cuando le describía una receta a Isabelle o compartía uno de sus chistes favoritos. Nunca había sido vehemente, pero era lo más cerca que ella lo había visto de ese concepto y estaba fascinada.

Le dio vueltas a un botón dorado del vestido. Llevaba sus mejores galas de los domingos, a pesar de que era miércoles, y había reclutado a Caleb para que la acompañase a casa de los Beddenfeld con la carreta. Mildred le había transmitido que estaba invitada a una reunión vespertina, una celebración para Natasha, la hija de Sarah que iba a casarse con August Webler. Iba a ser su primera aparición en sociedad desde antes de que George y ella creyesen que Caleb había muerto, la primera ocasión en la que iba al pueblo y se requería que fingiese estar alegre y que se comportarse con amabilidad.

La invitación no era por casualidad. En plena guerra, los Beddenfeld habían acogido a un general confederado y pariente de Sarah, y su presencia en la mesa requería cierto despliegue de lujo. Daba la casualidad de que los Beddenfeld habían vendido su mejor vajilla: el precio de mantener las apariencias en todo lo demás. Y ¿quién mejor que Isabelle, una mujer que vivía en el bosque, alejada de la sociedad pudiente, muy poco chismosa y sin interés alguno en los rumores, para pedirle prestada la vajilla de porcelana? Isabelle había satisfecho la petición de los Beddenfeld y, desde entonces, como queriendo convertir la transacción en algo justo, Sarah contaba con Isabelle para todos los acontecimientos que tenían lugar en su casa, incluido ese.

—Te veo nerviosa —le dijo Caleb.

El joven tenía las riendas en la mano y la vista fija no en ella, sino en la carretera. Pasaban juntos mucho menos tiempo desde que él trabajaba con su padre en el campo, y ella apreciaba mucho más los ratos que compartían. A menudo se acordaba de las cartas que él le mandaba cuando estaba en la guerra. En realidad, eran pequeñas notas: «Estoy bien. Caleb». O: «Aquí seguimos. Tu hijo». Así era él: cumplía con sus deberes de hijo, pero con el mínimo esfuerzo. No obstante, ella disfrutaba las cartas; las guardaba en un cajón de la cómoda y las leía siempre que sentía la punzada de su ausencia. Ahora que él había regresado, para ella todas las conversaciones eran como una de esas tarjetas: las atesoraba y las almacenaba dentro de sí. Hasta las charlas más triviales la hacían feliz.

—Para nada —respondió Isabelle—. Ya estoy muy acostumbrada.

—Las gallinas y sus cacareos —dijo él.

Así era como Caleb denominaba a las mujeres con pedigrí del pueblo, un término que había adoptado desde pequeño.

—Sí, chillando por el gallinero, dándose picotazos unas a otras.

Caleb sonrió y continuó mirando al frente en lugar de a ella.

—Padre habla de ti a menudo, ¿sabes? Cuando estamos en el campo.

—Como tú mismo has visto, me las apaño bien.

—Hace lo mismo que con los libros que lee: le da mil vueltas a todo lo que dices y encuentra símbolos donde no los hay.

—Así es él.

—Exacto. Pensó que lo de Ted te había trastornado.

—Ted todavía le tiene muy en cuenta a tu padre que no sea su amigo. El hombre se arrodillaría a sus pies si le mostrase un mínimo de respeto. Pero tu padre debería preocuparse más por Prentiss. Parecía estar a punto de salir huyendo.

—Lo que me inquieta es que tuviera motivos para ello. Nunca he visto a Ted montar en cólera de esa manera.

—Estaba algo desesperado —convino Isabelle.

Se acercaban a Old Ox. Ella se puso rígida, preparada para lo que la esperaba en la fiesta. El general Lee se había rendido tan solo una semana antes y no podía ser un momento peor para una celebración; sin embargo, si había algo que se les diese bien a las gallinas era hacer la vista gorda con la realidad, instalarse en una ensoñación colectiva en la que las bodas y el romance eran los únicos temas dignos de comentar. Virginia era otro mundo, y ¿qué motivos había para permitir que las decisiones de Lee demorasen el gran día de Natasha?

Caleb se recostó en el asiento.

—Si te digo la verdad, no estoy seguro de por qué mi padre se ha opuesto de esa manera. No entiendo la lealtad que les tiene a esos dos. Como trabajadores son buenos, pero no sé si el asunto merece la pena. Ningún otro hombre del condado está dispuesto a pagar el sueldo que les paga él, y los hay que ni les pagan. Se está convirtiendo en la comidilla del pueblo. La gente dice cosas horribles a su espalda.

A Isabelle le apretaba el vestido y las costuras le rozaban la espalda. No hacía ni media hora que había salido de casa y ya echaba de menos la mecedora del porche de delante y la soledad de la cabaña, la distancia entre ella y el mundo, ese espacio que era suyo. En eso y en tantas cosas más, George y ella eran iguales, a pesar de que no siempre estuvieran dispuestos a reconocerlo el uno en el otro.

—Es raro que tu padre encuentre compañeros de viaje. Esos chicos están al margen de la sociedad. Lo entienden. Y él a ellos.

—No sé si entenderse sirve de mucho.

—No te sigo.

—Tú entiendes a mi padre como nadie más podría. Y, sin embargo, os habláis menos que un par de niños enfadados. Es un fastidio.

—Sí, bueno...

Isabelle cerró los ojos y no hizo caso del lamento de un perro enjaulado, del tañido de un martillo al chocar con el yunque. Sonidos del exceso, del vicio no del tipo religioso, sino del humano; los ruidos de la sociedad que mantenía la desesperación a raya con la rutina.

—Ten en cuenta que no es tan sencillo como para ti. Tu padre y yo hemos hecho sacrificios; no el uno por el otro, sino por el tipo de vida que buscábamos. En vista de la alternativa. De todo lo que nos rodea.

Las sombras moteadas del pueblo le plagaron a Isabelle los párpados hasta que se acabó el ruido y dejaron todo atrás. El tiempo se desenroscaba al ritmo del golpeteo de los pasos de Ridley y ninguno echaba a perder el hechizo de su silencio. Cuando por fin llegaron a casa de los Beddenfeld, Isabelle se bajó de la carreta ella sola y se despidió con un simple adiós.

Las flores que rodeaban la casa parecían puestas al tuntún; su presencia se explicaba no por una cuestión de buen gusto, sino por una preferencia en general por la extravagancia. Una alfombra chillona cuyo estampado parecía escritura ilegible serpenteaba por el vestíbulo. Las mujeres, seis en total, se habían sentado en el salón. Por fortuna, Mildred estaba entre ellas. Cuando Isabelle llegó, se levantaron todas, madres de la primera a la última, y arrastraron el borde del vestido al acercarse a saludarla; todas menos Mildred le hicieron todo tipo de carantoñas, como si fuera un cachorro que hubiesen traído de la calle.

—¡Ay, pensaba que no vendrías! —exclamó Sarah Beddenfeld.

—Estás imponente, de verdad —dijo Margaret Webler.

Le acarició el vestido, el mismo modelo que seguramente ella habría descartado años antes. La piel de sus mejillas parecía muy fina tras demasiados años de sonrisas forzadas, y las cejas, del mismo tono carmesí que el pelo, se las había pintado hacía tan poco que Isabelle pensó que, si se las tocaba, se le correría el maquillaje.

—Disculpas si llego tarde —dijo Isabelle—. El trayecto ha sido más largo de lo que pensaba.

Eso era mentira, la primera de muchas más que diría. Se sentaron a una mesa de comedor de madera pulida con un camino de encaje que colgaba por ambos extremos y un cuenco tan repleto de fruta en el centro que parecía lista para un banquete romano o un bodegón. Isabelle mintió sobre la belleza de la decoración y después sobre la ensalada, cuya lechuga flácida nadaba en un exceso de vinagre.

—Eres la envidia del pueblo —le dijo Martha Bloom a Sarah, que presidía la mesa—. ¿Quién no desearía ese compromiso para su hija? A August Webler le espera un futuro prometedor, igual que el de su padre. De eso estoy segura. Muy segura.

—¿Os habéis dado cuenta —preguntó Katrina entre susurros— de que a veces los caballeros del pueblo se quedan callados cuando aparece?

Anne, que era la hermana de Natasha y aún no había tocado el plato, asintió de manera vigorosa. Ese gesto, se aventuró a pensar Isabelle, era un síntoma de ser la más joven del grupo, la señal de que necesitaba la aprobación de las mayores, pero la frecuencia con que cabeceaba había aumentado hasta el punto de que le había aparecido un rocío de sudor en la nuca. Aún estaba por ver si aguantaría toda la velada sin que al final se le cayese la cabeza del esfuerzo y acabase de bruces encima del plato.

—La pobre chica tiene que relajarse o se desmayará.

Era Mildred, que le hablaba al oído. Isabelle dio gracias a Dios por que hubieran sentado a su amiga a su derecha.

—¡Sí! —respondió Isabelle en un registro más bajo, contenta de que alguien compartiese sus observaciones más oscuras—. Tendrán que sacar el vino antes de lo que pensaban solo para calmarle los nervios.

—No me digas que tú no has bebido nada antes de llegar. Se supone que tienes que serenarte con una copa o dos antes de aparecer en algún lugar con esta compañía.

Isabelle se rio con ganas y el resto de las mujeres de la mesa volvieron la mirada hacia ella, expectantes. Había sido un arrebato lamentable. Se limpió la boca con la servilleta y cogió el relevo de la conversación que le habían dejado en bandeja.

—No cabe duda de que Natasha tiene suerte de ser la prometida de August —dijo—, pero no olvidemos sus cualidades. Caleb sería afortunado si encontrase a una joven tan brillante.

—¡Aduladora! —exclamó Sarah—. Natasha puede ser encantadora, pero sabemos la suerte que ha tenido y no podríamos estar más emocionados. Caleb es amigo de August, ¿verdad?

—Mejores amigos, diría yo —añadió Mildred.

Isabelle lo corroboró y a ella la respaldó la madre de August, que se apresuró a confirmar la fortaleza de su vínculo.

—Pues no me extrañaría que tuviera el papel de padrino —se aventuró Sarah—. Qué maravilloso sería.

—Estoy segura de que para él sería un honor —respondió Isabelle.

—Te prometo que no estarás lejos de la ceremonia para que puedas ver a tu hijo de cerca mientras está al lado de August.

—Estoy bastante segura de que me contentaré me sientes donde me sientes.

Con el rabillo del ojo, Isabelle alcanzó a ver un levísimo destello en la expresión de Mildred, como si su amiga identificase ese acto, el tono falso que les había parecido verdadero a todas menos a ella. No obstante, esa capacidad de contactar con su interior y extraer los pedazos de su yo anterior que aún estaban por desarmar le resultaba a Isabelle más desalentadora que en el pasado. Tal vez esas mujeres tuvieran los mismos sentimientos que ella, pero fuesen en el fondo más fuertes, más capaces de almacenar los pensamientos inútiles y seguir adelante como si no existieran. Aunque quizá fueran, sencillamente, tan huecas como parecían.

Les sirvieron una sopa de cebolla con una película de caldo borboteante en la superficie. Reconoció su vajilla de inmediato. El dibujo del sauce ondeando al viento, los remolinos azules que continuaban por el borde de los cuencos y se vertían sobre los platos de abajo.

—Espero que George también haga acto de presencia —dijo Sarah—. Verlo es un placer… único.

Isabelle se percató de todas las miradas que se intercambiaron alrededor de la mesa.

—Para una ocasión como esa, estoy segura de que sacará tiempo.

—Tienes que contarnos —continuó Sarah como si nada— si lo que la gente dice es verdad. ¿Es cierto que George ha empezado algún tipo de plantación él solo? ¿No será algún tipo de estratagema para tener esclavos? Él siempre ha ido contracorriente, sería muy típico de él.

—Eso no es lo que yo he oído —intervino Margaret—. Aunque lo que yo he oído no se puede repetir.

Martha, en un rincón, perdida en su ignorancia, parecía patidifusa.

—Yo no me había enterado. ¿Esclavos? No es que yo sea una autoridad para hablar de lujos, pero tener algo así en propiedad en estos tiempos... Bueno, me parece una mala inversión.

Sonó como una broma, cosa que confundió a Martha aún más, y se oyó una ronda de risas por toda la mesa.

Isabelle abrió la boca, pero se había quedado sin voz. Se volvió hacia Mildred buscando ayuda, pero su aliada estaba ocupada mirando por la ventana, un dechado de neutralidad. Katrina no le serviría de nada. Aunque se llevaban bien, no eran amigas.

—Se ha puesto a cultivar, sin más —dijo al final.

—¿Eso es todo? —insistió Sarah—. Entonces, no veo de dónde han salido los rumores. Con la cantidad de noticias que se difunden, os juro que en este pueblo surgen las especulaciones más particulares. Y la mayoría son falsas. No se hable más del tema.

Isabelle flaqueó y se irguió al instante. Ahí lo tenía. No esperaba que la pusieran en tela de juicio. Pero esas palabras dichas de pasada llevaban implícita una declaración, por fugaz que fuese, contra el nombre de George, contra su familia. Daba igual lo que ella opinara de George, de sus decisiones: no pensaba acobardarse ante esas mujeres mientras se ponía en duda la reputación de su marido.

—Tiene unos chicos que lo ayudan —dijo—, que quede claro. Hombres, debería decir. Hombres libertos. Sí.

El silencio era tal que se oía a las trabajadoras de la cocina. Entonces Margaret se estiró el vestido y posó la cuchara.

—O sea, que lo que dicen es verdad. ¿Cohabita con ellos? ¿Los trata como si fueran de su familia? Madre mía. —Enarcó una ceja. Llenó la cuchara de sopa, pero esta se quedó suspendida ante sus labios cuando Isabelle se levantó.

—Creo que debéis excusarme —dijo—. Mis disculpas, Sarah.

—¿Ocurre algo?

—No, no ocurre nada.

Sarah se puso en pie y las patas de la silla arrugaron la alfombra que tenía detrás.

—Ay, no debería haber dicho ni una palabra. Lo único que quería era incluirte en una conversación, Isabelle. Pero no me ha salido bien, ahora me doy cuenta. Perdóname por haber dicho lo que no debía. A Margaret también.

—No voy a perdonar a nadie.

La onda expansiva atravesó el comedor. Había tantas miradas fijas en la mesa que parecía que todas las mujeres presentes estuvieran absortas en sus plegarias.

—No aprecio a nadie —continuó Isabelle— que preste atención a rumores crueles y a auténticas mentiras. Ni a los que hablan a la espalda de los demás. Escuchad lo que voy a decir: mi marido es un hombre considerado. Un hombre decente. Y, desde el día en que entró en mi vida, no ha hecho nada más que seguir sus pasiones sin importarle lo excéntricas o lo peculiares que fuesen y, muy a menudo, también a pesar de aquellos que lo consideraban distinto. Pero nada de lo que ha hecho ha sido con malas intenciones. Esas insignificancias están por debajo de él. ¿Hay alguien aquí que pueda decir eso de sí misma? Yo seguro que no. Sin embargo, admiro a los que, como él, sí pueden. Y ahora, disculpadme todas.

De todas las presentes, Anne, con el labio tembloroso, decidió que tenía el deber de hablar.

—No puede decir todo eso en serio, señora Walker.

—Anne, eres una niña. Nada de lo que he dicho tiene que ver contigo. Pero juro que todo lo que he dicho es verdad.

Se alisó el vestido y echó la silla hacia atrás para marcharse, pero se detuvo. Cogió el platillo que había debajo del cuenco de sopa y se volvió hacia Sarah mientras lo blandía como un predicador blandiría una Biblia.

—Y esta vajilla es mía. Quiero que me devuelvas el juego completo tan pronto como sea posible.

Se puso el platillo delante del pecho como si fuera un modo de protección y se lo llevó a la puerta, donde rechazó la ayuda del mayordomo y sacó ella misma el abrigo del armario.

—Ya salgo sola.

Anochecía en Old Ox y las sombras de los árboles eran tan alargadas que arrojaban siluetas premonitorias sobre el camino. La euforia que Isabelle había sentido al marcharse empezó a reducirse en proporción a lo fría que estaba la tarde y lo sola que se sentía. Había avanzado apenas unos pasos más allá de la rúa del Alcalde cuando oyó el ruido rítmico de unos cascos y el crujido de las ruedas de una carreta detrás de ella. No miró, temiendo que fuese algún desconocido oculto en la oscuridad, pero, al oír la voz, levantó la mirada.

—Sube. Hay que llevarte a casa antes de que causes más perjuicios.

Mildred Foster, con las riendas en la mano.

—Te has ido de la fiesta por mí.

—He creído que lo mejor era salir a buscarte.

Isabelle le dio las gracias, pero no se sentía capaz de decir mucho más. A pesar de que estaba convencida de hasta la última palabra que había soltado en la reunión, sabía que lo ocurrido en esa casa sería pasto de las habladurías durante años. De momento, el silencio le parecía la mejor opción. Dejar que se enfriase el asunto.

Estaban ya a medio camino hacia la cabaña cuando Mildred hizo un sonido levísimo, el germen de una carcajada. Isabelle negó con la cabeza, le cogió el relevo y se echó a reír. Enseguida se convirtió en un alboroto, ambas sin respiración. Se reían tanto que el caballo parecía asustado.

—Dios mío, ¡qué caras han puesto! —exclamó Mildred.

—¿Qué he hecho? —se preguntó Isabelle, y se secó las lágrimas.

—Querida, ha sido un espectáculo maravilloso. Aunque me imagino que ya no recibirás la invitación a la boda.

—Ha valido la pena. Cada segundo ha valido la pena.

—En eso estamos de acuerdo.

Tardaron casi todo el resto del trayecto en recobrar la compostura. Para entonces era noche cerrada. De la chimenea salía humo, y la mera imagen de la cabaña y todo lo que la acompañaba bastó para que Isabelle volviese a estar al borde de las lágrimas.

—Gracias, Mildred. No hace falta que te lo diga, pero no pensaba en ti cuando despotricaba. Nuestra amistad es muy importante para mí, más que cualquier otra.

—Claro que sí. Venga, vete. Descansa un poco, querida. —Le agarró la mano y la ayudó a bajar de la carreta. Luego siguió hablando—: Un consejo, de parte de alguien que sabe lo que se dice: no hagas que te odien todas a la vez. No te des prisa. Así, cuando tus prejuicios queden al descubierto, estarán tan acostumbradas a tu aversión que serán reacias a decir algo.

—Quizá para mí ya sea tarde —respondió Isabelle—, pero lo tendré en cuenta, como hago con todas tus perlas de sabiduría. Buenas noches, Mildred.

Nunca se había alegrado tanto de llegar a casa. Entró en la cabaña y el aroma vigorizante de la leña recién echada al fuego la relajó tanto que podría haberse dormido. Sin embargo, toda posibilidad de permitirse un sueñecito quedó desterrada en cuanto vio cuántos ojos la miraban. George, que llevaba un delantal y tenía una sartén en la mano, servía comida en el plato que sostenía Caleb. Al lado de él estaban Prentiss y Landry, ambos ya servidos.

—Isabelle —dijo George—, pensaba que tardarías en volver.

—Sí, bueno, la cosa ha terminado pronto.

—Hola, madre —saludó Caleb sin apartar la vista de la comida.

—Fuera ha refrescado un poco —continuó George—. Se me ha ocurrido invitar a Prentiss y a Landry a cenar.

—No pasa nada si quiere que nos marchemos —sugirió Prentiss.

Isabelle se acercó a la mesa sin abrir la boca. Caleb ya había empezado a comer. Había habido una época en la que todos rezaban juntos. Había habido una época en la que las formas importaban. Cayó en la cuenta de que los Walker habían dejado todo eso atrás. Ahora la mesa donde comían era un surtido de seres rotos, reunidos para obtener sustento. Eso ya no la molestaba. El hecho de ser consciente de algo así la habría perturbado un tiempo antes, pero ya no.

—¿Hay otra silla? —preguntó.

Prentiss se levantó y le señaló la suya.

—Siéntate —le dijo Isabelle—. Te lo agradezco, de verdad, pero no estoy de humor para buenos modales. No ahora mismo. Me gustaría que me tratases como tratarías a George y a Caleb. Como si no fuese distinta de ellos. Caleb, ¿puedes ir a por la silla del despacho de tu padre?

Caleb dejó el tenedor e hizo lo que le había pedido mientras Prentiss recuperaba el asiento.

—Le pedí a Caleb que parase en la carnicería de camino a casa —explicó George—. He asado un poco de ternera con una guarnición de cebolla frita. Ya sé que no es lo que más te gusta. Habría cambiado los platos de haber sabido que volverías antes.

—Tiene una pinta excelente —dijo Isabelle—. No podría haber pedido nada mejor.

Después de servirse él y de servirle a Isabelle, George se sentó. Todos comieron con voracidad, casi sin decirse nada.

Su marido parecía tan preocupado por su situación con ella como le había indicado Caleb; y él se ahogaba con el silencio de sus padres; los hermanos, bueno, a ellos los había oído hablar tan poco que no esperaba que dijesen nada. Y por eso mismo la sorprendió que fuera Prentiss quien iniciase la conversación.

—George nos ha hablado de la fiesta —dijo—. Espero que lo haya pasado bien.

Isabelle levantó la vista. Se había sentado con tanta prisa que se había olvidado de quitarse el abrigo. Se lo desató y dejó que cayese sobre el respaldo de la silla. Cuando se dio un momento para respirar, se percató de que estaba llena. Y satisfecha.

—No vale la pena contarlo. Solo diré que aquí la compañía es más grata. Mucho más grata.

Capítulo 10

Una telaraña de rayos y el estrépito repentino de un trueno desencadenaron una lluvia intensa que arreció, de forma intermitente, durante días. Después volvió a salir el sol y se secó la humedad de los campos. Las carreteras vacías no tardaron en repoblarse con hombres ataviados con abrigo que hacían rodear los charcos a los caballos y de vez en cuando se detenían a liberar las carretas del barro que atenazaba las ruedas. A George no le importaba mucho qué tiempo hacía. Se embarcó hacia Old Ox preparado para capear todo lo que se le echase encima, armado solo con un sombrero fino de fieltro y el mono, las perneras metidas por dentro de las botas para que no se le manchasen.

Su intención era ver a Ezra, cuya invitación muy probablemente habría rechazado de no haber estado encerrado durante tantos días, aburrido del entorno conocido de su casa y sin la oportunidad siquiera de salir a pasear por el bosque. Había intentado pasar tiempo con su hijo, pero Caleb ya no se sentía obligado a ello y, si no estaban en el campo, el chico estaba con su madre o aislado en su dormitorio. Cuando llovía, era capaz de pasarse allí arriba varias horas seguidas, encerrado haciendo Dios sabía qué, grandes actos monásticos de soledad que podían durar horas.

Un día que el aguacero se puso muy feo, George fue al granero para ver cómo estaban Prentiss y Landry, pero el tejado estaba reparado y tan robusto como el día en que lo había construido su padre. Para entonces, además, tenían su propia comida, que compraban en el pueblo o se procuraban en el bosque. La segunda vez que fue a verlos, y la tercera, ambos lo miraron como mirarían a un intruso y sus voces se apagaron cuando levantaron la vista de los jergones donde jugaban a las cartas o del farolillo a cuya luz compartían sus secretos. El granero ya no era de George, sino de ellos, y percibió que no lo querían allí.

A menudo tenía esa misma sensación en su casa, al enfrentarse a Isabelle: de que el espacio, aunque fuese compartido, estaba dividido con líneas invisibles que demarcaban en qué lado debía estar cada uno. Hablaban más de lo que hablaban antes de la noche en que ella se había sentado a cenar con Caleb y los hermanos, pero el frente frío que los mantenía separados tardaba en disiparse y, mientras tanto, George se comportaba a su alrededor como un niño que camina de puntillas por la noche para no despertar a su madre.

Todos esos eran los pensamientos que le pesaban cuando partió hacia Old Ox de noche y a regañadientes para reunirse con Ezra. Las carreteras seguían siendo un lodazal, y él iba pisando barro húmedo como si fueran arenas movedizas que quisieran hundirlo. En cambio, el follaje era tan llamativo que podría pasar por una obra de arte y el bosque exudaba el olor agradable de las hojas mojadas, de modo que el trayecto a pie se le antojó tan refrescante que llegar al pueblo le habría parecido actividad suficiente. Podría haber dado media vuelta y emprendido el camino a casa de no ser por que tenía obligaciones que atender.

Las pocas personas sin hogar que se veían estaban abatidas, mojadas como si la lluvia no hubiese parado nunca; dado que no divisaba ninguna de las tiendas de campaña que tanto le habían llamado la atención en visitas anteriores, George no podía más que imaginarse que los demás se habían refugiado en algún lugar seco o, de lo contrario, habían regresado a las granjas de donde habían salido, resignados a aceptar cualquier trabajo que encontrasen. Unas semanas antes, la curtiduría que había enfrente de la taberna Palace había colgado un cartel en el que se leía: «NO SE PERMITEN OCUPANTES, MERODEADORES NI MENDIGOS DELANTE DE LA TIENDA», al que, desde la anterior visita de George, alguien había añadido un apéndice escrito en una hoja de papel debajo del original: «NI DETRÁS DE LA TIENDA NI A LOS LADOS». No obstante, bajo los salientes del tejado, en la fachada más alejada, se movían varias siluetas que emitían sonidos tristes y extraños que podrían haber sido las últimas palabras de alguien moribundo.

George no era ajeno a la miseria que se encontraba a tan solo unos pasos de la plaza del pueblo, medio escondida entre los edificios que los vecinos frecuentaban casi a diario, pero quería enfrentarse a esa realidad tanto como el resto de sus conciudadanos, que era nada en absoluto, y por eso traspasó la puerta de la taberna azotado por la vergüenza e, inmediatamente después, sintió alivio al verse abrumado por la imagen de tantos jóvenes alborotados, por el olor acre del alcohol, el hedor del sudor, el estrépito del piano.

Que hubiera tantos chicos de vuelta, muchos aún con el uniforme gris y claramente dispuestos a celebrar su libertad a pesar de la derrota, fue toda una sorpresa, pero lo que lo impactó de verdad fue la colección de soldados de la Unión que se agolpaban cerca de la puerta sin una sola bebida en la mano y sin que nadie reparase en ellos lo más mínimo. George aún no había procesado esa imagen cuando notó una mano en el hombro. Se giró y vio ante él a un hombre achaparrado que se apresuró a presentarse y a ofrecerle una mano tan floja que casi se le escurre al intentar estrechársela.

—General de brigada Arnold Glass —se presentó el hombre—. Y usted es George Walker, un placer.

El hombre tenía una cabellera escasa y aceitosa con la raya en medio y un bigote tieso y descuidado que le sobresalía tanto de la cara que corría el riesgo de atacar a cualquiera que pasase por su lado. Aparentaba la edad de George y estaba igual de curtido por el paso del tiempo, aunque sus movimientos eran más gráciles.

—Nuestro estimado líder —dijo George—. Es un honor conocerlo.

—Tiene el sentido del humor que me habían prometido —respondió Glass sonriente.

—Diría que usted debe de tener también un humor peculiar si viene a este bar sabiendo que está entre hombres que deben de tenerle… poco cariño.

La sonrisa de Glass no se disipó y George la percibió como la de un hombre de Estado, enervante por su perdurabilidad, concebida para ocultar algo calculado.

—No puedo decir que comparta sus inquietudes —dijo el general—. Les he dado raciones a sus madres, he vestido a sus hermanos pequeños y esta noche lo único que quiero es mostrarles mi buena voluntad invitándolos a una ronda. —Enarcó una ceja, como un joven granuja que guarda un secreto—. Ni que decir tiene que hacerlo me ofrece la oportunidad de tomar nota de quiénes podrían ser los individuos más revoltosos de los que está reabsorbiendo la comunidad. Por si surgen problemas más adelante.

—Qué astuto. Espero que tenga los rifles a mano en cuanto esas bebidas surtan efecto.

—De hecho, ya me marchaba —respondió Glass con cara de apreciar la contestación de George—. Pero, dado que nos hemos encontrado, me gustaría pedirle un favor en persona. Uno que me ahorrará un telegrama.

—Tengo planes, pero, si se da prisa...

Glass se irguió y George no pudo evitar bajar la mirada para ver si aquel hombre había intentado ganar altura poniéndose de puntillas (cosa que no había hecho). El general le informó de que esperaba poner en marcha una especie de consejo ciudadano y había hablado del tema en numerosas ocasiones con Wade Webler.

—Permítame que lo interrumpa —dijo George—. No quiero tener nada que ver con ese hombre. ¿Se pone sus mejores galas para un baile con sus amigotes cuando hay otros que ni siquiera pueden pagarse un saco de harina? Es un espectáculo repugnante.

—Creo que se trataba de una gala, a decir verdad.

—¿Qué diferencia hay?

—Pues... Bueno, él me aseguró que la había. Aunque eso no cambie nada. Según dice todo el mundo, el hombre ha hecho algo bueno por Old Ox al recaudar fondos para el pueblo. Y lo que es aún más importante: es un firme defensor de la reconstrucción.

—Estoy confundido, general. ¿Acaso no sabe en qué bando está?

Glass le explicó que su cometido era mantener la paz. Si era necesario, había que dejar la política de lado por el bien de esa causa. A su modo de ver, un consejo compuesto por las personas mejor consideradas de Old Ox, todas unidas, facilitaría la creación de un estatuto para ayudar a preservar la unanimidad del pueblo y renovar su grandeza.

Mientras hablaba el general, un reguero de cerveza serpenteó por debajo del pie de George como un arroyo por el bosque.

—¿Grandeza? —preguntó—. Hay libertos esparcidos por las zonas rurales que se las ven y se las desean para sobrevivir mientras ustedes reparten raciones entre aquellos que, si tuvieran la oportunidad, les escupirían a todos ellos a la cara.

No, en esa población no había grandeza, dijo, no había una finalidad unánime. Al menos no con la Unión. No había más que la misma disensión que había llevado el lugar a la ruina junto con el resto del sur.

—Señor Walker, los hombres de los que usted habla los liberé yo con mis manos. Y el precio es el resarcimiento de aquellos miembros de esta comunidad que han perdido su modo de vida. Eso no es injusto. De hecho, si lo piensa, es bastante justo.

—Con la misma información, general, usted y yo hemos llegado a conclusiones opuestas.

Glass, delatando una leve exasperación, le susurró a George con una entonación del todo distinta a la anterior, como si hablar en confidencia pudiera tener un efecto cautivador.

—Tenía la impresión de que la mitad de este pueblo estuvo en su día en manos de su padre. Estoy seguro de que usted querría hacer lo correcto con su legado, ¿no es así? Trabajemos juntos. Ayudemos a otros menos afortunados que nosotros.

George habría retrocedido de no haber estado pegado a la barra.

—Los logros de mi padre no requieren que yo trabaje con gente como Wade Webler —contestó—. Si usted cree que él desea otra cosa que no sea sacarle partido al declive de este pueblo, lo tiene muy engañado.

—Entiendo. Bueno, si está dispuesto a reconsiderar…

—Permítame que le deje una cosa clara: prefiero tumbarme en un chiquero y dejar que me coman las bestias que participar en su consejo. Además, ya tengo suficiente entre manos con la plantación. Y ahora debo marcharme.

Sin embargo, fue Glass el que hizo ademán de irse. De algún modo, había conservado la sonrisa desde el principio y se limitó a ofrecerle la mano una vez más.

—En ese caso, no tenemos nada más que hablar —dijo sin perder la calidez—. Que tenga muy buena noche, señor Walker.

—Usted también.

Los soldados de la Unión siguieron a su líder al exterior y George, en lugar de partir, pidió un whisky para templar los ánimos. Cuando ya se lo había bebido de un trago y tenía el segundo en la mano, se volvió y vio a Ezra sentado en la planta de arriba, en su mesa de siempre, la única que tenía cierto encanto: una plancha considerable de roble pulido por los años y por todo el alcohol derramado hasta convertirse en una superficie esmaltada y resbaladiza. Nadie lo molestaba a menos que él lo invitase, y parecía absorto en su mundo hasta que George se le acercó. Iba con la ropa de trabajo y no se había quitado el bombín. Tenía delante todo un banquete: una pierna de cordero que exudaba jugos, un melocotón en almíbar y unas puntas de espárrago enclenques que, todas juntas, parecían los dedos de un niño huesudo.

George le preguntó si disfrutaba.

—Aquí cualquier espectador apasionado de la humanidad encuentra un entretenimiento excelente.

—Tu pasatiempo favorito —repuso George, y se sentó.

—Por no decir mi único pasatiempo. He visto que has conocido a Arnold Glass.

—Por desgracia. Quiere que me una a no sé qué comité descabellado.

—Eso he oído.

—Pues he rechazado la oferta. Con cierto prejuicio, además.

—Igual que yo, aunque quizá por motivos distintos. Si quieres que te sea sincero, soy insensible a los que buscan pedir favores. —Ezra cogió la pata de oveja y la inspeccionó como un diamante pendiente de clasificación—. En este pueblo no hay ni un alma, el general Glass incluido, que no me haya solicitado una cosa u otra. Fíjate en estos pobres diablos. Vuelven a casa desde el frente y ya están suplicando un préstamo o pidiendo en las esquinas, todo para malgastar aquí todas las noches lo poco que tienen y envenenarse con esta bazofia. Le cuentan sus historias insulsas de la guerra a todo el que escuche y se quejan de los negros que les han robado los trabajos. Como si estuviesen dispuestos a trabajar por lo que les pagan a ellos. Como si, para empezar, estuvieran dispuestos a trabajar. Todo el pueblo se regodea en su tristeza. Es patético.

Le ondeaban los carrillos flácidos cuando tragaba y tenía los labios brillantes de la grasa del cordero.

—¿Sabes? —dijo George—. Cuando me miro al espejo por las mañanas, veo a un cabrón viejo y triste. Pero, cuando te veo a ti, me reconforta darme cuenta de cuánto me queda por avanzar en ese camino.

Ezra escupió un bocado de comida entre risas, pero enseguida recobró la compostura y adoptó un semblante serio.

—Te crees que disfruto compartiendo mis ideas desalentadoras sobre la humanidad. —Se chupó los dedos hasta los nudillos y se los secó con la servilleta—. Pero, para alguien acostumbrado a la pérdida, alguien que acepta su inevitabilidad, el único recurso es buscar la dicha en los senderos más oscuros de la vida, incluso cuando les suceden calamidades a los demás. Hay una expresión que lo describe. La alegría del sufrimiento. El sufrimiento de otro hombre.

—No sé si quiero saberlo. —George bebió un sorbo de whisky.

—Mejor así. No te he pedido que vengas para debatir sobre cosas de tan poco peso.

—¿No? Creía que estábamos aquí para pasarlo bien. Para estar contentos.

—Puede que haya otros temas de los que valga la pena hablar.

—Deja que adivine —repuso George—. Quieres interesarte por mis tierras o hacer que te pague las deudas. Me atrevería a decir que ambas cosas están relacionadas.

—No, por Dios. ¿No podemos hacernos compañía sin necesidad de cotorrear sobre sandeces triviales? Que me acuses de intentar quitarte las tierras siempre que tienes la oportunidad me ofende, la verdad.

Ezra se echó al coleto media cerveza.

—Era una broma —musitó George.

—Mi único objetivo, si quieres saberlo, es combatir un ataque de soledad. —Ahora debía de ser Ezra quien bromeaba, pensó George, pero su amigo prosiguió en un tono suave pero serio—. Estoy tan acostumbrado a mi esposa que a veces la confundo con el resto de la casa. Un día cualquiera, una lámpara puede llamarme la atención tanto como ella. Y los chicos ya no están.

—Pero la gente te tiene en muy buena estima, Ezra. Tratas con visitas todo el día, las veo en tu oficina siempre que paso por el pueblo.

—Eso son negocios. Antes de que tú llegases, estaba solo. Y cuando te marches, volveré a estar solo. Pasando el rato hasta que me retire a dormir.

George no se daba cuenta de qué había sido del viejo amigo de su padre porque no le parecía distinto de como era durante su niñez. Sin embargo, parte de Ezra, al menos con la bebida, se había ablandado hasta convertirse en algo débil, algo frágil. George tardó un momento en darse cuenta de que esa flaqueza podía ser sencillamente la edad. Entonces vio qué sería del viejo, que se le quedarían los carrillos aún más flácidos y acabarían pareciendo los de un perro a medida que perdía el peso que le sobraba. Pronto se vería encamado, en un rincón apartado de su casa de la rúa del Alcalde, y le pasaría como a Benjamin, el padre de George; no faltaban muchos años más, se temió, para que él mismo ocupase el sitio de Ezra en la mesa y comiese con la glotonería de un hombre que sabe que esa podría ser su última cena.

—No hay manera de escapar —dijo Ezra, como si le hubiera leído el pensamiento—. Es como avanzan las cosas. Envejecemos. Y hay que ser honesto cuando te enfrentas a esa certeza.

—Si insinúas que la muerte me preocupa más que a cualquier otro, te diría que te equivocas. —George se recostó en la silla.

—No estoy tan seguro de eso.

Ninguno de los dos habló mientras Ezra comía. El jaleo que antes había cerca de la barra se había apaciguado y, en mitad de esa calma relativa, las cartas que barajaban en las mesas de abajo sonaban como el batir de las plumas agitadas cuando los pájaros echan a volar.

Al final, el hueso de oveja se quedó pelado y Ezra se relajó.

—Los negros —dijo—. Deja que se vayan.

Por fin. La invitación había tenido un motivo concreto desde el principio. George pensó que necesitaba otro whisky.

—Tú no.

—El George que yo conocía no se preocupaba ni un pelo por los demás, y mucho menos por los esclavos libertos. Lo único que se me ocurre es que la vejez te ha convertido en un filántropo. Para enmendar cualquier error que guarde tu corazón. Pero estás exponiéndote a la mirada pública de manera muy fea.

—Creía que no querías cotorrear de sandeces triviales.

Ezra se inclinó hacia delante.

—No confundas la presencia de esos soldados con una especie de señal de seguridad. Este pueblo no es tan tranquilo como parece; a esos hombres los han humillado en la guerra y ahora están impacientes. Y cada vez más, en vista de tus indiscreciones.

—Estoy impaciente sentado aquí contigo.

—George, hay hombres a los que les iría bien ganar un sueldo. Han vuelto de la guerra con poco más que las heridas que llevan en el cuerpo. Hombres como Caleb.

—No metas a mi hijo. Con mis decisiones no proclamo nada. Los hermanos trabajan como los que más, no causan problemas, son buenas personas y buenos jornaleros.

Ezra endureció la expresión.

—No puedes permitir que esos dos chicos vengan al pueblo a regatear por ropa nueva con los bolsillos llenos de billetes y pasen por delante de hombres blancos que mendigan monedas. Al menos bájales el sueldo. El resto de los terratenientes han creado una serie de directrices muy razonables para estas circunstancias.

—Para el carro. No voy a dejarle a deber a gente honesta y obligarlos a volverse a ganar el sueldo como si otra vez fueran esclavos. No digo que se merezcan un cerdo asado al fuego todas las noches, pero un poco de decencia, Ezra.

Él hizo una pausa, como preparándose.

—Es evidente que voy a tener que ser más directo, porque eres tan cabezota como tu padre. ¿No ves que, a pesar de que hayan sofocado algunas voces de Old Ox, no las han vencido del todo? Hay ciertos individuos, personas menos dispuestas que tú o yo a conversar amigablemente, que han dejado bien claro, en sus trastiendas, de noche en los callejones y hasta en este mismo bar, que no piensan tolerar lo que haces. Son hombres frustrados. Y los hombres frustrados son hombres imprudentes. No sé ni cómo expresar los problemas que esto podría causar no solo en tu plantación, sino en tu bienestar. El bienestar de tu familia.

Colocó la mano en la mesa delante de George y abrió la palma como si quisiera señalar la escena que había abajo. Y, de pronto, George no sabía cómo podía no haberse percatado de ese trasfondo tan obvio: las miradas de soslayo, las malas caras de hombres que no conocía, que lo miraban un instante antes de volver a concentrarse en el fondo del vaso vacío.

—No me has traído para que te haga compañía —dijo George—. Me has llamado para avisarme.

Apenas unos minutos antes Ezra parecía doblarse bajo el peso de la edad, molido por el paso del tiempo. Pero George se dio cuenta de que no estaba débil en absoluto. De hecho, todo lo contrario: era George el que se marchitaba de la manera que en su fuero interno le había atribuido a Ezra.

—Te he hecho venir por el afecto que te tengo. Para hacerte saber que el tuyo está desbocado.

—Basta. Me voy. —George apartó la silla, se levantó y después apoyó las yemas de los dedos en la mesa para combatir un mareo pasajero; después de un tiempo sobrio, notaba más el azote de la bebida—. ¿Era cierto lo que decías de la soledad? ¿O formaba parte de tu ardid?

Ezra se mordió la lengua un instante, sentado ante el plato vacío.

—No conozco a ningún hombre feliz que venga aquí solo —respondió.

Con eso bastaba. No necesitaba oír nada más.

—Ezra, cuídate, por favor. Confía en que yo cuidaré de mí y de los míos. Dentro de unos días iré a verte a la oficina. No por lástima ni para asegurarme de que estés bien, sino porque te aprecio, sin más. Nos vemos.

George dio media vuelta deprisa y con la sensación de haber esquivado una trampa. El bar estaba tan concurrido que tuvo que ponerse de lado para pasar entre los clientes. Se abrió paso sin decir ni una palabra, pisando con cuidado, ocultándose entre el estruendo de las conversaciones, envuelto por el calor de tantos cuerpos juntos. No sabía si alguien lo miraba, pero sudaba y deseaba llegar a la puerta de la taberna para escapar de allí y no volver.

Pero no sería así.

—Eres George Walker, ¿verdad?

Habría seguido su camino si la voz no hubiese venido de tan cerca, tanto que le había dado la sensación de que las palabras lo habían agarrado por la solapa. Se giró y se encontró ante un joven rodeado de compatriotas de su edad.

—Eso es.

—Qué cosa más bonita. Eres el padre de Caleb.

No esperaba oír ese nombre y lo pilló con la guardia baja.

—¿Lo conoces?

—Claro que sí. Pásale un mensaje al muchacho, ¿de acuerdo? —El chico miró a sus amigos y después le propinó un puñetazo a George—. Dile que esto es lo que les damos por aquí a los traidores. Y puedes compartirlo con esos negros que tienes en casa. Porque sois así de generosos y amables en tu plantación, ¿verdad que sí?

El chico levantó el puño y George retrocedió, se retiró con las manos sobre la cara en señal de rendición.

—¡No! —gritó.

—¡Mira qué miedo tiene! Supongo que en esa familia son todos iguales.

Se reían. Él no era nada más que un niño asustado. Su primer impulso fue buscar a Ezra, aunque la humillación no podría haber sido mayor si el anciano hubiera sido testigo de aquella denigración.

Los chicos lo cogieron por las solapas y tiraron de él.

—Acepta las palizas como un hombre —dijo, y bajó el puño.

Sin embargo, se lo detuvo en el aire un hombre que ocupaba el doble que el muchacho; le dio media vuelta al aprendiz de agresor y le cogió la muñeca como si fuera una mera ramita de apio, algo que podría haber partido por la mitad. Era el hijo de Mildred Foster, aunque George no tenía ni idea de cuál porque todos tenían el mismo aspecto.

—Mi madre se lleva muy bien con la señora Walker —dijo—. No creo que se alegre mucho si se entera de que le has puesto la mano encima al marido de su amiga.

Le soltó la muñeca al chico y este cayó de culo renegando entre dientes.

—No lo hacía con mala intención, Charlie —respondió.

Charlie inclinó la cabeza hacia George sin asomo de sonrisa y se apartó.

—Charlie —dijo George—, los demás caballeros, disfrutad de la velada.

Escapó por la puerta y salió a la noche.

Incluso su padre, que era de Nantucket, había tenido ayuda. Una niña llamada Taffy que había comprado por una cantidad que durante mucho tiempo George había querido averiguar y no había localizado en la montaña de libros de contabilidad que acumulaban polvo en el sótano. Tenía un año más que George cuando él tenía once y había llegado pálida y cenicienta, reacia a mirar a las personas a los ojos.

Cuando entró en la casa, la madre de George le olió el cuero cabelludo y declaró con un tono llano que no necesitaba darse un baño.

«Un baño es un lujo —había dicho—. Te basta con una toalla mojada. La fricción del aire te secará. Es igual que fregar los platos, cosa que a lo mejor te hago hacer cuando te hayamos dejado limpia.»

Esa fue la primera lección de Taffy. Serían muchas más. Hacer la cama era un proceso complicado, por la doblez de las almohadas y la manera correcta de darle la vuelta al colchón, y Taffy ocupaba largos ratos por la tarde en hacer todos los pasos de forma correcta. Sin embargo, no todo era físico. Taffy se distinguía también en los ejercicios domésticos mentales y memorizaba contenedores (las necesidades de una cocina: objetos de hojalata; objetos de mimbre; una caja para la aguja de remendar, el hilo, el cordel, etc.) con la misma meticulosidad con la que deshacía los terrones de la tierra para las semillas de las flores de la temporada. George nunca había preguntado por qué habían traído a Taffy si su madre no parecía tener ningún problema para limpiar y ocuparse de la casa ella sola. Y no se le ocurrió hasta que Taffy se hubo marchado, transcurridos unos meses del fallecimiento de su padre, que, más que nada, lo que su madre quería, conociendo tan bien como conocía las excentricidades de su hijo, era tener a alguien a quien transferirle sus obligaciones. Por su deseo firme de tener intimidad, la falta de interés por los demás, lo poco que parecía importarle mantener su dormitorio en orden, quizá pensase que George nunca iba a tener una esposa, y le hacía cumplir ese papel a Taffy.

George ganó en muchos sentidos gracias a ella. Cuando estaba al aire libre él solo, que era el lugar que solía ocupar en el mundo, Taffy acababa sus tareas, iba a buscarlo con una pieza de fruta en la mano que le llevaba a petición de su madre y le preguntaba si quería que le hiciese compañía. Él siempre respondía que sí. Juntos hacían lanzas con el hacha de mano y después las arrojaban entre los árboles y fingían que habían derribado a la bestia oscura de la que su padre hablaba tan a menudo. Ella la hacía llegar más lejos y trepaba más alto de lo que él era capaz, pero nunca ponía su diversión por delante de la de él. George sabía que era una tarea que le habían asignado, pero no permitía que ese dato afectase a su convencimiento inviolable de que ella le tenía muchísimo afecto y lo comprendía de una forma que a otros se les escapaba. Una vez le dijo que la quería, aunque no conocía el significado de esa palabra aparte del cariño que sentía por sus padres. Cuando su madre perdió el sentido común tras la muerte de su padre y vendió a Taffy, George se refugió en la idea de que no había sido amor, sino algo más distante, lo que le permitió olvidar los rasgos de su rostro, la alegría palpitante que sentía en el pecho cuando su sombra lo tapaba en el porche de delante, la brisa suave que notaba en el hombro cuando ella lo adelantaba corriendo y la imagen de su espalda mientras desaparecía al frente; todo eso había ido desvaneciéndose de su mente hasta entonces, cuando él ya era un hombre de mediana edad y la recordaba como poco más que algo olvidado.

George se alejó de la taberna. Los charcos que había en el barro reflejaban la luna, y con esas esquirlas de luz sabía dónde no pisar. Quería irse a casa, pero para entonces necesitaba otra parada, una que se había dicho al salir que no haría. Tomó la calle que tenía delante, la que conducía hacia la parte más antigua del pueblo. Estaba en silencio, y el camino se fue estrechando a medida que avanzaba, tanto que al final la luz de la luna quedó oculta. Miró por encima del hombro más de una vez, pero nadie lo seguía.

Llegó al prostíbulo. Las ventanas eran las únicas que estaban iluminadas en toda esa hilera de edificios y se oía el jolgorio de dentro, aunque hacía una eternidad que no pasaba por la puerta principal y le interesaba muy poco lo que pudiera encontrar allí. Él prefería rodear el edificio y subir la escalera sinuosa que conducía al primer piso. No sabía si ella contestaría, pero la puerta se abrió de golpe la segunda vez que llamó. Compartió una mirada con Clementine, en cuyo rostro siempre había visto el de Taffy, y después la siguió dentro y se sentó a los pies de su cama. ¿Era un mal momento?, le preguntó. Había pensado que a lo mejor la pillaba antes de que empezase el turno de noche.

—Siempre tengo oídos para ti, George. Cuéntame cómo estás.

Eso era todo lo que le pedía a Clementine: que lo escuchase. Pero eso no significaba que no hubiera averiguado nada sobre ella en el tiempo que habían compartido. Sabía que tenía una hija: una mañana, antes de visitarla por primera vez, la había visto andando con la niña y a partir de ese momento se había encargado a sí mismo la tarea de localizarla, pues era incapaz de sacudirse el parecido entre Clementine y Taffy. En su familia, según había descubierto George, eran mulatos de Luisiana. Su marido se la había llevado a Georgia en contra de su voluntad y allí ella se había convertido en su propiedad. Clementine había escapado con su hija de ese cautiverio para arreglárselas sola y había ganado lo suficiente para salir adelante sin ayuda. A pesar de que eran pocos los hombres que se dejaban engañar por la cera blanca y la pintura que se aplicaba en la cara, estaban más que dispuestos a darse el gusto una noche solitaria sin importarles su tez cetrina, los rumores sobre su pasado, su legado, pues estaban ansiosos por experimentar la revelación que era su presencia. Teniendo en cuenta que eran pocos los que hablaban mal de ella, era de suponer que no se arrepentían del tiempo que pasaban a su lado. La sociedad hacía excepciones cuando se trataba de una belleza deslumbrante.

Había sido en invierno, en plena campaña militar de Caleb, la vez anterior que había visto a Clementine, y ahora se lo estaba contando todo, tal como tenía por costumbre: le habló primero de la supuesta muerte de Caleb y de su impactante regreso, de Isabelle y de los hermanos, de quienes ella estaba muy al tanto, puesto que sabía casi todo lo que sucedía en Old Ox. No miraba a George mientras él la obsequiaba con los detalles sobre su vida. Pasaba ese rato limpiando el espacio de su tocador, preparando el vestido para la velada, arreglándose el pelo. Sin embargo, siempre que alguien los interrumpía llamando a la puerta, cosa que sucedía a menudo, le dejaba claro a la gobernanta que estaba ocupada y le pedía a él que continuase.

—Dices que no te va bien.

George oía a hombres en las otras habitaciones: un balanceo contra la pared y los gemidos alentadores de las mujeres que nadie reprimía. El olor del alcohol, cuyas manchas habían podrido la madera del suelo aquí y allá, superaba el aroma del perfume.

—Por así decirlo —contestó él.

—Tienes más palabras en la cabeza de las que yo he oído en toda mi vida, George. Cuéntame más para que yo sepa a qué te refieres.

Le dijo que debía relajarse y no apresurarse, aunque George sabía que no le sobraba el tiempo. Se imaginaba a los habituales abajo, en el salón, las miradas repetidas hacia la escalera, esperando con impaciencia a que ella apareciese. Tendrían que aguantar un poco más, porque en ese momento le tocaba a él disfrutar de la habitación, ocupar la cama.

George usaba a Clementine. Era consciente de ello. Por cómo la dejaba al descubierto, la abría de parte a parte y la llenaba con sus viejos recuerdos o con las grandes preocupaciones que lo asolaban (la frialdad de su esposa, la deshonra de su hijo); por cómo le preguntaba —como si ella pudiera saberlo, como si fuese algo más que un recipiente lleno de cicatrices obligado a estar a su lado y a capear los vientos de sus palabras— a quién pertenecían los gritos que él oía por las noches, que no eran suyos, que quizá vinieran del granero, quizá fuesen los hermanos o su esposa, sí, tal vez fuese Isabelle, que lo había perdido y a quien él había perdido, o acaso era la bestia, que esperaba a que lo encontrase, igual que había hecho su padre, o puede que los gritos llegasen desde el pueblo, que fueran de los hombres y mujeres y niños que había junto al riachuelo, en las tiendas salpicadas de lodo, gente que buscaba nuevas tierras en su hogar pero no las encontraba y se daba cuenta de que eso era lo que había, que para muchos la vida no iba más allá de Old Ox.

Clementine estaba de pie a su lado, la habitación a oscuras; la vela de sebo titilaba junto a ellos como las alas de un pájaro. Ella levantó la mano suave del hombro donde se la había posado, le acarició la mejilla y se la llenó de su calidez. Ese era el único contacto que él le pedía, el de una cuidadora, como si fuese una madre cuidando de un hijo enfermo.

—Dime qué más puedo hacer —dijo ella.

—Solo esto. Nada más.

George sintió la vergüenza habitual por destaparse, por expresar una oscuridad tan profunda, pero aún había más. Una última admisión que no podía dejar pasar. La auténtica verdad era egoísta, le dijo. Porque, mientras que su esposa y su hijo estaban atados a él y debían aguantarlo, Prentiss y Landry no. ¿Para qué los había usado si no como entretenimiento? ¿Para qué les pagaba si no para que le hiciesen compañía? ¿Para mantener viva una faceta de sí mismo? Era digno de ver: un hombre que le tenía tanto miedo a lo desconocido que nunca había salido del condado. Sus tierras eran su única evasión, el único lugar en el que un hombre con una existencia tan limitada como la suya podía aventurarse de algún modo. Así pues, tenía a los hermanos consigo para mantener esa parte con vida. Y, sin embargo, ¿en qué bando estaría la noche en la que los hombres del pueblo se presentasen en su finca con antorchas y exigieran resarcimiento según la justicia deforme que buscaban? No lo pagaría con su vida. Y no podía decir lo mismo de Prentiss y Landry.

—Mucho me temo que no los defendería si este pueblo pidiera venganza, igual que no caminaría por la calle de la mano contigo —le confesó—. Y esa es la verdad que me parte el corazón, puede que más que cualquier otra.

George sospechaba sin prueba alguna que la mugre del suelo no era alcohol derramado, sino el sudor de otros, que se había quedado sin limpiar; oyó que en otra habitación caía agua al suelo, el gemido de un hombre, y supo que no estaba sumido en ningún acto salvo el de meterse en una bañera. Era curioso, pensó George, lo diferente que sonaba de otros tipos pasillo abajo, en pleno acto sexual: menos pernicioso, más íntegro, aunque a su modo.

—Debería irme —dijo—. Dejar que los demás pasen un ratito contigo.

—No hay nadie más. Te he dicho que tenemos todo el tiempo que quieras.

—¿Es eso lo que dices? ¿Los hombres se lo creen?

Dejó dinero en el tocador. Era lo que le quedaba de lo que había llevado consigo. Ella había estado sentada en la cama todo el rato, con las piernas cruzadas, alerta. Él la había contemplado mientras ella se recogía el pelo en un moño y atravesaba una pluma por el centro para sujetarlo, como una flecha clavada en un corazón.

—Los hombres piensan lo que quieren —respondió ella—. El siguiente que suba la escalera quizá piense que es mi único cliente, igual que tú crees que eres el único que oye esos gritos por la noche, como si los demás no sufrieran. No te sé decir cuál de los dos se equivoca menos.

George le dio las gracias y se despidió. Sentirse bendecido por su compasión valía mucho más que tres dólares, y esa bendición era tan real en su corazón, en cada paso leve que daba en los peldaños de la escalera del prostíbulo, que le importaba muy poco si esos sentimientos nacían en el pecho de Clementine de forma natural o si era simplemente por ver el dinero que le dejaba en el tocador.

No era solo que ella le hubiera resucitado el ánimo, sino que le había iluminado el camino que tenía que seguir, las decisiones que debía tomar. Por fin comprendía lo que Ezra le decía en la taberna, pero las quejas del pueblo no eran una carga que tuviera que soportar él. No, era él la carga: George. Una carga para su familia, para Prentiss y Landry.

Una vez más se acordó de Taffy, de la forma en que había desaparecido de su vida, como si le hubiera proporcionado un servicio y su madre se hubiera deshecho de ella una vez había cumplido con su deber. Daba igual que él la quisiera como a una hermana y la tratase con una bondad que reservaba para tan poca gente. ¿Qué significaba su gratitud si su madre la había mandado a otra parte con una firma, con un gesto de la mano con el que parecía decir «Largo de aquí»? Se acordó también de ese momento, por mucho que le doliese. Estaba junto a su madre, delante de su escritorio; Taffy estaba a la entrada de la habitación y el hombre, pues se trataba cómo no de un hombre alto, corpulento, de expresión pétrea, tenía la mano en el hombro de la chica, como si ya fuese suya. George no había dicho nada. Ni un abrazo ni un adiós. Estaba estupefacto con los acontecimientos, pero tenía solo catorce años e iba a la deriva mientras aún lloraba la muerte de su padre. Estaba tan sorprendido que no supo reconocer los sentimientos de la niña. La mano de un desconocido en el hombro. El miedo demoledor por lo que pudiera pasar a continuación. George podía apartar la mirada. Y lo había hecho. Pero ella viviría con ese miedo para siempre, sabiendo que tendría que obedecer cualquier orden que saliese de la boca de aquel hombre. Igual que había hecho con los padres de George.

Y, a pesar de que era demasiado tarde para salvar a Taffy, al menos podía resolver el aprieto de los hermanos. Si le quedaba algo de valentía, podía ayudarlos. De un modo u otro, se aseguraría de que saliesen sanos y salvos de Old Ox para siempre.

Capítulo 11

Landry deambulaba por el campo a placer. El deseo de hacerlo, su fascinación con el paisaje, antes había sido un miedo: siempre que se había acercado al bosque con Prentiss, ambos iluminados por la luz cambiante del sol; la oscuridad de sus profundidades le había parecido un monstruo acechante, un monstruo que había tomado nota de su nombre hacía mucho tiempo, ansioso de hacerse con él. Ese era el miedo que Prentiss era incapaz de ver y que Landry no podía describir: que esos eran dos mundos diferentes. Que ese mundo nuevo podría comérselos igual que se había comido a su madre y a Little James y a Esther, y entonces ¿qué?

Sin embargo, resultaba que a cada paso no lo esperaba el peligro. Lo desconocido lo conducía solo a otros claros, a la luz del sol al otro lado, así que se dio cuenta de que había menos a lo que tenerle miedo de lo que se había imaginado y eso quizá encerrase una verdad que hacía tiempo que quería creer: que todos los peligros iban acompañados de un leve consuelo, que todas las afrentas llevaban la insinuación de lo que podía salir bien. ¿De qué otro modo se explicaba un mundo tan cruel en el que también había experimentado la alegría de ver a su madre a merced del violín de Little James un domingo por la tarde, el milagro de un jergón recién hecho, la dulzura del agua después de todo un día recogiendo algodón en el campo?

Siempre buscaba el placer del silencio, normalmente en soledad. Si tenía el domingo libre, el único día de la semana en el que Prentiss y él no trabajaban con George, Landry se despertaba en el granero antes de que el resto del mundo abriese los ojos y ponía a hervir un cazo de gachas de maíz. Desayunaba solo y dejaba la mitad. Su hermano, que seguía en la cama, se daba media vuelta. Prentiss estaba despierto y Landry lo sabía, pero los domingos por la mañana no hablaban. Landry se iba con las manos vacías y se dirigía al bosque a buscar vida, cualquier tipo de vida, siempre que fuese distinta de la suya.

Había días en los que no se cruzaba con nada más que con una cierva y su cervatillo o una lechuza ululando en la rama de un árbol. Aunque eso fuese todo, volvía a casa satisfecho. Pero también hubo una vez en que se acercó al riachuelo y encontró a unas mujeres. Estaban con niños, bebés, y los lavaban en el agua y apaciguaban sus lloros con un coro de tarareos y melodías suaves de consuelo. Landry se quedó anclado allí durante horas, viendo a las mujeres secar a las criaturas con las toallas mientras a ellas las secaba el sol.

En otra ocasión se alejó tanto que atravesó corriendo una plantación, una que no sabía que existía. Había un campo de mujeres: la cabeza envuelta en retales para protegerse del sol, pantalones de hombre cortados como bombachos y camisas grandes, removiendo la tierra sin cesar. Contó las hileras, vio las pocas que habían dejado limpias y supo que la producción no satisfaría a los jefes. Cómo no, cuando regresó la semana siguiente, al lugar había llegado una serie de tipos duros y amargados, presidiarios que trabajaban junto con las mujeres pero atados con cadenas. No volvió a ese sitio.

Otra noche caminó una distancia tan grande y se adentró hasta tal punto en el bosque que se quedó sin manera de encontrar el camino de regreso a casa salvo por su intuición. Estaba tan oscuro que el bosque se fundía con la negrura del cielo y el mundo no tenía principio ni final, como si fuese a dormirse en el suelo y despertarse mirando hacia abajo desde las estrellas. Sin embargo, en alguna parte entre los árboles más distantes se encendió un halo de luz. Lo siguió y, justo cuando se extinguió, apareció otro.

Eran dos hombres, según veía a medida que se acercaba a la llama. Uno de ellos apagó la antorcha justo antes de que los dos trepasen en silencio por un árbol. Momentos después, la antorcha prendió de nuevo y los pájaros dormidos que estaban posados por toda la rama se sobresaltaron con la explosión de luz, demasiado aturdidos para echar a volar. El otro se lio a garrotazos sin piedad y las aves cayeron al suelo. El fuego se apagó y Landry oyó que los hombres bajaban del árbol. El crujir de las hojas del suelo quedó desplazado por el silencio.

Notaba que lo miraban, pero la oscuridad era total y no los veía. Se imaginó que estaban en sintonía con el bosque de un modo que a él no le era posible, que habían aprendido a vivir en la negrura, a existir en los confines más alejados de la naturaleza durante tanto tiempo que eran capaces de desaparecer entre las sombras de la noche y seguir viendo todo lo que los rodeaba. De pronto, se le mojó la mano. Le habían puesto algo: una paloma con las plumas resbaladizas a causa de la sangre y el cuerpo flácido. Oyó las hojas crepitar un instante más y los pasos se alejaron, aunque el sonido le resonó en la cabeza durante todo el camino a casa.

Llevaba el pájaro en la mano cuando llegó al granero. Lo dejó en la mesita que había entre los jergones. Prentiss, que aún no se había dormido, estaba de pie al fondo con una nube de polillas revoloteándole alrededor de la cabeza. Las gachas que Landry le había dejado por la mañana estaban intactas.

Prentiss se acercó a él, lo inspeccionó y le echó un vistazo a la paloma.

—¿Cómo te las has apañado para hacer eso?

Landry no respondió con ningún gesto y Prentiss se sentó en su jergón.

—Ha venido George —dijo—. Me ha contado que le ha dado muchas vueltas y ha hablado con gente. Que cree que lo mejor es que nos vayamos ya.

Landry miró a Prentiss, que se levantó nervioso y se puso a andar por el granero.

—¿Sabes lo que le he contestado? Le he dicho: «George, ¿cómo vas a decirme lo que es mejor para mí sin saber siquiera lo que yo pienso? Te pasas los días trabajando a mi lado, hablando sin parar, pero tienes la cara dura de decirme que has hablado con todo el mundo menos conmigo, ¿no? Que todos sabéis lo que es mejor, pero ¿qué voy a saber yo? Yo no tengo ni idea de nada, salvo si se trata de cacahuetes. ¿Es eso lo que me quieres decir?». —Calló un momento—. He dicho nosotros, ¿sabes? Le he dicho que no podía hablar por nosotros. —Continuó andando—. Le he enseñado lo que hemos ahorrado; he sacado el trapo y he extendido los billetes y le he preguntado por el ferrocarril. Le he dicho que, según cuentan en el campamento, hay un tren que te lleva adonde tú quieras por una vía. Solo hay que pedirlo. Pero que nosotros queremos ganar bastante para que nos dure también cuando estemos allí, que hemos pensado seguir aquí hasta el otoño y terminar la temporada del cacahuete, y que, si tiene algún problema con eso, nos puede echar, pero nosotros no nos vamos por voluntad propia, me da igual con cuánta gente haya hablado. Y entonces me ha dicho que no piensa impedirle a nadie hacer lo que quiere, que aquí somos bien recibidos. Pero aún se le veía en la cara. Nunca he visto a George tan inquieto.

Landry dejó de escuchar. A Prentiss no le quedaba nada de cuando era niño; ya era igual que su madre: dedicaba toda su energía a garantizar que tuvieran el plato lleno en todas las comidas, suficiente ropa para el viaje al norte, suficientes ahorros para un tiempo después de llegar allí. Una fijación infatigable con la supervivencia ante la pérdida de todo lo demás. También era que Prentiss se parecía mucho a ella. Esas cejas que se arqueaban con tanta delicadeza alrededor de esos ojos amables eran suyas. La preocupación que reflejaba el frunce de los labios. La preocupación de una madre. La veía apoyada en la pared del fondo de la cabaña con los hombros tensos y el borde del camisón rozando el suelo.

El recuerdo concreto al que su mente había recurrido y que había sustituido la imagen de Prentiss por la de su madre era uno que a menudo querría haber olvidado. Todavía era un niño sin más heridas que las ampollas fruto del trabajo en el campo y el dolor abrasador que le provocaban las horas interminables recogiendo algodón. No hacía mucho que había visto por primera vez desde su hilera la fuente del Palacio de Su Majestad, reluciente en el ambiente cálido del verano, con chorros de agua que subían y caían y manaban con tanta belleza que Landry pensaba que el agua debía de tener alguna propiedad especial. Pedía trabajar en los surcos que estaban más cerca de la fuente solo para poder echarle un vistazo. Un día la esposa del amo Morton llevó allí a su niño pequeño. Lo metió en el agua entre risas y el sonido se propagó por el campo como un reguero, aunque no habría sabido decir si esos sonidos eran reales o producto de su mente.

Al caer la noche, la luna arrojaba un signo de exclamación sobre el Palacio de Su Majestad, rayos que rozaban las ventanas y se curvaban hacia la tierra con tanta luz que la casa parecía estar viva. Eso atisbaba Landry por la ventana hueca de su cabaña, y cuando se dio media vuelta y vio que su madre y Prentiss dormían, se acercó a la puerta y la abrió.

Todavía no le daba miedo andar por ahí, y se le movían los pies por voluntad propia. No llevaba pantalones, solo la camisa, con el fresco de la noche a flor de piel. Cuando llegó por el camino, era tal como la había imaginado: la fuente manaba sin cesar, como si el agua la impulsase no el trabajo de un hombre, sino un poder superior. Con el resplandor de la luna, se veía tan blanca que los chorros parecían varas de hielo que brotaban hacia el cielo. No se quitó la ropa. Nada de acercarse de puntillas ni en lenta procesión. Saltó como solo lo haría un niño, un niño que había esperado toda una vida para hacer algo así, y se lanzó con la panza por delante y rozó el fondo mientras el agua pasaba por encima de él, a través de él, y cogió aire de golpe al notar el frío, pero enseguida se rio porque nunca había jugado así, no sabía que algo así era posible.

Salpicó enloquecido. Corría de un lado a otro fingiendo que Prentiss lo perseguía y después se sumergía. Aguantaba la respiración e imaginaba que el agua seguía y seguía hacia abajo para siempre: a fin de cuentas, tenía que ir a alguna parte, y no había motivos para no ir tras ella un rato y después volver a por su madre y su hermano y traerlos consigo.

Se levantó empapado. El ruido que siguió a continuación no lo había hecho él. Alzó la mirada y no supo distinguir quién se veía a lo lejos. La puerta principal del Palacio de Su Majestad estaba entreabierta y en el hueco había una figura que observaba en silencio. Landry tropezó con el borde de la fuente, recuperó el equilibrio y echó a correr con los pies manchados de tierra.

Hubo un momento, cuando se paró sin aliento delante de las cabañas, en que pensó que lo mejor sería continuar: más allá del Palacio de Su Majestad, más allá de Old Ox, y buscar un lugar desconocido donde los que tenían dueño podían ser libres, donde era posible olvidar las faltas cometidas. Pero, si bien aún era niño, no era tonto; no tanto como para pensar que existía semejante sitio.

Dentro de la cabaña, la silueta de su madre se dibujaba en la pared del fondo, dando vueltas en camisón. Ella siempre dormía profundamente, a pierna suelta; con toda una jornada de trabajo por delante, Landry no tenía motivos para pensar que esa noche se despertaría y notaría su ausencia. De pronto, se abalanzó sobre él como para darle una azotaina en el trasero.

—Niño —dijo, y le cogió la cara antes de sacar un trapo.

Cuando le quitó la camisa empapada y le limpió el cuerpo, él se echó a llorar sin hacer ruido.

—Van a venir, ¿verdad? —preguntó.

—¿Quiénes, hijo? —Hablaba en voz baja, intentando no despertar a Prentiss—. Por el amor de Dios, ¿adónde has ido? Estás chorreando.

Pero eso era todo lo que Landry podía decir: «Van a venir».

Su madre no insistió. Se contentó con acostarlo y sentarse a su lado a secarle las lágrimas.

—Has dormido toda la noche, hijo. Has estado aquí, en la cama. Ni un alma puede decir lo contrario.

Landry gimoteó un rato y, en un abrir y cerrar de ojos, una gran oscuridad formó un cráter a su alrededor. Cuando despertó, su madre se había vestido para ir al campo y le decía que se apresurase, como si, de hecho, todo hubiera sido un sueño.

No sabía cuántos días habían pasado entre esa noche y los latigazos de más adelante o cuando le partieron la mandíbula, pero habían sido unos cuantos años; esos hechos eran tan distantes en el tiempo como para imaginar que cada latigazo de cuero, cada golpe en el cuerpo, equivalía al transcurso de un día desde la sublime trasgresión que había cometido en la fuente y, al mismo tiempo, tan cercanos como para creer que no era una víctima escogida al azar y sacrificada en nombre de los fugitivos, sino alguien culpable de un delito, el de un niño que deseaba jugar en un mundo que no le pertenecía. Si ese era el caso, hasta la última gota de diversión que había obtenido la noche de la fuente le sería drenada con el peso de la sangre.

Después de cada paliza, su madre lo tumbaba en el suelo de la cabaña como una lápida caída y le emplastaba las heridas con salmuera. No fue que en esa época perdiese la capacidad de pensar, sino más bien que, cuando intentaba decir algo, se le quedaban las palabras atravesadas en la garganta. A lo mejor conseguía pronunciar la eme de «mamá», pero se trababa a la mitad y no lograba acabar el resto. Si le preguntaban qué quería decir, a veces volvía a empezar, pero las palabras no hacían otra cosa que atascársele todavía más. Con el paso del tiempo, incluso a pesar de haber sanado las heridas, incluso cuando la mandíbula se lo permitía, incluso cuando los ríos que le surcaban la espalda se habían secado y ya no le palpitaban al ritmo de los latidos del corazón, Landry no era capaz de emitir las palabras enteras y se planteó si tenía motivos para hacerlo, teniendo en cuenta para lo poco que le había servido el habla. Durante los meses siguientes, reubicarían a su madre en el Palacio de Su Majestad. Al cabo de unos meses más, la venderían. Su hermano lloró todas las noches hasta el cambio de estación, pero Landry ya había agotado las lágrimas. Además, pensaba, en silencio uno era más libre.

Era principios de junio y las plantas de cacahuete estaban en flor. Aun con las diminutas flores amarillas esparcidas por la mata, no eran tan bonitas como el algodón, las largas extensiones de pureza con las que el señor Morton hacía poesía, pero en esos campos yacía la esencia de la imperfección, la tierra abultada que tapaba las matas verdes que sobresalían a placer. Esa arbitrariedad daba la sensación de no tener freno, de estar más en sintonía con un mundo que parecía dar vueltas sin orden ni concierto.

Ya apenas había trabajo que hacer. Los cultivos necesitaban tiempo antes de la cosecha. Aun así, George los había apostado a cada uno en una esquina del campo para examinar la salud de las plantas. Landry inspeccionó unas cuantas, todas con un aspecto sano y fuerte, y después se sentó a la sombra de un nogal. Se tapó con el sombrero y se preparó para echarse un sueñecito. Se permitía momentos como ese a menudo y disfrutaba del placer esporádico de dormir cuando se esperaba otra cosa de él. Pero lo interrumpió una voz que lo saludaba con un «Hola».

Se quitó el sombrero de la cara, miró desde la sombra y vio a Isabelle, que estaba bajo el sol, más allá de la penumbra del árbol, con las manos cogidas a la altura de la cintura.

—Esperaba poder hablar contigo —dijo ella.

Landry aún recordaba el encuentro junto a la ropa tendida, el momento en que Isabelle se materializó y anunció su presencia; los calcetines que quería darle, su confusión, la mirada breve de ofensa al ver que él se marchaba. Isabelle era una persona nerviosa, pero una gran observadora, y Landry sabía que en eso tenían cierta afinidad. Era muy probable que hubiese repasado el encuentro de memoria muchas veces, así que no le sorprendió que quisiera hablar con él otra vez, por muy mal que le fuese en ese momento.

—Para ser alguien que vive en mi propiedad, que la ha visitado a menudo… Bueno, creo que debería haberme esforzado más en conocerte. —Se retorció las manos y empezó de nuevo—. No ha sonado bien. No es que me debas nada ni que yo quiera responsabilizarte de nada por el hecho de que duermas en el granero. No es en absoluto lo que quería decir. Solo que hablamos una vez y no hemos vuelto a hablar, y no quiero que creas de ningún modo que pensaba mal de ti o que pueda seguir haciéndolo.

Él asintió con la cabeza y le sonrió, algo que hacía solo en ocasiones muy contadas por culpa de la mandíbula, y esperó que con eso ella quedase satisfecha. Pero Isabelle no se movió del sitio.

—Ya lo sé —tartamudeó ella—. Sé que no hablas. Se lo he preguntado a tu hermano, pero lo único que me ha dicho es que la mandíbula no te lo impide. Y que tampoco tienes ningún defecto social, lo que yo misma he comprobado. Pero, aun así, optas por guardar silencio. Yo me siento así de vez en cuando. Cuántas veces habré dicho lo que no debía o habré deseado tragarme mis palabras.

Landry se preguntó con quién hablaba. Con él no era. Las Isabelle del mundo lo veían, pero no lo *miraban*. Y, por supuesto, no querían oír su voz. No obstante, debía admitir que, de tanto en tanto, últimamente, sentía cada vez más a menudo la necesidad de que lo escuchasen. Pero ese no era el lugar para ello. Isabelle se interesaba más por sí misma. Por sus necesidades.

—Habéis ayudado muchísimo a George —continuó—. Y a Caleb también. Estoy convencida de que mi hijo todavía sufre, a veces. No sabe cuál es su lugar en el mundo. Pero la verdad es que yo tampoco, puede que ni siquiera George lo sepa. ¿Es posible sentirse más perdido a medida que uno se hace mayor? Antes de la guerra ni lo habría pensado. Pero aquí estamos. Todos. Lo que intento decir es que, bueno, Prentiss y tú habéis traído mucha calma…

Landry se levantó. Si tiempo atrás su fuerza había sido una roca cuyas aristas eran demasiado afiladas para tocarlas, las confesiones como aquella y la carga que le suponían lo habían erosionado hasta convertirse en una piedra roma. Isabelle lo contempló. Llevaba una blusa del color de algunas flores que había visto en el bosque, flores tan preciosas que los nombres que George les daba, por muy correctos que fuesen, no hacían más que reducir su belleza.

—Ay —dijo Isabelle—, vas a seguir trabajando, supongo.

No era eso. Al menos todavía no. Lo que hacía no era otra cosa que dejarla con sus pensamientos y llevarse los suyos adonde pudiera reflexionar en privado. Tal como él prefería.

Lo que nadie había dicho era que la libertad era una carga. No se trataba de que Landry echase de menos ser propiedad del señor Morton, ni mucho menos. Más bien era que entonces su hermano y él habían estado atados. Las cadenas que los amarraban al lugar también los amarraban entre sí. En su nueva vida, Prentiss viajaba a su manera: con lo mucho que apreciaba ir con George al pueblo para conseguir víveres; con las conversaciones animadas y las bromas que se hacían él y Caleb, que parecía haber intimado con Prentiss desde que trabajaban juntos. La idea de una simple charla, de hacer amigos, atraía a su hermano de un modo que a Landry no le interesaba. Y su silencio, que tiempo atrás quedaba eclipsado por la sombra de su esclavitud y era una paz y una calma que le proporcionaba a Prentiss tiempo para pensar por los dos, ahora dejaba a la vista el espacio que se abría entre ellos. Se habían convertido cada uno en sí mismo.

Aun así, Landry sabía que nunca se separarían. Que Prentiss siempre estaría con él pasara lo que pasase, esperando en el granero o vigilando por encima de su hombro mientras trabajaban en el campo. Y Landry, por su parte, siempre regresaba para demostrar que no se había ido definitivamente y le devolvía las miradas a su hermano para asegurarle que él también montaba guardia.

El domingo siguiente se despertó pronto, ansioso por echarse al bosque, pero se encontró a Prentiss sentado en el jergón. Las sobras de la noche anterior hervían en el cazo: tronchos de col y nabo, semillas de algodón y un poco de pata de cerdo que les había dado George. Su hermano parecía inquieto, se toqueteaba un remolino del pelo y sorbía aire entre los dientes.

—Buenos días —dijo.

Landry se quitó las legañas. Tenía la piel pegajosa, sudor del día anterior. Pensó que en cuanto se levantara el sol se metería en el agua. Se bañaría con los peces, se escondería debajo de la superficie para que nadie lo viese.

—Me preguntaba —dijo Prentiss como si le hubiera leído la mente— si te importaría que fuese contigo. Sé que te gusta estar solo, pero tus excursiones me causan tanta curiosidad que a veces no soy capaz de mirar nada más que tu maldito jergón a fuerza de preguntarme dónde estarás. Se me ha ocurrido que podría ir contigo. Ver lo que tú ves, por ejemplo.

Landry nunca se había planteado que su hermano tuviera el menor interés en ir con él.

—Me lo puedes decir —continuó Prentiss—. Si te apetece intentarlo, yo me espero a que te vengan las palabras.

No era que no estuviese dispuesto a tartamudear delante de Prentiss. Lo había hecho otras veces, aunque en ocasiones muy contadas, ya que hasta él se impacientaba con la dilatación torturada de las palabras y se ponía a adivinar el final de las frases que Landry se había esforzado tanto en desenmarañar. Pero, aun si quisiera transmitir sus sentimientos al respecto, el tiempo que pasaba solo por ahí tenía una cualidad inefable. Compartía la vida con su hermano: el granero que ocupaban, todos los bienes materiales que tenían entre ambos. En cambio, esas mañanas eran suyas. Expresarlas con palabras no haría que su hermano se impacientase. Pero temía que lo hiriesen.

Se acercó a Prentiss, que lo miraba cauteloso, como si Landry fuese a echársele encima como hacía cuando eran pequeños y no le quedaba más remedio que pelear con él. Pero lo único que hizo fue ponerle la mano en la cabeza y acercárselo al pecho.

—¿Qué pasa? —preguntó Prentiss.

Landry esperó que con eso bastase, con ese gesto. Quizá su hermano lo apreciase más que un paseo de domingo. Después dio media vuelta y se dirigió a la puerta.

—¿Ya está? —dijo Prentiss—. ¿Te levantas y te vas? Me he despertado pronto para preparar la comida y ¿no vas a comer nada? Hay veces que no haces las cosas bien, ¿sabes? Seguro que estás por ahí espiando a la gente desde un árbol y quedando en ridículo. Ni siquiera quería ir, ¿qué te parece?

Sin embargo, Landry ya había salido, y si Prentiss había dicho algo más, él no lo había oído. Aunque esos días había hecho calor, esa era una mañana fresca. Mientras andaba, esas cosas que su hermano no decía en serio, el tono bronco de voz, le resonaban en la cabeza y le gustaban. Prentiss no estaba molesto de verdad. Conocía demasiado bien a Landry, respetaba sus mañanas ociosas de domingo y las entendía del mismo modo que entendía todo lo que estaba relacionado con él. Siempre estaban el uno a unos pasos de distancia del otro. Lo más probable era que se hubiese vuelto a acostar en el jergón para dormir toda la mañana. Landry le haría compañía en sueños.

Durante la primera hora no llegó muy lejos. Tiempo atrás, George le había enseñado un claro de hierba cobriza que ocupaba un buen trozo del bosque; buscaban una planta concreta que, según George, sería un añadido excepcional para un estofado. Un poco después, Landry había encontrado aquel paraje recluido por sí mismo y se había convertido en uno de sus escondites favoritos.

Allí tenía escondidas sus cosas debajo de la vegetación y las buscó pasando la mano por la tierra hasta que rozó el metal frío de las agujas de tejer, el abrazo mullido de la lana. Se las había comprado a una anciana del campamento que tenía una multitud de niños enredados entre las piernas, todos peleándose por su atención. Con el dinero tendría para alimentarlos durante uno o dos días. A cambio, él había redescubierto un pasatiempo perdido.

Era cierto que habían llevado a su madre al Palacio de Su Majestad, donde trabajaba en el telar y repasaba los diseños con la esposa del señor Morton, pero no la habían seleccionado por casualidad, como Prentiss pensaba. Landry se había dado cuenta de que su hermano olvidaba lo mañosa que era con las manos. Después de los latigazos, cuando Landry se quedaba convaleciente en la cabaña con miedo de salir y arriesgarse a más castigos, su madre lo acompañaba y él la miraba trabajar: guiaba las agujas con los dedos como si tocase un violín bien afinado, con los nudillos tensos y en punta mientras se formaban nudos de lana uno junto a otro en montones cuidadosos.

«Ven, hijo», le había dicho en una ocasión, y cuando Landry se sentó a su lado, había un juego de agujas para él. Hasta entonces, no había sabido que sus manos tenían permiso para ser delicadas como las de ella, que eran capaces de esas creaciones.

El tejer se acabó después de que recoger algodón le arrebatase a su madre la magia de los dedos, y cuando se la llevaron al Palacio de Su Majestad, ya no estuvo a la altura de su reputación. Esa fue la última vez que la vieron. Su desaparición fue así de rápida. La cabaña quedó en silencio y pasaban muchas noches sin dormir, mirando su camastro vacío hasta que despuntaba el alba despacio, esperando que apareciese de nuevo.

Landry no había tejido durante los años de ausencia de su madre, no hasta que había conseguido la libertad. Lo primero que hizo fue un chal que no tenía calidad alguna y que escondió en el granero para que nadie lo encontrase. Lo siguiente, un par de guantes que parecían hechos para alguien con solo tres dedos, tuvo el mismo resultado. En cambio, en aquel claro estaba recuperando lo perdido con el tercer intento: eran un par de calcetines que tejía con ánimo incansable, sin hacer caso de la saliva que se le escapaba de la boca ni del hormigueo que se apoderaba de sus piernas cuando trabajaba con ellas cruzadas sobre la hierba. Hasta ese día, no había estado satisfecho con el producto final. Guardó las herramientas debajo de un lecho de pamplinas y, por un momento, regresó a casa.

Evitó pasar por el granero. Prentiss todavía estaría descansando o con George, escuchándolo hablar. La cabaña parecía vacía, pero observó un rato para estar seguro. Cuando vio que no se movía nada en la cocina, que no había sombras en el piso de arriba, se coló en el jardín de atrás. La primera vez que se había topado con Isabelle, se había acercado solo para ver los calcetines del tendedero, para certificar un trabajo bien hecho, un modelo que podía servirle como guía; además, había encontrado a una mujer que suplicaba atención, una mujer en la que nadie se fijaba. Él conocía ese pesar. No era una persona que quisiera dejarlo pasar sin reconocerlo. Con un gesto, con los calcetines, quizá fuese suficiente. No había ropa tendida. La cuerda colgaba floja al calor del verano. Los calcetines eran un poco más grandes que el pie de un niño y esperaba que fuesen adecuados para una mujer. Los miró, contento del trabajo que había hecho. Cogió una pinza y los colgó orgulloso.

Empezaba a sudar de nuevo. Se escabulló al bosque, siguió la carretera hacia el pueblo y giró hacia las praderas cuando le convino. Caminaba con brío e hizo el trayecto deprisa. El estanque estaba tal como lo había dejado: los lirios de la orilla, unificados como una ilustración hecha con cuidado; el reflejo de su cara en el agua, convertido en algo bello, aunque fuese solo por la belleza que lo rodeaba. Adoraba ese silencio: era tan envolvente que le llegaban los pensamientos como si los pronunciase, las frases enteras y vivas, de esas con las que un predicador atronaría al público, que respondería con vítores y amenes enloquecidos. Allí las cosas eran diferentes. Durante el lapso de tiempo que tenía permitido, el estanque era suyo.

Se quitó la ropa y entró en el agua despacio. Cada paso era una palmada de frío, y dejó que se le extendiese por el cuerpo hasta que sintió que se disolvía en el agua y se le entumecía el cuerpo. Cuando recuperó las sensaciones, era como si se hubiese recompuesto pedazo a pedazo, todo roto y remendado. El estanque siempre le llenaba la cabeza de ideas caprichosas. No estaba seguro de quién era el propietario, pero se imaginaba que quizá fuese posible disponer una casa al lado. ¿Por qué no? Tal vez George disfrutase de un proyecto nuevo. Puede que Prentiss abandonase su determinación de irse de Old Ox con solo meter un dedo en el agua en la que flotaba Landry si aceptase el consuelo, el convencimiento de que ese era su lugar en el mundo. De que por fin podían tener un sitio que fuese suyo. Había llegado a mencionarlo. Y volvería a hacerlo cuando llegase el momento.

Sin embargo, sabía que las posibilidades de quedarse allí después de la cosecha de los cacahuetes eran escasas. Prentiss hablaba de marcharse en cuanto hubieran ahorrado lo suficiente. Landry, por su parte, ya estaba contento allí, con un jergón que era suyo y tanta tierra a tan solo unos pasos que le parecía que era toda la libertad que un hombre podía necesitar en una vida. En cambio, Prentiss los mantenía despiertos por las noches hablando de lugares remotos. Podían ir de pueblo en pueblo, de ciudad en ciudad, hasta encontrar una que fuese perfecta para ellos, un lugar donde hubiese más trabajo del que uno podía desear, un lugar donde los hombres gastasen los dólares como si fueran céntimos sin pensárselo dos veces. O podían subirse a un tren sin preguntar siquiera adónde iba y bajarse allí donde el paisaje les llamase la atención, encontrar un pedazo de tierra donde hiciera buen tiempo y nadie supiese cómo se llamaban, donde pudieran beber limonada en su propio porche sin que nadie volviese a molestarlos.

Y aunque esas fantasías las protagonizaban solo ellos dos, ambos tenían siempre en mente a su madre. Prentiss le preguntaba qué métodos creía él que podían emplear para encontrarla cuando llegase el momento. Landry entonces notaba que se le hacía un nudo en el estómago e intentaba evadirse del granero pensando, igual que intentaba evadirse de la plantación pensando, igual que intentaba evadirse de su cuerpo pensando cuando el látigo le azotaba la espalda. Su hermano hablaba de ir puerta a puerta por todo el estado de Georgia preguntando por el paradero de su madre. Se le había ocurrido incluso preguntárselo al señor Morton sabiendo de sobra que él jamás se lo diría, pues ya lo habían intentado y él había respondido con una risa burlona que la mujer no valía lo suficiente para dejar constancia de ella en el libro de contabilidad. Era mentira, sí, pero era la frase que más daño les había hecho. Así pues, para Landry lo mejor era despedirse de esos pensamientos, evadirse de esas conversaciones por completo y dejar que su hermano les diese vueltas.

El limo del fondo del estanque le rozaba los dedos de los pies si se dejaba. Los pececillos revoloteaban delante de él y nadaban como rayos, como niños jugando. Respiró hondo y sumergió la cabeza. El silencio lo engulló. Estaba sepultado en serenidad, en la infinitud de su flotación, su ingravidez. ¿Cómo captar esa sensación? ¿Cómo hacer que durase para siempre?

Los oyó al salir a coger aire. Mantuvo el cuerpo escondido bajo el agua mientras el montón pantanoso de plantas que había en el centro del estanque lo ocultaba desde la otra orilla. Pero él sí los veía. Caleb estaba debajo del otro, del más grande. Ambos le daban la espalda. Landry nunca había visto a un blanco desnudo, tan pálido a la luz del sol. En los campos, Caleb era un hombre por derecho propio o, al menos, estaba a punto de serlo; sin embargo, en ese momento a Landry le pareció un niño que emitía gemidos infantiles mientras el otro chico lo asfixiaba, lo agarraba del pelo y le daba azotes fuertes en el trasero.

Al principio a Landry ni se le ocurrió salir del agua o esconderse. El estanque, tal como él lo veía, era legítimamente suyo. Allí su imaginación vagaba tanto y hasta tan lejos que pensó que tal vez él mismo hubiera evocado la escena por motivos desconocidos. Pero la posibilidad se evaporó a medida que los gemidos del joven subían de volumen. Sí, no cabía duda de que era Caleb, el hijo de George, el tesoro de Isabelle, y por muchas veces que Landry hubiera ido a ese lugar, pensara él lo que pensase del paraje, la presencia de esos dos implicaba que el estanque era de ellos y de nadie más, que era él quien estaba en terreno prohibido. Quizá podía sumergirse, quedar suspendido en silencio, esperar a que se marchasen y buscarse un nuevo refugio. Prentiss y él podían coger el tren. Podían buscar otro sitio como aquel.

Tenían el cuerpo contorsionado; Caleb tumbado bocabajo y el otro montado encima. Landry retrocedió despacio hacia atrás, chorreando agua del pecho y del pelo al salir del estanque, temblando a pesar del calor. No se volvieron mientras él recogía los pantalones, la camisa y las botas. Y tampoco cuando se los puso. Podía desaparecer. Y, sin embargo, sabía que era la última vez que vería el estanque, la última vez que tendría esa imagen tan clara en la mente. La inhaló y la dejó marchar.

Fue en ese momento cuando el otro chico se giró de golpe. Landry no se quedó paralizado por el miedo. Fue más bien por la extrañeza de la situación: después de tantos años sin que nadie se fijase en él, lo hacía un chico como aquel y, además, desde lejos. Emprendió el camino de regreso al granero. Primero andando. Más deprisa cuando oyó que se le acercaban unos pasos.

Capítulo 12

El mundo pesaba sobre su secreto. Era lo que Caleb sentía de manera aún más intensa que el calor del aliento de August en el cuello, el roce cortante de todas las briznas de hierba en su cuerpo desnudo, aprisionado contra el suelo. Pero la prudencia no significaba nada. Las preocupaciones se deslizaban por su piel resbaladiza por las gotas de sudor, se disipaban con la tensión de los dedos de los pies y con cómo apretaba la mandíbula con cada oleada de dicha que lo recorría. Era como si debajo de las costillas tuviera una campana que hubiera descansado desde la última vez que su amigo lo había hecho suyo en ese mismo estanque un año antes, y August lo penetraba de forma tan profunda, con tanta fuerza, que los tañidos de esa campana sacudían todo su ser, las ondas de placer lo hacían temblar, una tras otra. Eran tan intensas que Caleb ansiaba un momento de descanso y al mismo tiempo temía que, si ese deseo se cumplía, la dicha de esa tarde acabaría y no volvería jamás.

Fue August el que paró. Se separó de Caleb con el cuerpo cubierto de sudor y se volvió dispuesto para la guerra.

—Hay alguien —dijo.

Pero Caleb no tenía palabras con las que responder. Estaba agotado y, a pesar de que sabía el miedo y la amenaza que debían inspirarle las palabras de August, no era capaz de reunir la energía suficiente para que le importase.

—Levántate —lo instó August.

Caleb tenía el cuerpo enrojecido del exquisito tormento de esa tarde, todos los músculos agarrotados; a medida que recobraba la consciencia, fue notando el dolor. Nunca había seducido a otra persona: August había sido el agresor en ambas ocasiones, y las dos veces que lo había tomado a Caleb le había sorprendido ver hasta qué punto se había hundido en sus emociones, lo violento que era el remolino de su sumisión. Un momento estaba lúcido, encerrado en lo cotidiano, y un momento después se transportaba a otro mundo con los pantalones por los tobillos y la tierra pegada a sus muslos húmedos.

Aparte de un único encuentro amoroso en ese mismo lugar antes de la guerra, su comportamiento cuando estaban juntos siempre había sido más manso (Caleb se conformaba con la fricción del cuerpo de August contra el suyo o con un beso que lo dejase con la mente alborotada el resto del día). Pero no albergaba ni el más mínimo remordimiento. Tampoco lo molestaba que los hubiesen visto: estaba dispuesto a que la verdad sobre su vínculo circulase libremente por Old Ox, por el mundo entero. Pero sabía que para August, para el elegido, esa trasgresión representaba una amenaza y no haría más que confirmar que Caleb era un problema del que era mejor distanciarse, por no decir olvidarse por completo. Quizá fuese darse cuenta de eso lo que hizo que despertase de su estado. Se subió los pantalones y escuchó a su amigo.

—Coge tus cosas antes de que se nos escape —dijo August, que ya se dirigía hacia los árboles.

No había nada más que hacer que obedecer y, caminando a grandes zancadas primero y corriendo en una estampida frenética después, intentó fijar en su mente los detalles de esa tarde tan agradable: el sonido de cada embestida, que aún resonaba en sus oídos; el lugar a orillas del estanque, donde su cuerpo había dejado marca en la hierba; las depresiones que August había inscrito en el barro al apoyar las rodillas para montarlo. Aunque el mundo se enterase de su secreto y por muy severo que fuese el castigo, siempre podría volver a esos recuerdos. Eran suyos y podía atesorarlos, protegerlos del exterior incluso en los momentos más oscuros.

Antes de ver a August, había pasado semanas enteras trabajando en el campo, esperando a que floreciesen las plantas de cacahuete. La nueva afición de su padre lo traía sin cuidado, igual que la agricultura en general. El trabajo le resultaba tedioso, pero se dejaba llevar hasta allí todas las mañanas a falta de una meta más importante y también para satisfacer el deseo de su madre de que la relación con su padre continuase siendo cercana. Y lo era, mucho. Caleb le hacía las mismas pillerías que de niño, como amenazar con darle una palmada a Ridley para que saliese galopando con su padre a lomos mientras este protestaba como loco: «Ni se te ocurra, ni se te ocurra». Y el día que su padre bajó la azada con tanta fuerza que se precipitó hacia delante, cayó de bruces en la tierra y Caleb tuvo que echar a correr con los dos hermanos para ayudarlo a levantarse, todos con lágrimas de la risa en las mejillas, el incidente alimentó conversaciones durante muchas noches. Su padre y él también trataban temas serios: planeaban usar un terreno nuevo para el siguiente ciclo de cultivo, quizá incluso volverían a sembrar antes del otoño. Con el calor, los pepinos crecían tan rápido que madurarían antes de las primeras heladas y, si bien era un poco tarde para el arroz, tal vez llegasen a tiempo si se daban prisa, aunque la irrigación que necesitaban quizá se lo impidiese hasta el año siguiente.

Cuando las discusiones versaban sobre temas económicos, a menudo estaban en el campo y hablaban como hablan los hombres. De pie, entre escupitajos, llenando el silencio con gruñidos. Caleb se preguntaba si esos eran los dos únicos modos de su existencia juntos: o conversaban sobre asuntos prácticos o evocaban la historia compartida revistiendo el presente con la nostalgia de tiempos pasados. No le resultaba un fastidio exactamente, pero sí le hacía darse cuenta de que su padre tenía límites y también de que había vestíbulos de pensamiento, de emociones, cuyas puertas siempre estarían cerradas.

Lo que compartían no tenía nada que ver con lo que Caleb compartía con August. Y, sin embargo, le causaba una gran tristeza que su amigo no lo hubiese visitado desde el día del estanque, varias semanas atrás. En las dos ocasiones en las que Caleb había ido a su casa, la madre de August le había dicho con tono gélido y casi sin mirarlo a la cara que su hijo estaba trabajando. No hacía falta pensar mucho para averiguar los motivos del desaire. Si la granja de su padre había concentrado la ira de todos los hombres de Old Ox hacia su familia, el arrebato de su madre en casa de los Beddenfeld había hecho lo mismo con las mujeres. Siguiendo órdenes de su marido, la señora Webler lo informó de que no se los podía molestar ni a él ni a August. Cuando Caleb preguntó en la segunda visita en qué momento estaría August libre, la madre respondió que estaba demasiado ocupada organizando la boda de su hijo para serle de ayuda.

Entrar en Old Ox era una propuesta igual de fría. Wade Webler, o alguien relacionado con él, había hecho correr la voz con cuentos sobre su cobardía, y el recibimiento que le dispensaban los vecinos del pueblo era incluso más gélido que el de la señora Webler. El camarero de la taberna se las apañaba para apartar la mirada justo cuando levantaba la mano para pedir una cerveza. Cuando fue a solicitar los servicios de Jan y Albert Stoutly, que hacían arneses y carretas (del tipo que podría facilitarle un poco el trabajo a Ridley), le dijeron que los pedidos nuevos se entregarían el año siguiente a pesar de que el hombre que había delante de la tienda estaba encantado con lo rápido que le habían fabricado el suyo y, al parecer, le habían prometido más para el resto del establo a lo largo de las siguientes semanas. Algo tan sencillo como comprar forraje se había convertido en un problema debido a las numerosas miradas que recibía. La posibilidad de cortarse el pelo quedaba descartada: había estado esperando en la silla del barbero durante tanto tiempo que había oído cómo les repetían las mismas historias a tres clientes distintos y todos habían llegado después que él.

Así que pasaba el tiempo en casa. Los días transcurrían con una lentitud exasperante, y el hecho distractor de que August estuviera en el pueblo lo seguía a todas partes como las sombras que arrojaba el sol sobre los campos. A menudo se iba solo a alguna parcela y removía la tierra sin pensar en nada, aborreciendo el esfuerzo que requería su anhelo, la naturaleza patética de su ser. Su padre, que combatía sus propios demonios desconocidos, no hacía ningún caso de su distanciamiento, pero Caleb se sorprendió al oírlo decir una noche que Prentiss y Landry creían que lo habían ofendido de algún modo y lo rehuían.

—¿Tienes algo en contra de ellos? —le preguntó su padre—. ¿Algo que ver con la guerra?

—Padre, por favor. No es nada de eso.

—Bueno, pues entonces intenta ser cordial. No es típico de ti que no tengas a nadie que te haga compañía.

Caleb se esforzó. Un domingo por la tarde, antes de cenar, se acercó al granero a saludar y encontró a Prentiss solo, lavando los pantalones en un barreño de agua caliente. Unas semanas antes Prentiss había informado a Caleb y a George de que había comprado pantalones nuevos para él y para Landry. Los hermanos habían aparecido en el campo con un orgullo recién descubierto, pavoneándose como un par de muchachos desfilando por el pueblo antes de la guerra con el uniforme gris recién almidonado. Pero ahora los pantalones tenían unas manchas enormes y el agua no servía para limpiarlos.

—¿Qué les ha pasado? —preguntó Caleb a modo de saludo.

Prentiss parecía sorprendido de verlo. Se secó las manos en la camisa y contempló el barreño pensativo.

—Un poco de pintura, nada más.

—Ya veo. ¿Está tu hermano por aquí?

—No, se ha ido.

—¿Adónde?

—Eso es asunto suyo —respondió Prentiss. Sacó los pantalones del barreño, los dejó en el suelo, se puso a frotarlos con un cepillo y estuvo dándoles un buen rato.

Caleb se imaginó a su padre observando desde la casa. Debía dejar pasar un periodo de tiempo antes de que fuese adecuado volver, pero ¿cuánto? Pensó que podía esperar en silencio, pues no tenía manera de expresar la verdad ante Prentiss: que lo envidiaba a él y lo que compartía con su hermano; que siempre había anhelado tener uno; que de pequeño se tumbaba en la cama y, al notar las arrugas de las sábanas a su lado, deseaba que fuese otro niño; y que todas las mañanas, cuando se despertaba, fingía vestirse junto a ese otro chico que no existía y lo ayudaba a atarse los cordones, a peinarse el pelo. No era capaz de describir la angustia que sentía cuando su madre entraba en el dormitorio por las mañanas y el chico se esfumaba. Se quedaba en silencio y la miraba como si quisiera verla muerta, como si su mera presencia hubiera provocado la desaparición del otro niño. O como si, aún peor, en realidad ella le hubiera negado ese hermano.

—¿Qué haces tú? —le preguntó Prentiss.

—Estaba dando vueltas por casa como un tonto. A veces, cuando solo están mis padres, me pongo nervioso.

—Bueno, aquí eres bienvenido. Qué diablos, es tu granero, ¿no?

Caleb creía que sabía muchas cosas sobre Prentiss, pero de vez en cuando se daba cuenta de que no sabía nada en absoluto.

Se acordó del día que su padre y él debatían qué plantas podían crecer mejor en esos campos y Caleb había mencionado lo bien que crecía el algodón. Prentiss, que hasta ese momento había estado callado, dijo: «Será mejor que yo me vaya si vais a empezar con eso. No pienso volver a tocar esa planta en mi vida. No voy ni a acercarme lo suficiente para ver su interior blanco». Su padre no contestó y dejaron el tema.

También estaba la noche en la que Caleb había intentado ayudarlo a limpiar la sartén, Prentiss se la había arrebatado como haría un niño recuperando un juguete y lo había informado de que esa limpieza tenía una técnica, que se usaba la palma y el lado de la mano para atrapar los restos quemados de los surcos y del fondo, que, de otro modo, no se desprenderían. Se podían aprovechar para hacer otra comida. Estaría encantado de enseñarle a hacerlo, había dicho Prentiss, tal como su madre le había enseñado a él, pero no estaba dispuesto a ver cómo lo hacía de mala manera.

La furia oculta. El orgullo, a veces marchitado y herido, pero siempre presente. Prentiss tenía una parte que a Caleb le faltaba. Si hubiesen sido hermanos, habría sido Prentiss quien le habría enseñado a atarse los cordones de los zapatos, quien le habría mostrado cómo funcionaba el mundo. Y quizá ese fuera el motivo por el que Caleb era casi incapaz de dedicarle nada más que un simple saludo. Hacerlo requería exponer su vulnerabilidad ante otro hombre y no sabía cómo mostrársela. Era una forma de confrontación, la misma idea que lo acongojaba. Él nunca le habría quitado el cazo a un hombre que lo hubiese cogido. No le habían enseñado esas cosas.

—¿Qué pintas? —le preguntó Caleb, que no sabía qué más decir.

Prentiss seguía dándole al pantalón con el cepillo.

—No pinto un carajo. El otro día vi a un tipo en el campamento que vendía calendarios y hoy he pensado en ir a conseguir uno para contar los días hasta la cosecha. Iba yo a lo mío, pasaba por delante de la iglesia del pueblo y resulta que había un hatajo de necios dándole una capa de pintura. Y qué casualidad que uno de ellos me ha tirado un cubo encima. La banda entera se ha echado a reír y él va y dice: «¡Uy!», como si hubiera sido sin querer. Me ha hervido la sangre. No sabes lo que les haría… —Esperó un momento y después negó con la cabeza para desestimar la idea—. Bueno, en realidad no les haría nada. Me refiero a que me han hecho enfadar un poco. Pero no es nada que no se cure con el tiempo.

Caleb pensó que Prentiss no se fiaba de él. Ojalá supiera que seguramente esos chicos también le tirarían el bote de pintura a la cabeza a él si tuvieran la oportunidad. Decidió no comentar nada al respecto y le preguntó si había conseguido el calendario.

—Dicen que el hombre de los calendarios se ha ido al norte —dijo Prentiss—. He llegado un día tarde.

Caleb estornudó y se dio cuenta de que en el granero se acumulaba algo, algún tipo de polvo. Reparó en ese momento en lo peculiar que era que alguien viviese allí, entre las herramientas de cultivo desperdigadas, los ratones que correteaban por todas partes y las lechuzas que ululaban toda la noche y dejaban excrementos que después podías pisar. Se preguntó cómo era posible que no se le hubiera ocurrido antes. Por supuesto que había un hombre que vendía calendarios: cualquiera que viviese en semejantes condiciones contaría los días con antelación e iría tachándolos hasta llegar al punto del futuro en el que pudiera marcharse a otra parte. Para el que vendía los calendarios, ese día ya había llegado.

Se atrevió a ir al pueblo una tarde entre semana, convencido de que esa vez no le harían dar media vuelta. Aún faltaban horas para que oscureciese, pero muchos ya se habían recogido. Amarró a Ridley delante de la casa de Ray Bittle. El viejo tenía el sombrero muy bajo, la cara oculta por el ala y el cuerpo tan hundido en la mecedora que parecía que se había fundido con la madera. La imagen era inquietante. Quizá se pudiera interpretar su sueño como se podía leer la palma de una mano: que en la peculiaridad de su arrellanamiento y al ocultar su rostro con tal determinación, transmitía el mensaje de una verdad enterrada a la que no podía enfrentarse estando despierto. A Caleb le llamó la atención la escena, pero no tanto como para entretenerse. Tenía solo un rato antes de que August regresase a casa y quería pillarlo en el trabajo, tan lejos de la señora Webler como le fuera posible.

August y su padre trabajaban en un edificio de modestia apabullante, una casa pequeña de ladrillo rojo y dos pisos en la que reparaban muy pocos transeúntes, ajenos al hecho de que cualquier otro edificio al que se dirigiesen o del que vinieran seguramente lo arrendaban los hombres que había allí dentro. A mano izquierda había un hotel, y a la derecha, una tienda de muebles, ambos con mucha más clientela que ellos. Caleb se entretuvo unos instantes en la calle y después tomó aire con mesura y se acercó a la puerta mientras desterraba la inseguridad de su mente.

Encontró a un empleado detrás de un mostrador, mirando documentos. Caleb pensaba que el vestíbulo estaría vacío, que podría subir directamente e interrumpir una reunión o irrumpir en la biblioteca de la parte de atrás, donde entretenían a los clientes, pero esa posibilidad quedó frustrada por la presencia del chico que lo miraba con aire inquisitivo.

—¿Puedo ayudarlo?

Era poco más que un junco, un cuerpo fino como un cordel, una pluma que podría haberse llevado el viento.

—Busco a August Webler.

—El señor Webler está reunido.

El señor Webler. ¿En eso se había convertido August? Aunque así fuera, Caleb no pensaba dejar que le hiciesen esperar ni siquiera para ver al señor Webler.

—Será solo un momento.

—Señor...

Caleb se dirigió a la escalera y no se detuvo cuando el chico lo llamó. La manera en que subió a la primera planta denotaba una prisa innegable; no tenía ni idea de qué encontraría allí, pero sabía que August, si conservaba algún tipo de afecto por él, agradecería la molestia. ¿De qué otro modo podía reaccionar ante alguien tan dispuesto a luchar por una amistad, ante alguien capaz de dejar de lado las fronteras sociales para arriesgarse a saludarlo?

La estancia principal del primer piso estaba vacía. En la puerta de los dos despachos que la flanqueaban había un cartel con la leyenda «Señor Webler». Caleb no tenía ni idea de cuál podía ser el de August, y lo último que quería hacer era interrumpir a Wade Webler, pero, dado que había llegado hasta allí por la fuerza, pensó que llamar a la puerta por precaución no casaba con el espíritu de la misión.

Un espasmo de pánico le recorrió el cuerpo. El calor del día que se había acumulado allí arriba le cayó encima como una manta pesada. Al final oyó unos murmullos que se escapaban por debajo de la puerta de la derecha. Siguió el sonido y, a pesar de lo convencido que había estado un momento antes, tocó con los nudillos. La voz áspera de Wade Webler lo mandó entrar sin preguntar quién era. Hasta que comprobó cuánto le costaba agarrar el pomo, Caleb no se dio cuenta de lo mucho que sudaba. Con algo de esfuerzo, consiguió girarlo y entrar.

—¿Qué pasa aquí?

Wade Webler estaba sentado a su gran escritorio de roble, recostado en la silla, con cara de desconcierto. A su lado, August sostenía un cuaderno y una pluma. Caleb conocía al hombre del otro lado de la mesa por los carteles que había visto colgados por todo el pueblo. Se trataba del general de brigada Glass, que estaba de pie y con la espalda tan erguida que parecía en mitad de una presentación.

—¿Caleb? —dijo August.

El señor Webler no le dio tiempo de responder.

—¿Cómo has subido? —Se inclinó sobre la mesa—. ¡Jeffrey! —bramó.

Eso le provocó un pequeño ataque de tos. A continuación se bebió un dedo de whisky del vaso que tenía a un lado antes de continuar gritando.

Unos golpes fuertes resonaron en la escalera como si alguien llamase a la puerta y, al cabo de un instante, el chico entró en el despacho, bañado en sudor.

—Lo siento mucho, señor, pero ha pasado antes de que pudiera decirle que no.

Sorprendido por el agotamiento que mostraba el rostro del joven, Caleb bajó la mirada y reparó en la pata de palo.

—Por el amor de Dios, Caleb —dijo el señor Webler—. Sé que te costaba obedecer órdenes como subordinado, pero ¿es mucho pedir que hagas caso de las instrucciones de mi secretario?

Durante un segundo, Caleb sopesó la pregunta con sobriedad y se planteó con lógica calculada si ayudaría más a la situación excusándose y lanzándose por la ventana.

—¿Qué demonios es tan importante como para que te escapes de un hombre que va a pata coja y te cueles por la escalera?

—No sabía que era cojo —farfulló Caleb.

—Debería excusarme —dijo el general Glass.

—De eso nada —repuso el señor Webler—. Usted tenía una cita para venir a hablar con nosotros. Los hombres con cita que se obligan a obrar con decoro no deberían tener que ceder ante aquellos tan egoístas que desafían los procedimientos del civismo. Un soldado tan apreciado como usted lo sabe muy bien.

—Me voy —dijo Caleb con el tono sumiso de un niño castigado, como si lo mejor fuera que se pusiese en un rincón de cara a la pared.

—Pero, al parecer, después de no hacer caso de la petición de un joven que trabaja solamente para ahorrar dinero para una prótesis. Para ser un soldado al que le han estropeado la cara, cualquiera pensaría que comprenderías la situación de otro lisiado.

Sin pensar, Caleb se llevó la mano a las cicatrices de la cara.

—Y además has interrumpido al honorable general Glass —continuó el señor Webler—. Este hombre, un militar que ha llegado a nuestra comunidad para servir incluso a aquellos contra los que ha luchado, no desea más que conseguir un préstamo para su madre enferma, que necesita una operación urgente. Imagínate la cura de humildad que debe de haber sido para él venir hoy aquí. Para que ahora lo interrumpas tú mientras hace la petición.

Una vez dicho eso, solo se oyó a Jeffrey resoplando de la fatiga. Caleb se fijó en que el general Glass miraba el suelo en privado con cierta humillación al tiempo que el señor Webler mostraba un regocijo depravado. Y aparte estaba August. Caleb se desesperaba por reconocer algún indicio de simpatía en su mirada, la clase de pista que a veces le ofrecía cuando estaban tumbados el uno junto al otro. O, al menos, como mínimo, esperaba ver que August apartaba la vista para así saber que su amigo compartía el bochorno.

Sin embargo, el señor Webler y su dominio de la situación no les permitió ni mirarse. Se volvió hacia su hijo y le llamó la atención al instante.

—¿Te importaría decirle a tu amigo que haga caso de sus propios consejos y nos deje tranquilos?

August dejó la pluma en la mesa. Empezó a coger aire como si estuviera afligido y a Caleb le bastó con eso. Con una señal de angustia. Aunque cabía la posibilidad de que Caleb estuviera tan destrozado que fuese capaz de pensar que una respiración de su amigo significaba todo un mundo.

—Tenemos mucho trabajo que hacer —dijo August con tono profesional—. Es mejor que te vayas.

No hizo falta que se lo dijese dos veces.

Caleb tenía un sueño recurrente que sucedía en los establos de Wade Webler. Sabía por qué era allí: en una ocasión, cuando era pequeño, el señor Webler había dado una fiesta y él y un grupo de niños habían ido a los establos a jugar en el heno. Recordaba bien el calor que hacía allí dentro, resultado solo del alboroto de críos que corrían de un lado a otro y de los caballos, que eran muchísimos y asomaban la cabeza por encima de las cuadras como queriendo supervisar la algarabía. Sin embargo, en el sueño Caleb había crecido y los demás niños habían crecido y lo observaban desde las cuadras en lugar de los caballos.

Él estaba tendido bocabajo sobre la silla, con el cuerpo bien encajado sobre el cuero y la espalda arqueada. Los estribos estaban encadenados a dos postes que tenía detrás y le inmovilizaban las piernas. No podía soltarse. A su lado se notaba cada vez más calor y un crepitar que parecía el crujido de las hojas al pisarlas: un cesto lleno de brasas, a la altura del oído. Los demás lo miraban a él y a nadie más que a él.

A su espalda aparecía August. Caleb podía girar el cuello y alcanzaba a verle la cabellera rubia, el paso lento y vigoroso. Su amigo sacaba de las brasas el hierro de marcar, lo alzaba para que lo viesen todos y se lo acercaba a Caleb a la cara con ademán amenazante.

—Una T, digna de un traidor —decía.

Los demás chicos aullaban.

El hierro estaba tan al rojo vivo que lo sentía en todo el cuerpo. No era un dolor abrasador, sino como una gota de cera que se extendía poco a poco hasta cubrirlo entero. Caleb notaba que August le levantaba la camisa, notaba el roce de la mano en la espalda y lo único que podía hacer cuando el hierro lo tocaba era apretar los dientes; en ese momento, justo entonces, se despertaba tan perturbado, con una excitación tan perversa, que no le quedaba más remedio que evacuar la energía que tenía dentro de la manera más repugnante, deshacerse de los últimos retazos del sueño al tiempo que se los drenaba del cuerpo. Después tenía que bajar a buscar un trapo. Limpiarse semejante vergüenza. Y así era como se sentía en ese momento en el que regresaba hacia la casa de Ray Bittle: asqueado por sus propios actos, por haber pensado que sería buena idea ir a buscar a August o, yendo aún más lejos, por haber vuelto de la guerra. Tal vez Prentiss y Landry supieran lo que se hacían: irse al norte. Escapar de Old Ox definitivamente. Ya veía a Ridley, y no descartaba subirse a lomos del burro y marcharse de allí para siempre.

Una voz conocida gritó su nombre. Él siguió acercándose a Ridley como si no hubiera oído nada más que los cuervos que graznaban desde el tejado de Ray Bittle. Sin embargo, no pudo pasar por alto el tirón del hombro, las uñas que se le clavaban en la camisa.

Caleb se sacudió esa mano. Dio media vuelta y pilló a August con la guardia bajada.

—No —dijo Caleb—. Déjalo estar.

Había llegado al burro y se puso a desatar las riendas, pero su amigo no se apartaba de su lado.

—Se burla de ti para conseguir esta reacción —dijo August.

—Pues que sepa que le ha salido bien. Escríbelo en tu cuadernito y dale el parte.

August estiró el brazo y le agarró las riendas.

—¿Crees que yo disfruto con esas cosas? ¿Crees que me gusta verte sufrir así?

—Teniendo en cuenta que no sé nada de ti desde hace semanas, me imagino que mis sentimientos te son indiferentes.

—No puedes ser tan sensible, de verdad. Esto no tiene nada que ver contigo. Es que la boda es el próximo martes y las preparaciones empiezan en cuanto puedo salir de trabajar y acaban cuando se pone el sol.

—Por favor, como si en algún momento alguien o algo te lo hubiera impedido antes. Ambos sabemos que esto es cosa de tu padre. Igual que no me cabe duda de que la decisión de retirarnos la invitación a la boda a mi familia y a mí fue suya.

Qué típico de los Webler organizar una boda un martes, robarles a todos los vecinos todo un día de trabajo y obligarlos a presentarles sus respetos al príncipe y su nueva princesa.

Estaban de espaldas al pueblo y Ridley los escudaba de la vía principal; delante de ellos estaba Ray Bittle, que aún dormía profundamente en el porche. Estaban completamente solos. A Caleb le costaba soportar la mirada de August, pues el azul de sus ojos era tan penetrante y repentino como la llama de una cerilla encendida delante de la cara.

—No tienes ni idea —dijo August—. Yo tengo que vivir con él, Caleb. Padecerlo. Al menos hasta que tenga mi propia casa, lo que no espero con ansia. Por Dios, solo de pensar en vivir con Natasha... Cuando la veo, siento el mismo aburrimiento que cuando leo los informes que me encuentro por las mañanas sobre la mesa. Es un asunto fastidioso: bodas y mujeres y trabajo, y pensaba con mucha más claridad durante la guerra que ahora. Lo digo en serio. Prefiero cavar tumbas en el suelo más duro que casarme con Natasha y trabajar para mi padre y oír cómo se rebaja un general de la Unión a cambio de un puñado de dólares.

—¿Crees que yo no me siento así? Trabajo en el campo todo el día, juego con la tierra y por las noches mi padre me hace leer libros de agricultura. Como si me interesase lo más mínimo aprender si la hierba cortada o la paja funcionan mejor que el abono. El único alivio sería el tiempo que pasásemos juntos, pero tú me lo niegas por algún motivo que no alcanzo a saber.

—¿Es necesario que te lo aclare? —preguntó August, a quien le costaba no levantar la voz—. Porque pienso hacerlo si es lo que necesitas.

Caleb encogió los hombros con indiferencia deliberada, pero le latía el corazón tan deprisa que notaba la reverberación en los pies como si fuera un temblor del suelo.

—Lo sabe —afirmó August—. Siempre lo ha sabido. Lo que sentimos el uno por el otro. Su objetivo es ridiculizarnos. A ti te llama «niña pequeña» y cada mención que hago de ti la recibe con mofas sobre tu cobardía. Incluso en reuniones sociales te cita como ejemplo de todos los defectos de la causa sureña, de la falta de ánimo que nos ha provocado tantas pérdidas.

Caleb intentó recuperar las riendas de las manos de su amigo, pero August no las soltaba y tampoco paraba de hablar.

—Y no me hagas hablar de tus padres. La manera intolerable en que tu madre se comportó en casa de los Beddenfeld, como si fuera una especie de lunática...

—Estaba ofendida, no hacía más que proteger a su familia.

—O lo de tu padre con los negros. ¿Cómo tiene el descaro de dejarlos vivir en su casa?

—No viven en la casa. Es un rumor estúpido que la gente difunde. —Caleb calló—. ¿Y qué importaría si viviesen con nosotros?

—Caleb —respondió August—, sabes que no hay nadie con quien preferiría pasar el tiempo más que contigo, pero esto no puede ser.

—Pero dijiste que nada cambiaría. Lo dijiste así, palabra por palabra.

—Tú has cambiado. Los Walker habéis cambiado, todos.

—Hemos perdido, August. El mundo entero ha cambiado. ¿No lo ves? ¿Acaso eres tan necio como tu padre?

—Baja la voz —le espetó August. Miró a su alrededor, pero la carretera estaba desierta y ni siquiera Ray Bittle se movía.

Caleb negó con la cabeza y, al final, tiró de las riendas con tanta fuerza que se las arrebató. Se subió a Ridley y se dirigió a su amigo una vez más:

—Hace poco oí que Prentiss, uno de los negros a los que tanto odia tu padre, le contaba al mío que había visto a un tipo al que conocía desde pequeño, a otro esclavo, mendigando en el campamento a las afueras del pueblo. Prentiss no le había dado ni un céntimo. ¿Era un delito?, quería saber. ¿Era un delito ser tan frío con alguien con quien había crecido? ¿Qué pasaba si se abría esa distancia entre él y su hermano? Parecía albergar, en alguna parte de su interior, el miedo a estar alejándose. Mi padre le contestó que se dejase de tonterías. Que dos personas tan cercanas jamás dejarían que eso sucediera.

Que lo que los unía era demasiado fuerte. Pensé que mi padre le había dado un consejo de sabio. Pero ahora me pregunto si se equivocaba.

August apretaba la mandíbula con rabia. No había solución posible dadas las circunstancias. Caleb sabía que eso debía de haber sido un gran golpe para él; sabía lo que significaba para August perder el control de una relación que había encauzado con semejante autoridad que la obediencia de Caleb nunca se había cuestionado. Pero, al parecer, eso había quedado atrás.

—Cuídate, August. Mándale un saludo afectuoso a Natasha de mi parte. Y a tu padre puedes hacerle saber que lo considero un mentecato insufrible.

Partió con Ridley a paso tranquilo y, al llegar a casa, ya había tomado la decisión de abandonar Old Ox para siempre. La cuestión era adónde ir. A un lugar más templado, quizá; a alguna parte donde nadie lo conociese, eso seguro; a algún pueblo o incluso una ciudad donde un hombre con un rostro peculiar y un humor tranquilo pasara desapercibido entre la gente.

Esas ideas le rondaron por la cabeza casi hasta el mediodía siguiente, cuando durante un descanso del trabajo estaba lavándose con el agua de la bomba que había junto al campo y apareció su madre con una hoja de papel en la mano.

—Un mensaje del pueblo.

—¿De quién? —preguntó, y se secó las manos en los pantalones.

—No ha tenido el detalle de decirlo.

Había solo dos palabras escritas en lápiz: Estanque. Domingo.

Sabía, por el paso torpe, los hombros colosales y la pura inmensidad de aquel hombre, que no podía ser nadie más que Landry el que huía de ellos por el bosque, ya que no había otro como él en todo Old Ox. Al principio parecía que, como Landry pertenecía a un mundo y August a otro, alguna fuerza, alguna especie de equilibrio de orden superior, los mantendría separados. Caleb no perdió la fe en eso ni siquiera cuando August agarró una rama caída, sólida y gruesa como un brazo y se la colocó en el hombro como si fuera una carabina; ni siquiera cuando salieron del bosque al borde de la plantación de su padre, con la cabaña divisándose a lo lejos, y encontraron a Landry tendido en el suelo, atenazándose el tobillo.

August se alzó ante él y Caleb, que por fin había comprendido ese momento, le gritó que parase. Nunca había oído a Landry hacer ningún ruido, pero emitía unos gemidos espantosos, tan lastimeros y agudos que recordaban a un niño herido. Sin embargo, August parecía ajeno a todo menos a la fuente de oscuridad que tenía dentro y que tanto placer le había proporcionado durante la guerra. Le preguntó a Caleb el motivo de sus protestas, porque aquel no era nada más que un negro, uno que no sabía cuál era su lugar. Caleb le explicó su relación y August sonrió. Le dijo a Caleb que con eso le hacía un favor. Que eso sería bueno para su familia.

Landry intentó ponerse en pie, pero August le pisó el pecho y no hizo falta nada más para impedirle que se moviera. ¿Dónde estaba la fuerza de Landry? Caleb no lo sabía. Nunca había visto a un hombre más temible con el hacha y, en cambio, ahora lloriqueaba bajo la suela de una bota. Buscaba a su alrededor con pánico en los ojos, y la mandíbula, ese apéndice suelto, le temblaba con el peso de sus sollozos.

Caleb estaba en el suelo. No tenía ni idea de cómo había llegado allí, sentado sobre el barro y las hojas mojadas, tapándose los ojos con las manos. Si pudiera levantarse, él mismo detendría a August. Podría arreglar las cosas. Pero estaba tan aterrorizado que no era capaz de alzar la vista, y mucho menos de moverse. Miró entre los dedos mientras August, muy sereno, cogía con ambas manos la rama que llevaba apoyada en el hombro. Entonces, en el último instante posible, Caleb le gritó a August que Landry no podía hablar. No decía ni una sola palabra. Jamás le contaría a un alma lo que había visto.

Caleb dejó caer los brazos a los costados y, durante un momento, August flaqueó. Landry contempló a su agresor con tal intensidad, con una mirada tan decidida, que Caleb pensó que había encontrado alguna fuerza en su interior. Y así era. Pero no era lo que Caleb habría podido imaginar.

—Sí p-p-p... —tartamudeó Landry de manera infinita. Se negaba a dejar inacabada la afirmación que intentaba formular, insistía en que se oyese su voz. Se puso a sudar. Hasta la última fibra de su ser se volcó en crear las palabras:

—Sí p-p-p-puedo hablar. Soy igual que tú.

August se volvió hacia Caleb con una sonrisa de complicidad. Entonces Caleb supo que su amigo no le escucharía.

El primer golpe alcanzó a Landry en la cabeza. Los gritos dejaron de oírse de inmediato y el bosque se quedó en un silencio tal que el crac repugnante del segundo golpe resonó como si fuera un rayo partiendo un árbol. Un hilo de sangre se deslizó por la brecha que se le había abierto. La cabeza se le cayó hacia delante, después hacia atrás y, finalmente, Landry se derrumbó aletargado, como cuando un pájaro cae en picado del cielo.

Caleb cerró los ojos con fuerza y se tapó los oídos para no oír la furia de la paliza. Era incapaz de moverse. Tenía la garganta demasiado seca para emitir algún ruido. Se quedó sentado, abrazándose las rodillas, aguardando con desesperación a que acabase la barbarie.

Se habría quedado allí hasta que cayese la noche de no haber sentido una mano en la cabeza, la familiaridad de los dedos que le frotaban el cuero cabelludo para reconfortarlo. August le reprochó que era desagradable que se comportase con tanta sensiblería. Caleb no pudo evitar mirar a Landry, fijarse bien en el rostro maltrecho, en la sangre acumulada en las cuencas de los ojos. Se preguntó si su amigo iba a hacerle lo mismo a él. August aún sostenía la rama como si fuera un juguete de niños y todo parecía posible. Justo entonces, en un extremo del campo aparecieron dos siluetas borrosas por el efecto del calor y el sol.

—Búscate una excusa —le dijo—. Yo no he estado aquí.

La sombra larga que se le había echado encima desapareció. August se había ido.

Capítulo 13

George se había despertado pronto y había preparado café. El primer sorbo a solas era tan gratificante que se sentía como un perro al que sueltan de una perrera para salir a una pradera de hierba recién cortada, tan grande era el placer que le procuraba. Se sumió en la sensación y durante un rato no pensó en nada más, aunque enseguida salió al porche de delante, donde se sentó solo en la mecedora de su esposa sin más objetivo que observar el amanecer que empezaba a adornar el fondo del valle. Los domingos eran el único día de descanso que Caleb, los hermanos y él se permitían. La noche anterior había ido de nuevo a hablar con Clementine, a saber de su hija y a ponerla al corriente de su vida desde la visita anterior. La caminata de regreso le había caído muy mal en los huesos, y aunque Isabelle no había mencionado la ausencia, sí se había apresurado a comentar lo cojo que se le veía los últimos días. Su única reacción fue pedirle de buena manera que dejase de fijarse en su decrepitud. Más de un pensador se había dedicado a las cuestiones de la vejez y la muerte, a pesar de lo cual los pensadores morían al mismo ritmo que los idiotas, y por eso George se conformaba con la idea de no hacer ningún caso del proceso. De todos modos, tras los últimos meses en la plantación, en los que primero habían talado los árboles y después habían cultivado los cacahuetes, acababa todas las tardes dolorido y por las mañanas tenía las articulaciones rígidas, como si necesitasen descongelarse. El café caliente que le revestía las entrañas era el único remedio que había encontrado.

A medida que avanzaba la mañana, lo único digno de mención fue que Isabelle se marchó a la iglesia y se llevó el carro. Era extraño, dado que hacía tiempo que ninguno de los dos iba, pero no cuestionó sus motivos. Landry se marchó al bosque, tal como le gustaba hacer normalmente. Prentiss no apareció fuera del granero. Y Caleb dormía. Eso era lo que aquejaría a George cuando reflexionase sobre ese día mucho después de que se acabase: que no había habido ninguna ruptura en su cronología habitual, nada que anunciase los horrores que les esperaban. Incluso había avistado a Landry a media mañana, sentado en un claro en el bosque, de espaldas a él, completamente relajado. Por eso le impactó aún más descubrir el cadáver apaleado unas horas después: las piernas encogidas, recogidas en respuesta a los golpes, la cara tan desfigurada que se había convertido en algo informe. No le quedaba ni gota de vida.

George había estado conversando con Prentiss sobre la naturaleza del ganado, sobre la productividad de una vaca sacrificada en cuestión del peso de la carne comparada con un gallinero lleno de gallinas capaces de poner huevos de manera indefinida, cuando los gritos se extendieron por el bosque.

El primer avistamiento del cuerpo fue desde tanta distancia que no reconoció lo que tenía delante. Pensó que era la bestia del bosque, cazada y muerta, y la idea (aunque se sintiera reivindicado) era como una maldición para su deseo de verla viva, ver la majestuosidad del animal paseando entre los árboles. Sin embargo, Prentiss corrió hacia el cadáver tan deprisa que la mente de George reordenó las ideas y cayó en la cuenta. Sintió el impulso de vomitar. Se quedó allí plantado con la mente en blanco, tapándose la boca con la mano, hasta que vio a la criatura asustada que estaba sentada en el barro al borde del bosque y se apresuró a ir con su hijo.

Caleb tenía la cara tan enrojecida que parecía que se hubiese quemado y, cuando intentó hablar, en las comisuras de la boca se le formaron hilos de saliva. No fue capaz de pronunciar ni una palabra.

—Debes decirnos qué ha pasado —le pidió George.

Prentiss tenía la cabeza inclinada sobre la sangre y la mugre del pecho de su hermano, suplicándole como un maniaco al cuerpo sin vida.

—Ahora tenemos planes, Landry, tenemos buenos planes, planes firmes, o sea que levántate. No eres de los vagos, el perezoso soy yo, venga, levántate.

Gimió y se aferró al torso de Landry como un niño se abrazaría al torso de su madre.

—Mírate los pantalones nuevos —dijo—. ¿Cómo se te ocurre ensuciártelos justo después de regañarme a mí por los míos? ¿Cómo te atreves? —le preguntó, y siguió preguntando—: ¿Cómo te atreves?

Enseguida su rabia era tal que empezó a darle azotes a su hermano en el pecho y a exigirle respuesta, y su dolor era tan inmenso que parecía capaz de expandirse y ocupar todo el bosque, todo el mundo.

Mientras tanto, Caleb no respondía, no hacía más que mirar al frente como si lo que había pasado, fuera lo que fuese, lo hubiese dejado mudo. George le dio varias sacudidas y le dijo que sabía que él no era capaz de hacer eso, le rogaba que reconociese que no tenía nada que ver con eso, hasta que al final Caleb negó con la cabeza para confirmar que no había sido él.

—Entonces, ¿quién? —exigió saber George superado—. ¿Quién puede haber hecho esto?

Caleb seguía sin hablar. Tenía la vista fija en el bosque, más allá de los árboles, y por allí solo se llegaba a un lugar. George no tenía ni idea de por qué su hijo había estado allí, eso ya lo averiguaría más tarde, pero sabía hacia dónde lo dirigía la mirada de su hijo: directamente hacia el único hombre que podía tener motivos para cometer un acto tan atroz, pues ya le había causado muchísimo dolor a Landry.

Dejó a Caleb y a Prentiss con el cadáver y echó a andar hacia la propiedad de Ted Morton a un paso que casi nunca había alcanzado. No rodeó la cerca, sino que la saltó con mucha dificultad y, tras deslizarse por el otro lado, descansó un momento para recuperarse del esfuerzo. Una vez hubo atravesado los campos de algodón, estaba agotado, pero la sangre aún le fluía con rabia sin importarle adónde fuese. Si era necesario, si era justo, llevaría a Ted Morton al mismo final que había sufrido Landry.

A su alrededor, los tallos tenían dos palmos de altura, y un puñado de hombres y mujeres raspaban la capa superior de la tierra, tal vez por última vez antes de la floración. Lo miraron con cierta confusión antes de seguir trabajando y alguno lo saludó con la cabeza, con una sonrisa incluso, pero él no les devolvió los saludos, teniendo en cuenta de qué tipo de visita se trataba. Estaba delante de las viejas cabañas de los esclavos cuando apareció Gail Cooley, casi irreconocible con las salpicaduras de barro en la cara, los pantalones remangados hasta las pantorrillas y la sombra del ala ancha sobre el rostro.

Le resultó extraño verlo solo en lugar de siguiendo a Ted Morton hasta allí, a caballo; tuvo la impresión de que a Gail lo consternaba mucho empezar la discusión sin él.

—Señor Walker —dijo—, lo he visto atravesando los campos.

—¿Dónde está Ted?

—En el campo.

—¿En domingo?

—No tenemos suficientes jornaleros para descansar muchos días. Dice que a lo mejor el próximo domingo, si acabamos de remover la tierra alrededor de las plantas de algodón.

—Llévame adonde está.

Gail torció el gesto y puso cara de estar negociando consigo mismo si debía aceptar órdenes de George. Pero accedió y le dijo que lo siguiese. Encontraron a Ted en uno de los surcos, arrancando hierbas del mantillo junto a su hijo William. Estaba tan maltrecho como se veía a Gail. Parecía haberse encogido con el trabajo y, aun así, ladraba órdenes como si los trabajadores que tenía delante le perteneciesen. Cuando vio a George, se detuvo un momento y la gente a su alrededor hizo lo mismo. George y él se miraron de arriba abajo.

—Te doy una oportunidad para que confieses lo que has hecho —dijo George—. Según dices, eres un hombre honesto. Un hombre bueno. Así que admitirás el crimen que has cometido.

Ted se desabotonó la parte superior de la camisa y se abanicó con el sombrero.

—George, no tengo ni la menor idea de qué hablas. Pero me están entrando ganas de meterte la azada por el culo.

—Tú siempre con las amenazas en la boca.

—En tu caso, me encantaría convertirlas en realidad. Voy a ponerte sobre mis rodillas y a meterte el mango de la azada tan adentro que podrás remover la tierra con solo agacharte un poco y menearte.

Era un enfurecimiento que llevaba toda una vida gestándose, pero, aun así, la rabia repentina que mostró George los sorprendió a todos. Se abalanzó sobre Ted con un aullido feroz. A este se le iluminaron los ojos durante una fracción de segundo. Agarró a George del hombro, se hizo a un lado y dejó que la inercia derribase al viejo.

—¿Se te ha ido la cabeza? —le gritó Ted.

La plantación se había detenido. William, el chico, se rio como un perro faldero ladrando y Gail se acercó a Ted para mostrar su solidaridad.

George se levantó despacio, con cuidado de no hacerse daño en la cadera, y se sacudió la tierra de la pechera.

—Admite lo que has hecho.

—¿Que admita el qué? Maldita sea, George. Estoy aquí fuera deslomándome día tras día a cambio de céntimos, trabajando como un esclavo para ganarme la vida con decencia. No sé qué piensas que he hecho, pero a menos que tenga que ver con una azada o un arado, no ha sucedido.

—Lo has matado. Has matado a Landry. Y lo vas a confesar. Ante mí. Ante tu Dios. Y ante la ley.

Ted lo miró confundido. De pronto, en su cara apareció una expresión de comprensión.

—¿Hablas de ese negro que me robaste? ¿Está muerto?

George hizo ademán de atacar a Ted de nuevo.

—Para un momento —dijo Ted—. Te lo he dicho: no tengo ni idea de las patrañas que me dices. Te repito que he estado aquí, trabajando. Por las noches tengo a mi mujer chillándome al oído porque no tengo tiempo ni de inclinar la cabeza para decirle hola. ¿Y tú crees que voy por ahí matando negros en mi tiempo libre? A los míos, además.

Dicho eso, se rio.

—No era tuyo —contestó George—. Y lo has matado justo por eso.

—¿Cuándo ha sido, si se puede saber?

A George aún le hervía la sangre, pero era la primera vez que se paraba a pensar en la suma de las circunstancias y respondió como para pensarlo detenidamente.

—Lo he visto antes, así que tiene que haber sido después de mediodía.

—Y yo tengo una docena de hombres que pueden testificar que he estado deslomándome desde el amanecer.

George sintió que su enfado amainaba. Aún olía la tierra húmeda que se le había metido en la nariz al caer, arcilla mojada con un toque de estiércol.

—Señor mío de mis plegarias —continuó Ted—. A ese chico no le he puesto la mano encima. Al menos no desde hace unos años. O sea, casi lo despellejo vivo, pero de eso hace tiempo. Hasta yo tuve la sensatez de no matarlo. Y, además, su hermano me caía bastante bien, el que hablaba. Tenía muy buena mano para recoger.

Gail asintió con la cabeza para darle la razón.

—Eso es cierto.

Ted prosiguió:

—Y, ahora, si sientes la necesidad de traer aquí a la justicia y crees que tienes pruebas de algo, pues bueno, no me importa hacer otro descanso para dejarte en ridículo. Pero si has terminado, me gustaría darte el mismo consejo que me diste tú hace un tiempo: largo de mi propiedad. Perdóname por no contar con tantas palabras bonitas para que suene tan bien como lo dijiste tú.

Era evidente que Ted no había sido. Entre él y Gail tenían inteligencia suficiente para subirse a un caballo sin caerse por detrás, no para asesinar a un hombre, buscar una coartada y defenderla con tanta energía. A George no le quedaba más remedio que pedir disculpas, encaminarse hacia el Palacio de su Majestad y regresar al bosque con una ira que ya no podía dirigir hacia Ted. Ni hacia nadie más, la verdad. Ya no era ira. Cuando volvió a saltar la cerca, lo que le dolía de ese modo era tristeza, que resonaba en su interior con el mismo tono que los lloros de Prentiss y lo dejaba temblando como las manos de su hijo.

Capítulo 14

Prentiss había aprendido de Landry que el lenguaje del sufrimiento a menudo no era más que silencio. Alguna vez lo había sentido en sus carnes, pero nunca con el fervor de su hermano. Hasta ese momento. Hasta ese preciso momento. Su dolor tenía algo extraño que no alcanzaba a entender. Durante mucho tiempo Landry había sido el sujeto de sus sueños, de su mundo, y Prentiss sentía que la ausencia repentina de su hermano estaba revestida de cierto egoísmo, como si, en lugar de haberse muerto de veras, hubieran liberado a Landry y lo hubiesen dejado a él sumido en el horror de vivir sin la persona que había hecho que su existencia mereciese la pena.

No había palabras que describiesen lo que tenía delante. No podía decir *cuerpo,* no podía decir *cadáver.* Era una profanación. Algo impío. Los pies llevaban a las piernas, las piernas al torso, el torso a...

Cuando se serenó, se levantó y se negó a volver a bajar la vista. Su mirada aterrizó en Caleb; el chico era tan patético, estaba tan cargado de miedos, que Prentiss necesitó un esfuerzo muy grande para no ponerle las manos encima allí mismo, en ese instante. Caleb se levantó con los ojos fuera de sus órbitas, como un animal, mirando a su alrededor como si se hubiese perdido en sus delirios.

—Vuelve a sentarte —le ordenó Prentiss.

—Tengo que ir a casa —respondió Caleb—. Tengo que limpiarme la mugre. Necesito alejarme de esto.

Prentiss le dijo que no iba a ninguna parte. Y él tampoco.

—Casi no puedo ni respirar. El corazón, no puedo quedarme.

Prentiss sabía que no debía tocar al chico. Sabía que, con lo que había ocurrido, dada su situación en esas circunstancias, hasta el menor error significaría una ruina aún mayor. Pero le cortó el paso con porte amenazante, los hombros anchos, la boca torcida, dejando manar hasta el último gramo de ira que llevaba dentro con la esperanza de que el joven no se moviera de ahí. Caleb se encogió atemorizado, bajó al suelo y se tapó la cara con las manos. Prentiss reparó en que las tenía limpias de sangre. Solo tenía barro.

El chico farfullaba, balbuceaba algo sobre una sacudida, un movimiento del cuerpo, la posibilidad de devolver a Landry a la vida. Prentiss combatió las lágrimas que amenazaban con sobrepasar su rabia y le dijo que no volviese a hablar. Ni una palabra.

El bosque estaba tranquilo; el único sonido era el de las sacudidas que daba Caleb con el pie, que chapoteaba en el barro al ritmo de las convulsiones, como si la tierra quisiera dar testimonio pero no tuviera palabras.

—Vamos a averiguar qué ha pasado —dijo Prentiss—. Y necesitamos que nos ayudes. ¿Serás capaz de tranquilizarte y ser útil? ¿Podrías hacerlo por mí?

Era como si Caleb hubiera vuelto a ser un niño, hablaba entre sollozos.

—¡Madre! —gritó—. Necesito hablar con mi madre. Déjame marchar. Ella sabrá qué hacer. Ella me ayudará a serenarme y podré hablar de esto, de todo esto, pero te ruego que ahora me dejes irme de aquí.

Prentiss dejó de sentir y, una vez más, percibió el silencio incontenible que llevaba tantos años asfixiando a su hermano, como si el dolor de Landry hubiera salido de su cuerpo en el momento de su muerte, se hubiese transmitido al aire a través de ese olor horrible (a hierro, a sangre, a un cuerpo abierto y desnudo) y se le hubiera infiltrado a Prentiss en el alma. Por primera vez sintió una punzada de empatía por el chico que tenía delante. Porque Prentiss anhelaba con desesperación a su madre. No podía tenerle en cuenta a Caleb que llamase a la suya, que desease oírla decir su nombre y darle el consuelo que quería más que otra cosa del mundo.

Y el padre del chico estaba siempre a un paso. En ese momento George ya buscaba respuestas, ya buscaba la manera de rectificar los errores de su hijo. Qué no daría Prentiss por tener un salvador. Su propia madre, detrás del coraje, detrás de la mano dura con la que los mantenía a raya a él y a Landry, estaba tan asustada como ellos. Era un hecho tácito, pero él lo percibía, oculto tras las sonrisas falsas que ella dibujaba para el señor Morton siempre que tenía la ocasión, desesperada por mantener a sus hijos alejados del peligro; tras las muecas que hacía cuando se portaban mal, sabiendo que podían estar firmando su propio final con la equivocación más leve. Porque ya había visto lo que podía pasar el día que Landry no había hecho más que intentar tocar una mosca que pasaba volando por allí, ¿verdad? El amor de una madre no parecía tan pleno cuando ella no podía ofrecerles a sus hijos ni un resquicio de seguridad de que el día siguiente les traería la alegría que buscaban. La que se merecían.

Aun así, quería llamarla, sentarse junto a Caleb y regodearse en el barro. Sentir cualquier cosa que no fuese el dolor. Esperar, rezar por que llegase alguien y lo arreglase todo. Tiempo atrás había rezado pidiendo un padre, en aquellos días en los que se sentía bien creyendo que el hombre estaba en algún lugar cercano, esperando a desvelar su presencia, a entrar en su cabaña y sostener a su madre con un brazo y a Prentiss con el otro (pues su abrazo era amplio, lo abarcaba todo, de eso Prentiss estaba seguro). Pronto estrecharía también a Landry, a todos juntos, e informaría a su familia, por fin, de que se había labrado una vida lejos de Old Ox y de que ya podían irse con él. Había sido una especie de juego. Trabajar mucho en el campo, quejarse muy poco para que papá regresase y lo arreglase todo.

En una ocasión le había contado la idea a otro niño más o menos de su edad mientras se limpiaban la suciedad de los pies, un sábado por la tarde. El agua del pozo estaba tan fría que habían corrido al porche de la cabaña para secarse los pies al sol y, mientras relataban lo provechosa que había sido la mañana, Prentiss había dicho que su padre estaría tan orgulloso de él que volvería de repente y se lo llevaría a otra parte. ¿No sería fantástico?, le preguntó. A lo mejor, le dijo al otro, su padre también tenía sitio para él. El niño ni siquiera parpadeó antes de referirle lo que su madre le había contado al respecto: que el padre de Landry y Prentiss había caído muerto cuando ya caía el sol, después de haber pasado todo el día en el campo. Había trabajado a destajo, tal vez para ganar una ración extra para la madre de Prentiss, y se había puesto a gritar algo sobre un mareo y a chillar que le llevasen agua, pero nadie había acudido. Decían que se le había parado el corazón tan deprisa que nadie lo vio caerse muerto. Lo encontraron en su hilera, con el algodón de la bolsa abierta encima de la cara, como una sábana limpia al viento. El niño, al oírse decir la última parte, se quedó callado ante la sensación espeluznante que había despertado. No tardó en darse cuenta de que Prentiss no sabía nada de lo que acababa de compartir con él. Más tarde Prentiss cayó en que en ese momento su madre debía de estar embarazada de Landry. Que de los dos hermanos solo él había estado vivo, que solo él había sido un bebé al que su padre había visto y sentido antes de fallecer y convertirse en algo imaginario.

El niño se marchó y Prentiss se quedó abandonado en el porche, afectado por el mismo entumecimiento que en ese instante le ocasionaba la muerte de Landry. En esa época, para evadir el dolor que le provocaba la imagen de un hombre que él había creído invencible tendido solo en el campo, con la mano en el pecho y las bolas de algodón volándole a la boca antes de que el viento se las llevase, la mente de Prentiss se centraba solo en lo positivo: que su padre había estado allí de verdad, trabajando en las mismas hileras en las que su hijo trabajaría después. Si bloqueaba el dolor, ese hecho tenía cierta emoción. Más adelante se plantearía qué otras similitudes había entre su padre y él y Landry. Sabía que eso irritaba a su madre, sabía que a ella no le interesaba volver al pasado, pero Prentiss no podía evitar bombardearla a preguntas. ¿Era su padre desgarbado y cuidadoso como Landry? ¿O corría con la velocidad por la que todos los niños le tenían envidia a Prentiss? ¿Cuál de los dos tenía la sonrisa de su padre? ¿Y sus ojos?

Ya no recordaba las respuestas a esas preguntas. Ni una sola. Más bien se acordaba de la discusión que su madre había tenido con la del niño que le había contado la verdad sobre la muerte de su padre. La regañó por meterle en la cabeza a su hijo cosas horribles que no necesitaba saber y mucho menos contarles a los suyos. Prentiss observaba desde el lateral de la cabaña mientras su voz resonaba con furia. Era su secreto e iba a contárselo cuando le pareciese bien, chillaba. La muerte de su marido, un dolor que ella compartiría con los hijos del hombre.

En ese momento, Prentiss no imaginaba qué era lo que le parecía tan terrible como para hacer que toda la plantación jurase mantener esa información a buen recaudo durante tantos años. Pero, al volverse hacia los restos de su hermano, percibió lo que quizá le viniera a la mente a su madre cada vez que él mencionaba a su padre: el cadáver en el campo, la tortura de la pérdida. Y se dio cuenta de que esa imagen le vendría a él a la mente de allí en adelante siempre que alguien mentase a Landry. El horror era tan inimaginable que quería derrumbarse, pero, cuando Caleb volvió a intentar irse a casa, Prentiss se alzó de nuevo ante él, fuerte.

—Puedo arreglar esto —dijo Caleb—. Pero necesito...

Prentiss le puso la mano en el hombro. No se lo agarró. Era solo un roce. Y le susurró al oído:

—No hay vuelta atrás, Caleb. No puedes arreglar nada. Vamos a esperar aquí, como te he dicho.

Por el rabillo del ojo reconoció, aunque erradamente, la sombra que con el tiempo había acabado asimilando a su hermano, siempre a su lado, fuera de su vista pero siempre presente. Sin embargo, era George, que se sujetaba la cadera y se acercaba renqueando, cubierto de barro. George hablaría y tomaría el control de la situación, y eso estaba bien. Por mucho tiempo que Prentiss llevase intentando buscar su propio camino en el mundo, esa era una ocasión en la que quería ceder el timón y vivir sin sentimientos, sin pensar, sentarse a oscuras y no reflexionar sobre nada más que la negrura tras sus párpados o la negrura del propio mundo, tal como había hecho tantas noches sin dormir cuando era joven y acababan de vender a su madre.

—¡Gracias a Dios! —exclamó Caleb, alentado al ver a su padre, su protector—. Ahora sí que lo arreglaremos, Prentiss. Te lo juro.

Para Prentiss pensar que el chico intentaba huir de nuevo era un acto instintivo. Se acercó a él otra vez. En esta ocasión Caleb no se asustó, sino que miró a Prentiss de arriba abajo: ya

no tenía ningún poder porque no estaban solos. De pequeños, Landry y él jugaban a algo parecido. Uno avanzaba como
tentando al otro, amenazándolo, para ver si el otro se ame-
drentaba. Entonces Landry lo perseguía con los ojos muy
abiertos y los dos corrían en círculos hasta que Landry atra-
paba a su hermano mayor, se lo echaba al hombro y, como si
nada, lo lanzaba a una montaña de hojas o al heno de los establos.

Allí no iban a perseguirse. Prentiss retrocedió, le dio la espalda a George, que se acercaba, y contempló de nuevo el cadáver de Landry (pues eso era: ya lo había decidido y había
que pronunciar la palabra). Los ojos que en su día habían
estado tan abiertos ahora tenían un escudo de sangre y ya no
volverían a ver a Prentiss. La imagen lo hizo arrodillarse. Lo
hizo aferrarse una última vez al hermano que había perdido.

Capítulo 15

Prentiss se negaba a apartarse de su hermano. George lo dejó allí y depositó a Caleb en la cabaña con su madre, que había vuelto de la iglesia. Ella no tenía ni idea de lo que había sucedido, pero ya estaba sentada a su lado, en el sofá. Caleb no dejaba que lo tocase y, cuando ella se acercaba demasiado, se retiraba un poco. Le apartaba la mano. Miraba detrás de Isabelle cuando ella lo miraba a los ojos.

—Ha habido un asesinato. Es Landry.

—Un asesinato. Pero ¿qué demonios…?

Isabelle tenía tantas preguntas como George, y él solo podía decirle que no había sido Ted, a quien ya había abordado, y que Prentiss todavía estaba en el bosque.

—Tengo que ir a decírselo al sheriff —dijo George—. Intenta que Caleb no pierda la calma.

Ella se había echado a temblar.

—¿Y Caleb? ¿Qué le ha pasado a Caleb?

—Lo sabes tan bien como yo.

—Santo cielo —respondió ella—. Ay, Señor. Vete.

George fue a buscar a Ridley al establo. Cabalgó hasta la casa de Henry Pershing, su vecino más cercano de camino al pueblo, y, aunque oía voces dentro, nadie salió a recibirlo.

—¡Henry! ¡Da la cara! —gritó George—. Los caballos están en el establo, sé que estás en casa.

No obtuvo respuesta. Lo mismo pasó en casa de Robert Cord. Blair Duncan se asomó a la puerta, pero no se interesó por su causa, habida cuenta del conflicto en la cena de los Beddenfeld; George enseguida se dio cuenta con gran consternación de que, al parecer, nadie levantaría un dedo por ninguna actividad en la que él estuviese implicado, y de que los vecinos que tiempo atrás lo ayudaban, compañeros de la escuela, vecinos de toda la vida, le negaban hasta un simple favor.

Llegaba ya al pueblo cuando se cruzó con un hombre descalzo que, tras fijarse mejor, resultó ser solo un niño alto. De hecho, se parecía un poco a Landry. Fue entonces cuando George se sintió abrumado por la pérdida y no fue capaz de decir nada.

El chico lo miró confundido.

—¿Señor? —dijo al cabo de un momento incómodo—. ¿Puedo ayudarle?

George se serenó. Sacó un dólar del bolsillo.

—Necesito que hagas una cosa. Me da igual cuánto tardes mientras lo lleves a cabo.

No tenía claro si con ese plan conseguiría algo, pero había que convocar a las autoridades, de eso estaba seguro. Al sheriff del condado, un tal Osborne Clay, apenas lo veían por allí. Cuando aparecía, solía ser para investigar el prostíbulo, operaciones que duraban hasta bien entrada la noche. Pero, aparte de sus propensiones nocturnas, se sabía que era un buen hombre, y si había alguna posibilidad de descubrir más información sobre la muerte de Landry, tenían que mantener la esperanza de que Osborne estuviese a la altura de su reputación.

George se apresuró a volver a la granja, pero no fue a la cabaña. Dejó que Ridley lo llevase campo a traviesa hasta el borde del bosque.

Prentiss ya no lloraba. Estaba tumbado bocarriba, con la cabeza apoyada en el torso de su hermano, contemplando el cielo con los ojos tan enrojecidos de la pena que parecía poseído. Tenía las manos entrelazadas en el pecho.

George desmontó con mucho cuidado y se frotó la cadera para deshacer un nudo de dolor. Se acercó a Prentiss y le dijo que había hecho llamar al sheriff:

—No lo conozco bien, pero sé que es buen hombre. Me lo han dicho. Él puede ayudar a solucionar esto.

Un pequeño círculo de moscas daba vueltas por encima de la cabeza de los hermanos. Prentiss se sorbió la nariz y se la frotó con el dorso de la mano.

—Supongo que los gusanos aparecerán pronto —dijo—. ¿Cuánto tiempo crees que nos queda? ¿Unas horas?

George pensó que era mejor no responder.

—¿Por qué no hablas? —le preguntó Prentiss—. ¿Tienes que quedarte con la boca seca justo ahora?

George admitió que no sabía qué decir. Esperaba que el sheriff se presentase allí y que juntos pudieran empezar a desentrañar el crimen.

—Crees que el sheriff nos va a ayudar.

—Si no lo hace, buscaremos otro recurso. Esto vamos a hacerlo con inteligencia. Revisaremos los detalles. Prepararemos una cronología de lo que ha pasado.

Prentiss se levantó tan deprisa que George se calló. Se miraron. Prentiss tenía la cara hinchada de la pena. Las mejillas abultadas como las de un recién nacido. El pelo apelmazado con la inmundicia de la muerte de su hermano.

—Prentiss, por favor.

Prentiss levantó el puño y George retrocedió temiendo el golpe inminente, pero el muchacho no hizo más que salpicarle la mejilla con un dedo. Una mancha de sangre. George se tocó el carrillo y, por instinto, la frotó con el índice y el pulgar.

—Tienes todo esto —dijo Prentiss, y señaló a su alrededor.

—¿Qué es «esto»?

Prentiss se hizo a un lado y George reparó en Landry: la cavidad ensangrentada que antes era la mejilla, el pantano sangriento que contenían las cuencas de los ojos.

—¿Quieres que te dé más detalles, George?

Por mucho que quisiera hablar, George sabía que lo que él dijera a Prentiss no le serviría de nada. Que ofrecer una disculpa se antojaría vulgar. El único acto de compasión era enfrentarse al momento sin nada más que un gesto de empatía, proporcionarle a su amigo el ministerio de su compañía. Se quedaron juntos un tiempo y ninguno de los dos dijo ni una palabra hasta que Prentiss regresó de las profundidades.

—¿Dónde está tu chico? —le preguntó a George.

—Dentro.

—Me gustaría hablar con él.

—Él no ha sido. No sé si podría haberlo hecho aun queriendo.

—No lo ha hecho él, eso es verdad. Pero creo que sabe quién ha sido.

George no podía decir lo contrario.

—Quizá sea mejor que hable yo primero con él. Es más probable que le diga lo que sabe a su padre.

Prentiss respiró y digirió la idea.

—Pero tenemos que llevar —George hizo una pausa—… el cadáver al granero. No podemos esperar a que llegue el sheriff para eso. Tú mismo lo has dicho, por los elementos y todo eso.

—Yo puedo con él. Llevo toda la vida cargando con él. Tú habla con tu chico.

—Al menos coge a Ridley y el trineo. No tienes por qué hacerlo más difícil de lo que es.

—Tú preocúpate de conseguir respuestas. Cuando acabe el día, me gustaría saber a quién tengo que matar.

George regresó a la cabaña por los campos de cacahuetes, que tenían un aspecto magnífico con las hileras de matas verdes y radiantes las flores amarillas. Se imaginaba el tesoro que escondían bajo tierra. Supo mientras caminaba entre las plantas que tal vez no volviese a trabajar en el campo. Aun así, su belleza era radiante, llena de paz, y pensó que los meses de dura faena habían valido la pena, que eran hasta necesarios, si con eso compensaba el mínimo fragmento del horror que había tenido lugar ese día.

A pesar del tiempo que George se había ausentado mientras iba casi hasta el pueblo y después volvía e iba a ver a Prentiss, cuando entró en la cabaña Caleb continuaba mirando por la ventana con indiferencia. Su madre lo observaba de cerca, evaluaba todos sus movimientos. El chico se negaba a decir ni una palabra, no quería mirarlos a los ojos ni a Isabelle ni a él. George recordó que, de niño, Caleb a menudo escondía la cabeza entre los pliegues de la falda de su madre cuando estaba desconsolado, e Isabelle andaba por la casa como si le hubieran salido un par de piernas pequeñas y pálidas de la noche a la mañana. Y ahora, tal como había hecho George, Caleb había aprendido a ocultarse entre los pliegues de su mente.

Isabelle y Caleb volvieron la vista hacia George, que se acercó a su hijo y lo cogió del hombro.

—Vamos a mi despacho.

—Dale un poco de tiempo —intervino Isabelle.

—No tenemos tiempo.

Isabelle se levantó y observó mientras George cogía a Caleb de la mano y se lo llevaba arriba por el pasillo, hasta la puerta del despacho.

—Siéntate —dijo George.

Caleb obedeció.

George rodeó el escritorio y también se sentó, consciente de que era un montón blanduzco de carne y hueso y de que, al parecer, estaba a punto de hacerse pedazos: la culminación de tantos años de crujidos y flacidez. Había sentido la fatiga nada más pisar el despacho. Su cuerpo ansiaba de tal manera acabar el día que tuvo que forzar la vista para mantenerse atento. Se planteó llamar a Isabelle para que le preparase un poco de café, pero se lo pensó dos veces y decidió que le quedaba suficiente energía para esa conversación antes de caer rendido.

—¿Qué hacías en el bosque, hijo?

Caleb, que hasta ese momento dejaba colgar la cabeza, levantó la mirada.

—Estoy bien. Si te lo preguntas. Si en algún momento se te ha ocurrido pensar en mi bienestar.

—Que estás bien ya lo veo. Veo que estás sano, que estás a salvo dentro de tu casa, que tu madre te tiene a cuerpo de rey. ¿Por qué estabas en el bosque?

—Que Dios te libre de preguntarme cómo estoy. No, eso no puede ser. Porque al todopoderoso George no se le escapa nada. Porque tú ves que estoy bien y es imposible, simplemente imposible, que yo me sienta de otro modo. No puede ser que proceda preguntarme cómo me siento en lugar de decírmelo.

—¿Por qué estabas en el bosque?

—Nunca he sido más que uno de tus proyectos. Como los armarios. Como la destilería. Como el jardín. Como Prentiss y Landry.

—Caleb, voy a preguntártelo una vez más.

—Sé que soy una causa perdida. Como todas las demás. Y he hecho las paces con eso. Pero ¿y lo amargado que debes de estar tú? Sabes que eres responsable de cada uno de los fracasos que han tenido lugar en tu vida, y los éxitos han sido tan pocos...

El suelo tembló como si un seísmo se hubiese hecho con la cabaña; George tardó un momento de pánico, de pensar en salir corriendo, en darse cuenta de que la sensación le nacía en el pecho, en alguna fisura de su corazón. Se levantó de la silla. Los postigos cerrados bloqueaban la luz del sol de poniente y no había velas encendidas. Las sombras de los libros sumían la habitación en la oscuridad. George no recordaba haber abrazado a su hijo desde que regresase de la guerra. Rodeó la mesa, se puso a su lado, se inclinó y lo agarró con un brazo por delante del pecho. Caleb se echó a llorar como un niño.

George le hizo la pregunta una vez más. Y por fin Caleb le contó lo que August había hecho.

Capítulo 16

Mientras caía la noche, George calentó agua para un baño. Le pidió a Isabelle que lo avisase si Prentiss salía del granero, si Caleb emergía de su dormitorio (donde había estado desde que concluyese la conversación) o si llegaba el sheriff. Ella se sentó en el comedor para obedecer sus deseos. Isabelle sabía que Caleb no bajaría del cuarto, puesto que hacía más de una hora que se negaba a abrir la puerta. El silencio era sepulcral. Todos los crujidos de la casa y los gemidos del viento la ponían en guardia, pero no apareció ni un alma. Empezaba a estar inquieta cuando George la llamó desde el baño.

—¿Sí? —dijo mientras se aproximaba.

—¿Puedes acercarte más para que hablemos?

Ella fue a la cocina a por una silla y la colocó al lado de la puerta.

—¿Estás ahí? —preguntó él.

—Sí, pero desde aquí no veo fuera de la cabaña, George.

Él lo dejó pasar sin decir nada.

—Supongo que estarán todos durmiendo —comentó ella—. Es bastante tarde.

No había ninguna luz aparte de la vela del alféizar. Las sombras de la casa, la inclinación específica de cada fragmento de oscuridad, le resultaban intensamente familiares: llenaban el salón como si alguien hubiera dibujado los ecos de los muebles, como si la noche, al conversar con sus diseños, ofreciese su propia interpretación.

—Vamos a necesitar un ataúd —dijo George.

Ella abrió la puerta un poco. Dentro había otra vela encendida, pero los contornos de la estancia se perdían en el vapor del baño. Lo único que distinguía eran unos mechones empapados del pelo de George y sus hombros hundidos; después, su cuerpo se fundía con el borde de la bañera.

—Debería ser de abedul dulce —respondió ella—. Tiene un toque de gaulteria, pero con... notas más potentes. Más atrevidas. De menta piperita, creo.

—¿Menta?

Ella volvió la cara hacia las sombras.

—Sé que parece una tontería, pero a mi tío lo enterraron en un ataúd de abedul. Se lo entregaron cuando él aún estaba vivo. Es raro, ¿verdad? Pero mi tía, ya sabes, si algo tenía era que siempre estaba preparada. Hizo que lo guardasen en el sótano mientras él agonizaba en el piso de arriba. Silas y yo bajamos a verlo y el olor era una delicia. Ten en cuenta que el sótano era seguramente el lugar más odioso de toda la propiedad. Me acuerdo de que le hice levantar la tapa a Silas para meterme dentro. Era espacioso, la verdad. Silas no quería colocar la tapa mientras yo estuviera allí, pero al final lo hizo y yo me quedé en silencio, sola conmigo misma. Fue peculiar. El interior no olía a nada. Como si de algún modo hubieran conseguido que la fragancia estuviera solo en el exterior del ataúd. Cosa que no me parece posible.

—Estabas apenada —dijo George al cabo de un poco—. Puede que no oliese a nada, ni por fuera ni por dentro.

La voz le llegaba ensordecida por la puerta, así que Isabelle entró en el cuarto de baño. La estancia daba vueltas con el vapor del agua, grandes nubes calientes. Colocó la silla un par de pasos por detrás de él y luego se acercó, cogió la toalla de George, se secó la cara y la dejó caer en el taburete que él tenía al lado. Tras una pausa, la cogió de nuevo, la dobló bien y la puso donde estaba.

—¿Vas a decírselo a Prentiss? —preguntó.

George se hundió más en la bañera. Le había contado lo que Caleb había confesado. El relato contenía tantos elementos horribles que a ella le costaba separar las emociones: las que sentía hacia su hijo y las que sentía hacia Prentiss por lo que le había ocurrido a Landry. Por no hablar del odio que les tenía a los Webler, que llevaba mucho tiempo reprimiendo y ahora le resultaba abrumador.

—¿Qué crees tú? —indagó George—. ¿Qué deberíamos hacer?

Ella no acertaba a recordar ningún momento reciente en que George le hubiese consultado su opinión sobre algún tema de semejante importancia. Su parte más superficial se lo tomó como una debilidad, como si su marido, cada vez más frágil, tuviera que recurrir a su esposa para que lo ayudase con cosas que nunca le había pedido. En cambio, su parte más sincera disfrutaba de que la necesitase.

—Debes decírselo —concluyó—. Cualquier omisión de la verdad lo heriría aún más.

—Pero, si buscase venganza...

—Debemos hacer lo posible por disuadirlo de semejantes intenciones. Quizá podrías esperar un poco antes de decírselo. Dejar que la ira disminuya.

—No más de un día.

—Más que eso sería un error. ¿Y el sheriff?

George contestó que estaba convencido de que Osborne, que tenía agallas a diferencia de todos los demás en ese condado, era lo suficientemente sensato para tomarse ese asunto en serio. Quería hacer lo posible por evitar involucrar al Ejército, dado que en el pueblo ya odiaban a los Walker lo suficiente sin haber proclamado su lealtad definitiva al otro bando.

Se relajó y se deslizó un poco más en la bañera. Lo último que Isabelle quería era cargarlo con algo más, pero había una última pregunta incómoda que le rondaba la cabeza.

—George, ¿qué hacía nuestro hijo allí con August? ¿Qué pasa entre ellos?

Él respiró hondo.

—¿Qué hay entre la gente? —le preguntó—. No te lo sabría decir. Confianza. Sufrimiento. Una parte de amor, sin duda. ¿Cuántas veces veíamos a Caleb volver a casa llorando y maldiciendo a su amigo cuando después no le quitaba ojo a la ventana durante la cena para ver si aparecía de nuevo? Tenían un vínculo. ¿Para qué examinarlo más a fondo?

—Quizá sea más fácil para ti. Pero yo ya no sé. El asunto de August creo que me producía alivio. La idea de que otra persona cargase con la responsabilidad del carácter de nuestro hijo. Pero a veces releo las cartas de Caleb buscando un poco del chico que nosotros criamos y están vacías. Son huecas. Me temo que siempre lo ha llevado dentro. Ese vacío. Y no nos dimos cuenta.

George no parecía saber qué decir, pero cuando por fin habló, lo hizo con un tono rotundo y confiado.

—Todas las veces que se caía, nosotros estábamos ahí. Es todo lo que se nos puede pedir a cualquiera de los dos.

Se mostraba del todo desamparado y muy tranquilo. Ella acercó la silla a la bañera, tanto que veía la suciedad en el agua, los pliegues de la barriga de George sumergiéndose en las profundidades.

—Hola —dijo él.

—Hola —dijo ella.

Isabelle extendió el brazo y le acarició la mejilla, le pasó el dedo por debajo de la barbilla.

—Si Prentiss está de acuerdo —dijo él—, creo que el abedul dulce servirá.

Ella asintió con un ruidito.

—Es la mejor opción. Apropiada para la ocasión.

Y con eso, agotada, se levantó para marcharse. Ya era hora de descansar un poco.

Cuando se levantó por la mañana, George dormía a pierna suelta. Una vez vestida, pensó en llamar a la puerta de Caleb, pero imaginó que también estaría dormido y bajó. Fuera, con la penumbra de la mañana, la hierba tenía un toque de rocío. Salió por la puerta de atrás para dar de comer a las gallinas y al hacerlo alcanzó a ver la silueta de Prentiss, que se dirigía al campo solo con lo puesto y un cubo en la mano. Parte de ella no quería entrometerse en su mañana, pero otra parte estaba muy convencida de que, en momentos de duelo como aquel, la hospitalidad de los demás era primordial para superar la pérdida. Cuando sus amigas le habían llevado flores al enterarse de lo que al final era solo el rumor de la muerte de Caleb, eso la había reconfortado. Y sabía que nadie le llevaría nada a Prentiss. Se puso las botas de George, ya que eran las únicas que había en la parte de atrás, y echó a andar tras él.

Los campos todavía estaban cubiertos de oscuridad, las plantas se veían moteadas entre las sombras matutinas. Durante un momento no hizo nada más que mirar a Prentiss. Él retiraba a mano las hierbas de uno de los surcos, arrancaba las briznas de raigrás de raíz, las metía en el cubo e iba limpiando planta por planta con mucho cuidado.

Cuando Isabelle se iba acercando, lo llamó y lo saludó con la mano. Él levantó la vista un momento y siguió trabajando. Isabelle había llegado hasta él, pero era como si fuese invisible.

—¿Deberías trabajar hoy? —le preguntó—. Estoy segura de que George no espera que lo hagas. No con todo lo que ha pasado.

—No me importa.

—¿Puedo conseguir que pares de algún modo?

—No, señora.

—Estaba a punto de prepararme unas tostadas. También podría hacer café. ¿Por qué no vienes adentro conmigo?

Prentiss negó resuelto con la cabeza.

—En esa casa no hay nada para mí.

—Entonces el café no te interesa.

—No me refiero a eso.

—¿A qué te refieres?

El cubo le colgaba inerte de la mano. Prentiss la miró y se le encendió una chispa de rabia en los ojos.

—Me refiero a lo que he dicho. No es complicado, señora Walker. Estoy donde quiero estar. Con las plantas. ¿Las ve? Crecen muy bien. Y es porque lo he hecho yo. Mi hermano y yo. Y voy a seguir haciendo que crezcan bien, fuertes. Porque no hay nada más que yo...

No pudo terminar. Se frotó con la mano desde la frente hasta la boca y, después, de mejilla a mejilla, como si con eso pudiera limpiarse el dolor.

Aunque el suyo se había calmado con el regreso milagroso de Caleb, Isabelle conocía esa sensación: el desamparo absoluto, el sufrimiento devorador. Lo único que ella podía decir era lo que pensaba. Lo que le salía de forma natural.

—Me dejó un par de calcetines. No puede haber sido nadie más. Justo en la cuerda de tender la ropa, donde lo vi la primera vez. Son del color del cielo, azul claro, y me quedan tan bien que parece que me haya tomado las medidas del pie. Puede que sea el gesto más amable que haya visto en mi vida. No nos dijimos casi nada, pero su bondad no tenía rival. Tenía una pureza que no sé cómo expresar. No sé si yo misma la entiendo.

Prentiss la contempló con la expresión vacía.

—Puedes quedarte los calcetines si quieres —dijo ella—. Para recordarlo.

Él negó con la cabeza.

—Si él le tejió unos calcetines, le pertenecen a usted. —Se agachó para coger el cubo y continuó arrancando hierbas.

Isabelle se quedó allí un rato, preguntándose si seguirían hablando, hasta que se dio cuenta de que el momento había pasado.

—Quizá sea mejor que vuelva dentro. Ven si quieres. Nuestra puerta está abierta.

—Una vez me habló de un campo —dijo Prentiss, y con eso la detuvo—. Tardó casi una mañana entera en sacar las palabras de la boca, pero me lo contó. Dijo que había ido al bosque y había encontrado un campo de dientes de león, tantos juntos que el suelo estaba blanco como la nieve; se sentó y se quedó un rato pensando. En el tiempo que tarda el corazón en latir una vez, una ráfaga de aire atravesó el campo y todas las semillas salieron volando por el aire, no quedó ni una en el suelo, y el cielo se iluminó con su vuelo hasta que desaparecieron.

Isabelle se quedó inmóvil, contemplando la imagen.

—Mi hermano ha visto en ese bosque durante las últimas semanas más cosas de lo que un hombre normal vería en toda su vida.

Le buscó los ojos con la mirada y se fijó en ella con una curiosidad que Isabelle nunca le había visto.

—¿Conoce el sitio? Es donde me gustaría que descansase. Creo que le gustaría.

Ella no lo conocía, le dijo, pero se lo preguntaría a George. Una sonrisa lastimera apareció un instante en la cara de Prentiss y se extinguió; después continuó arrancando hierbas. Isabelle no podía hacer ni decir nada más para reconfortarlo. Lo ocurrido era todo lo que había.

Volvió a la casa, que seguía en paz, y se sentó sola en el salón, con las agujas de tejer. Que George apareciese y le preguntase qué quería desayunar fue una sorpresa agradable, un pequeño sobresalto que quedó eclipsado cuando oyó un caballo galopar por el camino. Abrió la puerta y vio una nube de polvo que se acercaba. El caballo del sheriff la atravesó, seguido de su ayudante.

George le pidió que hiciera más café mientras él se vestía. Ambos estaban listos cuando se oyó un golpe de nudillos y entraron los dos hombres. A pesar de que su marido conocía a Osborne Clay, ella solo lo había visto una vez en el pueblo y de lejos, caminando con una cuadrilla de hombres cuando estaba fuera de servicio. Por ese motivo le llevó un momento darse cuenta del peso que había ganado, pero no vio nada de su aspecto, aparte de la estrella que llevaba en el pecho, antes de ir a la cocina a por el café. Hasta que George la siguió y le susurró al oído, no se enteró de que Osborne Clay no había engordado. No. El hombre que tenían delante no era Osborne Clay ni mucho menos.

Capítulo 17

La noticia sobre el sheriff Clay los cogió por sorpresa. Volvía a casa una noche después de verse con una de sus consortes, mujer de reputación incierta, y encontró a su esposa con una pistola en la mano. Le atravesó las tripas de un tiro y lo miró desangrarse hasta que los gritos y blasfemias se convirtieron en disculpas, momento en el cual ella avisó al médico. Clay había conseguido mantenerse con vida varios días, pero al final el cuerpo cedió. El sucesor que él mismo había escogido, Lamar Hackstedde, estaba sentado a la mesa de la cocina de George e Isabelle, bebiendo café y obsequiándolos con la historia.

En cuanto a la libertad de la señora Clay, Hackstedde explicó que el antiguo sheriff había exigido que no se acusase a su esposa de ningún crimen.

—Dejó bien claro que sus amoríos y la extraordinaria cantidad de veces que había cometido ese delito bastaban y sobraban para que el castigo fuese merecido. Su esposa le secó el sudor de la frente cuando expiraba. Al parecer, se fue de este mundo llevándose muy bien con ella.

George removió el café.

—Y usted lo ha sustituido.

Hackstedde señaló la estrella que llevaba en la camisa.

—Usted mismo ve el bronce —contestó—. Nombrado y bendecido por el propio Osborne el día antes de morir. No estaba dispuesto a cederle el puesto a Tim, con lo zoquete que es.

Tim, su ayudante, que o no se enteraba o no quería enterarse, vigilaba la puerta mientras ellos hablaban, observaba el camino desierto como si una horda de bárbaros fuese a aparecer en estampida por el camino.

—Bueno, nos ha mandado el mensaje de que tiene un cadáver.

George no pudo más que asentir con la cabeza.

—En ese caso, tenemos trabajo que hacer. Lo que estoy a punto de decir es estrictamente confidencial y, señora —dijo, y le echó un vistazo a Isabelle, que estaba detrás de George—, esto se queda en esta mesa: no salga corriendo a chismorrear con sus amigas. —Le clavó la mirada a George—. He recibido un telegrama de un compañero del norte del estado que indica que dentro de una semana llegarán unos funcionarios del Gobierno. Arnold Glass, bueno, se ha portado bien y no ha metido las narices en los asuntos de la gente, incluidos los míos, pero los chicos que vienen ahora, en fin, vienen a poner las cosas claras. He oído que le dieron el mando del cuerpo policial de Cooksville a un negro cuando vieron que los agentes responsables no estaban a la altura. Cuesta imaginarlo. ¡Fíjese! Se me pone el vello del brazo de punta solo de pensarlo. Así que me he jurado a mí mismo que en este condado las cosas no acabarán así. Les demostraremos que por aquí mantenemos la paz. Así que vamos a solucionar esto rápido.

Hackstedde debía de ser una década más joven que George, un hombre robusto con una serie de lunares peludos que le adornaban la barbilla y parecían un montón de excrementos de mapache en miniatura. La forma que tenía de apretar y relajar la mandíbula sin parar cargaba de ansiedad el ambiente general de la habitación.

Las cosas estaban saliendo muy diferentes de como George las había concebido: Osborne iba a presentarse allí. Irían a buscar a Prentiss y examinarían el cadáver. Caleb, que en ese momento continuaba encerrado en su dormitorio, daría testimonio (o lo haría George en su lugar, si se negaba a bajar). Osborne recabaría toda la información y tomaría las decisiones adecuadas.

Pero Hackstedde no era Osborne Clay. Como todo el mundo sabía en Old Ox, el hombre se había labrado la fama siendo patrullero de esclavos, y bastante inepto, de hecho, de modo que imaginarlo de otra manera que no fuese como un sheriff inepto era imposible. Aún más imposible era que se preocupase lo más mínimo por un liberto muerto. Hackstedde no iba a marcharse, dado que habían avisado de un asesinato, pero no habría justicia para Landry mientras dependiese de ese hombre. Sobre todo si la historia de Caleb era cierta. El pueblo ya era hostil con George. Sin la ayuda del sheriff y tratándose de una acusación tan comprometida dirigida contra alguien como August Webler, George estaba seguro de que no había visto ni un ápice de las repercusiones que sufriría su granja si seguían adelante con el caso.

—¿Qué tal si le echamos un vistazo al cadáver? —dijo Hackstedde, que en ese momento se liaba un cigarrillo en la mesa de la cocina—. Le dejo que me muestre el camino.

Prentiss esperaba en el granero. Estaba sentado en el jergón al lado del cadáver de Landry; lo habían envuelto tan bien con tela y le habían dado tantas vueltas que la forma casi no se distinguía. George había propuesto llevarlo al establo y tal vez meterlo en hielo, pero Prentiss se había negado: quería despertar con su hermano a su lado. ¿Quién era George para decirle que no?

Hackstedde se tapó la nariz con un pañuelo por el olor evidente y señaló a Prentiss.

—¿Y este es…?

—Es mi empleado —respondió George.

—De acuerdo —asintió Hackstedde—. Supongo que he oído hablar del tema.

—Es mi hermano —dijo Prentiss—. Lo han matado. No hay vuelta de hoja.

—No lo sabemos del todo seguro —repuso George, con los ojos tan abiertos que podría haber estado haciéndole aspavientos a Prentiss y habría dado igual.

—¿Cómo estás tan seguro? —le preguntó Hackstedde a Prentiss.

—Pregúntemelo otra vez cuando le haya visto la cara.

—Tim. —Hackstedde hizo un gesto circular con el dedo y su ayudante se acercó y se agachó junto al cadáver.

—No me gustaría que Prentiss tuviese que volver a vivirlo —le dijo George a Hackstedde—. Es que son hermanos.

Hackstedde no puso reparos mientras George le tocaba el hombro a Prentiss y lo llevaba fuera del granero. Le hablaba apresurado y le susurraba entre el gorjeo de las gallinas cloqueando y la veleta del tejado, que chirriaba como una bisagra oxidada.

—Ese hombre antes era de las patrullas. Te juro que enterraremos a Landry como se merece. Descansará en paz. Pero a este hombre no podemos decirle ni una palabra más. No haría más que causar problemas. Estoy seguro.

Prentiss no expresó ninguna emoción. Tenía una sombra encima y George interpretó esa oscuridad como una resignación y una derrota tales que no le hizo falta decir nada más.

No tenía que pedirle a Prentiss que se rindiese ante esos hombres. Ya lo había hecho.

—Cuando se hayan ido —continuó George—, habrá que volver a hablar de tu partida. Creo que ahora ambos sabemos por qué motivos será lo mejor.

Fue como si el tiempo que habían pasado juntos hubiera expirado en ese instante, fuera del granero. El silencio que se hizo entre ellos era algo vasto: daba la sensación de que ambos lo atravesaban con dificultad buscando una respuesta, la manera de explicar esa brecha repentina que de pronto parecía permanente. George conocía bien ese sentimiento. Siendo joven, a menudo había intentado forjar amistades que más adelante se quebraban cuando él expresaba una opinión indeseada o se comportaba de manera que a la otra parte le parecía extraña, aunque a George le resultase del todo normal. En este caso no habría desprecio, no habría rabia. Entre Prentiss y él habían pasado demasiadas cosas a lo largo de los meses que habían compartido. Ninguno de los dos tenía la culpa, pero era irrevocable.

—Mantendrás los cacahuetes vivos, ¿verdad? —quiso saber Prentiss.

—¿Cómo? No hace falta preocuparse de eso.

—George, escúchame. Yo me marcharé. Te prometo que lo haré. Supongo… supongo que iré a buscar a mi madre a alguna parte. Dios sabe que es mi sueño: encontrarla en algún lugar seguro y volver a verla. Y, si eso no se cumple, me ayudaría tener la esperanza de que cuidarás de estas plantas. Hacer lo correcto por ellas es hacer lo correcto por Landry y por mí. No quiero verlas morir, George.

Se oyeron voces en el granero y Hackstedde y Tim reaparecieron enseguida.

Hackstedde habló mientras se quitaba los guantes.

—Bueno —dijo—, mi hija tenía un pretendiente que luchó en Long Point. Una ronda de metralla de un cañón lo alcanzó

236

en la cara y murió en menos que canta un gallo. No volvimos a verlo. Nos llegó un telegrama con la noticia. Pero, al ver a este negro muerto, no he podido evitar acordarme del chico. Supongo que se le quedó la cara en carne viva como a ese grandullón. Una pena. Una pena muy grande.

—¿El qué es una pena? —preguntó Prentiss tan bajo que casi no se le oía—. ¿Lo del pretendiente o lo de mi hermano?

Hackstedde se metió los guantes en el bolsillo de atrás.

—Una pena muy grande —repitió dirigiéndose a George mientras negaba con la cabeza—. Pero no veo motivos para pensar que haya habido juego sucio. Un chico así de grande andando por el bosque… Bueno, no habría que descartar una mala caída.

Una caída. La conclusión era pura demencia, una mentira, y bastó para que George se rieran en su cara. ¿No podía, al menos, ser más creativo? ¿Tan deficiente era su imaginación?

—Con todo lo que está pasando en el pueblo —continuó Hackstedde—, aunque a usted lo preocupe que se haya caído un negro cuando iba solo por ahí, no veo razones para gastar recursos en algo que parece un accidente.

Miró a George con seguridad y George se limitó a asentir a modo de respuesta. El asunto podía acabar ahí, pensó, con Prentiss a salvo y la granja en pie. Era tal como Hackstedde había dicho: a nadie le importaba un negro muerto.

—Supongo que es lo que tiene sentido —dijo George—. Podemos cerrar el asunto.

Los ojos de Hackstedde, un par de perdigones negros, se encendieron un momento. Le dio unas palmadas a George en la espalda.

—Muy bien. En ese caso, me voy. Tim.

El ayudante fue a buscar los caballos y Hackstedde habló con el vigor, el entusiasmo que produce un trabajo bien hecho.

—El bosque no es seguro. Hay chicos a los que no se les inculca la precaución. Quizá lo atacase un oso. Por aquí hay osos, ¿verdad?

Consciente de que Prentiss estaba a punto de ceder, George le puso la mano en el hombro para tranquilizarlo, para que supiese que ya casi estaba. Lo mejor era no hacer caso de la incompetencia del sheriff, de su idiotez nauseabunda, emplear una paciencia que merecería la pena una vez se hubiese marchado con su caballo. Pero cuando oyó la voz a su espalda, supo que la jornada iba a dar un giro muy distinto.

—¡Espere! ¡Espere ahí!

Caleb acababa de salir como una exhalación vestido con el pijama de una pieza. Estaba pálido, con los ojos hundidos, como si no hubiese visto la luz desde hacía días. A George no le pareció su hijo.

—¿Quién es? —preguntó Hackstedde—. ¿Qué dice ese chico?

George le presentó a Caleb al sheriff y negó con vehemencia para instarlo a callar. Pero Caleb estaba tan conmovido y tan dispuesto a actuar, tan convencido, que no hubo manera de disuadirlo.

—Quiero confesar —declaró.

—Caleb, no... —dijo George.

Pero el chico se lo negó con un gesto y las mejillas bañadas en lágrimas.

—Basta de mentiras. Voy a permitir que se sepa la verdad.

George agachó la cabeza. Tal como su hijo le había relatado el delito que August había cometido, se lo contó de una vez a Hackstedde.

Había transcurrido un día desde el asesinato de Landry. El hedor del cadáver se había intensificado, aunque nadie decía ni una palabra al respecto y Prentiss seguía andando por el granero como si no hubiera ningún olor. Llenaba una bolsa pequeña de lona que le había dado George mientras este miraba desde la entrada y mantenía la distancia. Si Prentiss le guardaba rencor por la pasividad de su hijo, se lo ocultaba.

—Debería volver pronto con el ataúd —dijo—. En el pueblo hay un fabricante de muebles que tiene la trastienda llena. Ha hecho negocio durante la guerra. Tendrá justo lo que buscamos. Si te parece bien, podemos celebrar la ceremonia hoy mismo.

—Me parece bien.

—Bien. Bien.

—¿Quieres que te ayude? —le preguntó Prentiss.

George negó con la cabeza.

—Yo puedo con Ridley. Tú sigue recogiendo lo tuyo.

El burro estaba aletargado con el calor, pero George le puso el arnés de la carreta y lo condujo por la carretera principal a un trote suave. Era un día muy poco amable. El chillido de un sinsonte le pareció el sonido de una alarma. George se sentía presa del agotamiento. La noche anterior había dormido a ratos, un problema que se había convertido en algo tan común que empezaba a preguntarse si un buen sueño o el buen humor que sigue al verdadero descanso era algo que no volvería a experimentar.

El caos de la confesión de Caleb pesaba sobre la mañana, y la familia no había tardado en desmoronarse emocionalmente. Isabelle se apresuró a responsabilizarse de los actos de Caleb, pues había subido y le había rogado que se sincerase con el sheriff sin saber lo dudoso que era el título tratándose de Hackstedde. Cuando todo había acabado, Caleb dio vueltas y más vueltas por el salón, desde la librería hasta la cocina y vuelta a empezar, repitiéndoles una y otra vez que quería hacer lo correcto. Para él, en ese momento, no había más opción. Tenía que enmendar toda una vida de errores.

—Apenas eres adulto —le dijo George—. Si supieras todos los errores que te esperan…

Ese era distinto, repuso Caleb. Su reticencia, su miedo, había desembocado en la muerte de Landry. Era el único responsable.

Tras oírlo, Prentiss se levantó de la mesa del comedor y se dirigió a todos.

—¡Mi hermano está tumbado ahí fuera! —exclamó, y el comedor quedó en silencio—. Como un cerdo desangrado. Si vosotros no pensáis ayudarme a enterrarlo, lo haré yo solo.

Las palabras le resonaban a George en la cabeza a medida que se acercaba al pueblo. La actividad de Old Ox le procuraba cierto alivio. Las personas, las voces, los ruidos, todo eso acallaba las emociones de las veinticuatro horas previas y George agradeció la distracción. Dejó a Ridley en el poste habitual y continuó solo. Nadie lo molestó; sin embargo, se desorientó un momento y eso lo dejó algo mareado. Era como si las calles del pueblo ya no estuviesen dispuestas como él las recordaba. Todos los edificios le resultaban a un tiempo conocidos y extraños, y se detuvo un momento bajo la marquesina de un negocio vacío para serenarse. Lo que necesitaba era un descanso. Con la protección que ofrecía la fortuna de su padre, su vida no había perdido en ningún momento el sabor de un largo viaje de placer y, con todo, ahora sentía la necesidad de viajar de verdad. Apartarse de todo durante un tiempo. Pero había mucho que hacer. Necesitaba centrarse, necesitaba conseguir el ataúd.

Se acercó a la plaza, pero se detuvo al ver dos sementales atados delante del pequeño edificio de ladrillo donde trabajaban los Webler. Los mismos caballos que acababan de estar en su casa. Hackstedde y su ayudante. No le sorprendió. A fin de cuentas, Hackstedde se había plantado allí con expresión pétrea y la promesa indiferente de investigar la veracidad de las afirmaciones que había hecho Caleb. Pero a George le costaba imaginar que Webler fuese a salir por esa puerta con las manos esposadas.

Sintió el impulso de entrar. No sabía qué diría ni qué haría, pero percibió que perdía por momentos el poco poder que le quedaba en ese pueblo. En el edificio que tenía delante estaban repartiendo las cartas y él no estaba sentado a la mesa. Eso no podía ser. El almacén de muebles estaba un poco más allá, pero se volvió y atravesó la rotonda por en medio, aunque esquivando las flores coloridas de la sociedad de jardinería, y fue directo hacia la escuela donde tiempo atrás había aprendido las letras y que ahora servía como cuartel del destacamento del Ejército de la Unión.

—General Glass —voceó cuando se acercaba a la puerta.

No se le pasó por la cabeza respetar la cola de hombres y mujeres que había junto al edificio, todos con papeles o el sombrero en la mano, todos esperando su turno, algo que George no tenía por costumbre.

Un soldado de tez grisácea bloqueó la entrada antes de que George pudiera proceder.

—Se atiende a las visitas por orden de llegada.

—Es un asunto de cierta urgencia —contestó George—. ¡Glass! Soy George Walker. Quiero hablar con usted.

Señalando con el dedo, el soldado le dijo que retrocediese.

En respuesta, George apuntó a la puerta con el dedo.

—Debes dejarme entrar. Lo que traigo merece atención urgente.

George se alegró de ver (y quizá el soldado también) que Glass salía seguido de un joven que se las veía y se las deseaba para mantener en equilibrio la pila de papeles que sujetaba con ambas manos. Un pequeño tumulto recorrió la hilera de personas a medida que se les escapaba el general. George lo siguió desde el instante en que echó a andar por la vía principal.

—Señor Walker —dijo Glass sin esfuerzo por disimular su irritación—, ¿no ha visto la cola? Enseguida vuelvo y hablo con los que necesiten mi atención, usted incluido.

—No es un asunto trivial, general.

—¿No? ¿Quiere decir que se trata de algo más que provisiones para niños hambrientos y listas actualizadas de familiares heridos?

De pronto, a George se lo tragó el torrente de tráfico que iba por la calle y tropezó con una mujer que cargaba con equipaje. Estuvo a punto de perder a Glass antes de correr a su lado como un niño perdido tras su madre.

—¿Cómo puede este escudero seguirle el paso con esos papeles en las manos? —preguntó George—. Podría trabajar también como acróbata de circo.

—Este hombre no es un escudero —repuso Glass—. Es mi edecán.

—¿Cómo dice?

Acababan de llegar al aserradero cuando el general se detuvo y se dio la vuelta tan deprisa que George frenó en seco, sobresaltado.

—Los generales de brigada tienen edecanes, no escuderos. Diríjase a mis hombres con el debido respeto, por favor.

Un soldado se acercó con un documento que Glass firmó sin mirarlo dos veces. George se disculpó, inclinó la cabeza ante el edecán y después se dirigió de nuevo a Glass.

—Quiero que sepa que he decidido participar en su consejo. De hecho, estoy muy dispuesto. Llegaré pronto y sonreiré y haré lo que usted mande. A cambio, usted quizá podría concederme cinco minutos de su tiempo…

—Hasta ahora el consejo se ha celebrado en perfecta armonía sin su presencia.

—Que así sea. ¿Me concede un momento de todos modos? Lo que tengo que decirle no supondrá ninguna traba en su rutina. Quizá yo podría haber sido más amable con usted, pero tampoco he sido cruel. Hágame este favor. Son solo unos minutos, se lo ruego.

El rostro de Glass pareció condensarse en un solo punto: juntó los ojos sumido en una profunda contemplación y arrugó la nariz hacia ellos. Respiró hondo, exhaló, cogió la mitad de los papeles que cargaba su edecán y se los entregó a George, que estuvo a punto de volcar por culpa del peso repentino.

—Sea útil y aligérele la carga a mi edecán —dijo Glass—. Y le concedo dos minutos.

—Me parece muy buen trato —respondió George apretando los dientes.

Entraron en el almacén de madera y a George lo sorprendió el aroma que reinaba en el lugar. Conocía el olor de los nogales, de la tierra recién cavada, negra y amarga, pero, en el espacio reducido de ese depósito que parecía una carpa, los elementos eran tan nocivos que le lloraban los ojos. En la parte de atrás, los soldados estaban ocupados cargando en carretas hileras e hileras de tablones cortados a medida.

—Le escucho —concedió Glass.

George lo siguió a su oficina temporal, un escritorio oculto tras varios hombres y cubierto de planos y telegramas, y empezó a relatarle lo que le había sucedido a Landry. Que no solo el pueblo, sino también sus vecinos lo habían abandonado. Que, al no tener a nadie más a quien acudir, necesitaba saber si había al menos alguien honrado con el que pudiese contar como aliado. Una persona que lo ayudase a exigir la justicia que Landry merecía.

Glass se había sentado mientras George hablaba y en ese instante anotaba algo; su edecán era una estatua firme a su lado. Al ver al chico con las manos vacías, George cayó en la cuenta de que él aún sujetaba su mitad del montón de documentos. Los dejó sobre la mesa. Como ya había concluido el monólogo, se quedó callado y se sintió de una pequeñez increíble en comparación con el remolino que tenía alrededor: todo un universo de actividad que antes de esa tarde ni siquiera sabía que existía.

—Ya he hablado con el señor Webler —dijo Glass—. El asunto queda en manos únicamente del sheriff Hackstedde. Tiene capacidad de sobra para investigar el incidente con imparcialidad.

George se quedó estupefacto.

—Pero ¿no ha oído ni una palabra de lo que le he dicho? Hackstedde es un necio, y pedirle consejo a Webler, que es el padre del acusado, es una necedad a la altura de cualquier cosa que podría haber hecho el sheriff. Han cometido una negligencia de tomo y lomo, está incumpliendo su deber.

Eso, más que cualquier otra afirmación previa, captó la atención de Glass. Juntó las manos sobre la mesa y le clavó una mirada tan seria a George que este quiso refugiarse tras la pila de papeles que acababa de soltar.

—¿Me habla de mi deber? —preguntó Glass con incredulidad—. Dudo mucho de que tenga la menor idea de cuál es mi deber. La misma definición de la palabra se le escapa, igual que a tantos hombres que vienen de entornos privilegiados y necesitan tan poco de aquellos que los rodean. Permítame que me explique con claridad para que no haya lugar a confusión: mi deber es con mi país. En este caso, mis superiores han creído conveniente emplear ese deber con una tarea de poco valor y mucha importancia, que es la operación de una maderera en un pueblucho rural lleno de individuos que me desprecian. Ese deber requiere que mantenga la paz entre los mismos que desean perdernos de vista a mí y a los soldados que me rodean. Ese es mi cometido. Lo he hecho y seguiré haciéndolo hasta que me releven en la tarea.

—No tenía intención de ofenderlo…

244

—Y ese es el problema. Su egoísmo no tiene límites. No ve más allá de sus narices. Que Dios lo libre de pensar que las necesidades de los vecinos que han hecho cola toda la mañana fuera de la escuela podrían tener prioridad sobre las suyas.

—He presentado mi caso de forma muy pobre —dijo George, retractándose en la medida de lo posible—. No soy perfecto, eso se lo admito sin ninguna reserva. Pero eso no cambia el hecho de que hay un hombre muerto, un hombre que era bueno con todos los que conocía, que merece algo mejor, y no que traten su asesinato como un asunto sin consecuencias. Si le soy sincero, me deja atónito que usted haya caído bajo el embrujo de Webler. Para alguien que está tan acostumbrado a las tretas de los hombres que buscan favores, se ha aliado con el peor de ellos.

—Wade Webler es exactamente igual de egoísta e insensible que usted o que yo o que cualquier hombre o mujer que quiera esto o lo otro de mí. Sin embargo, fue el primero en saludarme cuando llegué a este pueblo. El primero en decirme quién podía ayudarme con nuestros fines comunes. Añadiría incluso que, en un momento de aprieto personal en el que necesitaba dinero para un pariente en apuros, me asistió sin hacer preguntas. Su generosidad ha sido inigualable, señor Walker.

—Lo tiene comprado —musitó George.

Glass continuó como si George no hubiera dicho ni una palabra.

—Hasta hoy, a lo largo de los últimos meses, el señor Webler no me había pedido nada a cambio. Y lo único que me ha solicitado es que me aparte de este asunto del negro muerto para evitar más graves problemas. Si ese es el único requisito para mantener la paz entre los ciudadanos de este pueblo olvidado de la mano de Dios, para que mis superiores estén contentos y para ayudar a un hombre que me ha ayudado muchísimo, estoy más que contento de hacer la vista gorda.

Dicho eso, Glass se centró en los papeles que tenía en la mesa y no se dignó a mirar a George.

—Me he esforzado por que este pueblo fuese un modelo para otros del estado —continuó— y, cuando lleguen los de la Oficina de los Libertos, estoy convencido de que lo verán así. Ese pobre hombre ayudará a que eso sea posible. Si quiere mi opinión, el suyo es un sacrificio con más relevancia que el de muchos de los que han muerto en el campo de batalla. Conténtese con saber eso. Por muy triste que sea.

George no había reparado en los soldados que, en posición de firmes, esperaban a hablar con su superior, a que George se marchase. Tenían un matiz neutro e imparcial en la mirada que se traducía en menosprecio. Ese desconocido deplorable que hacía aspavientos delante de ellos y al que le habían negado todo lo que pedía. Había quedado en ridículo.

—Supongo que es lo que usted dijo en la taberna —contestó George—. No tenemos nada más que hablar.

Glass levantó la mirada; al parecer, que George siguiera allí lo confundía.

—General Glass —dijo George, y se volvió para marcharse.

Pensó en hacerle una visita a Ezra, pero no era capaz de reunir la energía suficiente para capear ningún tipo de reprimenda; así que optó por ir al almacén de muebles aún con el humor agriado. Para llegar a la puerta tuvo que esquivar un retrete (un cubo de hojalata oxidada debajo de un taburete de madera astillada) y un carrito de bebé, y el interior era, más que nada, una colección de otros objetos indeseados. El trayecto hacia el mostrador no quedaba tan definido por tener una dirección clara como por la falta de obstáculos que entorpecieran el camino. En un momento dado, George giró y se topó con un globo terráqueo del diámetro de su cintura, y acto seguido estuvo a punto de tropezar y caer sobre una cama de plumas, que en ese momento le pareció un final aceptable para aquella tarde.

Para entonces el propietario, un hombre vestido con una camisa blanca y un chaleco negro que apestaba a tabaco, había reparado en él. Cuando George enunció su objetivo, lo llevó a la trastienda, donde tenía los ataúdes.

—A la gente se le quitan las ganas de gastar dinero si los ponemos delante —explicó el hombre.

Como había hablado con Prentiss y había obtenido su aprobación, George solicitó un ataúd de abedul.

—Detrás de casa tengo nogales. Así que vendo ataúdes de nogal.

Protestar no serviría de nada.

—Con forro, ribetes y tapa alzada —siguió el hombre—. Todo por el precio que pagaría por un buen tonel de jerez. Puede que no sea abedul, pero es una ganga.

George lo contempló, pero el hombre no hizo más que devolverle la mirada, así que pagó y pidió ayuda para llevarlo adonde Ridley estaba atado.

—Le puedo conseguir ayuda. Pero siento decir que eso es aparte.

—Son solo cien metros por el pueblo.

Se hizo un largo silencio entre ellos, y en las curvas de luz que llegaban a la trastienda el polvo ancestral de aquel lugar revoloteaba en el aire. El tipo encendió un puro y esperó ocioso.

—Santo Dios... —dijo George. Sacó los billetes que le quedaban y los puso sobre la mesa—. Cójalo por un extremo y ayúdeme de una vez.

—¡Jessup! —gritó el hombre.

Por la puerta de atrás entró un chico con una vestimenta idéntica a la de su jefe: camisa blanca, un chaleco negro encima y el aspecto malsano que le confería el entorno.

—¿Sí?

El dueño señaló a George con el puro.

—Ayuda a este hombre a cargar con el ataúd.

Era pesado para uno, pero tolerable para dos. Salieron con él a la calle y bajaron los escalones, aunque George le dijo al muchacho que necesitaba parar un momento y lo posaron en el suelo. El caballo de Hackstedde ya no estaba, igual que el de Tim. Y el de Webler. Tras las ventanas con cortinas del edificio de ladrillo no se adivinaba vida.

El chico se impacientó.

—No tengo todo el día, señor.

Cuando tuvieron el ataúd en la carreta de Ridley, el joven no se movió del sitio. George le dijo que no con un dedo.

—No te voy a dar ni un centavo. Largo.

El chaval entornó los ojos con fastidio, como si George hubiera puesto fin a su mundo y sufriera espasmos, y después dio media vuelta y se marchó en un abrir y cerrar de ojos.

George se serenó y montó a lomos de Ridley. ¿Cómo era posible, se preguntó, que hubiera hecho un solo recado y ya estuviese tan harto de ese día? Era capaz de convertir en una tarea el hecho de estar diez horas seguidas sentado en la cama sin mover un solo dedo y, aun así, cansarse con el trabajo. Era increíble, pero era así.

—Arre —le dijo a Ridley, y le dio un toque con la bota.

El burro no se movió.

—Vamos.

Nada. Ridley movió las orejas como para rechazar las órdenes. George le propinó un puntapié por si acaso. Eso tampoco produjo ningún efecto.

—¡Mueve ese pedazo de trasero! —gritó George—. ¡Vamos, vamos! Maldita sea.

Ridley no se movía ni un centímetro. Miraba al frente, hacia la larga carretera, a la gran extensión de bosque que había a lo lejos; quizá contemplase un vacío que solo él veía.

George se inclinó hacia las orejas del burro con furia en la voz.

—Aquí no hay nada —le susurró entre dientes—. Esa carretera lleva a otro pueblo igual que este y luego a otro, y en ninguno hay nada más que lo mismo repetido una y otra vez, diferente pero idéntico, las mismas tiendas con fachadas diferentes, los mismos mentecatos con otras caras, y nada de eso debería interesarte en absoluto porque eres un maldito burro descerebrado que me ha estropeado el día.

George desmontó en pleno ataque de rabia, dispuesto a llegar a las manos con la criatura, pero, en cuanto posó los pies en la tierra, Ridley se puso a trotar.

—Ya veo. —George resoplaba sin cesar—. Muy bien.

Así pues, caminaron el uno al lado del otro. Se refugió en la sombra de Ridley con ánimo conciliatorio.

—Si la carga te pesaba demasiado, solo tenías que decirlo —musitó—. No puedes quedarte ahí en silencio.

Como si el burro fuese a hablar. Aun así, era la única disculpa que George podía ofrecer. Le puso la mano en la base de la crin y el simple hecho de sentir a la bestia lo reconfortaba, estar en compañía de otro animal de sangre caliente que no tuviera más deseo que dar el paso que seguía al anterior en el trayecto a casa.

Habían tenido poco tiempo para preparar el entierro, pero Isabelle había recogido rosas del jardín, las pocas que tenían cierta calidad, y con ellas había confeccionado un ramo. Prentiss, George y Caleb llevaron el ataúd, Prentiss delante y George y Caleb hombro con hombro en la parte de atrás. George les habló de un claro en el bosque, uno que le había enseñado a Landry hacía un tiempo y donde lo había visto en numerosas ocasiones. Supuso que era su lugar favorito de aquellos parajes, libre de la acción de la mano del hombre salvo la de Landry. ¿Qué mejor lugar para enterrarlo?

—¿Quieres que digamos unas palabras? —le preguntó George a Prentiss—. Sé algunos versos de memoria.

Prentiss estaba tan centrado en el féretro que George pensó que no le había oído, pero entonces levantó la mirada y le dijo:

—Dejemos que se vaya tal como vivió.

Así que cavaron en silencio, los tres haciendo turnos e Isabelle de pie a un lado. Tardaron casi una hora en hacer un agujero del tamaño suficiente.

Cuando hubieron metido el ataúd en la tierra, Caleb se dirigió a Prentiss y habló por primera vez.

—Si no quieres que yo esté presente durante esta parte...

Prentiss continuó sin apartar la vista del ataúd.

—Tú no has matado a mi hermano. No voy a impedir que te despidas de él.

Los cuatro se quedaron en silencio bajo un dosel de luz solar que empezaba a cerrarse como una tapa, rodeados de las ramas de los árboles que se extendían de unos a otros con el viento racheado.

—Isabelle —llamó George.

Ella dio un paso adelante y de la bolsa que tenía al lado sacó una estaca de madera no más larga que la pierna de un niño y la clavó en la tierra a la cabeza de la caja. Entonces recuperó otro objeto, un calcetín del mismo color azul que los que Landry le había tejido, pero del tamaño de un hombre adulto.

—Sabía que, si os ibais al norte —le dijo a Prentiss—, tarde o temprano el tiempo se pondría frío, y como tu hermano había tenido el detalle de hacerme unos calcetines, pensé en devolverle el favor. Al menos servirá para conmemorar su bondad, para señalar el lugar donde halló paz.

Enfundó el calcetín en la estaca y lo ató con un cordel. Cuando la luz del sol lo tocó, el azul brilló con intensidad en la pradera de hierba verde, de tal modo que se veía desde cualquier ángulo desde el borde del bosque.

—Quiero que tú te quedes el otro —dijo Isabelle.

Sacó la pareja de la bolsa y se lo dio a Prentiss. Él tocó la lana con los dedos, se lo llevó al pecho y le dio las gracias.

Ella abrió los brazos para recibirlo y, cuando se estrecharon, le dejó una última cosa clara, hablando en voz tan baja que no era más que un susurro:

—No pienses ni un momento que me he olvidado de ti. Tu par de calcetines está en casa. Los acabaré enseguida.

Él no pudo reprimir una pequeña carcajada.

—Cuida de mí como si yo fuera de la familia —dijo él—. No olvidaré su bondad, señora Walker.

Se quedaron allí un rato más, ya que ninguno quería acabar la ceremonia antes de tiempo, hasta que Prentiss se dirigió a los tres a la vez.

—Si no os importa, me gustaría estar un rato a solas con mi hermano.

—Me gustaría ayudarte a echar la tierra en la tumba. Supongo que tardarás un buen rato...

—George —dijo Isabelle.

—Puedo yo solo —respondió Prentiss—. Me las arreglaré yo solo.

Volvieron a la cabaña. La cena fue corta, y cuando acabaron de comer, George recogió junto con Isabelle y Caleb y guardaron los platos en silencio mientras limpiaban la mesa del comedor. Después Caleb subió a su dormitorio. George se fue hacia la ventana casi sin darse cuenta y contempló la noche sin estrellas, los kilómetros de vacío en lo alto, el último suspiro moribundo del farol del granero, adonde Prentiss había regresado.

—¿Qué te ronda por la cabeza? —le preguntó Isabelle, que se había acercado con sigilo a su espalda.

—Ah —dijo él—. Nada que valga la pena mencionar.

—Para ti todo merece la pena mencionarlo, George.

Se había colocado a su lado. Su cabellera, aunque era elegante, parecía haberse vuelto un poco más gris. Su rostro tenía arrugas de las que él no se había percatado antes, constelaciones tan bonitas como las que se veían en el cielo paseando de noche.

—¿Te acuerdas de la que trabajaba para mi padre? ¿De Taffy?

—Me has hablado de ella.

—Teníamos una relación muy estrecha. Y, sin embargo, casi no me acuerdo de ella. Una sombra de lo que era permaneció conmigo cuando la vendieron. No sé describirlo de otra forma, pero diría que cuando jugaba solo sentía que todavía corría a mi lado. O que, cuando me despertaba, la oía lavando la ropa fuera.

—A mí me pasaba lo mismo cuando murió mi padre —contestó Isabelle—. A Silas y a mí. Lo oíamos gritar. Un recuerdo que hablaba en voz alta.

—¿No te parece espeluznante?

—Eres tú el que me ha dicho que me imaginé el olor del ataúd de mi tío. Supongo que lo que me cuentas es lo mismo. Los niños digieren las cosas de la manera que pueden.

George se sentó de nuevo a la mesa de la cocina. Isabelle se quedó junto a la ventana, mirando hacia el granero.

—Bueno, a mí me parecía real —dijo George—, y me disgustó más de lo que sabría decirte. Se lo reproché a mi madre durante días. Ella no estaba bien, pero yo no podía evitarlo. Lo único que ella me decía era que esas relaciones había que cortarlas de raíz cuanto antes. Que era mejor centrarse en los recuerdos de cuando jugábamos y el tiempo que habíamos pasado juntos, y no en su partida. Pero la ausencia de Taffy era mucho más intensa que los recuerdos de tiempos mejores.

—Daba golpecitos en la mesa mientras las ideas se retorcían en su mente—. Isabelle, Prentiss debe marcharse. Y tiene que irse ya. Por su bien y por el nuestro.

Ella le puso la mano en el hombro.

—Deja que termine de prepararse. Deja que llore a su hermano durante una noche. Y en cuanto salga el sol...

—Con la primera luz —decidió George.

Se les iba a hacer eterno.

Capítulo 18

Era la última noche que Prentiss pasaba en la granja y a duras penas lograba cerrar los ojos, mucho menos dormirse. El jergón le parecía una losa de piedra sólida, y no paraba ni un instante de dar vueltas y más vueltas. Si se tumbaba de lado, lo hacía hacia el lugar donde antes dormía Landry. Había un hecho que no le confesaría a nadie, pero estar allí con el cadáver le había proporcionado un gran consuelo. Si le daban a elegir entre quedarse sin nada o con el cuerpo de su hermano, estaba más que contento de conformarse con él, mirarlo, hablarle y quererlo como a Landry. Había pensado en sacarlo a colación con George: rechazar el funeral. Ya le habían arrebatado muchas cosas, ¿tenía que quedarse la tierra con su cadáver? Aun así, el entierro había sido perfecto. Se preguntaba si era el mismo campo del que su hermano le había hablado, el de los dientes de león; no había visto ninguno y no se atrevía a preguntárselo a George, ya que prefería mantener la esperanza que enterarse de lo contrario.

Le daba vueltas la cabeza con tantos pensamientos y se tumbó bocabajo solo para tranquilizarse. Tenía dinero para alojamiento y comida, suficiente para un mes como mínimo. George le había dicho que viajase hacia el norte, hasta que el paisaje le gustase; que buscase un trabajo, una esposa, un hogar. Fácil de imaginar, le había dicho a George, pero difícil de conseguir. Sobre todo estando solo.

«No estás solo —le había dicho George—. Nunca estás solo.»

Era mentira. El aislamiento que sentía era entumecedor. Ya no era hermano de nadie, ya no era uno de los muchos que poblaban las tierras del señor Morton, y lo más probable era que tampoco fuese hijo, al menos no en un sentido que importase, fuera cual fuese. Por lo que él sabía, era posible que su madre ya no caminase por la faz de la Tierra. Y ¿qué más daba si lo hacía? Las posibilidades de encontrarla parecían las mismas que las de devolver a Landry a la vida. La idea que atesoraba desde hacía tiempo, la de que su madre viviese en otro lugar, tal vez en el norte, solo le parecía real a la parte de él que todavía albergaba ideas fantasiosas. La veía andando a lo lejos, por un camino: una mujer de cabellera negra recogida sobre la cabeza como un nido, el vestido de color amarillo pálido encendido a la luz del sol; también la imaginaba sacando agua con la bomba de un camino polvoriento, ahuecando la mano para darle de beber a un niño. Sin embargo, sabía que era producto de su mente. Suponía que Landry también lo había sabido desde el principio, que era un secreto que se ocultaban el uno al otro para que la verdad continuase siendo incierta, para mantener su historia y su ser vivos para siempre.

Pero en ese momento se enfrentó a la realidad: que estaba él solo. Sin nadie más. La idea era como un relámpago de miedo, pero sabía que acabaría conociendo esa nueva vida del mismo modo que había aprendido a conocer las que se habían presentado antes, puesto que cada paso había sido un obstáculo y, aun así, allí estaba él, en pie día tras día, listo para lo que se le presentase a continuación. Ese soplo de esperanza le supo a salvación y lo acercó a un sueño profundo.

Se despertó con una orquesta de cascos. Se apresuró a la puerta del granero, asomó la cabeza y vio al grupo que se acercaba por el camino. Varios hombres a caballo encabezaban la carga. Un carruaje negro los seguía con menos urgencia.

Prentiss llamó a George a voces y se acercó a la cabaña. No esperó a que le contestasen, sino que entró por la puerta trasera con tanta prisa que estuvo a punto de abalanzarse sobre los fogones. El salón estaba vacío. La casa dormía.

—¡George! —gritó para que lo oyesen arriba—. ¡Tenéis que levantaros!

Fuera los caballos llegaban a la rotonda y el carruaje se detenía en medio de una nube de polvo. Los hombres tiraron de las riendas, aunque las bestias continuaron dando brincos y haciendo cabriolas, aún llenos de energía. Los dos que iban delante habían estado en la casa el día anterior, y los otros, los del final, eran ni más ni menos que Ted Morton y Gail. Prentiss pensó en subir al dormitorio y llamar a la puerta, pero, justo cuando daba el primer paso, esta se abrió.

George apareció ataviado con una bata.

—¿Qué es ese alboroto? —preguntó forzando la vista.

—Están delante —respondió Prentiss—. Es el sheriff ese. Y no viene solo. También he visto a Morton. Son toda una cuadrilla.

George abrió los ojos de golpe.

—No salgas. Deja que me ponga los pantalones.

Entró en el dormitorio.

En la rotonda, el cochero abrió la puerta del carruaje y de dentro salió un hombre vestido con ropa de noche, el más arreglado que Prentiss había visto. Otro, más o menos de la edad de Prentiss, se apeó a continuación y ambos se quedaron junto al carruaje, casi sin hablar. El mayor le dijo algo al joven y después se enderezó la corbata y dio unos pasos hacia la vivienda. Lo que sucedió a partir de ahí fue todo casi simultáneo: George salió de su habitación, Caleb hizo lo mismo y, uno después del otro, padre e hijo, bajaron la escalera.

—Los he visto venir por la ventana —dijo Caleb—. August va con ellos.

—Qué osadía —repuso George—. Venir aquí sin avisar. Como se atrevan a hacer algo...

—¡George! ¿Eres tú el que está ahí dentro? —Era el que iba con traje, el mayor, y Prentiss dio por sentado que se trataba del padre del otro, el asesino de su hermano—. ¿Por qué no sales para que no tenga que entrar yo?

—Si pones un pie en esta casa, te doy con una sartén en la cabeza, Wade. Créeme.

George salió al porche renqueando por el camino.

El hombre del traje hizo un gesto desdeñoso con una expresión de repulsión en el rostro.

—Las amenazas no te quedan bien, George. Estás por encima de ese tipo de cosas.

Hackstedde y su ayudante aún no habían desmontado, igual que Morton y Gail, mientras que el hombre que se llamaba Wade y su hijo se habían bajado del carruaje. Prentiss no había visto al chico hasta entonces, aunque era tal como Caleb lo había descrito: de comportamiento reservado y una chispa salvaje en la mirada. Quería ir a por él allí mismo. No era dado a pelear, pero con él haría una excepción, le agarraría esa cabellera rubia con una mano, le llevaría la cara hacia el suelo y repetiría esos dos pasos hasta que el chico dejase de intentar levantarse.

—A estas horas de la mañana no busco mantener una conversación —declaró George. Prentiss y él salieron—. Así que más vale que procures que esto acabe pronto. No quiero oír tus parloteos habituales.

—Parloteos —repitió Wade con alegría, pero de pronto se puso muy serio—. Hoy, aunque puede que tú no lo sepas, es un día muy especial. August se casa. Y, sin embargo, ayer, en medio de los preparativos, tu hijo lanzó lo que no puede considerarse nada más que acusaciones nefarias dirigidas a él. Te imaginarás lo alarmado que estaba mi chico. ¿Verdad que sí?

Wade agarró a August por el hombro y este mantuvo la misma expresión pétrea de su padre. Prentiss se fijó en que miraba a Caleb, que había salido al porche junto con George y le devolvía el gesto directamente, con los ojos aún llenos de legañas.

—No voy a rebajarme hasta el punto de repetir esas acusaciones perversas —dijo Wade—. Pero me ha parecido sensato venir a verte en persona, para que August pueda aseverar hasta qué punto es inocente de lo que se le acusa.

August lo interrumpió y pronunció con tono monótono, como si estuviera leyendo de una hoja de papel, una ristra rápida de palabras.

—Me temo que Caleb ha sufrido un trauma severo por culpa de la guerra y que su situación le ha llevado a inventarse una ficción sobre el tiempo que pasamos juntos, cosas que no han tenido lugar.

—Basta ya —repuso Caleb—. Para, por Dios. Nunca has sido bueno, pero pensaba que eras honesto o que al menos lo intentabas. Una cosa es que mintieses sobre tus heridas de guerra, pero esto es del todo inaceptable. Si hubiera sabido que eras una versión más repugnante de tu padre y que tenías tan poco corazón como él...

—No hables de lo que sucedió en la guerra.

Sin embargo, Wade se apresuró a hablar por encima de su hijo.

—Es evidente que las disfunciones de Caleb quedan a la vista de todos —musitó.

En ese momento, Isabelle apareció en camisón y con el pelo aún recogido en un moño.

—Sabes de sobra que no te conviene hablar mal de un hijo delante de su madre, Wade Webler. Aquí no te lo consiento.

—¡Isabelle! Buenos días tengas. —Wade se levantó el sombrero—. No te preocupes, no diré más. El sheriff se ocupará de aquí en adelante.

Hackstedde corrigió su postura encorvada y se irguió sobre el caballo. Tenía cara de no haber pegado ojo, pues los tenía hundidos en las cuencas y las bolsas de debajo eran tan grandes que parecía que se le hubiese doblado el rostro sobre sí mismo.

—Bueno —dijo—. Me temo que los rumores que tu hijo ha hecho circular no tienen razón de ser, George. He interrogado a Ted y él dice que en sus campos había al menos una docena de hombres y ni uno vio nada fuera de lo normal en el bosque ni oyó nada.

—Lo ha dicho mejor de lo que yo habría podido —concedió Morton.

Hackstedde prosiguió:

—August niega las acusaciones y tiene una buena coartada. Su padre y él estaban trabajando en la oficina cuando ocurrió todo esto. Así que no hay nada más que decir. Caso cerrado.

George respiraba tan deprisa que Prentiss tuvo miedo de que al viejo le fallase el corazón. Sin embargo, todos intuyeron que, igual que antes, el plan debía de ser permanecer en silencio y dejar que el desenlace llegase por sí solo. Así que George cumplió su parte.

—Muy bien.

—Si estás de acuerdo —dijo Wade—, por el bien de nuestra buena relación y por la pérdida que habéis sufrido, tengo unos cuantos caballos que estoy dispuesto a donar a tu proyecto. Sé que no tienes más que ese asno, y odio verte llegar con él a trompicones cada vez que pasas por el pueblo; pareces un triste mexicano atravesando el sendero de un cañón.

Morton y Gail soltaron una risita y ambos se taparon la boca con la mano como si fuesen un par de gemelos que supieran lo que iba a hacer el otro.

—Estoy muy satisfecho con Ridley —respondió George furioso—. Si quisiera un caballo, o tres, me los compraría yo mismo. Pero agradezco mucho tu bondad.

—Que así sea —repuso Wade—. Nos vamos. Tengo que recoger a mi madre. He intentado mandarle un cochero, pero no, de eso nada, tengo que ir yo en persona.

Prentiss se dio cuenta de que ese hombre era un individuo completamente opuesto a él. No era por su astucia ni por el mal que le corría por las venas, sino por su confianza, la exuberancia de conocimientos en su amplia sonrisa que indicaba que, aunque habían acusado a su hijo de cometer un asesinato a sangre fría, en el mundo todo conspiraba para facilitarle el sustento vital, sin importar quién o qué se interpusiera en su camino.

—Si me lo permites —añadió Wade—, me gustaría disculparme por no invitaros a la boda. ¿Qué quieres que te diga? Al final hemos decidido que sea una celebración íntima.

Se volvió, satisfecho como si acabase de hacer un buen trato, y fue a subir al carruaje con su hijo.

—Ha muerto un hombre —dijo Caleb con la voz aguda y estrangulada de la emoción, como solía pasarle—. Dejando al margen quién lo ha hecho o la opinión tan baja que tendré de esa persona de aquí en adelante, ¿acaso eso no significa nada para usted? ¿Que se haya perdido una vida?

Le procuraba una pizca de consuelo que esos pendencieros no tuvieran respuesta. Wade y su hijo se detuvieron y se giraron con cara de sentir una pequeña molestia.

—Se llamaba Landry —intervino Prentiss—. No era un hombre cualquiera, sino mi hermano. La mejor persona que he conocido. La mejor persona que conoceré en toda mi vida. Y no hay suficientes caballos para compensar su pérdida.

—Ya te hemos oído suficiente —le advirtió Morton—. Más te vale aprender lo poco que puedas de ese hermano y cerrar el pico.

George dio un paso adelante y se metió la camisa en los pantalones con la mirada encendida.

—Eres un necio y un desalmado, Ted. No tienes derecho a decir nada delante de gente con educación. O delante de cualquiera, hablando en plata.

—Si buscas armar otro lío, lo volveré a cortar de raíz.

—Calmaos todos —ordenó Hackstedde a voces.

—Ya lo he visto ponerle las zarpas encima al señor Morton una vez —dijo Gail—, y no estoy dispuesto a dejar que pase otra vez.

Los caballos se pusieron tensos y relincharon, y el ambiente del jardín, que continuaba bañado por la luz fresca de la mañana, daba la impresión de estar a punto de ebullición. Distintas voces se atropellaban unas a otras, pero Prentiss callaba en mitad del alboroto. Si bien Morton le parecía una criatura patética, por debajo incluso de él, no podía sacudirse el efecto que Wade Webler ejercía sobre su persona: la magnificencia de su vestimenta, la expresión petulante, la seguridad con la que se había hecho con el control absoluto de la situación. Webler se apoyó en el carruaje, le susurró algo a su hijo y volvió a sonreír de oreja a oreja. Ante semejante fuerza, Prentiss sintió una timidez repentina, como si volviese a ser un niño atemorizado, escondido tras las faldas de su madre. No podía permitirlo: no podía dejar que siguieran empequeñeciéndolo. Los presentes continuaron lanzándose insultos y el ambiente impulsó a Prentiss. Estaba ya casi a medio camino hacia el carruaje cuando el sheriff se percató de que alguien se acercaba a ellos.

—Detente ahora mismo —exigió Hackstedde.

—¡Prentiss! —dijo George—. Vuelve aquí.

Pero Prentiss no obedecía órdenes. Ya no.

—¿Qué pretende este chico? —preguntó Wade, que seguía apoyado tan tranquilo en el carruaje mientras Prentiss se acercaba.

El sheriff y los demás volvieron los caballos en su dirección. A su espalda, Prentiss oía el roce de los pasos renqueantes de George en el polvo.

—¡Prentiss, por favor!

La mirada de Wade continuaba siendo optimista; tenía los ojos de un marrón suave, los labios voluptuosos como los de una mujer, y sacaba la barbilla hacia fuera. Pero al final el poder de esos ojos se disolvió ante Prentiss, que estaba tan cerca como para olerle el aliento a puro. Era algo primario. Wade no podía mantener la calma a una distancia tan corta y descarnada.

—George —dijo—, dile a tu perro que afloje.

Prentiss respiró hondo. Cuando exhaló, sintió como si expulsase toda una vida de pesares, como si los exorcizase y se los devolviese al mundo en forma de regañina merecida. La sensación fue tan placentera, tan arrebatadora, que se habría conformado con saber que esa respiración había sido la última; de hecho, había sido tan exultante que no pensó mucho en lo que la acompañaba: la bola de flema que salió disparada de su boca hacia la cara de Wade como si fuera metralla.

Wade se quedó inmóvil, sin parpadear, mientras la mucosa le resbalaba por la nariz. En ese momento se detuvo el tiempo. Todos guardaron silencio. El mundo frenó a sacudidas. Cuando se movió de nuevo, lo hizo con una lentitud imposible, como una melodía escrita nota a nota en tiempo real. Prentiss se fijó en la tapicería del carruaje, de un blanco cegador, y después miró al frente: por la ventana de atrás, el manto verde que parecía un mar, el vaivén de la hierba con el viento, y vio la brisa antes de sentirla en el cuello, tal vez la última de la mañana antes de que el calor arrasase.

El golpe con la culata del rifle vino después del soplo de brisa. Le impactó en el costillar, seguido de otro detrás de la pierna, en la fosa de la rodilla. Se dio cuenta de que se caía, pero se agarró al lateral del carruaje y se volvió hacia Hackstedde justo cuando el rifle del sheriff lo agredía de nuevo. Lo esquivó, pero le alcanzó en el hombro.

—¡De rodillas! —chilló Hackstedde.

Para entonces, el ayudante también había desmontado. A medida que este se acercaba, Prentiss notó que alguien lo agarraba del cuello: Wade Webler le había pasado el brazo desde detrás y lo estrangulaba.

—¡Basta! —gritó George cuando ya estaba cerca.

Prentiss se había quedado sin aire. Hackstedde retrocedió para darle el golpe de gracia justo cuando George se interpuso y apartó al sheriff con aspavientos.

—Maldita sea, Lamar, baja eso. Wade...

George miró a Prentiss a los ojos con cara de alarma.

—Ya basta —dijo con calma.

A Prentiss le latía tan fuerte el corazón que lo notaba en la cabeza. No conseguía soltarse del abrazo de oso y empezaba a entrar en pánico, se retorcía camino de la inconsciencia. Tenían un corro a su alrededor: Isabelle y Caleb imploraban mientras los demás permanecían en silencio, sin apartar la mirada de Prentiss y Wade. La presión en el cuello era incesante.

George alzó las manos con intención de apaciguar a Wade.

—Sabes tan bien como yo que los agentes vienen al pueblo. La muerte de su hermano ha sido motivo suficiente de alarma. Si matas a este hombre aquí y ahora, ¿qué crees que pasará?

Wade escupió su respuesta prácticamente al oído de Prentiss:

—¿Tengo cara de que me importe?

Prentiss casi no tocaba el suelo. Le costaba creer el vigor que tenía ese hombre que le había rodeado el cuello con el brazo con tanta fuerza que se le retorcía la lengua dentro de la boca en contra de su voluntad.

—Piensa en una posibilidad muy real —le dijo George—: que decidan dar ejemplo contigo. Puede que Glass sea tu aliado, pero a esta gente que viene le importa un comino de cuántos edificios seas propietario o cuánto dinero tengas. Los cabrones que están de camino se la tienen jurada a los hombres como tú. Les encantará tener la oportunidad de castigar al más poderoso. Piénsalo. Por el bien de tus negocios. Por August.

Prentiss pensó que lo que George decía podía ser pura invención, pero surtió efecto. Wade lo soltó. Al chico se le destensó el cuerpo y cayó al suelo hecho un ovillo, dando bocanadas de aire. Antes de que pudiera calmarse, tenía a Hackstedde detrás, poniéndole las esposas. El sheriff lo agarró por el pelo de la nuca y lo levantó. Aún le retumbaba la cabeza, el mundo aún daba vueltas.

Wade respiró hondo y se limpió la saliva de la cara. Su hijo observaba con tanto odio en la mirada que Prentiss pensó que se abalanzaría sobre él como había hecho su padre. Sin embargo, no dijo ni una palabra.

—Meted a ese chico en un maldito agujero en el suelo —bramó Wade—. Quiero que manden venir al juez. Para mañana.

—El único juez que tienen en circulación es Ambrose —dijo Hackstedde—. Lo último que supe de él era que estaba haciendo vistas en Chambersville.

—Si pago, ¿en cuánto tiempo puedo tenerlo?

—Me imagino que en cuanto el dinero llegue a sus manos.

—Mandadle el mensaje. Yo cubro los gastos. Quiero que acusen a este muchacho y quiero que sea de acuerdo con la ley. Cualquier cosa menos ahorcarlo sería una farsa. Aseguraos de que el juez Ambrose se entere de que lo he dicho.

Prentiss y George se miraron, y en el hueco de las mejillas del viejo, en la tensión de su cara, Prentiss vio una expresión tan intensa de decepción que tuvo que apartar la mirada.

Wade se arregló el cuello de la camisa y, como si fuese una señal, el cochero les abrió la puerta a él y a August.

—Y ahora, si no os importa, nos vamos de boda.

Morton, que seguía a lomos de su caballo, se volvió hacia Wade con arrepentimiento en los ojos y el sombrero en la mano.

—Antes de que se vaya —dijo—, permítame que le ofrezca mis disculpas por el escupitajo del chico. Me hago responsable, ya que ha salido de mis tierras. El Señor mismo puede atestiguar que nunca había cometido un acto tan impío, ni hacia mí ni hacia ningún miembro de mi hogar.

Bajo el hechizo de la ira, el cuerpo de Wade parecía hinchado, y su cabeza, igual de henchida de cólera y del color de un tomate, se volvió hacia Morton, sobre su caballo.

—Me imagino que esperaba a hacérselo a alguien por quien mereciese la pena el esfuerzo. Buenas tardes.

Y, con el único latigazo que dio el cochero, los Webler se marcharon.

Hubo un momento incómodo hasta que Morton le indicó a Gail con un gesto de la cabeza que lo siguiera por el camino.

—El señor Webler y yo nos llevamos bien —dijo mientras se preparaba para irse—. Solo que está de mal humor.

Le dio una orden cortante a su caballo y se marcharon.

Solo quedaban el sheriff y su ayudante. Hackstedde sacó una cuerda de una de las alforjas, ató un extremo al pomo de la silla y el otro alrededor de las muñecas esposadas de Prentiss.

George no podía hacer más que negar mirando a Prentiss como señal de derrota.

—Estabas tan cerca de irte… ¿Por qué?

No había suficientes formas de explicarle el placer que había sentido: lo fantástico que había sido reunir la valentía suficiente, acercarse, ceder por primera vez a un acto de protesta prohibido. La dicha de enfrentarse a Wade como si tuviera poder, aunque fuese solo durante un segundo, había sido inefable.

—Me sentí bien —le dijo a George—. Es lo único que sé.

El tirón de la cuerda, que lo acercó de golpe al caballo, le produjo una punzada intensa en el costado en el que le habían dado el culatazo. Sintió la necesidad de vomitar, pero pensaba permanecer erguido por muy fuerte que fuese el dolor hasta que llegasen adonde quiera que pensasen llevarlo. El semental se calmó cuando Hackstedde montó.

—Algo se nos ocurrirá —aseguró George.

—Déjalo —contestó Prentiss—. Deja que tu familia descanse.

George abrió la boca para hablar, pero calló. Quizá se diese cuenta de que no había nada que decir.

Isabelle se despidió de Prentiss.

—Señora —dijo él, y agachó la cabeza—. Caleb.

—Prentiss —respondió Caleb.

—Estará en el calabozo del condado —los avisó Hackstedde—. Sin visitas.

Prentiss alzó la mirada y se maravilló de las nubes, suaves como plumas clavadas en un cielo antipático. Hubo otro tirón y emprendieron el camino.

Capítulo 19

John Foster había construido su hogar cerca de un riachuelo sin nombre que serpenteaba a través de todo el pueblo de Old Ox. El arroyo se estrechaba y el nivel de agua era tan bajo que a duras penas podía hablarse de corriente; los días tranquilos, si uno escuchaba con atención desde el pórtico de atrás, desde algo más arriba le llegaba el goteo interminable, tan distante que parecía que saliese del hueco de una concha de mar. Sin embargo, casi nunca lo oía nadie, ya que los hijos de John eran auténticos vándalos y habían sembrado el terror en la casa hasta el día de su muerte, tras la cual su esposa Mildred había introducido una disciplina férrea en el hogar con tal celeridad que el agua se oía a menudo no solo desde la parte de atrás, sino también al pasar por delante. Aun así, el comportamiento de su prole, que ya había crecido, a menudo dejaba mucho que desear, y Mildred estaba siempre ansiosa por informar a Isabelle de las pruebas a las que la sometía la educación de sus hijos (que a veces fracasaba, pero en general contaba con suficientes logros para proporcionarle cierta sensación de satisfacción). Si bien no se trataba del tipo de heroísmo que salía en las novelas, en lo que a las mujeres de Old Ox respectaba le había granjeado un puesto en los anales de los triunfos domésticos.

Al traspasar la verja de la casa de listones de madera a primera hora de la tarde, Isabelle había oído el riachuelo sin problemas. Mildred había dispuesto dos sillas en la veranda y una mesita entre ellas. En la barandilla descansaba un jarrón con girasoles; la luz radiante caía bajo el tejadillo y relucía con un amarillo tan brillante que parecía salir de los mismos pétalos de las flores. Mildred, con un dedo estirado para indicar que había olvidado algún artículo, volvió adentro y regresó con un cubo que dejó caer delante de la silla vacante al lado de Isabelle. Pegado al pecho llevaba un cuenco de patatas.

Isabelle se disculpó por haber llegado tarde y explicó que había tenido que ir a Selby a ver a Prentiss.

—Lo han llevado a ese calabozo, estoy segura de a estas alturas ya te habras enterado. Ese imbécil de Hackstedde encabezaba la cuadrilla.

Al principio Mildred estaba en silencio, ocupada pelando las patatas. El arroyo se oía de nuevo, como el siseo hueco de una serpiente. Ridley estaba quieto delante de la carretera, tan estoico como siempre, con el carruaje detrás.

—Fue casi el único tema de conversación de la boda —dijo al final—. Wade no tuvo ningún reparo a la hora de hablar de ello, ni siquiera en lo concerniente a las acusaciones contra August. Acusaciones espantosas, debería decir. Era como si para él todo el asunto fuese una broma.

—Me estremezco solo de pensar en pasar un momento más en presencia de ese hombre. No serviría más que para revivir lo que pasó ayer.

—Ni me lo imagino. ¿Cómo ha sido el viaje?

—No he tenido mucha suerte. Hackstedde dijo que no permitiría visitas, pero he llevado algo de fruta por si lo convencía, aunque suene ridículo. —Isabelle cogió un melocotón de la cesta y lo dejó caer al instante—. He discutido con él alegando que venía de muy lejos, y él se ha retractado y ha dicho que podía visitarlo la familia, puesto que esas son las normas generales. Pero no puede decirse que sea una concesión. Sabe de sobra lo que le ha pasado al único pariente que tenía Prentiss.

—Al menos ir hasta allí ha sido un gesto bonito.

—Algo había que hacer. Dios libre a George de ir a Selby en persona. Cree que con una visita no se consigue nada, pero yo pienso que es el miedo que le tiene a viajar lo que le impide ir. Sin embargo, no para de hablar de Prentiss. Es tan agotador que me han dado ganas de dejar el par de calcetines que estaba tejiéndole e ir a verlo yo misma.

—Y eso has hecho. —Mildred dejó el pelador y se frotó la palma de la mano para masajearse los nudos—. ¿Y Caleb? ¿Cómo le va a él?

—¿Por dónde empiezo? Come migajas y no dice nada. Esta mañana ha aparecido de las sombras como un espíritu maligno. No sé si algún día volverá a ser el mismo.

Isabelle se quitó la capota de la cabeza y la dejó en la barandilla. Se planteó hacer lo mismo con los zapatos, pero al final cambió de opinión.

—Después de lo que Wade describió —dijo Mildred—, bueno, si todo es verdad, y yo no dudo de tu hijo...

Negó con la cabeza, cogió el pelador y lo acercó a una patata indemne.

—Tu hijo ha visto mucha maldad, Isabelle. —Volvió a soltar el pelador de patatas, se puso de pie animada de pronto por la conversación y alzó la voz como si se le hubiera desatado un tornado en el pecho—. Y quizá no deberías censurarlo por actuar como actúa. Mis chicos, Dios mío... El día que volvieron de la guerra les hice pavo para cenar y prácticamente solo hablaron de las cosas horribles que les habían hecho a otros soldados. La conversación no era una celebración del hecho de seguir con vida, sino de las muertes que habían provocado. No vi ni una migaja de sensibilidad en esa mesa. Y con eso quiero decir que tal vez la transformación de Caleb tenga algo de bueno. Viendo cuál es la alternativa.

La historia había acabado tan deprisa que podía considerarse poco más que una anécdota inofensiva, pero Isabelle nunca había oído a su amiga hablar de sus hijos de ese modo. Que fuesen motivo de vergüenza la alarmó.

—Mildred —dijo.

—He capeado cosas peores que el comportamiento de mis hijos.

—Sí, pero no tienes por qué hacerlo sola. Para eso nos tenemos la una a la otra.

Mildred miraba hacia la carretera con el delantal arrugado contra la barandilla. Tenía el rostro anguloso, y la firmeza de su carácter era casi una garantía de que sus rasgos no se ablandarían nunca, de que permanecerían para siempre tal como estaban.

—No te lo tengo en cuenta —repuso—, pero, por favor, no me digas cómo batallar con mis demonios. Yo no te juzgo por llevarle fruta a un prisionero para aliviar el dolor de tu hogar. Deja que yo me enfrente a mis emociones como considere mejor.

Isabelle se tensó, apoyada en el respaldo de la silla. Al cabo de un rato, Mildred regresó a su asiento. Ambas mujeres estaban tan incómodas que parecían dispuestas a quedarse atornilladas en aquella veranda con tal de no volver a dirigirse la palabra. El paisaje que tenían delante era una quietud vasta que no hacía más que resaltar esa extraña falta de armonía entre ellas.

—Debería disculparme —dijo Mildred al final.

—Te equivocas —contestó Isabelle, y levantó una mano al aire—. No hay nada por lo que disculparse porque, simplemente, has errado en tu acusación. No tienes ni idea de cómo me siento. Puede que tú reprimas tu dolor, pero eso no refleja el motivo por el que he ido a Selby. El dolor que yo pueda tener no merece que lo oculte: es un punto fuerte. Y con él haré el bien. Con una meta tan alta como ayudar a un hombre inocente al que se ha acusado de manera errónea, así que, si te disculpases, eso mancillaría la tarea.

Mildred la miró como si evaluase a una desconocida y suavizó la expresión de manera ínfima pero perceptible. Asintió con la cabeza como si el acto contuviera en sí mismo un indicio de apoyo.

—Mucho de lo que has hecho últimamente es… Digámoslo de este modo: tu conducta no es la que era. Y eso puede confundir. Pero darte por perdida como las demás demostraría estrechez de miras por mi parte. —Mildred le dedicó una sonrisa intensa y reconfortante a su amiga—. Tienes una valentía inmensa. No he criticado el viaje a Selby porque me desagrade. Creo que más bien hablaba conmigo misma. Con mis propias debilidades.

—¿Tus debilidades? —se extrañó Isabelle—. Yo aprendí a comportarme observándote a ti. Todo el valor que yo pueda tener es una mera interpretación en comparación con el tuyo.

—¿Qué tiene de valiente sentarse en el porche con los brazos cruzados? Demuestra una falta de arrojo enorme, y eso me obsesiona. Siempre me ha obsesionado.

Isabelle se echó hacia delante.

—¿Es por John? ¿Lo echas de menos?

Mildred arrugó el rostro como una pasa.

—La sensación estaba igual de presente cuando él seguía vivo que ahora que está en la tumba. El problema es que no doy con qué es. Lo cual no hace que la falta sea más fácil de llevar. En todo caso, el dolor es mayor por lo triste y tenaz que resulta.

El semblante de su amiga se vino abajo poco a poco; le tembló la mandíbula, sus ojos almendrados se volvieron acuosos, y cuando empezó a temblarle la mano, Isabelle extendió el brazo y se la cogió, entrelazó los dedos con los suyos y le dijo que no pasaba nada, que todo estaba bien. El calor húmedo de la tarde actuó de sello entre las palmas de sus manos e Isabelle sintió que nada podía separarlas, nada podía romper ese vínculo. En lo que a ella respectaba, podían quedarse allí toda la tarde. No tenía ningún sitio al que ir.

—No pasa nada —dijo—. No pasa nada por sentir cosas, Mildred.

—No es solo eso. Al menos no ahora mismo.

Isabelle se echó hacia delante.

—Entonces, ¿qué?

Mildred suspiró.

—Odio tener que sacar el tema, pero, por Dios, si me permites que ponga otro asunto sobre la mesa, por muy sórdido que sea, para desviarnos de este, me estarás haciendo un grandísimo favor.

—Lo que sea —respondió Isabelle.

—¿Aunque te concierna?

—Dime lo que te preocupa.

Mildred le apretó la mano con firmeza.

—En la boda alguien habló con total seguridad sobre cierta mujer. Una mujer de la noche.

—Te aseguro que no tengo ningún empleo aparte de los deberes de mi hogar.

Mildred no se rio.

—Otra mujer. Una a la que, al parecer, George ha visitado bastante a menudo. Desde hace tiempo. Puede que con esa acusación solo pretendan difamar aún más a tu familia, no lo sé.

Isabelle retiró la mano de golpe, casi sin querer. Tembló, flojeó y después se rehízo porque ni siquiera eso, a pesar de las cosas oscuras que implicaba, podía desmoronar por completo su fortaleza. Se levantó y se puso a dar vueltas, y los rayos de sol cayeron como un foco sobre la incertidumbre que se le acumulaba dentro.

—Oí que alguien lo decía en el banquete —dijo Mildred— y pensé que debería decírtelo yo misma en lugar de arriesgarme a que te llegase a través de alguien que lo hiciese por malicia.

Isabelle se detuvo delante del jarrón de los girasoles.

—Entonces, ¿sabes de quién se trata?

—Sí —respondió Mildred—. En ciertos círculos, esa mujer no es un secreto.

—Pues no hace falta que me cuentes más. Solo dime dónde puedo encontrarla.

Isabelle conocía el lugar, ya había pasado por delante: una pequeña vivienda de tejado inclinado hecha de hojalata; no era una chabola, pero tampoco llegaba a casa. Había adquirido el color del barro y era tan ordinaria que Isabelle jamás le habría prestado atención. Hasta ese momento.

No era la primera vez que se enfrentaba al espectro de la infidelidad de George. Había largas noches en las que él se ausentaba, y ella no era ingenua. Él lo achacaba a las caminatas nocturnas, pero no había explicación posible para que esos paseos de vez en cuando requiriesen una chaqueta elegante o sus mejores botas. Él se lo habría contado, pues no le mentía, pero ella nunca se lo había preguntado. Si era cierto que George había probado otras frutas, después volvía a casa a lo que más le gustaba. Se metía en la cama con ella de inmediato, suspiraba con comodidad y, con los cuerpos tan cerca, Isabelle sentía que su devoción se renovaba. Además, ocurría con tan poca frecuencia y de manera tan fugaz que para ella representaba una confirmación de su unión.

Pero esa aleatoriedad no se correspondía con la información que le había dado Mildred. Si había una mujer en particular, lo que él tenía era una amante, y daba igual si pagaba por el tiempo que pasaba con ella. La idea le dolía, cierto, pero no solo por la insinuación de adulterio; había también una parte de resentimiento por saber que otra persona había resuelto el rompecabezas que ella había reivindicado como suyo durante toda su vida adulta: comprender cómo funcionaba su marido. Quería conocer a la mujer que había logrado la misma hazaña.

Había dejado a Ridley con el carruaje en el centro del pueblo y recorrido el resto del camino a pie. Al llegar a la casa, estaba tal como la recordaba: encastada entre otras dos en el barrio más pobre de Old Ox. El techo estaba compuesto tan solo de ramas podridas atadas entre sí, y entre ellas asomaba una tubería que tosía humo. Le preguntó al hombre que estaba delante de la casa contigua si había alguien; él la miró por debajo de un par de cejas gruesas, refunfuñó algo y, al final, inclinó la cabeza para indicar que sí. Ella llevaba en la mano la cesta de fruta, que dejó en el suelo para llamar a la puerta.

Al cabo de un momento, se abrió un poco. Los ojos de esa mujer recordaban a los de un animal, como si percibiese una amenaza.

—¿Puedo ayudarla en algo? —preguntó.

—Me gustaría hablar con usted —dijo Isabelle.

—¿Se trata de su marido?

—¿Cómo sabe…?

—Señora, muchas veces me confunden con una mujer de aspecto similar. Pero no tengo ningún asunto con ningún hombre. Buen día.

—Espere —le pidió Isabelle, pero la puerta ya estaba cerrada con llave.

Miró por la ventana, un único panel tapado con una cortina gruesa. Y volvió a llamar.

—No quiero problemas con usted —voceó—. Ninguno. Solo quiero respuestas.

Esperó.

—Se lo he dicho: me confunde con otra —respondió la voz—. No conozco a ningún hombre.

—Debe conocer a alguno.

—Al suyo no.

La puerta era poco más que una plancha que habría podido salir volando con el viento. Isabelle sintió el impulso de empujarla. Estaba desesperada, se sentía casi desnuda ante el rechazo de aquella mujer.

—Se lo juro —le imploró—. Hablaremos de forma civilizada. Mi marido... —Cogió aire—. George Walker. Así se llama. Y, si no lo conoce, si de verdad no sabe quién es, me iré de aquí y no volveré.

Se oyó el ruido metálico de unos cubiertos seguido de pasos ensordecidos. Pero ninguna voz. Ningún movimiento. Y, sin embargo, de pronto, la puerta se abrió una rendija.

—¿De verdad? ¿Es usted su esposa?

—Soy Isabelle. Isabelle Walker.

—¿Y no viene a mi casa a traer problemas? Porque tengo una hija. Aquí solo hay paz.

—Respetaré su hogar —aseguró Isabelle—. Le doy mi palabra.

Ella pareció reconsiderar la respuesta una vez más y después abrió la puerta del todo.

Salvo por el tamaño, la casa tenía una elegancia curiosa y no se correspondía casi en nada con las formas del exterior. Las sillas que había alrededor de la mesa de comedor eran de caoba tallada y estaban tapizadas, los respaldos tenían forma de cimera y eran muy ornamentados. La cama que había al fondo tenía patas y estaba bien cuidada. A su lado, contra la pared, había una cómoda con espejo digna de la realeza.

—Me hacen muchos regalos —dijo la mujer, como si percibiese que la decoración había sorprendido a Isabelle.

Hacía un calor insoportable. Delante de la chimenea había un trozo de carne asada clavado en un espetón, y las perlas de grasa iban cayendo en una sartén que había debajo. Isabelle no dudó de por qué la mujer llevaba solo un camisón, ya que con cualquier otra cosa podría haberse derretido.

—Ojalá tuviera más espacio para preparar la cena —se lamentó ella—. Pero de momento nos arreglamos con lo que tenemos.

—No se preocupe —respondió Isabelle, y dejó de inspeccionar la vivienda para volverse hacia la mujer.

Cuando esta se presentó, le dijo que se llamaba Clementine y le estrechó la mano con cuidado.

—Ya sé cómo se llama —aclaró Isabelle.

Era evidente que la belleza de aquella mujer tenía muchas vertientes. Sus mejillas eran como dos pendientes bien hechas que caían hacia una barbilla suave y redondeada, y el contorno de esos puntos era tan fino que Isabelle tuvo el deseo de acercarle el dorso de la mano y acariciarle la cara con los dedos. La cabellera suelta descansaba sobre sus hombros como un arbusto enmarañado; la indiferencia que mostraba hacia lo provocativo de su desorden hizo que Isabelle dudase mucho de sí misma por llevar la melena confinada bajo la capota.

—Y esta es Elsy —dijo Clementine.

¿Cómo no había reparado en la niña que tenía a los pies? Era callada, de no más de dos o tres años, y miraba a Isabelle con una inocencia cautivadora, toda ojos. Los de su madre.

—Hola, Elsy. —Isabelle la saludó con la mano.

La niña la observó con cautela, asida a la pierna de su madre, y le dijo «Hola» en voz baja.

—Está a punto de echarse una siesta —apuntó Clementine.

—Siento haberme presentado aquí de esta manera. No tardaré.

—Bueno, ahora ya está aquí.

Se sentaron a la mesa de comedor y Clementine se cogió las manos, aún recelosa.

—Mamá, mamá —dijo la niña.

Su madre recogió un juguete del suelo, se lo dio, la llevó a un rincón junto a la cama y volvió con Isabelle.

—¿Qué puedo hacer por usted, señora Walker?

Isabelle podría haber perdido el hilo en cualquier otra ocasión, pero había ocurrido justo en ese momento. No sabía por dónde empezar. Lo único que tenían en común era algo sumamente vulgar, y su empeño en ser educada era tan abrumador que no estaba dispuesta a mencionar el motivo por el que estaba allí. Se quedó mirando la mesa como si estudiase la cesta de fruta que había colocado encima y sintió un alivio inmenso cuando Clementine habló primero.

—George me habla de usted —dijo— siempre que viene a verme.

Ahí lo tenía, ella había pronunciado su nombre. En sí mismo, eso le resultó gratificante, ya que oírla decir esa palabra representaba una admisión. Pero, a pesar de que la honestidad, la confirmación, la reconfortaban de manera extraña, el hecho de que alguien que tenía una relación tan estrecha con él y tan lejana con ella mencionase a George la inquietó aún más.

—Siente un gran respeto por usted —continuó Clementine—. Un cariño muy profundo.

No había sonado a ironía, pero a Isabelle le costaba tomárselo de cualquier otro modo.

—Mi marido alberga muy pocos sentimientos. Pero me gusta saber que hace su amor patente cuando está con usted, al menos.

Clementine bajó la cabeza y la luz de las lámparas le suavizó los rasgos.

—Lo que he dicho no ha sonado bien. Esto es... algo nuevo para mí. Otras esposas han venido a verme en ocasiones, pero nunca he hablado con ellas.

—Pero a mí me ha dejado entrar.

—Siento afinidad por George. Es un hombre bueno. Afectuoso.

Isabell hizo una mueca.

—Estoy segura de que dice eso de todos los hombres con los que se ve.

—Señora Walker... —Clementine levantó la mano de la mesa y volvió a posarla—. Ahora no estoy trabajando y no tengo ningún incentivo para reconfortarla. Le estoy haciendo un favor. Mi tiempo es muy valioso. Lo único que le pido es que me respete y no dude de mi palabra.

El asado chisporroteaba, la habitación hervía, y en ese momento Clementine parecía muchísimo más tranquila que ella.

—Le pido disculpas por el tono —dijo Isabelle, y respiró para calmarse.

—Es comprensible. Pero tiene que ir al grano.

Hubo otra pausa. Y después Isabelle habló en voz baja, vacía, apresurada.

—¿Qué le pide?

—Bueno, vamos allá —respondió Clementine, como si hubiera estado esperando esas mismas palabras—. George y yo nunca hemos hecho nada inapropiado. El contacto físico... no parece interesarle.

Entonces Isabelle fue capaz de levantar la vista. Se entretuvo en la mirada de Clementine, en su encanto precavido, en la calma de sus ojos, y, al final, más allá de su belleza, vio la reserva cautelosa de magnetismo que se hallaba oculta en su interior. No cabía duda de que era eso lo que los hacía acudir a ella y, después, en los días posteriores, volver.

—George es más un amigo que otra cosa. Le gusta sentarse en la cama y hablar. De usted y de su hijo. De los hermanos con los que trabaja. De su pasado. Si la ocasión lo permite, es muy parlanchín.

—En eso sí que reconozco a George.

—A veces se extiende mucho. Pero siempre respeta mi tiempo. Aunque paga como los demás, siempre me pregunta por Elsy y me pide que use ese dinero para criarla. Que, de todos modos, es en lo que gasto todo el dinero.

La niña jugaba en el suelo con una cajita de música: una bailarina pequeña que daba vueltas sin cesar sobre una plataforma de madera. La caja debía de estar rota, ya que las piruetas no iban acompañadas de música, pero a ella no parecía importarle.

Isabelle se motivó con la audacia de Clementine, con su absoluta transparencia, pues representaba un desapego que no hablaba de amor, sino de un simple cariño. Y de tipo profesional, además. Sin embargo, no disipaba todas sus preocupaciones, no explicaba la principal cuestión que tenía en mente.

—Me pregunto... —Miró a Clementine con incertidumbre.

Le temblaba la voz. Se sentía como un perro por preguntarle a una extraña sobre las intimidades de su marido como si ella no lo conociese en absoluto. Le quemaban las entrañas de la vergüenza que sentía y tuvo el impulso de levantarse y marcharse.

—George... ¿es espontáneo con usted? ¿Se abre?

Fue la primera vez que Isabelle vio emoción en la expresión de Clementine y obtuvo la respuesta que buscaba sin que ella pronunciase ni una palabra. Clementine contestó en voz muy baja, mirando a Isabelle a los ojos con empatía.

—Paga para eso. Tiene muy poco que ver conmigo.

—¿Qué hace exactamente? —preguntó Isabelle—. ¿La abraza? ¿George quiere abrazos?

Parecía broma, pero no podría haberlo dicho más en serio.

—A veces, puede ser, sí.

—¿Hay más que eso? ¿Llora con usted?

Clementine contempló el suelo con los labios apretados y los ojos entornados.

—Entiendo. —Isabelle se levantó deprisa y agarró la cesta de fruta para marcharse.

—Podría ser cualquier chica.

—Pero la ha escogido a usted.

El ambiente de la estancia era sofocante e Isabelle se moría por respirar aire fresco. Había llegado a la puerta cuando notó que una mano la agarraba de la muñeca; tiró con todas sus fuerzas y, al volverse, vio a Clementine casi jadeando, respirando con una intensidad que rivalizaba con su propio estado.

—No me ha escogido a mí. La ha escogido a usted. —Hablaba como una jefa a su subordinada, dando directrices que le escocieron a Isabelle—. Le tiene miedo. Y, si usted perdiese la confianza en él, George no tendría nada. Así que no puede llorar con usted. Precisamente porque la quiere. Así es como funciona él; no tiene sentido, pero así es George. Puede enfadarse usted conmigo si eso le sirve, pero, si cree que es porque yo le he robado algo a su matrimonio, se equivoca. Al menos para George lo que hago es ayudar a mantener su fortaleza.

Isabelle abrió y salió a la calle. El calor de dentro era tan demoledor que la luz del sol fue como una brisa fresca. Se quedó junto a la barandilla de la casa, mirando hacia la calle, donde un hombre conducía un caballo de tiro que andaba haciendo eses. Cuando hubieron pasado de largo, Isabelle ya se había calmado y, al volverse, Clementine estaba apoyada en el quicio de la puerta, con la cabeza ladeada y expresión de preocupación.

—He renunciado a tanto por ese hombre... —dijo Isabelle—. Veintidós años. Y casi no lo conozco.

No había nada que Clementine pudiera decir. Isabelle lo sabía y se contentó con no recibir respuesta, solo una mirada comprensiva; la misma, de eso estaba segura, con la que Clementine obsequiaba a los hombres que le pagaban.

Isabelle se volvió hacia ella, se alisó las arrugas del vestido con la mano libre y enderezó la espalda.

—Gracias por su tiempo —dijo—. Ha sido muy cortés.

—Si necesita algo más —respondió Clementine aún con evidente preocupación—, no tenga miedo de pedirlo. No crea que no la entiendo. Ser la esposa de George no es una obligación fácil.

Asintió con la cabeza y se metió en casa.

Isabelle se serenó e intentó esbozar una sonrisa por si se cruzaba con alguien conocido al incorporarse al tráfico de la calle. Al cabo de tan solo unos pasos, su mente alzó el vuelo. Al no haber comido en todo el día, estaba famélica. Podría devorar toda la fruta de la cesta y tener sitio para más al llegar a casa. Imaginó que los jugos le manchaban el vestido, que le quedaban restos pegajosos de melocotón en los labios. Quizá volvería a la cabaña como una incivilizada recién huida de los bosques. Solo de pensarlo estuvo a punto de echarse a reír.

Cerca de la plaza se detuvo en el Café de Blossom. Nunca había comido allí, pero le pareció un lugar indicado para sentarse a rumiar. Se apoyó en uno de los barriles que había fuera, dejó la cesta en el suelo y agarró un melocotón. Estaba a punto de darle un bocado cuando alcanzó a ver a unos cuantos hombres jugando al dominó en el interior, deslizando las piezas por la mesa, colocándolas junto a otras. De pequeño, su hermano había tenido uno. Algunos días en los que su padre trabajaba y su madre tenía visita, Silas y los demás niños del vecindario pasaban horas ocupados con las fichas. No jugaban al juego de verdad, sino a una versión para niños: colocaban las fichas en fila para derribarlas. Su hermano y sus amigos las alineaban en los lugares más exóticos posibles: encima de libros, debajo de la cama. Ella miraba, pero no la dejaban jugar. Y, como nunca la incluían, en general pensaba en las pocas cosas que podía hacer. Pero en ese momento pensó lo opuesto: no en lo poco que había que hacer, sino en lo mucho que había hecho (un viaje a Selby, a casa de Mildred, a casa de Clementine) y lo poco que había conseguido. Estaba comiéndose un melocotón. Viendo a unos hombres jugar al dominó. Pensando en lo mucho que la vida se parecía a los juegos con los que se entretenía su hermano, puesto que los días caían hacia el siguiente y no conducían a nada más que al final de la hilera.

Salió del local un chico de aspecto juvenil, con el pelo tan claro que era evidente que se le oscurecería con la edad y que obtenía su color del mundo. Podría haber sido hijo suyo. La avisó de que tenía que comprar algo si quería sentarse delante del negocio. Ella aún no se había terminado el melocotón. Cogió otro de la cesta y se lo dio sin mediar palabra. Él no fingió que lo rechazaba, sino que se lo llevó a la boca de inmediato.

—¿Tú juegas? —le preguntó ella, y señaló la partida de dominó de dentro.

—No, señora —respondió él con la boca llena.

—Eres listo. —Cogió la cesta—. Eso es de listos.

Se marchó, pero no se fue a casa. En lugar de eso, dio media vuelta y, tras dudar un momento, regresó a casa de Clementine. Esa vez llamó con prisas.

Cuando la mujer acudió a la puerta, Isabelle le dijo:

—Hay una cosa. Un favor. Puedo pedírselo sin reparos.

—Bueno, pero en voz baja. Mi niña duerme.

—A usted se le dan mejor las palabras que a mí. Mucho mejor. Y la tarea que tengo en mente requiere esa destreza.

Isabelle apoyó la cesta de fruta.

Clementine volvió a mirar hacia adentro para ver cómo estaba su hija.

—Vamos a dar un paseíto —dijo—. Así hablamos de lo que quiere.

—Es una buena causa —respondió Isabelle—. Una que merece la pena. Se lo prometo.

Capítulo 20

El mundo solo se hacía visible para Prentiss cuando le pasaba por delante. Por la puerta de entrada, en un extremo del pasillo donde estaba la celda, alcanzaba a ver trechos de luz, una hilera borrosa de personas, los colores sincopados de la ropa. Oía voces que tronaban y se atenuaban. Pero ni un alma se detenía a visitar al hombre al que pronto ahorcarían.

Había otras celdas, todas vacías desde su llegada el día anterior. La única persona que le prestaba atención a Prentiss era el propio Hackstedde, que estaba sentado a una mesa y pasaba el rato lanzando dardos, liando cigarrillos o silbando y jugando con el reloj. Por algún motivo, estaba más inquieto que Prentiss y, transcurridas las primeras horas juntos, no pudo evitar sacar temas de conversación, lo que para Prentiss era mucho peor que el dolor del silencio. El sheriff parecía creer que a Prentiss le interesaba que antes trabajase en las patrullas. Le dijo que se había ganado el apodo del Sabueso, aunque Prentiss no intuía motivo alguno para que se lo pusieran, ya que ni una sola de las historias acababa con Hackstedde encontrando al esclavo que buscaba.

—Me acuerdo de aquel chico de la finca de Aldridge —contó Hackstedde—. Lo acorralamos en el bosque y de repente a mí me picó un enjambre entero de abejas. Pero, oye, estaba tan hinchado de los pies a la cabeza que tuve que dejar al negro allí y hacer que los de la cuadrilla me llevasen al pueblo. Estuve en cama una eternidad.

En la celda había un cubo que el prisionero anterior había dejado medio lleno. No había cama. Era solo un espacio vacío. Una jaula que no era digna ni de ser pocilga.

—En otra ocasión —prosiguió Hackstedde—, me mandaron a Pawnee, y llego yo a la puerta de la casa de la plantación y ¿quién es el dueño del lugar? Pues un negro. Sí, lo que oyes, allí había un negro que se había comprado más negros, ni más ni menos. Yo no daba crédito. Y el negro ese me dice que tampoco es algo tan raro. A lo mejor eso era en Pawnee, le contesté, pero en Old Ox no se puede decir que sea algo habitual. Pero bueno, el chico que le pertenecía se había ido hacía tiempo y no lo olimos ni de lejos. Ahora debe de estar ya en Canadá.

Prentiss no contestó ni una vez y, al final, Hackstedde se ofendió, hizo una pausa y echó un vistazo a las celdas vacías tratando de tentar a Prentiss a llenar la calma silenciosa. Como no lo hacía, el sheriff lo miró ceñudo.

—No falta mucho —dijo con tono amenazante—. Tim debería volver con el juez antes del amanecer. Es un buen caballero sureño. Aceptará la palabra de Webler sobre el asunto, eso seguro. Te lo prometo.

Prentiss se refugió en sí mismo. Sabía vivir dentro de su cabeza. En los campos hacía un viaje similar todos los días y llevaba su imaginación de paseo por algún lugar donde no hubiera estado, un lugar que fuese a partes iguales destino e idea. «Cualquier otra parte» era como él lo llamaba. El granero que había junto a la cabaña de George era cualquier otra parte; un pedazo de tierra sin dueño en el norte era cualquier otra parte; su madre era cualquier otra parte; la salvación era cualquier otra parte; todas las vidas que pasaban por delante del calabozo existían en cualquier otra parte (alabada fuera su buena fortuna); un destino, cualquier destino que no fuese el que él tenía delante, sería una buena carretera hacia cualquier otra parte. El mapa, con todas sus variaciones, lo llevaba en la cabeza, aunque sabía de sobra que jamás haría ese viaje.

—Tim tiene mala fama —dijo Hackstedde, que había recuperado el buen humor—. Es estúpido, eso te lo aseguro, pero el chico es veterano, luchó durante el primer año hasta que le dispararon. Y, si demuestras de qué pasta estás hecho en el campo de batalla, ¿quién soy yo para decir que no debes ser ayudante del sheriff del condado? Lo mínimo que puedo hacer es darle tiempo para que demuestre que tiene agallas. Además, he hablado con el médico, que dice que está débil por culpa de la guerra. Así es como lo llaman. A lo mejor oye pasos y cree que el flanco ha quedado expuesto y abre desorbitadamente los ojos, bañado en sudor. Pero el doctor dice que se pondrá mejor. Que es cuestión de tiempo.

Sin más motivo que el aburrimiento, Prentiss había empezado a analizar la cantidad de síntomas que el contorno de la cintura de Hackstedde insinuaba. El hombre solo cerraba la boca cuando tenía que tragar; perdía el equilibrio en la silla y era propenso a las caídas, aunque nunca llegaba a hacerle ese favor a Prentiss; tenía la piel llena de ronchas, y cuando respiraba, sobre todo después de uno de sus monólogos, sonaba como el gimoteo sibilante de un niño al final de una pataleta, tan trabajoso que a menudo hacía titilar la llama de la vela que tenía sobre la mesa.

Su hija, una mujer joven, le había llevado el almuerzo envuelto en papel; Prentiss supuso que era de la taberna de al lado. Al principio estaba demasiado caliente para que se lo comiese, pero, pasados unos minutos, Hackstedde metió el dedo en el puré de patata, determinó la temperatura y comenzó. A diferencia de lo que uno podría haber pensado teniendo en cuenta su apariencia desaliñada, el sheriff comía con delicadeza, sin hacer ruido y con una devoción solemne por la tarea, como si fuese una oración.

El silencio no duró.

—¿Sabes? —dijo Hackstedde mientras daba cuenta de un muslo de pollo—. Esta mañana ha venido alguien a visitarte mientras te echabas una siesta.

Prentiss se apoyó en la pared.

Hackstedde lo señaló con el hueso de pollo.

—Ahora sí que me haces caso, ¿verdad? —Se rio y soltó el hueso—. Ha venido la señora Walker. Se ha acercado hasta aquí con el burro para asegurarse de que habías llegado de una pieza. Ha intentado sobornarme con una cesta de fruta para verte. Le he dicho: «Vamos a ver, señora Walker, ¿tengo cara de emocionarme por ver un melocotón?».

—¿No la ha dejado pasar?

—Te he hecho un favor, chico. Necesitabas descansar.

Prentiss aún sentía la rozadura que le había dejado el hierro en las muñecas, aunque no era el peor castigo que había sufrido durante el camino a Selby: al llegar a la carretera Stage, Hackstedde había recogido la correa y Prentiss caminaba tan cerca del caballo que no podía evitar los excrementos que iban cayéndole a los pies. Aún notaba ese olor fuerte y pútrido. No podía evitar pensar que, por mucho que le doliese, era mejor que Isabelle no entrase.

El sheriff volvió a coger el muslo de pollo.

—No pienses que soy malo porque le he dicho que se marche. Son las normas: solo familiares. Eso ya es suficiente privilegio.

Se levantó y continuó comiendo. El resto del puré de patata, sazonado con generosidad y un buen pedazo de mantequilla, desapareció tras unos pocos bocados.

—¿Sabes? Todo eso de las patrullas a mí no me apasionaba. Pero se necesitan patrulleros igual que se necesita gente para instalar vías de ferrocarril, conducir carretas, atender una barra… Ya me entiendes. —Se acercó a la celda de Prentiss, olisqueó con desagrado, se sorbió la nariz y escupió en el cubo de meados del otro lado de las rejas—. Con lo de ser sheriff pasa lo mismo. Por ejemplo, tú hueles como el trasero de un caballo, pero yo estoy aquí y te doy de comer como a cualquier otro prisionero. Es un trabajo. Yo no hago favoritismos.

—A lo mejor porque no hay nadie más que haga el trabajo —musitó Prentiss entre dientes.

Hackstedde se inclinó con la mirada fija en Prentiss y metió el plato inclinado entre los barrotes. Los huesos de pollo cayeron al suelo de la celda.

—Esas sobras están bien —dijo, y volvió a la silla—. Si dejas que se te enfríe la comida, allá tú.

Era basura, pero Prentiss estaba tan famélico que no le quitaba ojo. Los restos de las patatas, blancas como la nieve, habían caído al suelo a unos centímetros del plato; lo que quedaba del pollo aún soltaba un humo que lo tentaba. Hackstedde observaba con una intensidad muy decidida. Prentiss notaba cómo lo miraba y percibía que, en lo más hondo, aquel hombre tenía un ansia extrema de ver capitular a su prisionero.

Prentiss levantó la nariz y puso cara de decepción.

—Se le ha caído la basura, sheriff. Será mejor que coja la escoba y lo barra.

—Diría que te toca a ti mantener la celda en orden, hijo.

—Estoy a punto de morir —respondió Prentiss—. No puede obligarme a hacer nada, maldita sea. Así que ya puede recoger esa basura usted mismo. O, si le da pereza, cosa a la que parece propenso, puede esperar a que vuelva su ayudante para que lo haga él. Me han dicho que no falta mucho para que llegue.

De repente, al sheriff se le puso la cara de un rojo brillante, bajó las comisuras de la boca y le tembló la papada. Entonces, como un río sin presa, estalló, pero no de ira, sino de risa, y toda su mitad superior se agitó con alegría hasta que hizo tambalear las patas de la silla. Le dio una palmada a la mesa con alivio, encendió un cigarrillo con la última risa y meneó la cabeza satisfecho.

—Esa bocaza es maravillosa —dijo—. No hay nada como un negro con labia. —Dio una calada larga—. Listo para la soga. Vaya que si lo estás.

Prentiss se hundió contra la pared del fondo de la celda. Allí estaba más oscuro, así que se puso de cara a ella y cerró los ojos de nuevo.

—Había un tipo que trabajaba conmigo cuando yo era joven —dijo Hackstedde—. Era igualito que tú. Se llamaba Goodwin.

—No me importaría tener un poco de tranquilidad. Si me concede aunque sea eso. Y la verdad es que no es mucho, sheriff.

—No, no, esta historia es buena. Yo pensaba que el bueno de Goodwin era el tipo más gracioso que había conocido, negro o blanco, rojo o amarillo. Qué demonios, el chaval tenía la piel tan clara que era casi tan blanco como yo. Siempre tenía una sonrisa en la cara. Bendito sea Dios, siempre le encontraba el lado bueno a todo.

Si se concentraba, Prentiss oía los pasos de su hermano. Pisadas suaves a su espalda, como gotas gordas de lluvia cuando caen despacio desde las hojas de los árboles. No necesitaba más ruido que ese en todo el día. Ni una sola palabra. Solo la seguridad de que esos pasos lo seguían. Intentó no alejarse, pero a cada momento las pisadas se volvían más distantes y le preocupó no saber con qué llenaría el vacío cuando desapareciesen para siempre.

—Te imaginarás mi sorpresa cuando nos dijeron que ese tonto se había escapado. «Tenemos un desertor», eso es lo que soltó el jefe. Se podría decir que era la primera vez que yo le daba caza a otro hombre. El jefe me hizo ir con los perros y nos costó toda la noche. Yo, por mi parte, no tenía duda de que ya estaría bien lejos, y estaba a punto de decírselo, pero entonces, a la luz del farol, veo que el pliegue que tienen los perros sobre los ojos se levanta un momento, cómo les brillan los ojos, y, de pronto, están todos ladrándole al mismo árbol...

—Sheriff, si dejo esos huesos limpios, ¿me dejará tranquilo un rato?

—Resulta que yo era el único ágil del grupo, porque entonces todavía era un chaval, y como era veterano en eso de trepar por árboles, me mandaron subir a mí. Cuando llegué a la primera rama y me pasaron una luz, vi a Goodwin acurrucado ahí arriba, desnudo como el día que lo trajo su madre al mundo. Casi me meo encima. Apestaba de tal manera que casi vomito. Tenía la cara radiante, los dientes blancos como el marfil, y me di cuenta de que pasaba algo raro. Tardé un momento en darme cuenta de qué era, pero, alrededor de los labios y en la frente y por todo el cuerpo, resulta que se había embadurnado de mierda. No sabía si era humana o de algún animal, pero estaba lisa, como si lo hubiera hecho con tiempo, con algo como un cuchillo de mantequilla. Y más o menos del mismo color que la corteza, así que casi se confundía con el árbol.

Prentiss intentó escuchar más allá de Hackstedde, escuchar los pasos de su hermano, pero el sheriff lo tenía atado en corto. No podía pensar más que en los rituales. No en los de su gente, sino en los que había oído sobre otras plantaciones. Hombres y mujeres que se reunían cuando se alineaban ciertas estrellas, calentaban arcilla, se la esparcían por todas partes y bailaban desnudos, primero todos a la vez, pero después cada uno por su cuenta, dando vueltas sin cesar como si girando muy deprisa pudieran agujerear el suelo y regresar a la tierra.

—Y justo entonces se puso el dedo delante de la boca con la sonrisa más grande que nunca, como si los dos estuviésemos en el ajo. Solo que, cuando me fijé bien, vi que se le habían puesto los ojos rojos y tenía un caminito de lágrimas cayéndole por la cara. —Hackstedde dio una calada larga y Prentiss olió el humo cuando lo soltó—. Bajé del árbol de un salto y les dije que allí arriba no había nada más que un nido.

Prentiss abrió un ojo y se volvió a mirar a Hackstedde.

—No me quitaba de la cabeza si los demás sabían que era mentira —dijo el sheriff—. Todavía me lo pregunto. Si los decepcioné. Pero, maldita sea, no era más que un crío. Y me caía bien. Pero bueno, no falta mucho para mañana. Te tengo a ti para aliviar mi conciencia. Para hacer enmienda.

Prentiss no se entretuvo con las palabras del sheriff. Cerró los ojos una vez más y pensó que el juez llegaría y daría su opinión, y él se despertaría con la imagen de la puerta de barrotes entornada y después tendría una cita con la horca: su regreso a la tierra.

Le pareció que soñaba cuando una voz de mujer dijo su nombre. Cuando volvió en sí, Prentiss se sorprendió tanto al ver la figura que tenía delante que estuvo a punto de sobresaltarse. Pero ella lo llamó de nuevo con tono tranquilizador.

—Pensabas que no volverías a ver a tu prima, ¿verdad?

La mujer le guiñó el ojo y Prentiss asintió, igual que habría hecho después de cualquier sarta de palabras que saliese de su boca. Ya era de noche, y aun así, a oscuras, su belleza era inmensa: los ojos como flores en su máximo esplendor; las pestañas, los pétalos. Llevaba un vestido azul vaporoso con flecos en la parte de abajo que parecían los amentos de un sauce. La vida de Prentiss siempre había sido un muelle tensado por la disciplina del trabajo duro y la lealtad a los deberes del día a día, y, sin embargo, se dio cuenta de que la imagen de una mujer como aquella podía aflojarlo y echar a perder toda una vida de orden.

Ella le tendió un melocotón a través de los barrotes que él agarró sin decir nada. Le aseguró entre susurros que venía a ver a Prentiss.

—¿Es que no me has echado de menos? —le preguntó, aunque era más una instrucción que una pregunta.

Él no se había planteado que quizá tuviera que contestar. Le parecía una tarea casi demasiado importante.

—Sí —consiguió decir—. Muchísimo.

Ella relajó la expresión (la respuesta la había satisfecho) y se recostó en la silla, al otro lado de los barrotes. Hackstedde los vigilaba con atención desde el escritorio.

La mujer miró al sheriff y después se volvió de nuevo hacia Prentiss para seguir susurrando.

—Debes de tener hambre, pobre. Come.

Él reparó en el melocotón que tenía en la mano, pues ya se había olvidado de él. Llevaba dos días sin comer, desde la tarde del funeral de Landry, y, aunque tenía un hambre voraz, le dio un bocado despacio, sin quitarle ojo a esa mujer caída del cielo cuya relación con él aún desconocía.

Ella le explicó el encuentro con Isabelle y la misión que había aceptado de visitarlo.

—Me llamo Clementine.

—Encantado —respondió él.

—La señora Walker te manda recuerdos.

La silla de Hackstedde chirrió cuando su ocupante se inclinó hacia delante.

—¿Qué son esos susurros? —gritó el sheriff.

—Es por educación, sheriff —dijo la mujer—. Para no molestar.

Era capaz de modular la voz con un tono tan suave que Hackstedde quedó hechizado por sus palabras. Soltó un gruñido y no volvió a pronunciarse.

—¿Estás bien ahí dentro? —preguntó Clementine.

—No es precisamente el paraíso. Perdón por el olor. El sheriff me hizo pisar mucha porquería antes de llegar a Selby. No tengo manera de limpiarme.

Casi no podía ni mirarla, pero ella le devolvía el gesto con tanta generosidad, tanta bondad, que la vergüenza desapareció.

—Deberías ver mi casa —dijo ella—. A veces parece una pocilga. No hay que avergonzarse de la suciedad.

Él tomó otro bocado y pensó en hablar, pero tuvo que comer un poco más antes de seguir.

—¿Conoce a Isabelle? —preguntó él en voz baja.

—Más o menos. —Clementine vaciló—. Ahora nos conocemos un poco mejor. De hecho, ahora mismo está cuidando de mi hija. Pero primero conocí a George. Pasaba por mi trabajo de vez en cuando.

—¿A qué se dedica?

—Más que nada soy puta.

Lo dijo como si fuese costurera.

Él siguió masticando, imaginando a George al lado de una mujer tan bella, incluso tratando con ella. Jamás habría pensado que el viejo hubiera hablado con una mujer que no fuese Isabelle hasta ese instante.

—Tiene ventajas —continuó Clementine—. Puede que el sheriff se haya tragado lo de que somos parientes, pero seguro que tiene mucho más que ver con la promesa de que podía venir gratis unas pocas veces y elegir una chica. Le deberé un favor a alguien, uno bastante grande, teniendo en cuenta de quién se trata. —Volvió a mirar a Hackstedde de arriba abajo—. Pero la vida consiste en ceder.

—Por mí.

—Por ti y los tuyos. Los Walker son buena gente. Si ellos dicen que un hombre necesita ayuda, traerle una cesta de fruta no es mucho pedir. Pero me estoy yendo por las ramas: háblame de ti, Prentiss. Tengo curiosidad por saber más sobre el chico que ha captado la atención de los Walker.

Nadie le había dicho palabras semejantes; ni siquiera George había mostrado una curiosidad especial por él, así que no sabía qué decir de sí mismo ni por dónde empezar. Le habló de la plantación de Morton, de las penas que había soportado allí, y ella se apresuró a interrumpirlo.

—Eso no es necesario. Ahora no. Ni aquí. —Se dio una palmada en la rodilla, apoyó la barbilla en el puño y dibujó una sonrisa traviesa—. Cuéntame un secreto. Algo que no le hayas contado ni a un alma.

Prentiss tuvo que esforzarse mucho pensando en qué compartir, lo que se le hacía mucho más difícil con Clementine observándolo fijamente.

—Pues... una vez hubo una chica —dijo él, y bajó la mirada con timidez.

—Cuenta.

—Me siento como un tonto solo de decirlo.

—Me juego algo a que en toda tu vida no has hecho el tonto lo suficiente, y eso que un hombre tiene derecho a ello. Venga, aprovecha el tiempo perdido.

Prentiss se lo contó. Primero le habló de su hermano, pues la historia empezaba con él. Nunca había visto a un hombre tan obsesionado como lo estaba Landry con la fuente de los Morton, y siempre que lo veía mirándola, sentía curiosidad. Le contó lo mucho que le gustaba a Landry el agua y que él nunca había entendido que alguien pudiera sentir una fascinación tan intensa por algo hasta que una tarde se obsesionó él.

—Y así, de repente, empecé a pensar en chicas como nunca lo había hecho. Era la edad, supongo.

Había una en particular, dijo, que se llamaba Delpha.

—Tenía los ojos como los de usted: podías hundirte en ellos y no volver a salir en toda la tarde. Flaca como una rama, no podía recoger algodón aunque su vida dependiese de ello. Era demasiado pequeña para sobrevivir a una paliza, pero el capataz le hacía la vida imposible, como a los demás, y un día no aguanté más. Llevaba todo el día mirándola y sabía que tenía el saco solo medio lleno, y eso que se acercaba la hora de pesar. Tenía que hacer algo para ayudarla.

Se rio al recordarlo y la alegría repentina que mostró su rostro le provocó una sonrisa a Clementine.

—Ah, te erigiste en su salvador.

—Si sigue avergonzándome de esta manera, no podré acabar la historia. Pero lo intenté, sí, eso hice. Vi que el capataz, uno que se llama Gail, un tipo grande pero bobo como una vaca, estaba al otro lado del campo ocupándose de otro chico, así que eché a correr hacia su hilera.

—No me digas.

—Iba con la mano metida en el saco, casi sacando puñados de algodón para metérselos en el suyo, para que viese hasta dónde estaba dispuesto a llegar por amor.

Clementine se tapó la boca con la mano.

—Cuando estaba a tres o cuatro hileras de la suya, me puse a llamarla: «Delpha, Delpha, date la vuelta», y justo cuando ella se giraba, tropecé, caí de bruces y aterricé encima de una planta de algodón. La partí de raíz y lo que quedaba de mí cayó por el otro lado. Me arañé la cara, se me enredaron las hojas en el pelo y lo siguiente que vi fueron los cascos del caballo de Gail galopando hacia mí. Supe que me esperaba una mala noche.

Se rieron juntos con tantas ganas que Hackstedde les dijo que bajaran la voz.

—Pero fuiste muy valiente —susurró Clementine—. A las mujeres siempre las embelesa la valentía.

—No tenía nada de valiente cuando me dieron de latigazos, se lo digo. Notas cómo te arranca la piel y...

El instante de inquietud que ella mostró en la mirada le dijo a Prentiss que callase. Intentó reírse de nuevo para recuperar la alegría de un momento antes, pero había desaparecido.

—La señora Walker me ha dicho lo que has hecho —dijo Clementine—. Lo que le has hecho a Wade Webler. Eso es valentía, Prentiss. Aunque quizá no sea muy inteligente. Estás detrás de unos barrotes, no lo olvidemos. —Se rio de nuevo, aunque la calidez y la sensatez de su sentido del humor estuvieron a punto de romperle el corazón a Prentiss—. Sin embargo, hay cosas que una persona tiene que hacer. Como soy una mujer y una autoridad en esas cuestiones, puedo decirte que a mí me has conquistado con eso, y estoy segura de que a Delpha le pasó lo mismo.

Esos minutos tan valiosos e inesperados pasaban deprisa y la noche se alargaba. Prentiss sabía que Hackstedde no tardaría en hacerla marchar, y le daba miedo que le arrebatase su presencia, perderla entre las sombras y enfrentarse él solo a la oscuridad. Sabía qué venía después de la noche, el final al que se enfrentaría cuando se lo llevasen de la celda. Se estremeció y volvió a quitarse la idea de la cabeza.

—Hábleme de usted —le dijo.

Ella le preguntó si había oído hablar de Nueva Orleans. Era de donde venía. En Nueva Orleans, le dijo, los hombres llevaban ropa más llamativa que las mujeres y había fiestas todas las noches. La bebida corría sin cesar. La gente se tapaba la cara con máscaras. El puerto tenía espacio para cientos de embarcaciones, goletas y barcos de vapor, y aquellos que estuvieran dispuestos podían viajar por todo el mundo. Y había un mercado del tamaño de todo Old Ox donde se regateaba en voz tan alta que uno no se oía hablar.

—Si vas a las carreras de caballos —le contó—, verás negros, mulatos, hombres blancos, franceses, todos bien juntos.

Prentiss nunca había oído hablar de un sitio tan peculiar, y no podía más que suponer que estaría muy lejos de Old Ox. A ella debía de parecerle estúpido con esa cara de sorpresa.

Clementine se rio de él con ademán travieso.

—Ya lo sé: hay que verlo para creerlo.

—¿Y vino aquí? ¿Desde allí?

—Esa historia es más larga. Me temo que no me da tiempo a contártela.

Cada minuto con Clementine era tan espontáneo, tan liberador, que pensó que no soportaría verla marchar.

—¿Y si fuera libre? ¿Usted se vería conmigo?

—Los hombres con los que yo me relaciono... —dijo, y entornó los ojos con desagrado— ... no vale la pena que a uno lo asocien con ellos, créeme.

No en el trabajo, aclaró él. En Nueva Orleans. Baltimore. Cualquier otro sitio le valía.

—Ah, ¡quieres escapar! Pero ¿qué pasa con mi hija, con mi Elsy? No creo que quieras más preocupaciones.

Estaban jugando. Sin embargo, él no podía evitar creerse el mundo imaginario que estaban inventando juntos. ¿A qué más iba a aferrarse?

—He perdido muchas cosas. Eso no hace falta ni decirlo. Pero el corazón se me ha ensanchado con todo ese dolor, al menos eso quiero pensar. Siempre hago sitio para lo que venga. Una hija me quedaría como anillo al dedo. Puede que más de una.

Quizá se engañase a sí mismo, pero Clementine parecía disfrutar de ese juego tanto como él.

—Eso es lo más bonito que me ha dicho un hombre.

—Tengo más cosas como esa en la manga. Pero nunca he tenido una chica a quien decírselas.

—Excepto a Delpha.

—Ya sabemos cómo acabó eso.

Ella adquirió una extraña expresión seria, con los ojos entornados e inquisitivos.

—¿Has tocado a alguna mujer, Prentiss?

Él se puso tenso, se retrajo y negó con la cabeza.

—Solo a mi madre. Y a Isabelle, que me dio un abrazo.

Clementine miró a Hackstedde, que fingía que leía el periódico a tan solo unos metros de ellos, aunque en ese momento para Prentiss era como si ese hombre estuviera a un océano de distancia. Ella estiró el brazo entre las barras. Asintió mirando a Prentiss y él se estiró y le enroscó los dedos alrededor de la mano, se la envolvió con la suya. Era lo más suave que había sentido en su vida, nada podía compararse.

Ella se echó hacia delante. Le habló desde tan cerca que su voz le resonó en la cabeza.

—Me iría contigo —le susurró.

Se oyó un ruido seco, como un látigo al dar con su objetivo. Hackstedde doblaba el periódico.

—Estoy muy contento de que os hayáis reencontrado —dijo—. Pero el horario de visitas se ha terminado. Es hora de que os despidáis.

Al ver que Clementine no se inmutaba, Hackstedde la miró con expresión inflexible. Ella se levantó al fin y el movimiento repentino hizo que Prentiss se pusiera en pie como si estuviesen atados con la misma cuerda.

—Dígales a los Walker que me va bien —dijo—. Que estoy muy bien.

—Lo haré —respondió ella, y después hizo una pausa breve para repasarlo de arriba abajo—. No desesperes, ¿me oyes? Busca tu fortaleza y protégela.

—Aquí estoy, ¿no?

Ella le regaló una última sonrisa.

—Adiós, Prentiss.

Entonces se acercó a Hackstedde y dejó la cesta de fruta encima de la mesa.

—Para que nuestro trato siga en pie, mi primo tendrá la fruta que quiera cuando quiera.

—Los dos sabemos que eso no formaba parte del trato —contestó el sheriff.

—Pues considéralo cambiado.

Hackstedde entrelazó las manos detrás de la cabeza e inclinó la silla hacia atrás, entretenido con la negociación.

—Añade una visita. Cuatro en total. Y yo elijo a la chica.

Clementine se volvió hacia Prentiss una última vez, no con vergüenza, sino como queriendo decir: «Esto es lo que hago por ti».

—Que así sea.

—Bien, bien. —Hackstedde señaló la puerta—. Espero que llegues a casa sin percances. Estoy seguro de que hay muchos hombres esperando tu regreso.

Clementine se internó en la oscuridad de la noche sin mirar atrás. Hackstedde habló más, siempre hablaba, pero Prentiss no oyó nada. Por extraño que pareciese, estaba en paz. Empezó a recorrer la senda hacia el sueño. Pensó que había una posibilidad, aunque fuese muy pequeña, de despertar de nuevo con la voz de Clementine. Y, si eso era demasiado pedir, quizá pudiera encontrársela en sueños. No obstante, dio la casualidad de que casi no pudo descansar. Ahora que Clementine ya no estaba, la realidad del aprieto en el que estaba se abrió camino hacia su celda como un lento tren de mercancías. Y la siguiente vez que entró alguien por la puerta del calabozo, era el ayudante de Hackstedde.

El sheriff reaccionó como un padre orgulloso de un hijo que ha cumplido una tarea demasiado difícil para él. Tim, bastante satisfecho consigo mismo, le informó de que había traído a Selby al juez Ambrose, que estaba alojado al otro lado de la calle. El proceso judicial tendría lugar a primera hora de la mañana.

—¡Bueno! —dijo Hackstedde, y se quitó el sombrero—. Si hubiera medallas, te concedería una. Y con razón.

Tim sonrió contento y a Prentiss le hirió que, con el cumplimiento de esos objetivos tan nimios llevados a cabo a fin de provocarle la muerte, esos dos hombres que hasta hace poco eran extraños experimentaban una sensación de éxito tan profunda.

Hackstedde anunció que iba a descansar un poco y que por la mañana iría a buscar a Webler para darle la buena noticia.

—Quédate aquí —le ordenó a Tim—. Vigila al prisionero por mí.

Prentiss cerró los ojos una vez más y el cansancio se apoderó de él. Cuando despertó del amodorramiento, Tim era el único hombre en el calabozo. Había acercado la silla a la celda de Prentiss. La vela que había sobre la mesa, a su espalda, se había quedado en nada. Con uno de los melocotones de la cesta de Clementine bien agarrado, vigilaba a Prentiss con un fervor extasiado, con la mirada atenta, como si su prisionero fuese a echar a volar en cualquier momento. Le dio un bocado al melocotón y los jugos rezumaron por la herida abierta.

«He aquí un hombre simple —pensó Prentiss—. ¿Es que no ha visto los barrotes?» ¿Por qué lo vigilaba con tanta atención? Sin embargo, cuando pensó en lo que estaba por venir, no le pareció tan extraño. En todos los sentidos menos uno, ya tenía la soga bien atada alrededor del cuello. Un hombre al que le esperaba la muerte era un espectáculo. Y Tim había llegado pronto.

Capítulo 21

Caleb encontró en el sótano la pistola que le había dado el Ejército, liada en una colcha, languideciendo en compañía de los rifles de caza de su abuelo. Una oscuridad envolvente había ennegrecido la casa. No era ni de noche ni por la mañana, sino ese periodo de calma entre ambas que duraba horas, un periodo de vacío que Caleb conocía demasiado bien. De niño a menudo se desvelaba en ese momento, medio dormido, pasmado por la manera en que el ruido de su corazón penetraba en su pensamiento, consumido por la sensación horrible de que el resto del mundo dormía y estaba en paz mientras él era el único incapaz de obtener descanso. Habría hecho cualquier cosa por evitar ese pozo de desesperación. Pero esa noche la recibió de buen grado.

Salió del sótano y se adentró en la oscuridad del exterior. Cuando se le acostumbró la vista, ya estaba a cierta distancia de la cabaña. Tenía la sensación a cada paso de encaminarse hacia la nada. Old Ox ya no era su hogar. Nada de aquello lo era. Hasta la cabaña tenía un aire que le resultaba desconocido. Habría jurado que su dormitorio era más pequeño y que el pasillo que conducía a la escalera se había estrechado. Era como si, en su ausencia, el espacio hubiese empezado a amoldarse al contorno de sus padres tras olvidar al hijo que se había marchado. Sin embargo, en el fondo sabía que la casa no había menguado. Simplemente, él había aprendido lo inmenso que era el mundo. Era probable que cualquier hombre que regresase a su niñez descubriese el mismo fenómeno.

Había llegado a los campos. Las plantas de su padre aún eran algo modesto; que hubieran pasado tanto tiempo cuidando de ellas y la recompensa todavía fuese tan parca era una lección de perversidad. Caleb se agachó, palpó el mantillo bajo una de las plantas, agarró las raíces retorcidas y les dio un tirón. No las sacó de la tierra. Para eso aún faltaban meses. Solo quería tomar contacto, ver hasta dónde descendían y cuánto tendrían que subir para ver la luz del día. Saltaba a la vista de cualquiera que no había crecido como granjero, pero ese logro lo dejaba atónito. Pequeños milagros ocultos.

Sacó la mano de la tierra y se sentó con las rodillas pegadas al pecho. Llevaba la pistola en la cintura, y el borde del martillo se le clavaba en el costado. Entornando los ojos, con un poco de imaginación, entreveía la cabaña. Escenario de los terrores nocturnos de la infancia. ¿Por qué de pequeño se veía forzado a cruzar a oscuras el golfo entre los dos dormitorios para despertar a sus padres? ¿Por qué no iba su madre, con su comprensión celestial, a buscarlo a él? Preguntarse eso era egoísta, lo sabía; sin embargo, esa idea no lo abandonaba. Incluso en ese momento esperaba que su madre saliese a buscarlo al campo y lo guiase de regreso a la cama. ¿Qué clase de hombre sentía eso? Esa cobardía era lo que había desembocado en la muerte de Landry. La verdad era que él no tenía nada que lo hiciese digno de ser salvado. Era una vergüenza.

Volvió a tocar la tierra sabiendo que él no estaría presente cuando sus tesoros saliesen a la luz, sabiendo que no vería la expresión sutil de alegría del rostro de su padre, manifiesta solo en la intensidad con que miraría las plantas, una expresión radiante de ese amor distante que George dispensaba con suma parsimonia. Tras un silencio, declararía que los cacahuetes estaban esmirriados, que seguramente nadie los compraría, pero después se retractaría y concluiría: «Valdrán de sobra». Era su gesto por antonomasia: abrazar los fracasos para mantener la ambición. Pero su vida, tranquila, respetable, repleta de recompensas magras, no sería la de Caleb. No. Caleb estaba decidido a que su viaje particular lo llevase a otra parte, a la poca salvación, salvación irrisoria, que encontrase en otro lugar.

Echó a andar hacia la casa. La oscuridad seguía siendo casi impenetrable, pero se sentía en sintonía con ella, como si caminase ligero por el agua, y se dio cuenta de que el tiempo que había pasado solo, todas esas horas encerrado en el dormitorio con los postigos cerrados, lo habían condicionado para ese momento. Entró y puso el pie en un tablón que conocía bien, lo pisó como si fuera la única tecla de un piano y disfrutó de ese ruido por última vez.

Sin más dilación, volvió a bajar al sótano. Encontró el baúl siguiendo el aroma, el olor de la grasa para limpiar que flotaba en el ambiente desde hacía décadas, antes incluso de que él naciese. Los rifles esperaban. Se echó uno al hombro sin ni siquiera saber si aún era capaz de disparar. Su imprudencia se correspondía con su estado de ánimo. Lo más importante era no detenerse, seguir el impulso que lo había despertado y lo había llevado hasta ahí.

Habían salido las estrellas, pequeños abismos brillantes que dejaban marcas en la oscuridad; no obstante, no las necesitaba para encontrar el camino. La carretera Stage le servía, pues en su mente ya veía el trayecto que lo llevaría a través de Old Ox, pasando por la plaza tranquila, que estaría desierto salvo por un puñado de vagabundos borrachos. La carretera lo escupiría en la rúa del Alcalde, justo delante de la mansión de Wade Webler. No era allí donde pensaba finalizar el viaje, sino donde pensaba empezarlo.

Sabía, sin saberlo, que los Webler dormían a pierna suelta. Era una certeza que tenía desde hacía mucho tiempo, fruto nada más de la narrativa que había pergeñado años antes al pensar en cómo sería dormir una noche con August bajo una sábana blanca, tumbado a su lado bajo el centelleo de la luna; sacar un brazo de debajo de la almohada y abrazarse, como guiado por un sueño, al torso de August, acercarse a él, ambos con permiso para hacer con su cuerpo lo que quisieran hasta la mañana.

El entramado de ese sueño nunca se había extendido más allá del dormitorio de August. Pero Caleb daba por sentado que Wade y Margaret dormían con la misma tranquilidad que poseía a su hijo. Se imaginaba a Wade anclado a su lado de la cama, indiferente al día que había pasado o al que estaba por venir, entregado al descanso como un recién nacido en la cuna. Y tal vez fuera ese el gran mal que afectaba al mundo: que los propensos a la maldad eludían el sentimiento de culpa hasta tal punto que eran capaces de dormir durante una tormenta, mientras que hombres mejores, hombres marcados por su conciencia, se quedaban despiertos como si la tormenta persistiera con obstinación en lo más recóndito de su alma.

Se detuvo delante de la mansión, a poca distancia de los setos, donde aún veía la ventana de August. Costaba perder las costumbres. Sin embargo, la urgencia del momento se las secó como si fuesen sudor. Se obligó a atravesar la verja, rodeó la casa por uno de los lados y se dirigió hacia los establos por el camino tortuoso que bordeaba la cisterna.

El pasillo interior estaba negro como boca de lobo. Hacía años que no entraba en el establo, y aquel lugar mal recordado no se parecía en nada al de sus sueños, donde unas velas proyectaban sobre las paredes las sombras espeluznantes de los caballos y de los demás chicos, espectros empecinados en alentar su humillación. A pesar de ese romance brutal, de la gran sensación de asombro que infundía el establo en sus fantasías, allí no había nada especial. En todo caso, era más pequeño de lo que recordaba, y si el lugar tenía cierta majestuosidad, la eclipsaba el olor penetrante del estiércol. ¡Qué grande el fracaso de su imaginación al haber creado tanto a partir de tan poco! Se sintió liberado del engaño.

Todos los caballos dormían, a excepción de uno. Lo vio no por la silueta, que la noche ocultaba tras un velo, sino por el brillo de los ojos, un resplandor incandescente pese a la oscuridad. El caballo se pegó a la puerta de la cuadra cuando Caleb se acercaba, como si esperase que le echase algo de forraje o, todavía mejor, que se la abriese. Caleb le ofreció la mano y el animal no se asustó. Durante el trayecto hacia él sus dimensiones se habían reducido y ya no tenía los ojos encendidos, sino velados. Caleb se alegró mucho de que no le tuviera miedo, aunque era lo que esperaba de un caballo de los Webler. Todo el mundo sabía que los domaba personalmente uno de los lacayos de Wade.

Caleb fue adonde guardaban los arreos, sacó una brida y una silla y después se hizo con unas alforjas por si acaso. Entró en la cuadra sin hacer ruido y el caballo no intentó escapar, sino que se quedó quieto y movió el cuello como si lo saludase. Cuando Caleb le puso la mano en la crin, el caballo se estremeció, un temblor le recorrió toda la espalda en un instante; a Caleb le recordó a Ridley, así que descansó la mano allí durante un momento para tranquilizarlo y después le sopló a la nariz.

—Necesito un caballo que cabalgue cuando se lo pida —le susurró—. ¿Sabes volar?

Era una yegua baya, muy bonita, aunque Caleb no estaba seguro de que tuviese talento para liderar una manada. No había manera de saberlo hasta que la montase. Tenía buenos modales, y Caleb le puso los arreos antes de asegurarse de que continuaba solo. Estaba casi listo para sacar a la yegua al pasillo cuando oyó pasos. Echó un vistazo, demasiado asustado para recurrir a la pistola. No era más que otro caballo que se acomodaba en el ambiente húmedo.

—¿Estás lista, pues? —susurró.

La huida tenía que ser limpia. Él tenía que montar y salir de allí a buen ritmo. Se había preparado para el desastre, convencido de que, conociendo su suerte, una partida de hombres de Webler se le echaría encima en cuanto se acercase a los establos. Sin embargo, allí estaba; por una vez, por algún motivo, ejecutaba un plan que él mismo había ideado. La noche se abría ante él. Se subió a lomos de la yegua, que resopló tan alto que llamó la atención de los demás caballos. Unos cuantos se despertaron y Caleb sintió su mirada en la espalda cuando hizo que la yegua se moviese. Sin embargo, no hicieron ruido y enseguida iba a medio galope por la carretera.

Había recorrido la mitad del trayecto hacia Selby cuando cayó en la cuenta de que no volvería a ver la casa de los Webler. A pesar de todos los daños irreparables que se habían producido en los días anteriores, no podía evitar imaginar, casi esperar, que August estuviese en la ventana con las cortinas abiertas, viéndolo huir. De haber estado allí, era posible que la imagen le hubiera parecido tan inverosímil que no le habría dado ningún crédito. Se habría alborotado el pelo, habría vuelto a la cama y, por la mañana, habría negado con la cabeza pensando en ese sueño que le había parecido tan real.

La yegua ganó velocidad hasta que parecía que se deslizaban y después que volaban. A esas horas intempestivas la carretera estaba desierta y Caleb no tardó en llegar a Selby. El pueblo era más pequeño y más tranquilo que Old Ox. Conocía

la disposición, ya que había pasado por allí, y no le costó identificar el calabozo, encajonado entre una taberna y un pequeño cementerio de tierra tapiado donde no había señales. Con
la vela del interior del calabozo oscurecida y deformada por
el cristal de la ventana, el lugar era un arrebato de sombras,
ninguna en movimiento, todas quietas. No tenía ni idea de
cuántos hombres había dentro. Fuera solo había amarrado un
caballo. Cuando Caleb puso el pie en el escalón, una voz habló
desde dentro.

—Sheriff, ¿es usted?

Haciendo gala de una teatralidad espontánea, Caleb abrió
la puerta de una patada, se sacó la pistola de la cintura y apuntó a la primera persona que apareció al otro lado de la mira.
Era Tim, el ayudante del sheriff, y estaba tan asustado y tembloroso que estuvo a punto de caerse.

—¿Dónde está Prentiss? —preguntó Caleb.

Tim cayó hacia atrás sobre el escritorio sin dejar de parpadear con aturdimiento.

—¿Eres el chico de George?

—Te doy otra oportunidad —dijo Caleb como en trance,
y amartilló la pistola.

—Estoy a tan solo unos pasos de ti —dijo una voz.

Caleb se volvió hacia el sonido y vio a Prentiss sentado en la
penumbra de la celda más cercana, con las piernas cruzadas
como si la conmoción no le afectase.

—Las llaves —le exigió Caleb a Tim—. Ahora.

Tim se llevó la mano a la cintura y Caleb supo de inmediato que, si el ayudante sacaba un arma, su fin habría llegado,
puesto que había levantado el martillo pero no sería capaz de
disparar ni de devolver un disparo. Aflojó el dedo del gatillo
y se sorprendió al descubrir que estaba dispuesto a aceptar de
buen grado ese desenlace. A enfrentarse a la muerte cara a cara,
de forma aventurada, con gran atrevimiento. Eso sí que me-

recía la pena. Eso no quitaba que fuese a morir sin que el cómputo de sus logros ascendiera a nada más que haber robado un caballo, pero al menos cabía la posibilidad de que la gente oyese los rumores sobre su coraje y, aunque fuese egoísta, eso le bastó para infundirle una paz solemne a un momento que, por lo demás, era tan tenso que lo había llevado casi a mojarse los pantalones por segunda vez desde que era un hombre.

Pero al parecer Tim no se había planteado abrir fuego. Mientras se palpaba la cintura con frenesí, pasó la pistola de largo y fue a por los bolsillos, aunque de allí no sacó más que aire.

—Te juro que están por aquí —aseguró casi sin aliento.

Caleb empezaba a ver que, por mucho que le costase creerlo, había dado con un hombre aún más nervioso que él. Al ayudante del sheriff le se le salían los ojos de las cuencas y se le había formado una película de sudor en la frente.

—Te lo suplico —rogó, y levantó un dedo tembloroso que le decía a Caleb que esperase.

Caleb miró a Prentiss buscando ayuda, pero la expresión que dominaba el rostro del chico también era la confusión.

—Creo que se las ha llevado el sheriff —dijo Tim, y avanzó un paso—. ¡Por favor! —Se retorcía y agitaba la mano mirando a Caleb con ademán derrotado, con una postura tan inclinada y suplicante que estaba casi agachado—. Haz lo que quieras, pero nada de pistolas. Ya no puedo con las armas. Por favor. Ya está, no más.

Prentiss inclinó la cabeza mirando a Caleb como si fuera una orden, y Caleb se guardó la pistola en la cintura. A esas alturas estaba más afectado por la crisis nerviosa del ayudante que por la posibilidad de que hubiera tiros. No pudo más que sentir lástima por el hombre.

—Creo que te has equivocado de profesión —le dijo.

El ayudante se serenó lo suficiente para levantarse.

—En aquel entonces me encantaba. De verdad. Pero no puedo con las pistolas. El médico me dijo que volvería a la normalidad. Pero no. Es que no vuelvo.

Los dos hombres se miraron. Tim continuaba temblando y se secó la nariz con la manga. Tenían más o menos la misma edad, pero Caleb supuso que cualquier complicación a la que él se hubiera enfrentado en la vida palidecía en comparación con las de Tim. Una vez hubieron dejado las armas de lado, el ambiente fue difícil de descifrar. Lo dominaba una especie de intensidad que no desaparecía. Una desnudez emocional que casi se inspiraba. ¿Se suponía que debía abrazar al ayudante del sheriff?

—La mesa —dijo Prentiss, y señaló—. Las llaves están en la mesa.

Tim se volvió, agarró las llaves y se las ofreció a Caleb, que las rechazó y le señaló la celda.

—Sácalo tú.

Tim fue encorvado hasta los barrotes y metió la llave en la cerradura. La puerta bostezó con su propio peso metálico y se abrió despacio. Prentiss salió.

—El sheriff va a traer a Webler en cuanto salga el sol. No les va a gustar nada ver la celda vacía.

—Diles que he estado a punto de meterte una bala en el cráneo —le dijo Caleb, y sacó la pistola de la cintura del pantalón— y estoy seguro de que entenderán por qué lo has dejado marchar.

Tim negó con la cabeza con aire solemne, como si acabase de oír la historia más triste.

—El sheriff tiene un poni capaz de cabalgar durante ocho horas y dejar atrás a un purasangre en la novena. No me preocupo por mí. Me preocupo por vosotros.

Prentiss ya estaba junto a la salida, ansioso por marcharse.

Caleb señaló la mesa con la pistola.

—Ve a sentarte, Tim. Si echas un vistazo por la puerta, te prometo que será lo último que veas en esta vida.

Salió caminando de espaldas, de cara al ayudante, apuntándolo de nuevo con la pistola; cuando cerró la puerta, no pudo evitar sonreír con satisfacción por haber representado su papel con tanta naturalidad.

—Has dejado a ese chico muerto de miedo —dijo Prentiss.

—Espero que con eso baste para que no se mueva de la mesa.

Caleb se detuvo junto a la yegua. Miró a Prentiss de arriba abajo, se descolgó el rifle del hombro y se lo puso en las manos. Era el primero que sostenía y era evidente. Lo cogía como si fuese un pergamino antiguo, como si con un roce descuidado pudiera reducirse a polvo.

—Pásate la correa por el hombro —le dijo Caleb—. Maldita sea, sé de sobra que lo último que queremos los dos es disparar con estos cacharros. Pero, si hace falta, tira del gatillo.

—Sé cómo funcionan —musitó Prentiss.

Caleb se subió a la yegua y le tendió la mano para ayudarlo a montar.

—¿Has montado a caballo?

—No. —Prentiss se situó en la silla, detrás de Caleb—. Y con mi suerte no me extrañaría salir de la cárcel y partirme la crisma cayéndome del animal.

—Confía en mí. —Caleb cogió las riendas.

Lo había dicho con todo el convencimiento que podía, lo suficiente para volverse y repetirlo.

—Confía en mí, Prentiss. Tú agárrate a mí y no te sueltes.

Prentiss se mostraba escéptico, pero le rodeó la cintura con las manos y apretó. Echaron a cabalgar tan deprisa que el viento silenciaba sus voces y durante un rato no hablaron. Con el tiempo se acostumbraron y Prentiss aflojó las manos alrededor de Caleb a medida que se dejaba llevar por la cadencia y el paso del caballo, por el ritmo del galope.

—¿Adónde vamos? —gritó desde atrás.

—Al norte. Primero pasaremos por la granja. No te preocupes, iremos por caminos.

—¿Y después?

—Adonde queramos.

Las sombras de los árboles y de los arbustos aparecían y desaparecían como espectros persiguiéndolos. Por fin, el sol despuntó y la carretera se iluminó con el primer resplandor que se vertió sobre ella, la esencia de algo sobrenatural, como si la misma tierra se disolviese en fragmentos de luz centelleante. No vieron ni un alma durante todo el trayecto. No hasta que llegaron a la cabaña, donde una vela encendida iluminaba a su padre y a su madre, sentados a la mesa del comedor al amanecer, aún con el pijama y el camisón. Quiso pensar que esperaban su regreso.

Isabelle envolvió a Prentiss en un abrazo y no lo soltó hasta que quiso inspeccionar a su hijo, tal vez dudando de que alguno de los dos fuese real y totalmente desconcertada por que hubieran acabado en su casa.

—He ido a buscarlo —explicó Caleb.

Era evidente, pero por algún motivo le parecía necesario afirmarlo en voz alta.

—Espero que tengas una explicación mejor que esa —dijo su padre—. ¿El rifle que lleva Prentiss es el de tu abuelo?

Caleb rodeó a su padre y se dirigió a la cocina. Dijo que no había tiempo para explicaciones. Lo importante era que el plan había tenido éxito, al menos de momento. Solo necesitaban alguna provisión y se marcharían de nuevo.

Su madre lo siguió.

—Si no nos dais más explicaciones, cerraré la puerta con llave y os aseguro que nadie irá a ninguna parte.

—Hazlo y lo único que conseguirás será mandarme directo a la horca junto con Prentiss.

Caleb buscó en la estantería de la fruta en conserva, cogió los tarros que quiso y los dejó en la encimera. Su madre miró a Prentiss con la esperanza de obtener una respuesta.

—Señora, lo único que sé es que entró, intimidó al ayudante del sheriff y me sacó de allí. Dice que nos vamos al norte.

—Esto es una locura —dijo su padre—. Marcharte de pronto en mitad de la noche a cumplir una misión suicida. No es la primera vez que pienso que has perdido la cabeza, pero esta vez te has superado. Aplaudo tu estupidez.

Caleb había encontrado un saco y se puso a meter la fruta dentro.

—La verdad, creía que no os despertaríais. Pensaba dejar una nota.

Su padre entornó los ojos con incredulidad.

—Como si hubiese habido una sola noche en la que hubieras salido a hurtadillas de casa sin que nosotros te echásemos un ojo. Ahora me dan ganas de haber salido y ponerle fin.

Caleb observó a las personas preocupadas que tenía delante y se dio cuenta de que parecía que se había vuelto loco. Dejó el saco en el suelo y señaló a Prentiss.

—A él lo mandan matar por un crimen que no ha cometido —dijo, y después se apuntó al pecho con el dedo—. El culpable. El culpable. Si lo van a colgar, que me cuelguen a mí también. Y si él va a conseguir la libertad, juro por Dios que voy a hacer el viaje con él. No me digáis que ninguno de vosotros dos ha deseado volver a empezar. Sé lo que es arrepentirse. Esta es la mejor opción. La única opción.

Sus padres se contemplaron y quedaron atrapados en la mirada del otro, con cara de no estar dispuestos a expresar con palabras lo que pensaban.

—Seguiré mi propio camino —dijo Caleb—. Y le debéis a Prentiss no interponeros en el suyo.

Su madre se acercó, pero al principio estaba demasiado conmovida para decir algo. Tenía los ojos llenos de orgullo, no solo de lágrimas. Cogió el saco del suelo con las manos temblando.

—Los melocotones con brandy siempre han sido tus favoritos. Los puse en conserva hace unos días. Pero también deberías llevarte peras, y manzanas. En el sótano hay cerdo curado en sal y tengo lechecillas.

Su padre, que lo miraba con cara de póquer, no se había movido de donde estaba en el comedor. ¿Qué iba a decir? ¿Qué podía suceder a continuación?

Su madre fue al sótano. Regresó con un puñado de cosas y las metió en el saco, que estaba a punto de reventar. Para entonces, se sorbía la nariz casi a cada palabra que decía.

Caleb le dio el saco a Prentiss y le pidió que lo metiese en la alforja.

Prentiss asintió.

—También podría recoger mis cosas del granero. Así os dejo solos un momento.

Y se fue.

Isabelle observó a Caleb igual que había hecho antes de que saliese por la puerta vestido para la guerra. E, igual que hizo ese día, le acercó la mano a la barbilla y le acarició la barba corta; supuso que buscaba la misma suavidad que sentía cuando lo acunaba siendo él un bebé recién nacido, una suavidad que pervivía solo en su recuerdo. Le hizo acercar la cabeza a su oreja.

—Escríbeme —le dijo—. Pero más de una frase.

Él se rio y se le llenaron los ojos de lágrimas.

—Cartas enteras —le prometió—. Explicándolo todo. Contándolo todo.

—Sí —respondió ella, porque no era capaz de decir nada más.

Cuando se separaron, su padre estaba a su lado, de espaldas a él, agarrándose las manos por detrás mientras miraba por la ventana en dirección a la carretera Stage.

—Supongo que me llevaré a Ridley si es necesario —declaró, como si alguien le hubiese pedido un favor y esa fuera la condición que Caleb tenía que aceptar.

—¿Cómo? —preguntó Caleb perplejo.

—Me niego a ir a ninguna parte sin él.

—Pero ¿qué dices, George?

—He recorrido los bosques del condado desde que era niño. Los conozco mejor que nadie. Conmigo tenéis más probabilidades de ser libres.

—Pero tú odias viajar. Consideras los viajes al pueblo como si hubieras hecho una travesía a las puertas del infierno. No puede ser que quieras venir con nosotros.

—*Querer* es una palabra demasiado fuerte —respondió su padre—. Más bien me necesitáis.

Le puso la mano en el hombro y pasó por su lado.

Caleb pensó en protestar, pero sabía que no serviría de nada. A su padre lo incentivaba su propia tozudez. En momentos como aquel, enarcaba las cejas con una indiferencia exasperante; estaba tan comprometido que las arrugas de la cara se le suavizaron con la rotundidad de su convicción. No había manera de hacerlo cambiar de opinión. Caleb no estaba seguro de que su padre fuese capaz de obligarse a sí mismo a cambiar de opinión una vez tomaba una decisión.

—Iré solo hasta la frontera del condado. Cuando sepa que habéis salido con seguridad, volveré a casa.

—Y te acusarán de haber ayudado a criminales —contestó Caleb.

Su padre le hizo un gesto despreocupado y empezó a subir la escalera.

—Por favor... Les diré que estaba de paseo por el bosque. Me gustaría ver cómo demuestran lo contrario.

Caleb miró a su madre pidiendo apoyo, pero ella tenía poco que ofrecer.

—Hace tiempo que me di por vencida —dijo, y se rio mientras se secaba las mejillas.

El sol ya había salido y la finca brillaba bajo una bóveda de amarillos suaves; el granero ya no era rojo, sino de un naranja tostado; los campos tenían pinceladas doradas. El efecto desaparecería a medida que el día se abriese paso, pero, cuando la luz de la mañana caía, la imagen era digna de ver. Iba a echarla muchísimo de menos.

Justo entonces apareció Prentiss. Se volvió hacia la madre de Caleb, inseguro, al parecer, de si era educado hablar con ella en esas circunstancias.

—Señora.

Ella le dio otro abrazo y se apartó deprisa.

—Los calcetines —dijo, y fue a la escalera.

Detrás de la puerta del dormitorio se oyeron las voces de la pareja.

—Vamos a ser tres en el viaje —informó Caleb a Prentiss.

—¿George? —preguntó Prentiss, y asintió con ademán sabio—. Se preocupa por los suyos. Lo mejor que puede, por lo menos.

Los padres de Caleb bajaron, su padre vestido igual que cualquier otro día: unos tirantes andrajosos sobre una camisa vaquera y un sombrero para protegerse del sol. Les mandó encontrarse con él fuera cuando hubiera sacado al burro, se separó de su esposa sin mirarla dos veces y salió por la puerta de atrás.

Isabelle se acercó a Caleb y a Prentiss. Los calcetines eran de color azul y de buena calidad, como los de Landry. El borde blanco estaba un poco torcido, pero eso solo contribuía a darles más encanto.

—Te durarán. Pero mantenlos limpios. No andes por ahí con los calcetines sucios, Prentiss.

—Cometer un acto tan feo con un par de calcetines tan bonitos… Yo nunca haría algo así, señora.

Le puso la mano en el hombro, como un hombre le haría a otro hombre, y ella respondió poniéndole la mano encima de la suya. Después él se retiró y se guardó los calcetines en el bolsillo de atrás.

—Cuídese, señora.

—Tú también, Prentiss.

Caleb inclinó la cabeza hacia la puerta. Había llegado la hora.

Ridley asomó por el lado de la casa justo cuando Caleb y Prentiss ensillaban a la yegua. Su padre parecía tan tranquilo como siempre; en cambio, Caleb no podía negar que sentía un espasmo de miedo en el pecho solo de imaginar lo que los esperaba. Su madre estaba en el porche; el borde del camisón rozaba el suelo y le ocultaba los pies. Recogió esa imagen y la guardó para momentos como aquel, en los que el terror lo abrumase y el único alivio posible fuese ella.

Capítulo 22

Isabelle se echó una siesta en el sillón de George, envuelta en su aroma. Horas antes, cuando él se había marchado con Caleb y Prentiss, ella estaba segura de que permanecería despierta, de que nada podría hacerla dormir de nuevo. Sin embargo, en cuanto se acurrucó con las piernas recogidas, cayó rendida y soñó. No recordaba los detalles, pero no ocurría en la cabaña, de modo que le pareció agradable haberse alejado un rato de esa vida hecha pedazos. Despertarse fue una decepción.

Ya era mediodía y el sol tenía la casa cerca del punto de ebullición. Isabelle hizo suficientes huevos fritos para tres personas, aunque no tanto por el apetito que tenía como por que esa era la cantidad que estaba acostumbrada a ver en la mesa del comedor. Estaba famélica, pero cuando acabó de comer sobraba más de la mitad; recogió la sartén y tiró las sobras a la parte de atrás, para los carroñeros que quisieran llenar el buche.

Tras el desayuno, la asaltó una inquietud casi catastrófica. Tenía la necesidad de ocupar el tiempo y se le ocurrió limpiar el dormitorio de Caleb, pero se acordó de que no hacía falta teniendo en cuenta que, si todo salía según lo planeado, quizá no volviera a verlo. Esa idea se unió a la soledad aún mayor que le producía la ausencia de George; la convergencia del rastro de esas dos pérdidas tan distintas y tan similares era casi tan grande que tuvo que sentarse sobre las manos para impedir que le temblasen. Estaba de nuevo en el sillón de George y notaba en los muslos los botones que sobresalían del cuero, cada uno una intersección de recuerdos de su marido. Él se sentaba y leía durante tanto tiempo que daba la sensación de que esperaba la llegada de algo que nunca aparecía, y la melancolía de cuando se quitaba las gafas y apagaba la lámpara solo la igualaba el entusiasmo que mostraba al regresar a ese sitio la noche siguiente.

Y en ese sillón lo había encontrado después de intentar visitar a Prentiss en el calabozo. George, con las gafas bajadas hasta la punta de la nariz, había dejado el libro a un lado cuando ella entraba y le había preguntado con entusiasmo si había podido pasar de la puerta.

Hasta ese momento Isabelle no había sabido que decidiría no revelar que había visto a Clementine. Y Clementine había insistido de forma tan ardua en la inocencia de las visitas que le hacía George que eso la obligó a mirar en su interior, a examinar sus celos y a cuestionarse por qué tenían que existir. ¿Qué ganaba en el vasto paisaje de su matrimonio inmiscuyéndose en los métodos curiosos (y a menudo misteriosos) de la caridad de George? Al fin y al cabo, ¿no era por eso por lo que le pagaba a Clementine, porque era una oportunidad para dar? Había negado con la cabeza y le había dicho a George que no le habían permitido ver a Prentiss, pero que había ido a ver a Mildred y que el día, para ella, había resultado muy provechoso.

El temblor que se había adueñado de sus manos seguía ahí y parecía reverberar desde alguna parte fuera de ella; cuando levantó la mirada, vio a un grupo de caballos que trotaban hacia la cabaña. No le tenía miedo a quienquiera que se aproximase. En todo caso, sentía alivio, pues sabía que tenían que presentarse allí tarde o temprano. Prefería quitárselo de en medio cuanto antes.

Salió de casa y se encontró con un viento tan feroz que tuvo que agarrarse a la barandilla del porche. Los reconocía a casi todos: Wade Webler, el sheriff y su ayudante, Gail Cooley de la plantación de Morton. Había dos más: hombres anodinos de la edad de Caleb, aunque muy endurecidos, que la miraban con intensidad y desdén. Uno de ellos iba a caballo y el otro había desmontado e iba el último, con un perro.

—¿Una patrulla? —voceó Isabelle—. ¿En serio, Wade?

—Buscad en el granero —le dijo Wade al chico del perro—. Es donde los había alojado.

Se volvió hacia Isabelle con los ojos hundidos del agotamiento.

—¿Dónde están? —preguntó con brusquedad.

—¿A quién te refieres?

—A quién me refiero… Isabelle, haz caso de lo que te digo: no quieras involucrarte en la jugarreta que nos ha hecho tu hijo. Lo mejor es que lo pongamos a salvo antes de que ponga en peligro la vida de alguien más aparte de la suya.

—Los dos sabemos que el único que pone vidas en peligro eres tú, Wade Webler.

El del perro ya entraba donde le habían indicado y ella le gritó que se detuviera. No sirvió de nada.

—Esta es mi propiedad —le dijo al sheriff Hackstedde—. No le he dado permiso a nadie para que registre el granero.

Sin embargo, el sheriff se quedó como una estatua.

—Usted es un agente de la ley —continuó Isabelle—. Cumpla con su deber.

Enterrada en la expresión del sheriff estaba la rabia que le faltaba la vez anterior que había estado en su casa.

—Tengo la sospecha de que ha dado asilo a un fugitivo. Fugitivos. Así que no me hable de mi deber.

—Que salga George —exigió Wade—. Quiero hablar con él de su hijo.

—George ha salido de excursión —respondió ella— y todavía no tengo ni idea de qué habláis. Merezco respuestas.

El perro aullaba. Isabelle oía que el chico le hablaba al animal y se dio cuenta de que los hombres que iban a caballo estaban esperando, sin más, tolerando su presencia porque era su deber. Se oyeron unos cuantos aullidos ensordecedores y el perro salió y guio al muchacho hacia la carretera.

—Parece que ha encontrado un rastro. —Hackstedde se animó.

—Señora Walker —dijo Wade—, anoche su hijo cometió un acto temerario. Amenazó a un agente de la ley con una pistola y liberó a un prisionero de la celda. También tengo motivos para pensar que me ha robado un caballo. Tendré más pruebas cuando lo vea con él. Cosa que, si me lo permite, es el único resultado que tendrá todo esto. Lo encontraremos, igual que al prisionero, y yo mismo me ocuparé de ello, teniendo en cuenta que nuestro sheriff no ha podido él solo.

Hackstedde apartó la mirada cuando Wade desplazó la vista hacia él.

—Pienso mantener al juez en Selby. Y está listo para entrar en acción cuando le lleven a los chicos.

El viento volvió a susurrar y todos los hombres tuvieron que agarrarse el sombrero. Isabelle dejó que le volase la melena y la ráfaga se la azotó alrededor de la cara.

—¡Lloras como si fueras la víctima de un crimen cuando ambos sabemos de sobra lo que August ha hecho! —gritó Isabelle—. Me das asco. En cuanto a los demás, no sé cómo sois capaces de dormir por las noches sabiendo que sois tan estúpidos como para seguirle la corriente con sus locuras. No quiero oír hablar más de ello.

Eso último bastó para que Gail carraspease y diese su opinión.

—Es por el bien del pueblo, señora Walker. Creo que cambiará de parecer cuando piense en lo que su hijo ha...

—Señor Cooley —lo interrumpió Isabelle—, lleva usted trabajando en esos campos desde que yo vivo en esta cabaña y todavía no ha dicho ni una sola palabra de la que yo haya hecho caso. No pienso empezar hoy.

Gail se estremeció. Wade estaba tan rojo como después de que Prentiss le escupiera a la cara. El perro ladraba como un loco mientras se alejaba hacia la carretera; Isabelle esperó que asustase a los caballos lo suficiente para que lanzasen a los jinetes al suelo.

—Su hijo es una desgracia —ladró Wade—, y el negro es peor. Es así de sencillo. Lo que su familia ha causado tendrá consecuencias. Que se sepa aquí y ahora.

Al más puro estilo Wade, le había hecho una declaración tan ridículamente bíblica, tan descaradamente histriónica, que ella no pudo hacer otra cosa que entornar los ojos con incredulidad.

—Si el mundo fuese justo, Wade Webler, yo diría lo mismo de ti y de los tuyos.

—Le doy una última oportunidad para que me diga adónde han ido.

Ella cruzó los brazos con decisión y lo contempló en silencio con expresión pétrea.

—Allá usted. —Wade se giró hacia el hombre del perro—. Te seguimos.

Los hombres dieron la vuelta a los caballos para marcharse.

—No quiero volver a verte por aquí —dijo Isabelle—. Tengo un rifle en el sótano y quizá no sepa usarlo, pero puedo aprender.

De espaldas a ella, Wade se quitó el sombrero para despedirse.

George y los chicos tenían medio día de ventaja. Rezó por que fuera suficiente.

Después, hubo dos días y dos noches de paz. La tercera, cuando dormía de nuevo en el sillón de George tal como había hecho desde su partida, se despertó con un sobresalto a una hora tenebrosa: el viento soplaba con furia y la casa crujía y gemía tan alto que parecía a punto de derrumbarse con el peso de su propia angustia. Isabelle quiso dar voces para alertar a alguien, igual que había querido hacer varias veces en los días anteriores, pero no había nadie a quien llamar. Los humanos más cercanos que conocía eran Ted Morton y su familia, y, si por ella fuese, pasaría toda una vida antes de volver a verlos. Pensó en subir a la planta de arriba, aunque fuese solo para cambiar de postura, pero, que ella supiese, George, Caleb y Prentiss seguían al raso: le parecía mal sucumbir a un sueño más agradable. No tenía la menor duda de que los tres dormían en alguna parte de un bosque, sobre el suelo duro, y tuvo el impulso de compadecerse de ellos como si de ese modo pudiera aligerarles la carga.

Sabía que era una tontería, pero la tristeza le parecía apropiada, dadas las circunstancias. Quizá estuviera cediendo ante la fatiga, quizá estuviera perdiendo el sentido común y eso la condujese a conclusiones extrañas y a fantasías excéntricas. O tal vez en la práctica apenas hubiese diferencia entre el agotamiento y la auténtica locura. En cualquier caso, seguir reflexionando sobre eso no servía más que para mantenerse inmóvil en el sillón, cautiva de la oscuridad y del viento. Desde que su marido y su hijo se habían marchado, se le había afinado el oído hasta alcanzar una percepción casi inconcebible. Distinguía hasta el picoteo de las gallinas, tan pronunciado que le sonaba como si alguien partiese un bloque de hielo. Los saltamontes se reunían en el bosque, pero el zumbido viajaba de manera que parecían estar delante de su ventana, peleando por entrar.

Sin embargo, el sonido que más la preocupaba era uno con el que no estaba familiarizada. Al principio había intentado no hacer caso, pero, al ver que eso no funcionaba, se levantó a averiguar de dónde procedía. Era como de ramas partidas, pero más alto, lo suficiente para que se oyese a través de las ráfagas intermitentes de viento. Salió por la puerta de atrás y escuchó. Tardó un poco en discernirlo, pero sí, ahí estaba: continuo, como el chisporroteo del aceite al freír. Y entonces, al ver un cambio en el cielo oscuro, una chispa titilante que desaparecía en una niebla cumulosa de humo que se extendía sobre el bosque, supo lo que era.

Echó a correr. No veía los cultivos, ya que el terreno estaba inclinado, pero se temía lo que encontraría allí; sabía lo que había pasado, pero aún no se lo creía. Respiraba con dificultad y tosió nada más ver el humo. Se detuvo en la cima de la pendiente, sobrepasada y abrumada, incapaz de procesar lo que veía. Todo el campo de cacahuetes estaba en llamas. El viento lo azotaba con furia y los largos brazos de fuego que se elevaban hacia el cielo se agitaban atrás y adelante con frenesí y emitían columnas gigantes de humo.

Dos hombres a lomos de un par de caballos nerviosos patrullaban aquel infierno con antorchas en la mano; galopaban por allí con aire beligerante y después retrocedieron y se reagruparon a una distancia segura. La destrucción era tan completa que Isabelle sintió que las entrañas, la misma alma, le ardían junto con las plantas que tenía delante. Las sombras con forma de colmillo de las llamas que se acercaban a tientas a los árboles cegaban a Isabelle y la horrorizaban y se lo llevaban todo por delante. Los hombres se habían tapado la cara. Parecía que discutiesen, hacían gestos con los brazos. Cuando el fuego se les acercó, dieron media vuelta y desaparecieron en medio de la noche.

Isabelle tenía los tobillos mojados de sudor y le lloraban los ojos del humo. «¿Qué has hecho?» Eso era lo único que era capaz de decirse, repetía esas palabras como si fuesen un estribillo mientras regresaba a la cabaña, presa del aturdimiento. «¿Qué has hecho?» Estaba alterada, pero no tenía miedo. Le dolía que hubiesen destrozado el trabajo de su marido, cómo no, que le hubiesen arruinado los campos, pero en la cabaña no la amenazaría nada peor. A esos hombres no les habría hecho falta más que mirar la veleta para determinar que era un viento riguroso del oeste. No haría subir el fuego por la pendiente. Por el contrario, marcharía en la otra dirección sin impedimentos, alimentándose de todo lo que encontrase. «¿Qué has hecho?» Se extendería por la línea de árboles que flanqueaba la carretera Stage y devoraría la casa de Ted Morton primero y después la de Henry Pershing y todo lo que hubiera después. Esperaba que los jinetes hubiesen ido a avisar a los demás, pero, a juzgar por la magnitud y el viento, lo que habían creado no había manera de pararlo. Desde la cabaña se veía una estampida roja reflejada en el cielo. El incendio llegaría a Old Ox antes de que se hiciese de día y el pueblo no tendría suficientes medios para impedir la destrucción inminente.

Capítulo 23

Viajaron durante todo el día y también al caer la noche, y cuando George se agotó, se las apañó para que no se le notase el sufrimiento. Con la luz todo había sido más fácil. Habían pasado la frontera del condado mucho antes del atardecer. Aunque allí el bosque era similar al de su propiedad, con la misma vida animal, los mismos árboles, a George seguía pareciéndole inexplorado: otro mundo que aprender y memorizar, todos los pasos reflejados en el mapa que dibujaba en la imaginación. El riachuelo iba haciéndose más grande cuanto más al norte se aventuraban y la flora adoptó un tono verde excepcional, con hojas tan gruesas que le hacían pensar que eran más propias de una jungla. Sabía de antemano que el terreno se convertiría en una especie de pantano, puesto que se lo había oído decir a muchos viajeros que habían salido del condado por esa ruta, pero nunca había visto la transformación en persona. Caleb lo informó de que el arroyo desembocaría en el río al cabo de un día y de que George no había visto nada con la fuerza del agua de los rápidos. George no dudaba de lo que le decía su hijo, ya que en cualquier parte donde mirase veía cosas increíbles, candidaturas al esplendor presentadas por la naturaleza y exhibidas con tanta magnificencia que se lamentó de que todo lo que hiciera falta para dar con un mundo nuevo de belleza semejante fuese salir de su pueblo y, sin embargo, le hubiera costado toda una vida hacerlo.

Cuando por fin se detuvieron a descansar, bien entrada la noche, George todavía hacía malabares mentales con las imágenes del día, y esa distracción era la única que lo mantenía lúcido mientras desenrollaba el petate.

—Buscarán una hoguera —dijo Caleb—. Será mejor que nos quedemos a oscuras.

George se acostó mientras los chicos se ponían a comer.

—George —lo llamó Prentiss, y le ofreció un tarro de fruta.

Él respondió que no con la mano.

—Cuando nos levantemos, quizá. Son unas pocas horas.

Durante un rato pensó en Isabelle, imaginó que estaba a su lado, pero enseguida se le quedó la mente en blanco y se durmió. Se despertó envuelto en una cortina de oscuridad y se incorporó indignado. Hasta que se le acostumbró la vista, el olor fresco de la tierra y los pinos era la única sensación a su alcance. Después distinguió a Caleb en el petate de al lado. El que había junto al de su hijo estaba vacío y George tuvo que forzar la vista para distinguir la silueta de Prentiss de pie, más recto que un escobillón para rifles, incrustado en la noche. Vigilaba el campamento con la misma concentración escrupulosa que empleaba en el trabajo de la plantación y parecía a un tiempo del todo cómodo y absolutamente alerta, dos cualidades de las que George difícilmente podía jactarse en ese momento.

Fue hasta Prentiss y le preguntó si había visto algo.

—Nada tan grande —dijo Prentiss—. Os habría despertado.

El bosque estaba en calma, en silencio salvo por algún que otro mensaje de la oscuridad: una rama pisada, el chillido agudo de una zarigüeya.

George reflexionó un momento sobre el comentario.

—Nada tan grande... Espera, ¿te refieres a la bestia?

—Podría aventurarse hasta aquí, aunque estemos lejos.

—¿Sabes qué? Hace días que no pienso en ella. Ni una vez desde que partimos.

Prentiss lo miró con curiosidad.

—Creo que no te lo conté —continuó George—. La semana pasada fui a ver a Ezra.

Con George a su lado para compartir la vigilancia, Prentiss se relajó por fin y se apoyó en el árbol más cercano.

—¿Sabes qué me dijo? —prosiguió—. Que soy demasiado curioso. Que no debería haber estado husmeando en el bosque el día que os encontré a ti y a Landry. Yo le dije que era todo lo contrario, que debió de ser cosa del destino, porque ando por ese bosque muy a menudo y nunca encuentro nada más que muchas formas de soledad. Yo no creo en un ser superior o como quieras llamarlo, pero topar con dos hombres se me antojó muy apropiado, me pareció un acontecimiento revestido de realidad, un concepto bastante desconocido para mí. Y así es como cerramos el círculo, porque le dije a Ezra que las únicas veces que había tenido esa sensación fue cuando veía a la bestia desde la ventana de mi habitación. No soy dado a compartir esa historia, y mucho menos con Ezra, ya que produce un escepticismo natural, pero me pilló conmovido y me salió, sin más.

Sin hacer caso del apuro que sentía, George siguió narrándole el resto de la historia a Prentiss. Ezra se había quedado plantado delante de él mientras George le relataba que la bestia era tal como su padre la había descrito: taciturna, estable cuando se erguía sobre las dos patas traseras, amenazante pero de movimientos gráciles. Una vez hubo acabado, Ezra había prorrumpido en carcajadas, se había doblado de la risa delante del escritorio mientras le hacía gestos desdeñosos con escarnio. Bueno, le había dicho George, no era el primero que no le creía.

«No es eso», había respondido Ezra atacado de la risa. Entonces se lo explicó. Que el padre de George, Benjamin, esperaba a que se hiciese de noche, se vestía con diversas capas de ropa y representaba una función para su hijo, una práctica de la que informaba a Ezra con regocijo y con detalles sobre cómo reaccionaba George por la mañana, lo impactado que parecía durante el desayuno y lo poco que comía.

—«Era todo por pura diversión», me dijo Ezra. «Llegó a disfrazar a esa niña de color. No me acuerdo de cómo se llamaba. La asistenta. Era casi tan alta como tu padre y la hacía salir cuando él no tenía ganas. Por Dios. Benjamin era todo un comediante. No sabía que tú todavía...» —Y entonces, contó George, Ezra se había tenido que secar las lágrimas de la risa—. «Que tú todavía te lo creías.»

George no era capaz de imaginar que su padre le hubiese hecho algo así. Y pensar que Taffy, su única amiga, había sido su cómplice no hacía más que empeorarlo. Que ella hubiera conspirado con su padre era la traición definitiva. No tenía ninguna gracia. Era cruel.

Prentiss parecía avergonzado por la historia y miraba a George con lástima, como si también lo hubiese sabido desde el principio. Pero lo que dijo indicaba lo contrario.

—Hubo un tiempo —dijo—, después de que mi madre se fuese, en el que dormía en el porche de la cabaña esperando a que ella volviese a casa. Cuando cambió el tiempo y yo seguía sin entrar, Landry se preocupaba tanto y se ponía tan nervioso que intentaba cogerme en brazos y meterme dentro. Tenía que gritar y patalear para que me soltase. Parece de necios, ya lo sé, pero no podía renunciar a la esperanza. Conocía los andares de mi madre, conocía su forma, conocía el ruido de sus pisadas. A veces hubiera jurado que sentía que me agarraba la oreja por detrás tal como hacía cuando ya era demasiado tarde para estar en el porche y yo no le hacía caso. —Se movió nervioso y miró hacia el bosque—. Supongo que todavía la busco. Explica en parte por qué estoy aquí, huyendo, ¿verdad? Aunque la posibilidad sea mínima, sigo buscando y voy a seguir buscando. Porque, si no tengo fe en que ella está en alguna parte, ¿qué me queda?

Al ver que George no era capaz de responder, Prentiss llenó el silencio por él.

—A lo que me refiero es a que yo te creí desde el principio. Y ahora también. Nadie tiene derecho a decir qué vive en estos bosques ni en cualquier otra parte, para ser sinceros. Puede que no tengamos voz ni voto en muchos asuntos, pero tenemos voz en cuanto a nuestra fe.

—Yo todavía creo —dijo George en voz baja, agradecido por la buena voluntad.

—Pues ya somos dos.

Un viento racheado se les echó encima y George empezó a temblar cuando amainaba.

—Deberías acostarte —le dijo Prentiss.

—Deja de tratarme como si fuera un fósil. Puedo descansar cuando quiera, muchas gracias.

Prentiss levantó las manos en señal de derrota.

—Yo solo cuido de los míos. Los dos sabemos a qué hora te vas a dormir y, tal como va la cosa, por la mañana vas a estar muy gruñón.

—Estoy deseando perderte de vista —replicó George entre risas—. Será un placer despedirme de una vez por todas.

Los labios de Prentiss dieron indicios de ir a sonreír, pero se reprimieron. El viento los buscó de nuevo, esa vez con un ruido insoportable, un susurro dolorido que parecía nacer de las sombras, provocar declaraciones urgentes entre los árboles como si hubiera espectros aullando en el vacío. Durante un rato estuvieron a su merced y después, de forma igual de repentina, las cosas volvieron a calmarse.

—Me gustaría pedirte algo —dijo George, y miró a su hijo, que estaba arropado con la manta, descansando tranquilamente—. Es un favor. No me debes nada, por supuesto; quiero que quede claro. Pero quizá me lo concedas de todos modos. —La fatiga hacía que hablase en voz más baja, pero continuó—. Mi hijo es... frágil. Eso no tiene nada de malo, pero el mundo está lleno de aristas, por decirlo de algúna manera. A veces temo por él. Y sé que hay ofensas, ofensas imperdonables que verás siempre que lo mires, pero tal vez tengas la bondad de cuidarlo por mí de todos modos.

—George...

—Confío en ti, Prentiss. Si sé que te tiene a ti cuidándolo, aunque sea desde la distancia...

—Te doy mi palabra. Y no tienes que decir nada sobre el tema.

El tono con el que Prentiss había hablado no delataba ninguna emoción, pero la declaración bastaba para proporcionarle a George un gran consuelo.

—Te lo agradezco —dijo.

—Pero yo te pido otro a cambio.

—Lo que quieras.

—Que te acuestes ya.

—¿Y tú? —le preguntó mientras volvía a su petate.

Prentiss le dijo que pensaba despertar a Caleb para que cubriese la última hora. Y después se pondrían en marcha.

George no estaba seguro de ir a dormirse con ese viento, pero, cuando se despertó de nuevo, el cielo que se veía sobre las cumbres era azul y los caballos hacían ruido, listos para partir. Los chicos se habían levantado y barrían el campamento para borrar las huellas.

Caleb lo miró con precaución.

—Hemos pasado la frontera del condado —le dijo—. Por si quieres volver a casa.

George casi no había abierto los ojos.

—¿Por qué no me pasas un poco de cecina? Tengo hambre.

Era la única respuesta que estaba dispuesto a dar. Aún no estaban en un lugar seguro. No pensaba ir a ninguna parte hasta que los hubiese dejado a salvo.

Era extraño, pero, a medida que George se agotaba, con la cadera dolorida por el esfuerzo de la cabalgada y los cuartos traseros resentidos de dormir en el suelo, pensaba menos en sus males y más en los de su hijo. Cuando alcanzaron el tercer día de viaje, más que sentirse presente en su propio cuerpo, se percibía a sí mismo como una tenue fuente de supervisión. Si le dolía algo, se preguntaba si a su hijo le dolía algo, y mientras descansaba, a menudo se despertaba sobresaltado y se preguntaba si su hijo dormía más tranquilo que él. Todo eso le recordaba a la devoción de una madre, y a pesar de que durante toda la vida ese comportamiento tan servil por parte de Isabelle y de otras mujeres le había parecido irracional, de pronto estaba en sintonía con él.

Entretanto, habían llegado más lejos de lo que creía que llegarían. El paisaje continuaba sorprendiéndolo, sobre todo el río, que aniquilaba todas sus ideas preconcebidas sobre el poder de la naturaleza. Tenía la anchura de varios hombres y George detuvo la caravana durante un rato solo para contemplar los rápidos con asombro, una imagen que dio pie a una explosión de humildad que nunca antes había sentido.

—Esto... Esto es...

Pero estaba demasiado abrumado para decir nada y se sentó.

Lo dejaron solo con su silencio, tal vez conscientes de que lo que necesitaba, por encima de todo, era descansar un poco.

Cuando por fin intentó levantarse, tuvieron que ayudarle los dos jóvenes y supo que la excursión tocaba a su fin. No aguantaría mucho más.

Ya casi era de noche otra vez. La tierra estaba más blanda y el calor era muy húmedo. Las ramas flácidas de los árboles colgaban de modo que las hojas proporcionaban una sombra aún más intensa. Pese al avance rápido del ocaso, George se fijó en un tronco caído que estaba cubierto por tantas hormigas que se movían como la corriente de un río negro, una ola oscura que no paraba de moverse. Temía por las monturas en aquel terreno inestable, pero tanto la yegua como Ridley se las apañaron bien hasta que llegaron a un cenagal profundo que tendrían que vadear. Una vez más, miraron a George como si ese fuese el lugar donde daría la vuelta.

—No tienes que hacerlo —dijo Caleb.

George desmontó.

—Llevadlos con las riendas. Con calma.

Tardaron quince minutos en atravesar aquella depresión con el lodo hasta la cintura y una nube de mosquitos alrededor, pero los animales no se inmutaban, sino que, en todo caso, recibían ese intermedio con alegría. Cuando salieron al otro lado, los recibió el ruido de un hombre que no era de su expedición. Caleb, que ya tenía los pies en los estribos, dio media vuelta de golpe con el rifle preparado. George se estremeció y se giró. En la orilla de la que venían había un semental que agitaba la cola con placidez. Hackstedde estaba encorvado e indiferente sobre el lomo; sin embargo, parecía más vibrante en plena naturaleza: la piel dorada, los ojos encendidos.

Sin mediar palabra, desabrochó la correa de la alforja, sacó una bolsa de tabaco y la apoyó en el pomo de la silla.

—Chicos —saludó.

El silencio se los tragó a todos. George se quedó inmóvil como una piedra mientras el sheriff sacaba unas hebras de tabaco con lentitud deliberada. Entonces sintió una mano en el hombro. Prentiss lo ayudó a subirse a Ridley y los tres echaron a trotar. El burro no podía seguirle el paso a la yegua, pero Caleb no dejaba que George se quedase atrás. Aún sentía la presencia de Hackstedde a su espalda cuando por fin hizo que Ridley se detuviese. Caleb y Prentiss cabalgaron cierta distancia antes de darse cuenta de que George se había parado y no les quedó más remedio que dar media vuelta.

—Tenemos que seguir adelante —dijo Caleb—. No tardarán nada en cruzar el cenagal.

La travesía por el lodo había acabado de agotarlo, y con la última luz del día desapareciendo del cielo, George notó que no se resistía al sueño; tenía el cuerpo molido de los últimos días, de toda una vida. Le dio una palmada afectuosa a Ridley, el animal que había sido digno de más confianza que cualquier hombre que conociese, y después le esbozó a su hijo una sonrisa distante.

—Creo que hasta aquí he llegado.

—¿Cómo que «hasta aquí»? —respondió Caleb—. Has visto a Hackstedde igual que lo he visto yo.

—Estoy cansado, Caleb.

—No estás siendo realista —dijo Prentiss—. Tu chico tiene razón: no podemos parar ahora.

George desmontó.

—Me imagino que acamparán antes de cruzar. No tienen prisa. Van a mejor ritmo que nosotros, sus monturas son más rápidas.

—¿Y propones que nos rindamos ahora? —preguntó Caleb.

George cogió aire, hizo una pausa y después lo soltó.

—Creo que tengo un plan.

Lo miraron con impaciencia. No podía decirse que George no fuese consciente de la urgencia del momento y, sin embargo, las dos veces que intentó hablar le falló la voz. Las vicisitudes de las últimas horas habían sido asombrosas. Sabía lo que se esperaba de él y, aun así, no contaba con los medios para llevarlo a cabo. Pensaba que ya hacía un tiempo que se había librado de todos sus miedos, pero en ese momento temblaba de temor, incapaz de mirar a los ojos a su hijo, a quien su decisión decepcionaría o aliviaría, y él no podía soportar ninguna de las dos reacciones.

Cuando habló de nuevo, lo hizo con un hilo de voz, pero consiguió enunciar las palabras.

—Os vais a pie —dijo—. Y me dejáis aquí.

Esa noche no había estrellas. El bosque parecía observarlo desde todos los ángulos, ojos titilantes que irradiaban desde las cavidades de los troncos, sombras que se movían a lo lejos con violencia súbita. Los susurros del río y de los insectos se convertían en un clamor cada vez que el viento amainaba y se silenciaba. George había atado a la yegua y a Ridley con una cuerda e iba a pie con ambos sujetos por las riendas: hasta el trote más lento le producía grandes dolores y se había resignado a andar. No habían dejado ningún rastro excepto los cascos de los animales, pero había visto que, en la orilla del cenagal, Hackstedde tenía la vista fija en el suelo y sabía que eso era lo que tenía al sheriff pisándoles los talones. En los pantanos los chicos tendrían un día de ventaja, y, sin las monturas, confiaba en que cualquier indicio de su paso quedaría oculto bajo el agua. La única función de George era hacer de señuelo; caminaba sin cesar, con el cuerpo ardiendo y la camisa empapada de sudor.

Se acostumbró a las voces que se alzaban sobre el ruido de la noche. Si las tenía dentro o fuera de la cabeza, no lo sabía, y tampoco distinguía qué intentaban decirle. Prefirió creer que eran tan solo la instrucción de seguir la marcha, un parloteo vacío para entretener la mente. Pensó en los indios que les hablaban a los árboles y a los espíritus, y aunque los sentidos le ofrecían pruebas de lo contrario, lo único que le quedaba era insistir en que se trataba de supersticiones. Se le habían entumecido los pies y tenía la lengua hinchada de la sed. Su hijo se había empeñado en darle la pistola y en ese momento se le ocurrió sacarla para defenderse de un peligro acechante e inescrutable, pero cambió de opinión. Una neblina llamativa había invadido el cielo nocturno y la luna estaba teñida de rojo. Pasaba algo, aunque no alcanzaba a saber qué podía ser.

Un laberinto de helechos lo condujo hacia un corredor oscuro del bosque y, a pesar de que el burro y la yegua se resistían, siguió por el camino. A duras penas veía más allá de sus narices, y cuando tendió la mano para avanzar a tientas, tocó carne áspera de cierto tipo y tamaño y de inmediato la identificó con su padre. Se detuvo más por rabia que por miedo.

—Déjame tranquilo.

El caballo se detuvo y la presión no vino de las riendas, sino de alguien que lo agarraba por el hombro; una vez más, dio un tirón para soltarse.

—Iré por donde yo quiera —protestó George.

El suelo se convirtió en un terreno anegado y pensó que, sin saber cómo, había dado la vuelta y había regresado hacia los pantanos. Estaba a punto de darse por vencido. Tenía el cuerpo deshecho. Soltó las bridas y se arrodilló con sumisión. Entonces se movió una sombra, el tipo de movimiento fugaz que se percibe con el rabillo del ojo y desaparece en cuanto miras bien; sin embargo, la cosa que tenía delante estaba allí, sin lugar a dudas, delante de sus narices. No podía levantarse, pero de haberlo intentado no habría llegado a su altura: la bestia, a la que no afectaba la densidad demoledora de la oscuridad, cuando se alzaba, era el doble que él. Tenía el pecho revestido con una mata espesa de pelaje más oscuro que la propia noche y los ojos lechosos se veían en el cráneo como un par de monedas reflejando la luz de la luna en un estanque.

George estaba tan extasiado que pensó que iba a estallarle el corazón. La bestia se erguía inmóvil y lo contemplaba sin dar muestras de amenaza o peligro, y de pronto George sintió con total seguridad que ella ya lo había visto antes; que, de hecho (y en ese momento se convenció de ello), llevaba años cuidando de él y hasta ese momento él no había tenido el privilegio de verla tal como era. ¡Qué alegría tan exultante! Suficiente para hacer que un hombre se arrodillase de no estar ya en esa posición.

—¿Podrías acercarte más? —le rogó.

No había nada que desease más que ver bien a la criatura que lo había esquivado durante toda una vida, ya que en presencia de la bestia sus dudas desaparecían, sus convicciones adquirían más claridad, se le alegraba el ánimo. La imagen le daba tal energía que se puso en pie de nuevo. Le temblaban las piernas, pero se sacudió el barro. Avanzó un paso con cuidado. La bestia no titubeó ni un instante. Estaba tan quieta, sumida en una paz y en una estoicidad tan elegantes que su rostro se fundió con la neblina de yeso rojo que dominaba el cielo y su pecho empezó a disolverse en la oscuridad cavernosa de la noche; con pánico y desesperación, George extendió el brazo para tocar a la bestia antes de que desapareciese por completo, pero no percibió más que una ausencia y lo único que vio ante sus ojos fueron sus manos. Nunca había sentido confusión como aquella, nunca había dudado tanto de su entorno, y se puso a girar sobre sí mismo.

—¡Ridley! —imploró—. ¿Oyes mi voz? Ven a buscarme. ¡Ridley!

La oscuridad no cedía con su quietud. Ridley había desaparecido. Solo lo acompañaba el viento, que se había vuelto tan enérgico que consiguió trasportarlo al suelo y calmarlo lo suficiente con sus susurros para que se durmiera.

Esa noche su mente le dio vueltas al día anterior con repetición torturadora. Se despertó más de una vez, consciente de dónde estaba pero paralizado por un sueño pasajero, con el cuerpo incapaz de incorporarse al mundo de los despiertos. Se sentía resguardado dentro de su propio capullo y lo único que lo liberó de las fauces de la inconsciencia fue la necesidad imperiosa e inexcusable de orinar. Se incorporó hasta que estuvo sentado y respiró con calma, contento de ver la floreciente luz del día.

Pensó que tenía fiebre, así que se quitó la camisa y después meó sin moverse del sitio. Echó un vistazo a su alrededor y supo que, tal como había supuesto, había vuelto hacia los pantanos dando un rodeo. Se sorprendió de lo baja que era la temperatura: el calor de la noche se había caído del cielo matutino y se había convertido en una niebla gris y espesa que se extendía hasta el punto de ocultar el horizonte.

Lo que más lo alivió fue encontrar a Ridley y al caballo delante de él, aún atados el uno al otro, pastando en silencio. No tardó ni un momento en convencerse de que la yegua, joven, inquieta y excitable, seguramente había intentado escapar, pero Ridley, su querido Ridley, era demasiado leal para hacerlo y la había mantenido a raya en espera de que George se despertase. Se avergonzaba de su comportamiento de la noche anterior y se acercó a los animales con la cabeza gacha.

El cielo seguía oculto por el humo, el sol todavía brillaba de color rojo y George se preguntó qué demonios estaba pasando en el mundo. En cuanto se orientó, sacó un tarro de los melocotones de Isabelle de la alforja del caballo. Estaba muerto de cansancio, tenía la piel pálida, la cara demacrada, y se planteó cuánto tiempo más podría aguantar. ¿Era posible que incluso la cabalgada de vuelta a casa fuese demasiado? Jamás había echado de menos a nadie cuando salía de excursión por los bosques, pero en ese momento añoraba muchísimo a su esposa y no se sacudía el miedo de que a Caleb y Prentiss les hubiese sucedido algo malo en alguna parte, de que su plan hubiese fallado.

Casi no podía ni comerse los melocotones.

—¿Qué vamos a hacer? —le preguntó a Ridley.

Teniendo en cuenta la poca energía que le quedaba, no sabía si debía continuar con el plan de engañar a Hackstedde o si debía regresar a casa. Al cabo de un momento, le arrebataron la oportunidad de decidir. Primero pensó que el ruido era una jugarreta más de su mente, pero, cuando la yegua echó las orejas hacia delante y Ridley se volvió hacia el sonido, se dio cuenta de que era real.

Sintió una felicidad que lo recorrió a nivel carnal: la posibilidad de sobrevivir, la compañía de otros humanos tras una noche tan difícil. No obstante, el alivio desapareció por completo cuando alcanzó a ver a Wade Webler cabalgando detrás de Hackstedde y de Gail Cooley, además de al ayudante y a dos jóvenes, uno de ellos con un perro. Los seis se acercaron sin prisa; el único consuelo que le quedaba era que lo hubiesen encontrado a él y no a los chicos.

El sol sangraba a sus espaldas en un carmesí oscuro. Se detuvieron delante de él y Wade se puso al frente de la partida en cuanto vio que no era más que un hombre solo.

—George, debo tener la osadía de preguntar cómo puede ser que un hombre tan viejo y tan vago como tú haya conseguido llegar tan lejos de Old Ox. Y, si me lo permites, añado: con uno de mis caballos más valiosos.

George se acercó a trompicones. Tenía la sensación de haber olvidado cómo se hacía para hablar y se quedó allí plantado en silencio, como en trance.

Wade se mostraba sumamente triunfal. Estaba sentado sobre su montura, con aspecto fornido, disfrutando del momento.

—Mírate —le dijo—. Estás totalmente rendido. Con tres días de viaje nada más. Me viene a la cabeza la palabra *lamentable,* pero no me gusta nada ser tan generoso.

Tiempo atrás, lo que Wade había dicho habría agraviado a George, pero él ya no era esa persona, y fuera cual fuese el daño que Wade pretendía hacerle, ya se lo había impuesto él mismo muchas veces. Además, ese hombre que pontificaba ante sus subordinados como un niño balbuciente no era ni mucho menos el potentado todopoderoso que se creía. Esa debía de ser la primera vez que George miraba a Wade sin ni una pizca de odio, sabiendo lo extrema que era su necesidad de venganza en comparación con la ofensa insignificante que había dado lugar a aquella expedición. Intentaba escuchar mientras el otro le hablaba, mientras Wade componía una metáfora sobre el hecho de que había dejado su trabajo de lado para adentrarse en el bosque y capturar a un ciervo joven, no a una cerda gorda como George, mientras insistía en que les dijera adónde habían ido Prentiss y Caleb; sin embargo, en lo único que George conseguía pensar era en lo quisquilloso que se había vuelto Wade. Era padre y terrateniente, se suponía que también la figura pública más influyente del pueblo, capaz de hacer que hasta un general de la Unión lo obedeciese. No obstante, en el fondo no era más que un niño asustado y demasiado orgulloso como para dejar pasar un pequeño escupitajo en la cara. George sentía lástima por él, una lástima total y absoluta, y no tenía prisa por discutir ni representar el papel que Wade necesitaba que representase.

—Habla. —Era Hackstedde, que parecía tan harto del discurso de Wade como George—. Dinos dónde está el chico de color para que podamos acabar con esto.

George señaló a la yegua sin dejar de mirar a Wade y de pronto encontró la manera de hablar.

—Tengo esto que te pertenece. ¿Qué te parece si te llevas lo que es tuyo, me acusas a mí de cualquier delito que se haya cometido y dejamos el tema?

Cuando vio que respondían a sus palabras con silencio, se lo ofreció de nuevo, pero esa vez suplicando.

—Déjalo estar, Wade. ¿Quieres más tierras? ¿Qué tal si te entrego las mías? ¿Quieres justicia? Que me cuelguen. Si quieres, puedes hasta quitarme el saco de la cabeza y ver cómo me retuerzo sabiendo que eso me lo has hecho tú. Eso es lo que buscas, ¿no es cierto? Un castigo. Pues considéralo tuyo. Pero deja el tema.

Todos miraron a Webler esperando que hiciese alguna concesión, pero él se limitó a negar con la cabeza.

—Les he prometido a muchas buenas personas del condado que colgaríamos a un negro. Estoy convencido de que así será.

Así pues, no había manera de satisfacer a Wade sin Prentiss. El cacique de Old Ox se había inventado una amenaza para su imperio, para su gente, y le había cargado la responsabilidad a Prentiss y a nadie más que a Prentiss; era un hombre en crisis, y apelar a la razón no era viable. George no iba a disuadirlo con palabras. No le quedó más remedio que suspirar. Sin más aspavientos, se sacó la pistola de su hijo de la cintura del pantalón y la sostuvo casi sin fuerza con ambas manos.

Los hombres protestaron con un gran rugido antes de sacar sus armas; todos menos Gail, que hizo girar al caballo y se escondió en la retaguardia, y el asistente del sheriff, que chilló pidiendo que se calmasen todos, para que las cosas no se salieran de madre, y después se fue atrás con Gail. Eso dejó a los dos jóvenes a los que George no conocía y que aún no habían dicho ni una palabra flanqueando a Wade y al sheriff.

—Baja el arma —le dijo Wade apuntándolo con la suya—. Ni siquiera sabes disparar ese maldito trasto.

La afirmación tenía algo de cierto. La última vez que George había apretado un gatillo aún era un chaval que salía a cazar con su padre, y ni siquiera entonces disfrutaba del tirón brutal del martillo ni le gustaba la manera en que el chillido de la munición obliteraba la tranquilidad de la tarde. Pero pensaba proteger el viaje de los chicos a cualquier precio y si Wade demostraba que era tan implacable como su postura indicaba, George le dispararía. Nunca había estado tan seguro de nada en toda su vida.

—Quiero que me detengáis —contestó George—. Que recuperes el caballo, nos marchemos de aquí, me llevéis a Selby y me acuséis de los delitos que os plazcan.

Hackstedde tenía la pistola apoyada en el pomo de la silla con tanta abulia que parecía faltarle energía para aguantarla él solo.

—Haz caso de Wade —dijo—. Este es el único aviso que vamos a darte.

—Baja el arma —repitió Wade—. Le he prometido a mi hijo que ni a ti ni a Caleb os ocurriría nada y pienso cumplir la promesa. No me lo pongas difícil, George. Al menos esta vez.

—¿Y si fuera August? Harías lo mismo. Lo harías, Wade.

No sentía ningún miedo. En su mente, estaba a un mundo de distancia de allí, en el porche de su casa con un vaso de limonada, delante del granero, donde dormían los hermanos. Caleb estaba dentro, sentado a la mesa del comedor, enfrascado en una conversación con su madre. Las cosas volvían a estar bien. Muy bien.

Una de las pistolas habló.

Los hombres se miraron confundidos hasta que una nube de humo salió del cañón del arma de Hackstedde.

—Estaba avisado —dijo como si nada—. Así es como funciona.

George se miró por todas partes, ya que tenía el cuerpo entumecido y no sentía dolor. Al final, al cabo de unos segundos que transcurrieron despacio, un ardor se le extendió poco a poco por la pierna y alcanzó una temperatura tan alta que pensó que tenía toda la extremidad en llamas. Se desplomó al suelo y de la herida brotó primero un goteo de sangre y luego un chorro; cuando los hombres desmontaron, él ya se había resignado a una muerte lenta a manos de ese sheriff corpulento.

—¡Maldita sea! —se quejó Wade, que se quitó el sombrero y le pegó varias veces a Hackstedde con el ala—. ¡Que no iba a disparar!

—Apuntaba como si fuese a disparar. Lo habéis visto todos.

Los demás estaban horrorizados.

Solo Wade tuvo arrestos para acercarse a George. Corrió hacia él, furioso.

—¡Maldito seas tú también, George!

Se agachó y repitió el mismo tratamiento que le había dado a Hackstedde: lo azotó con el sombrero en el hombro, pero más flojo, y si era por la rabia, por la pena o por la frustración, no se sabía, aunque quizá fuese una combinación de las tres.

—Basta —consiguió graznar George—. Por favor.

Tenía al hombre casi encima y lo miraba con miedo; ambos se miraban con miedo, de eso George estaba seguro, y se contemplaban como si acabasen de darse cuenta de un malentendido que había ido demasiado lejos y ya no se podía arreglar.

—Me muero —dijo George.

—Es el muslo nada más. Estarás por ahí diciendo sandeces en un abrir y cerrar de ojos. —Se volvió hacia el resto—. Que uno de vosotros, mentecatos cobardes, mueva el culo y me traiga algo con lo que atarle la pierna. Ahora.

George notaba como si los tendones se le hubiesen enroscado como un trapo escurrido. No sentía nada más que el calor que perdía en oleadas y la convicción que lo recorría de que había llegado el final. El puro pánico a morir. Y era un pánico auténtico, como ningún otro al que se hubiese enfrentado. No sentía ningún consuelo, ninguna sensación de cierre. Solo miedo.

Wade se arrancó un jirón de la camisa y George le tendió la mano y se aferró a su antebrazo aterrorizado.

—¿Qué vas a decirle a Isabelle?

—George.

—¿Vas a capturar a los chicos? Dime que no. Dime que los dejarás tranquilos.

—George, ¡estoy ocupado salvándote la vida, maldita sea! ¡Basta ya!

Hackstedde se alzó junto a ellos en la penumbra. Encendió un cigarrillo.

—Está sangrando mucho.

—Wade —lo llamó George con un hilo de voz—, dímelo.

Aflojó un poco la mano con la que le agarraba el brazo.

—Intenta seguir despierto, hazlo por mí —rogó Wade—. ¿Puedes hacerlo? George, contéstame.

George hundió la cabeza hasta el suelo; la tierra estaba blanda y fresca, una sensación que no podría haberle parecido más agradable, dado que lo devolvía a casa una vez más. A su cama, envuelto con sábanas limpias, con la noche despuntando sobre él al tiempo que se sumía en un sueño.

Capítulo 24

Se las describirían a Isabelle muchas veces: las primeras horas durante las que el fuego arrasó Old Ox; se las relatarían tan a menudo y por boca de tantas personas que sería capaz de reconstruir todo el suceso sin haber estado presente. Un establo fue el primero en caer, tras lo cual las llamas avanzaron en estampida por la plaza como si las condujesen los cuatro jinetes en persona. Delante de todas las casas había carretas: las familias a las que el vigilante contra incendios había advertido repetidas veces que preparasen cubos de agua habían desoído las órdenes y, en lugar de eso, salvaban sus posesiones. Se oían los gritos aterrorizados de niños y mujeres, el rugido agudo de los cristales rotos a medida que estallaban los escaparates, los chillidos del ganado en los corrales dando vueltas frenéticas y muriendo sin misericordia alguna. Los viejos y los enfermos que no podían ponerse a salvo sufrían el mismo final que los animales: los brazos sin vida les colgaban inertes desde las ventanas de edificios en llamas hasta que el humo los ocultaba. Había hombres valientes preparados con cubos de cuero junto a soldados armados como para entrar en combate; se encaraban al avance de las llamas con intenciones admirables, pero al final se echaban a temblar de miedo y acababan huyendo como los demás.

Los había que decían que todo el pueblo se habría quemado y que no habría quedado ni un alma con vida para verlo caer de no ser por una persona. Ray Bittle, a caballo, había galopado por el pueblo con la celeridad de diez hombres; cabalgaba tan deprisa que tenía que sujetarse el sombrero para que no se le cayese de la cabeza. Les gritaba a todos los que querían huir y, en particular, avergonzaba a los varones trazando círculos a su alrededor.

«¡Cobardes! —les gritaba—. Viles cobardes. Defended vuestro hogar. ¡Defended vuestro pueblo!»

Costaba encontrar a una sola persona que, antes del momento en que el fuego llegó al pueblo, recordase haberlo visto despierto y más aún hablando, pero su espíritu había resurgido como un géiser que, inactivo desde hacía mucho tiempo, hubiera revivido de repente. Escupía veneno con tal energía que los testigos no podían hacer nada salvo quedarse plantados y anonadados, la fuga interrumpida por el ímpetu de aquel hombre. En un abrir y cerrar de ojos, los animaba con la misma pasión con la que los había avergonzado, y todos los que oían sus ruegos perdían el deseo de abandonar el lugar que habían dejado arder tantas otras veces.

Tampoco es que sirviera de algo. La brigada de los cubos era de una inutilidad risible, y los participantes acabaron por salir corriendo con el consuelo de haber intentado ser valientes (al menos podían decirles a los demás que lo habían intentado). El verdadero héroe, según afirmaban muchos, no había sido Ray Bittle, sino el vigilante contra incendios, que salvó una parte del pueblo con la decisión de destruir el aserradero de Roth y la carnicería del señor Rainey y de convertir los edificios en un cortafuegos natural para detener el avance de las llamas. Cuando el incendio no tenía por dónde pasar, llegaron las brigadas de Selby y de Campton: tres carros en total, con mangueras. Lucharon contra las llamas durante una hora y aun así hizo falta la ayuda de un viento moribundo para que el caos se disipase por completo. El pueblo quedó sumido en un silencio tan intenso mientras la noche daba paso a la mañana que la destrucción parecía absoluta, pero las conversaciones aparecieron de nuevo mientras los vecinos afrontaban las consecuencias y volvían a su casa; por extraño que pareciese, todos encontraban consuelo en el hecho de que, pasara lo que pasase, el sol saldría al amanecer. El mundo seguiría adelante y ellos estarían allí para verlo.

Al día siguiente, los niños se adueñaron del pueblo. Las familias estaban tan inmersas en evaluar las pérdidas que habían sufrido en casa (mientras el consejo del pueblo se encerraba en la iglesia a discutir cómo acometer la reconstrucción) que no eran capaces de atender los negocios. Los propietarios mandaron a sus hijos a vigilar que no hubiera saqueos, así que lo que habría visto un recién llegado era que los más pequeños, todos del color del hollín y rebosantes de energía, se acumulaban en el interior de las tiendas y se llamaban unos a otros desde distintos lugares de la plaza para informar de lo que habían perdido, como si se tratase de un concurso.

El general de brigada Glass organizó una tropa de soldados para ayudar en la limpieza, pero nadie permitía que esos hombres entrasen en los restos chamuscados de su negocio. El estado general era tan deplorable que el general temía que se produjese el tipo de caos que desencadena el apocalipsis. Se oían rumores de revuelta. Sus hombres y él se prepararon ante la posibilidad de que los saqueadores se hicieran con la escuela y les arrebatasen las armas a los soldados. Estaba refugiado allí dentro, amedrentado ante la destrucción total del pueblo que habían dejado a su cargo, y no había manera de sacarlo del estupor que le había inducido el fracaso.

Esas fueron las condiciones con las que se encontraron los agentes federales que había enviado el gobernador militar. Llegaron sin fanfarrias ni previo aviso, una caballería de hombres blancos y negros cabalgando unidos, con uniformes nuevos de color azul y botas gruesas, galopando con una postura confiada que rayaba en la arrogancia. Tras ellos, en un poni más pequeño, llegó un hombre menudo que llevaba unas gafas redondas y un traje que no era ni barato ni bueno. Desmontó el primero y le preguntó a una niña qué había pasado en el pueblo y dónde podía encontrar a Glass. El resto del trayecto hasta la escuela lo recorrió a pie por delante de los miembros de la caballería y saludando con la cabeza a todos los niños que encontraba por el camino, agradable en todos los encuentros. Estuvo en la escuela solo un ratito, salió de allí solo, tan compuesto como de costumbre, y se dirigió a la iglesia. Allí los recibieron a él y a los de la caballería con silencio e incertidumbre, y todos los que estaban sentados estiraron el cuello para verlo acercarse al altar, donde se presentó a los concejales diciendo que era el secretario de la Oficina de los Libertos y que lo enviaban para evaluar el pueblo de acuerdo con las leyes aprobadas por los Estados Unidos de América. Hubo quejidos y gritos de sorpresa; ¿acaso no habían aguantado ya suficiente? Pero los hombres, con el rifle en la cadera, garantizaron que hubiera un ambiente de civilidad.

Los concejales exigieron ayuda de emergencia para sobrellevar un momento tan complicado y se lamentaron de que Glass los había defraudado, porque nunca tenía existencias para alimentar más que a los más pobres, a los más necesitados, en cuyas filas estarían todos tras el incendio. La demanda se convirtió en una explosión contra la Unión, que, según todos los presentes, se había olvidado de una puntada de su tejido, de un pueblo que merecía más y había ardido ante la mirada de un general incompetente. El secretario sonreía mientras los vecinos despotricaban, y cuando terminaron, habló él. Todos los ciudadanos podrían pedir su parte de unos víveres que estaban a un día de distancia, explicó. Recibirían la ayuda que buscaban, toda la que su país pudiera proporcionarles; de hecho, mucha más de la que Glass había podido ofrecer. Lo único que les pedían era que leyesen un juramento. Todos los vecinos tendrían la oportunidad de hacer la promesa. Formarían una fila y recitarían:

Juro solemnemente ante Dios Todopoderoso que, bajo la presente, apoyaré, protegeré y defenderé con lealtad la Constitución de Estados Unidos y de la Unión, y que del mismo modo acataré y apoyaré con lealtad todas las leyes y proclamaciones que se han aprobado durante la presente rebelión en lo referente a la emancipación de los esclavos, con la ayuda de Dios.

Un hombre le lanzó una bola de papel al secretario (aunque el tiro quedó corto). Otro se levantó al tiempo que los llamaba traidores y maleantes a voces y se marchó. Sin embargo, a esas alturas ya había gente haciendo cola: primero las mujeres, muchas de las cuales iban con sus hijos, seguidas de sus maridos. Fueron uno a uno y hablaron con claridad mientras el secretario dejaba constancia de su nombre y les entregaba un papel que documentaba el voto que habían hecho. Después se entretuvieron fuera. El cielo estaba gris y apagado, y tenían el fuego muy fresco en la memoria; las palabras que habían pronunciado momentos antes les parecían vacías, parte de la confusión de todo lo sucedido. ¿Qué más daba si las recitaban? ¿Acaso no estaban ya bajo el control de la Unión? No eran más que un puñado de palabras. Garabatos en una hoja de papel. Nada. Nada en absoluto. Y, cuando se fueron de allí, el recuerdo empezó a desvanecerse.

La primera en verla y en compartir la historia con ella fue Mildred, que la visitó esa misma tarde, después de acudir a la reunión de la iglesia con sus hijos. Isabelle nunca la había visto tan alterada: tenía la cara tan roja que parecía que ella misma hubiese combatido el fuego. Por suerte, la casa de Mildred, que estaba detrás de la maderera, no había llegado a estar en peligro. Lo único que ella había hecho era sentarse en la veranda, ansiosa por que todo acabase.

Isabelle le aseguró a su nerviosa amiga que estaba perfectamente.

—Pero tus tierras no —repuso Mildred—. Y podría haber sido mucho peor. Estabas aquí tú sola.

Se habían sentado a la mesa del comedor. Las ventanas estaban cerradas, para que no entrasen cenizas con el aire, y los postigos también, para ocultar la destrucción de fuera. Estimaba que el fuego había consumido unas ocho hectáreas. Había ido en línea recta desde los cultivos de George y había ido calcinando todo carretera abajo, tal como ella había supuesto. Todos los árboles que flanqueaban la carretera Stage (incluidos los suyos) se habían quedado pelados, y muchos se habían caído; el enorme incendio no había perdonado las casas majestuosas que flanqueaban la carretera.

Ninguna de las dos se bebía el té que tenía delante. Parecían haber perdido incluso la capacidad de consolarse la una a la otra, una habilidad que jamás les había fallado.

—Estoy sana, Mildred. Mi casa está intacta. Y tú has hecho bien quedándote en casa. Menos mal, por el amor de Dios, que no viniste hasta aquí con la carreta y no te quedaste atrapada en ese incendio miserable.

Mildred no apartó la vista del platillo que tenía delante cuando habló.

—George regresará —dijo—. No me cabe la menor duda.

Isabelle asintió con aire ausente.

—Sí.

—Ojalá pudiera hacer más. Me siento como una amiga terrible.

—Tú siempre quieres ayudar, pero a veces no hay nada que hacer. Aquí no, por lo menos. Puede que en el pueblo. Tráeme otra historia, algún chisme. Con eso será suficiente.

—Mis chicos están ayudando en la plaza. Pienso ayudar yo también de la manera que pueda.

—Hazlo —contestó Isabelle—. Necesitan personas como tú. Gente que sabe cómo gestionar las cosas.

—Vendré más a menudo. Despejaremos esos campos juntas, les devolveremos la vida. Haremos lo que haga falta. No vas a quedarte sola.

Isabelle no reunía las fuerzas necesarias para protestar. Esa mañana en compañía de su amiga había sido el único descanso de sus pensamientos desde la partida de George y Caleb; no había nada que ella quisiese más que verla volver, tanto si traía historias nuevas como si no.

Mildred se levantó y se puso los guantes, mientras que ella se quedó sentada.

—¿Me harías un pequeño favor? —le preguntó Isabelle—. Te agradecería muchísimo que le mandases un telegrama a mi hermano. Para decirle que estoy bien. Que, si quiere, puede venir a visitarme.

La hermana pequeña que tenía dentro se sintió mal por necesitar a Silas, pero eso no disminuyó las ganas de verlo.

—No sé si lo has entendido —le dijo Mildred—. La oficina postal es una montaña de cenizas.

—Claro, cómo no. —Isabelle pensó un momento—. Entonces haz esto por mí: ve a ver cómo les ha ido a Clementine y a su hija. Si están bien.

Su amiga manifestó cierta sospecha sobre qué podía significar la conexión con Clementine, pero Isabelle sabía que, en las circunstancias en las que se encontraban, no le negaría lo que le pedía.

—Como desees.

Isabelle le dio las gracias y con la mano se protegió los ojos de los rayos de sol polvorientos que se tragaron a Mildred cuando salió.

El cuerpo se acostumbraba al tacto, se acostumbraba a las conversaciones, y cuando eso faltaba, la pérdida se manifestaba en algo que Isabelle solo sabía identificar como una presión creciente, el picor de una herida que no tenía una ubicación concreta, sino el cuerpo entero. La presencia de Mildred la había ayudado, pero el efecto se disipó como un medicamento suave. Enseguida continuó con la misma rutina de aislamiento: tejer sin resultados concretos en mente, hacer inventario del sótano sabiendo que daba igual lo que encontrase. A veces se ponía a hacer cosas hasta un punto delirante y de pronto se daba cuenta de que habían pasado diez minutos o una hora. Otras veces se sentaba sin moverse pensando en la imagen de un bebé que estiraba el brazo desde la cuna; en una manita rechoncha que buscaba a su creadora, que buscaba algo que lo reconfortase; en si ella era muy diferente de ese bebé.

Se echó una siesta, ya que había estado despierta durante dos noches seguidas, y al despertar vio que la luz del sol todavía incidía en los postigos. Oyó que alguien llamaba a la puerta. Cayó en la cuenta de que era lo que había interrumpido su sueño. ¿Cómo era posible que no hubiese oído que alguien se acercaba por el camino? ¿Cómo había podido quedarse dormida? Se levantó de golpe y se estiró el vestido antes de ir a la puerta. No tuvo tiempo de preocuparse ni de asustarse. Cuando abrió, el aire, que acumulaba el calor de todo el día, le golpeó en la cara como una mano abierta.

—Isabelle.

Wade Webler tenía el sombrero en la mano.

Isabelle nunca había visto que Wade no mirase a alguien a los ojos, pero en ese momento no era capaz de mirarla en general. Había muy pocas cosas capaces de conseguir que un hombre como él no mirase a la cara una mujer.

—Dime.

Él vaciló un momento más.

—No sé qué se le pasó por la cabeza. Sacó la pistola...

Ella se tapó la boca con la mano y después se la puso en el pecho, como si no supiera qué parte se le rompería antes, cuál necesitaba atención más urgente.

Era evidente que Wade también estaba destrozado. Hackstedde, a quien hasta ese momento casi ni había visto, se acercó a él sin prisa alguna. Se las apañó para contarle lo que había sucedido con una firmeza medida que la ofendió y que agradeció a partes iguales.

—No está muerto —la tranquilizó Hackstedde—, aunque parecía pensar que el fin era inevitable. No me extraña. Ha sangrado mucho, pero ha sido solo un disparo en el muslo. Me he asegurado de traerlo antes de que la cosa se pusiera demasiado mal.

Isabelle sintió una oleada de alivio. Tenía delante al hombre que le había disparado a su marido y, no obstante, sentía el impulso de darle las gracias por salvar la vida que él mismo había hecho peligrar.

—Lo hemos llevado donde el doctor Dover. Puede ir a verlo cuando quiera.

Ella contuvo la respiración.

—¿Y los chicos? ¿Qué pasa con los chicos?

—Sí, eso —respondió Hackstedde como si nada—. Los chicos de cuyo paradero usted no sabía nada. Bueno, algunos de nosotros volvimos con Wade para traer a George a casa.

Los que se quedaron se encontraron con un hombre que cazaba jabalíes. Les dijo que Old Ox estaba en llamas. Nos alcanzaron, nos dieron la noticia y estaban un poco más preocupados por llegar a casa que por los fugitivos, así que nos olvidamos del tema. —Encogió los hombros, y un acto tan pequeño nunca había significado tanto—. Lo único que puedo decirle es que no están a mi cargo. Y, ahora, si me lo permite, será mejor que vaya a ocuparme de la seguridad del pueblo. Hay gente que proteger y todo eso.

Con el cuerpo destrozado por la noticia, poco más que una colección de partes temblorosas, Isabelle lo vio dar media vuelta y marcharse. Wade seguía en silencio delante de ella. Tenía el rostro oculto bajo el sombrero, que se había vuelto a poner mientras Hackstedde soltaba su monólogo, y la miró muy arrepentido desde debajo del ala.

—Lo siento —dijo—. Supongo que aún no lo había dicho. Creo que la situación se me fue de las manos. Perdí el control del asunto.

Entonces contempló las tierras calcinadas. El cielo era del color del barro y la tierra de debajo estaba quemada y ennegrecida.

—Y no solo por George —añadió—. Me temo que se ha perdido todo.

Wade olía a días de viaje a caballo, y las náuseas abrumaron a Isabelle. Se le constreñía el cuerpo ante el desafío de tener que tolerar su presencia aún más tiempo; tenía los dedos tensos, la garganta estrangulada en contra de su voluntad. Pasó un momento durante el cual empleó toda su energía en calmarse y después consiguió dirigirse a él una última vez.

—Ve a ver a tu familia. Y que no se te ocurra esconder el dolor que sientes. Quiero que cargues con lo que has hecho. Pero, en lo que a mí respecta, no volveremos a hablar.

Él quiso decir algo más, otra frase, pero ella no estaba dispuesta a permitírselo.

—Te he dicho que te marches, Wade.

Ante eso, él obedeció por fin.

Isabelle se quedó de pie en el porche, rígida, y, cuando se tranquilizó, reparó en Ridley, al que habían dejado atrás sin mencionarlo siquiera. Asociaba al burro con su marido de tal manera que al ver a la criatura había estado a punto de darle un vuelco el corazón. Se acercó a saludarlo, le cogió las riendas y lo condujo al establo.

—Iremos a por él cuando me haya vestido —le dijo—. No te preocupes. Tú come un poco.

Le puso una mano en el costado y, allí, en la intimidad del establo, con la única presencia del burro, Isabelle se desmoronó bajo el peso del alivio, que se mezcló con la pena que sentía y acabó de destrozarla; se sentó en el heno con la cabeza apoyada en las rodillas y se mojó el vestido de tanto llorar. El burro no parecía consciente de eso e Isabelle encontró consuelo en su indiferencia, en la manera en que seguía comiendo como si el mundo no hubiese cambiado para ellos para siempre. Pensaba sacarlo de dentro. Iba a sacarlo todo. Y después iría a recuperar a su marido.

Cuando llegó, él ya no tenía pierna. Lo encontró dormido, una masa informe bajo la ropa de cama. Isabelle se sentó a su lado, le cogió la mano y se volvió a preguntarle al doctor Dover cuándo se despertaría George.

—Le doy una hora, más o menos —respondió él.

La informó de que había acabado la amputación por la mañana. Se le había infectado la pierna en el bosque, le dijo. Podría haberlo matado. Aún podía ocurrir.

Mientras George dormía, su rostro perdía dureza y ganaba redondez. Era casi angelical, e Isabelle pensó que, de algún modo, no estaba bien que un médico al que ninguno de los dos conocía más que de nombre fuese testigo de una inocencia tan espontánea.

—Se ha puesto peleón —le contó Dover—. Decía que prefería morirse que perderla. Nada que no les haya oído decir a los soldados, que Dios los bendiga.

—¿Qué le ha dicho usted?

—Que la vida sigue. —El doctor era joven, delgado, llevaba las mangas remangadas hasta el codo—. Enseguida le pondremos muletas. Podemos hacerle una prótesis. Nos envían folletos a menudo. Hay modelos muy buenos.

George estaba en una habitación privada. Al principio había estado en la enfermería general, rodeado de otros enfermos, pero Isabelle había decidido pagar por el cuarto. El privilegio les otorgaba cierta tranquilidad y silencio, aunque solo en parte. Hasta los pasillos estaban llenos de personas: los que se habían quemado el día anterior esperaban apoyados contra la pared a que los tratasen, implorando a las enfermeras agobiadas que les hicieran caso. Isabelle oía sus lamentos y esperaba que no fuese el dinero que ella había pagado lo que había permitido que el médico se centrase antes en George, pero se sacudió esa preocupación, convencida de que a los demás los atendería a su debido tiempo.

—Bueno, los dejo —dijo el doctor—. Ha sido un día muy ajetreado. Avíseme si se despierta.

Ella le pasó la mano a George por el pelo, se fijó en cómo se le hinchaba el vientre al coger aire y escuchó cómo lo soltaba, igual que cuando dormía en casa. Teniendo en cuenta todo lo que había sucedido, esa parte, esa familiaridad, la preocupaba tanto como la tranquilizaba.

—Estaremos bien. Si cambia algo, se lo haré saber.

George volvió en sí a trompicones. En total, le costó dos días. Estaba alterado y se quejaba con vehemencia de lo extraño que le resultaba el hospital, de esa cama que no era la suya, del doctor, al que no conocía, de la enfermera, que se atrevía a verlo desvestido cuando le cambiaba las vendas.

Cuando por fin estuvo lúcido, Isabelle enderezó la espalda en la silla, exaltada por que estuviese despierto, y lo miró con ardor. Sin embargo, él no tenía más que miedo en los ojos, que recorrían toda la habitación como si buscasen algo invisible.

—Llévame a casa —dijo—. Por favor.

Sin embargo, la infección aún preocupaba al doctor, que se negó en rodondo. Así que George se quedó a pasar la noche con Isabelle, que, sentada a su lado, escuchaba sus gemidos agónicos y no podía brindarle más ayuda que palabras de consuelo. Cuando ya era muy tarde y hasta los pacientes más ruidosos se habían dormido, Isabelle se despertó al oírlo llorar y le agarró la mano con tanta intensidad que, al parecer, esa firmeza le infundió a George el coraje necesario para calmarse.

Un grifo oxidado de color carmesí colgaba sobre sus cabezas desde el techo y goteaba al ritmo de los segundos que iban pasando. Las paredes encaladas tenían un matiz amarillento que hizo que Isabelle se planteara si el edificio estaba impregnado de algo nocivo que se hubiese instalado alrededor de ellos. A pesar de que había sido una noche difícil, pensó que había cimentado su papel de custodia de George, de su protectora. Y, sin embargo, él sollozó y, cuando quisieron bañarlo, dio golpes en la cama como un niño y exigió que Isabelle saliese de la habitación.

—George, ¿cuántas veces te he visto bañarte?

—¡Sácala de aquí! —le exigió a la auxiliar—. ¡No me verá así!

Así que Isabelle abandonó la estancia. Cuando volvió a entrar, él continuó suplicándole que lo llevase a casa.

—Te he pedido muy poco —dijo él.

No hacía falta decir que eso no era cierto, pero ¿quién era ella para protestar en esas circunstancias?

—Lo único que deseo es estar en mi cabaña. En mi cama —continuó.

Lo que George quería era dignidad y ella no podía dársela. En lo que a él concernía, nadie debía verlo en semejante estado. Ezra lo había visitado, pero no había querido recibirlo, y lo mismo había ocurrido con Mildred.

La comida fue la vergüenza definitiva. Al ver que se negaba a comer, intentaron darle gachas de avena con la excusa de que tenía el estómago delicado, y después de acceder a tomar una cucharada, se la escupió en la barbilla y salpicó las gachas sobre la manta. La auxiliar se sobresaltó, se apartó de la cama e Isabelle se acercó a limpiarlo.

—¡Y ahora me dan gachas! Me niego a pasar por esto.

—George, por favor.

—Ya basta. Prefiero morirme aquí y ahora que someterme a esta tortura. Yo mismo acabaré con esto.

A Isabelle le costaba creer que tuviera tanta ira almacenada. Ya no era su marido, sino un hombre poseído. Cuando señaló a la auxiliar, le exigió que probase la comida y la humilló por no saber cuál era el uso correcto de la sal, Isabelle no aguantó más.

—Déjanos solos, por favor —le pidió a la auxiliar.

Era una joven en formación que no merecía ese trato; la chica se alegró de poder excusarse y cerró la puerta al salir.

—George —dijo Isabelle.

Él se volvió hacia ella con la mirada frenética.

—Debo volver a casa.

—George.

—No aguanto a esta gente, el olor del alcohol y los gritos de los niños. Estoy muy cansado, Isabelle…

—No es más que un hospital, podemos con esto.

—Es un infierno. Iré a gatas si hace falta. Para eso solo necesito los brazos.

Ella estaba totalmente agotada, dolorida de estar sentada tanto tiempo, y llevaba días sin comer casi nada. Le cogió las manos a su marido. Después del baño, George volvía a tener la piel suave, y a pesar de lo mal que se comportaba, la reconfortaba mucho estrechárselas.

—¿Dejarás que cuiden de ti —le preguntó— si llevo una enfermera a casa?

—¿Para qué? Llevas muchos años apañándote muy bien sola.

—¿Y si tengo que cambiarte, George? ¿Darte medicinas, darte la vuelta en la cama?

Él miró al frente con aire desafiante.

—Tendré mi propia comida. Y mi cama. Con la espalda apoyada en el cabezal veré los nogales por la ventana y de noche me traerás libros de la estantería, ¿verdad?

Isabelle le apoyó la cabeza en el pecho; se había dado cuenta de que lo que él buscaba en realidad era la comodidad de su hogar durante unos días que podrían ser los últimos de su vida.

—Lo haré —dijo—, si eso es lo que deseas.

—Lo es. Es lo único que quiero.

Ella le dijo que volvería al día siguiente y le prometió que entonces lo llevaría a casa.

Capítulo 25

La oficina de Ezra no había sobrevivido al incendio e Isabelle lo encontró en su casa. Su esposa y él todavía habitaban en la misma vivienda de dos pisos en la que habían criado a sus hijos, aunque para entonces solo quedaban ellos dos. Cumplían con los mínimos del vecindario, pero el lugar carecía de pomposidad, y al escoger un exterior apagado de color marrón y un camino simple, sin espacio para un carruaje, siempre habían parecido tener más intención de pasar desapercibidos que de sobresalir.

Isabelle llamó a la puerta y le abrió la esposa de Ezra, Alice. Habían hablado tal vez dos veces en toda su vida, pero dio la impresión de que la mujer no solo la conocía, sino que esperaba su visita.

—Pasa, pasa. No te quedes fuera con el humo.

Le hizo un gesto para que entrase y le ofreció un té que Isabelle rehusó.

—Entonces, ¿una galleta?

Isabelle estaba dispuesta a rechazarla también, pero el hambre pudo con ella y la aceptó.

—Está en su despacho —dijo Alice de camino a la cocina.

—¿Lo lleva bien?

—La vida nos ha puesto muchas pruebas. Pero ¿un incendio? Eso no es nada. Nada.

Regresó con el té que Isabelle había declinado y con la galleta y le hizo un gesto para que se sentase en el sofá. El salón era diferente del suyo: estaba limpio no porque lo mantuvieran así, sino por una aparente falta de uso. El cojín que tenía debajo apenas se había alterado con su peso y la fruta de la mesa parecía tan perfecta y madura que podrían haber hecho un bodegón con ella.

—¿Y tú? —le preguntó Alice—. No me imagino cuánto dolor debes de sentir.

Alice tenía los rasgos más resistentes que Isabelle había visto. Le daban un matiz rústico; la piel como el cuero, un caldero de energía que bullía por debajo, oculto pero siempre presente.

—Me resulta difícil hablar de ello.

—No tienes por qué confiármelo a mí. ¿Qué tal si le digo a Ezra que has llegado por fin?

—¿Por fin? ¿Me esperaba?

Alice ya se iba por el pasillo, el vestido arrastrando a su espalda. Volvió de inmediato.

—Puedes pasar.

El despacho de Ezra era más pequeño que el de George y no estaba tan abarrotado. No había papel pintado en las paredes y la única lámina que colgaba de ellas era un mapa náutico de alguna ciudad antigua, algo que, según suponía Isabelle, no tenía ninguna conexión con Ezra. Un ayudante apilaba documentos dentro de unas cajas e iba tachando elementos de una lista. Ezra, que estaba sentado junto a la ventana, vigilaba al chico con intensidad y concentración y, cuando Isabelle entró, le dijo que hiciese un descanso y volviese más tarde.

—Siéntate —le dijo a Isabelle.

Había transcurrido un único día desde que había estado junto a la cama de George y solo de pensar en las horas que había pasado con él, en sus ruegos constantes y su ira inagotable, estuvo a punto de estremecerse.

—He estado sentada mucho tiempo —dijo—. Creo que prefiero quedarme de pie.

—Pues quédate de pie. Como desees.

La habitación olía a un perfume dulce, y Ezra debió de ver que el aroma empalagoso la hacía torcer la nariz.

—Es la fragancia de mi esposa —explicó—. No soportaba el olor penetrante del humo de fuera, así que lo he impregnado todo con otros; aunque ahora me arrepiento porque no se va.

Isabelle percibió lavanda. Seguramente era una buena mezcla si se usaba en pequeñas dosis.

—Bueno, si el olor de tu despacho se parecía en algo al de George, no me cabe duda de que semejante limpieza le ha ido bien.

—Puede que el resultado sea ese. Te lo diré cuando regrese.

—¿Adónde vas, si me permites la pregunta?

Miró las cajas a medio llenar y después a Ezra.

Se iba de gira, dijo. No era un logro fácil para un hombre de su edad, pero tenía que ver el estado de los negocios de sus hijos para asegurarse de que mantenían su estándar. Teniendo en cuenta que iba a reconstruir su oficina, era el mejor momento para hacerlo. Además, necesitaban hacer un duplicado de los libros de contabilidad.

—Si hay algo que el fuego nos ha recordado —dijo—, es lo rápido que se pierden los archivos. Lo rápido que se pierde cualquier cosa.

Durante un momento se sumieron en un silencio. Isabelle se percató de que encima del escritorio, casi escondido, había un daguerrotipo enmarcado: su familia; ninguno de los miembros parecía feliz, los chicos con rostro pétreo, y su madre, aún más.

—Pero eso lo sabes mejor tú que yo —continuó Ezra—. ¿Cómo está él?

—Lo tienen atiborrado de morfina y gas. Por la noche llora. Yo no puedo hacer mucho más que escuchar y darle la mano.

Ezra se estremeció y después se sacó el pañuelo del bolsillo y se secó la frente.

—Para él eres una bendición. Y no olvidemos las heroicidades que cometió en el bosque. Menuda pareja hacéis.

—Ezra, se buscó que le pegasen un tiro.

—Bueno, sí. Pero los chicos están libres, ¿o no es así? Hackstedde y los demás podrán decir lo que quieran, pero tu hijo sacó a ese hombre del calabozo y vive para contarlo. Y George arriesgó la vida para asegurarse de que así fuese.

Isabelle no se lo negó, pero tampoco estaba de acuerdo. Que el hombre que estaba encerrado en un hospital fuese un mártir era una cuestión irrelevante para ella; era su marido: frágil, marchitado, hermoso a su manera. Podía ser un héroe para los demás, pero su relación no era así.

—Quiere ir a casa —dijo—. Creo que no tiene en cuenta su estado, pero es lo único que quiere. Pienso darle ese gusto.

Ezra se irguió y, en respuesta a una insinuación que Isabelle no había tenido la intención de hacer, la informó de que George había hecho todos los preparativos necesarios de ahí en adelante. Estaba ya decidido. Todo lo que era de él sería suyo cuando llegase el momento.

—No quiero hablar de eso —respondió ella.

—Sin embargo, es mi obligación hacerlo.

—Bueno, ahí se acaba. El motivo por el que he venido es sencillo, pero todavía no he sido capaz de abordarlo. Necesito un medio de transporte para George. Para llevármelo a casa.

La petición dio la impresión de motivar a Ezra, e Isabelle se lo imaginó repasando los contactos de memoria, la lista de los favores que le debían, cuál podía aprovechar. Un carruaje sería fácil de conseguir, continuó ella, pero George necesitaba estar tumbado y se temía que el hospital no le prestaría una ambulancia, teniendo en cuenta su estado.

—Sí, sí —musitó Ezra como si hablase solo—. Mira, voy a comprar todo un catálogo de bienes y, sin duda, el lote incluirá un carro o dos. Estoy seguro de que puedo utilizar uno de ellos antes de cerrar el trato, ya que el dueño está bastante decidido a vender lo antes posible.

Ezra se secó la frente una vez más antes de acabar de hacer la propuesta.

—Hay un posible conflicto —dijo— que espero que no te preocupe: el dueño es Wade Webler.

Ella enarcó una ceja, pero no dijo ni una palabra.

—Como te puedes imaginar, se encuentra en una situación económica… apremiante. La mayor parte del incendio afectó a tierras y propiedades que están a su nombre. Me temo que no había considerado la posibilidad de sufrir pérdidas tan sustanciosas. Y también está August. ¿Sabes que la que hacía menos de una semana era su esposa ha sido víctima del incendio? Natasha Beddenfeld. Muy joven. August consiguió salir de la casa antes que ella y no se dignó a volver a entrar para sacarla. Hubo quienes lo vieron parado en la calle llamándola, pero no iba a por ella. Es una vergüenza para un hombre al que se le supone tanta valentía. He oído que se muda a Savannah buscando nuevos pastos. Para empezar de cero.

La esperó; confiaba en que Isabelle reaccionaría de algún modo, que atacaría los nombres que él había mencionado, a la familia que había arruinado la suya. Sin embargo, ella no tenía nada que ofrecer. Ninguna diatriba. Nada de ira. Había visto la expresión de Wade. El dolor que sentía él no era mejor que el suyo y era eso lo que supuraría con el tiempo, lo que le carcomería el alma a Webler mientras ella se esforzaba por dejar atrás sus penas.

—El carro —dijo—. ¿Puedes conseguírmelo hoy?

—Mandaré a mi ayudante a hablar con Webler de inmediato.

Ezra lo llamó con una severidad que la sobresaltó. Cuando el chico se hubo marchado, Ezra le dio instrucciones a Isabelle de ir a por Ridley y volver al hospital, como si el trato ya estuviera hecho.

—Tendrás un carro esperando —aseguró—. Ese u otro distinto. Te doy mi palabra.

Cuando Isabelle regresó al hospital, a George le habían drenado la herida a la altura de la amputación y no paró de dar aullidos hasta que lo tendieron en el carro, a salvo de las manos del doctor. Los hijos de Mildred habían acudido por orden de su madre; habían subido a George al lecho del carro y permanecieron a su lado mientras Isabelle atravesaba el pueblo. La gente se acercaba a la carretera, pues notaban que había una atracción oculta, y hasta Ray Bittle la saludó con la cabeza cuando pasaron por delante de los escombros de su casa, sabiendo, quizá, quién iba en el carro, detrás de ella.

Una vez George estuvo en casa y en la cama, Isabelle se despidió de los hijos de Mildred y, tras un pequeño descanso para poner a George cómodo, se dispuso a seguir las órdenes del doctor. Descubrió de inmediato por qué habían evitado que ella viera la herida, puesto que era una imagen espantosa. Le hizo falta toda su fuerza para no reaccionar a los pies de la cama. La llaga del muñón supuraba un líquido con la consistencia de la mucosidad, y su olor pútrido se imponía a la intensidad del alcohol. Sin embargo, no dijo nada, le ofreció a George, que aún miraba el techo con aturdimiento, una sonrisa leve y le quitó la gasa, le vendó la herida de nuevo y se quedó a su lado. Le preguntó si podía hacer algo más por él, pero él no dijo nada. Se quedó mirando el vacío en silencio mientras los mechones de pelo que le quedaban dibujaban trazos delirantes en la almohada.

Isabelle durmió en el cuarto de Caleb y por la mañana George volvía a estar lúcido; la recibió con una mirada cordial cuando ella entró y lo ayudó a incorporarse.

—Has tenido fiebre —le contó.

Él la miró en silencio, como si no recordase las dificultades que había pasado en los últimos días.

—Bueno, lo que necesitaba era volver a casa. Ya me encuentro mucho mejor.

Aun así, ella se preocupaba. George casi no necesitaba el bacín, no comía nada, solo bebía agua y pasaba las horas escuchándola leer los clásicos de su librería del salón: Shakespeare y Plutarco, las cartas de Voltaire. Ella lo observaba por el rabillo del ojo y se preguntaba qué le pasaba por la cabeza, si estaba presente o si todavía era la versión de su marido al que se había enfrentado en el hospital, un hombre al que casi no conocía.

De vez en cuando él se aferraba al canto del colchón tan fuerte que se le quedaban los nudillos blancos, y ella se ponía el libro en el regazo con calma. Esos momentos le producían una gran exasperación. George se negaba a tomar medicación, e Isabelle asumía toda la responsabilidad, dando por sentado que era por algo que ella había hecho: no haber sabido controlar un tono sentencioso o tal vez haber insinuado que uno demostraba debilidad ante su esposa cuando se le ofrecía algún modo de alivio. Lo único que Isabelle quería era rogarle que tomase un poco de morfina y pedírselo de manera tan neutra, tan discreta, que él respondiese que sí. Sin embargo, George nunca accedía.

—Quiero estar despierto. —Era lo único que le decía—. Por favor, continúa.

Ella leía sin cesar. Cuando él se dormía, se quedaba sola en el sitio, mirando al infinito mientras esperaba a que despertase. Si él no despertaba, bajaba y se ocupaba de la casa o daba de comer a las gallinas o a Ridley o comía ella, y después regresaba al dormitorio, muerta de aburrimiento, pero reacia a pasar más tiempo del necesario separada de George. La segunda noche de vuelta en casa le preparó un caldo de ternera, pues se lo había sugerido el doctor, pero George no quiso probarlo. Le cogía el cuenco y lo dejaba en la mesita de noche, sin más.

—Tienes que comer —le dijo ella.

—Creo que eso es lo bonito del aprieto en el que estoy —respondió él—: ya no tengo la obligación de hacer nada que no quiera hacer.

—George, no puedo permitirte que digas cosas así. No puedo.

El sol caía hacia el horizonte y él seguía recostado en la cama, mirando la pared. Isabelle no estaba segura de si la había oído. Ya había perdido la cuenta de las veces que él le había hablado cuando ella creía que estaba perdido entre sueños o no le hacía caso cuando parecía estar pendiente de todo lo que decía.

—Los vi marcharse —dijo él—. Los vi dar la vuelta y echar a correr, y estoy seguro, no me cabe la menor duda, de que pasaron sanos y salvos.

Isabelle sabía que la única manera de hacer que continuase era guardar silencio, así que se quedó inmóvil y se fundió con la oscuridad en la que se sumía la habitación.

—Me cogió la mano. Nunca había estado tan seguro de que era hijo mío como lo estuve en ese momento. Incluso en el hospital, cuando tú me cogías la mano, yo estaba seguro de que era él. Ahora también, sí. Ahora también siento su mano. Aún lo oigo susurrarme al oído. «Dile que os escribiré. Que serán cartas largas.» Y en lo que tardé en reunir las palabras para decirle adiós, ya se habían adentrado en la noche. No mencionó su amor de ningún modo, pero lo sentí.

Y entonces le dio la mano a Isabelle.

—¿Lo sientes tú?

Estaba tan absorta en el momento, en el relato de George, que no se dio cuenta de que mientras hablaba, sin decir ni una sola palabra al respecto, él se había hecho pis encima. Isabelle notó el olor rancio de la orina y no le hizo falta más que colocar las yemas de los dedos en la sábana para confirmar que por debajo se extendía un líquido caliente.

—¿Qué te parece si te limpiamos? —le preguntó—. Después podríamos descansar un poco los dos.

Con la luz tenue del crepúsculo, Isabelle vio una cabellera rubia por la ventana, una silueta sobre un caballo y reconoció a su hermano. Estaba en la cocina tomándose el caldo que George no quería y soltó el cuenco en el fregadero para salir a recibir a Silas. Una película polvorienta aún colgaba del cielo oscurecido, un vestigio triste del incendio que se notaba en la garganta.

—Isabelle —dijo él.

—Has venido.

Parecía disgustado de estar allí, al menos así interpretó Isabelle su expresión hasta que se dio cuenta de que en realidad su hermano estaba consternado por su aspecto.

—No tienes buena cara —observó él.

Isabelle no se había visto en el espejo desde hacía días.

—Cuando te cuente todo lo que ha sucedido, estoy segura de que no me lo tendrás en cuenta.

Invitó a Silas a entrar, y él fue a la cocina a por un vaso de agua y después se sentó con ella en el sofá del salón.

—¿Cómo te has...? —empezó a decir ella.

—Tu amiga me mandó un mensaje.

—Mildred —respondió Isabelle—. Pero me dijo que la oficina postal ya no existía. Que no se podían mandar telegramas.

—Mandó a un mensajero. Estoy seguro de que le ha salido muy caro. El hombre debió de viajar sin descanso, estuvo a punto de caerse del caballo de lo agotado que estaba. Ojalá hubiese podido venir más deprisa, pero con el trabajo y todo eso...

Ella lo tranquilizó y le contó toda la historia, sin dejarse nada. Y cuando llegó a la herida de George, Silas se levantó de inmediato para subir y verlo. Ella protestó.

—Ni te lo plantees. No querrá que entres. Además, ahora está durmiendo. Descansar lo ayudará más que cualquier otra cosa.

Silas se dejó caer en el sofá de nuevo.

—Al menos déjame quedarme un tiempo. Puedo ayudarte mientras tú le cuidas.

—¿Y qué harías?

—Lo que haga falta. Ya le he dicho a Lillian que no me espere pronto, y ella me ha asegurado que mantendrá a los chicos a raya y la casa en orden. No lo consideres un favor. Quiero quedarme.

Isabelle trató de rechazar la oferta, pero él no cedía, y era innegable que tener a su hermano cerca le sería de gran ayuda. Aun así, el motivo de su visita continuaba agraviándola con el paso de los días, ya que verlo allí no hacía más que recordarle la última vez que había acudido al enterarse de la supuesta muerte de Caleb. Quizá ese fuese el papel que desempeñaban los hermanos: el de supervisor de tragedias que repartía gestos de empatía cuando todo estaba perdido. Si bien Isabelle se lo agradecía, le parecía abominable, una ofensa, y empezó a tratarlo mal: lo mandaba a limpiar el establo de Ridley o a lavar las sábanas de George, pero él no demostró ni una sola vez el mal carácter que ella conocía desde que era niña. Se contentaba con absorber la rabia de su hermana o fingir que lo hacía y aceptar cualquier tarea degradante que ella le asignase. En los momentos de ocio, llegaba incluso a buscar sus propias responsabilidades, de modo que se hizo cargo de evaluar la tierra quemada y volvía a la hora de cenar con cifras en la cabeza, listas de tareas por hacer, y la distracción le suponía a Isabelle un gran placer, aunque no se lo demostrase.

Entretanto, George se desvanecía. Unas manchas rojas le trepaban por el muslo en forma de chapitel, desde la herida hasta la cintura, y la fiebre le volvía sin importar cuántas friegas le diese. Delirando, pronunciaba palabras cuyo significado Isabelle no tenía manera de saber.

—Lo vi —le dijo él.

Hablaba entre susurros roncos con una sonrisa burlona en la cara, tan infantil que ella estuvo a punto de reírse de su satisfacción.

—Era de verdad. Real. Real…

—Lo era —contestó ella para animarlo a seguir mientras le secaba la frente—. Vaya si lo era.

Conversaron de ese modo, sin que ninguno de los dos supiese en qué pensaba el otro, diciéndose palabras vacías, y ella no tardó en dormirse escuchando sus desvaríos. Cuando despertó, no oyó solo su voz, sino una conversación en pleno transcurso y se sobresaltó.

Silas estaba de pie con las manos en los bolsillos y la camisa vaquera medio desabotonada; miraba a George con alegría.

—Soy yo, tranquila —le dijo él—. Estabas dormida cuando me he asomado; George me ha invitado a quedarme.

—Pero no mucho tiempo —respondió George—. Solo lo aguanto a ratos.

George estaba tan despierto que Isabelle se puso nerviosa. Había sudado la fiebre, pero era imposible engañarse y pensar que esa mejora fuese a durar.

—Gracias por echarle una mano conmigo —le dijo George a Silas—. Me imagino que habrá sido duro.

—Es un placer. Contigo aquí encerrado debo decir que hacía una eternidad que no nos llevábamos tan bien.

—Miraos los dos —observó Isabelle—, como un par de viejos amigos.

—De eso nada. Le he pedido que vaya a buscar a Ezra. Sé que quería hablar conmigo.

A Isabelle la desconcertó que fuese capaz de recordar la visita que Ezra intentó hacerle en el hospital, teniendo en cuenta que en ese momento deliraba de fiebre.

—Muy bien —tartamudeó ella.

—Pues me voy ya —anunció Silas, y le puso la mano en el hombro a George antes de dar media vuelta para marcharse.

Por fin se había disipado el humo del cielo y ese día la temperatura era muy suave para la época del año; una ráfaga somera entró por la ventana y agitó las cortinas.

George preguntó si había alguna manera de acercar la cama a la ventana.

—Me gustaría ver lo de fuera. Sin duda, significaría mucho para mí.

Ella no sabía qué contestar. Por primera vez desde que lo vio en el hospital, George estaba con ella, del todo y completamente, y, sabiendo el poco tiempo que podía quedarles para estar juntos, pensó que era primordial que hablasen de asuntos muy señalados. Pero las necesidades de George superaban las de ella y se tragó las palabras.

—Si meto almohadas debajo de las patas, debería moverla sin mucho problema.

—Uy, pues hazlo —respondió él.

Isabelle sabía lo que descubriría cuando mirase fuera, sabía en lo que se había convertido su finca y, sin embargo, pensaba acatar sus deseos. George tenía derecho a ver por sí mismo lo que había sucedido. Además, había belleza en la destrucción, en el bosque, que había permanecido intacto más allá del suyo, en el cielo que él había observado desde el porche durante tantos años.

—Espérame aquí —dijo ella.

—Isabelle, no creo que me vaya a ninguna parte.

Cuando hubo batallado con la cama para acercarla a la ventana, George miró fuera sin decir nada. Isabelle sabía que él tenía la mente puesta en algún momento del pasado. Ella misma era capaz de recomponer recuerdos en su cabeza basándose en historias que había oído una y otra vez y también de imaginar lo que George percibía de su entorno: su madre estaba en la habitación de invitados, metiendo la sábana debajo del colchón; su padre estaba fuera y lo llamaba para que fuese con él de caminata por el bosque, el mismo bosque adonde George llevaría a su hijo, el mismo bosque donde había encontrado a Prentiss y Landry.

No soportaba estar sentada sin hacer nada, sin abrir la boca con aquella espesura reducida a cenizas. Aunque el campo de cacahuetes no se veía desde allí, estaba segura de que él se imaginaba lo que le había sucedido a la cosecha colina abajo.

—Fue terrible, George —soltó ella de pronto—. Lo siento mucho por tus tierras. Por los cultivos. Pensé en mentirte, pero no podría hacer algo así. Se puede recuperar. Te lo prometo. Haré todo lo que esté en mis manos por que así sea.

Él parpadeó una vez y la estudió con serenidad distante.

—Es una tierra muy pertinaz. Dentro de unas cuantas temporadas, con tu ayuda. —Negó con la cabeza con complicidad—. Será mejor de como lo habría dejado yo solo.

¿Era posible reducir el terreno que él había cuidado y mimado a algo tan trivial como la tranquilidad que indicaba su semblante? El peso que Isabelle se quitó de encima, el dolor del que se liberó, le animaron a creer que sí.

George le ofreció una levísima sonrisa.

—¿Me dejas solo un momento con las vistas?

—Por supuesto.

—No hace falta que le cierres la puerta a nadie. Cuando llegue Ezra, hazlo pasar. Y he pensado en cenar algo. Un guiso de pollo, ¿quizá? Ya sabes cómo me gustan los guisos.

—¿Podrá tu estómago con eso?

—Estoy convencido de que sí.

—En ese caso, lo tendrás.

Había pasado casi toda la tarde cuando Ezra llegó a la granja. El pollo hervía, las hortalizas estaban alineadas en la tabla de cortar e Isabelle le pidió a su hermano que acompañase a Ezra a la habitación de George para no tener que lavarse. No podía distraerse. La receta era uno de los clásicos de George, y la ejecución, aunque no era difícil, requería toda su devoción.

Cuando Ezra resurgió del dormitorio y bajó la escalera al cabo de poco tiempo, en la casa se pusieron de un humor funesto. Isabelle estaba convencida de que al hombre lo seguía cierta oscuridad, y cuando se presentó ante ella y miró la hora en el reloj, sintió que su presencia se cernía sobre la cabaña como un embrujo. En el pasillo ya casi no había luz y la sombra que Ezra proyectaba parecía bastante más grande que la persona.

—No… no está bien —dijo Ezra—. Creo que voy a retrasar el viaje hasta que se resuelva su situación. Podéis llamarme en cualquier momento. Recuérdalo.

—Nunca estás lejos, ¿verdad, Ezra?

—No cuando me necesitan.

Lo acompañó a la puerta, ya que él solo casi no podía, y, cuando llegó, Silas se levantó del sofá y se preparó para llevarlo a su casa.

—Disfrutad la cena —se despidió Ezra—. Huele delicioso.

—Que tengas buena noche. Silas, haz que llegue sano y salvo.

Pensó que en cuanto se fuesen, la vivienda sería suya y de George y de nadie más, pero antes de que pudiera servir una ración del guiso, volvió a oír cascos en el camino y tuvo que lavarse las manos y regresar a la puerta. El hombre caminaba con paciencia hacia la cabaña y era más pequeño de lo que había estimado al verlo sobre el caballo. No lo habría reconocido en absoluto de no ser por el uniforme azul y el bigote desgreñado, del que George hablaba con fijación siempre que sentía tanta frustración que lo único que le proporcionaba cierta paz era arrancarse con un monólogo violento.

—Es usted el general Glass —dijo ella.

—Y usted debe de ser Isabelle —contestó el hombre.

Tenía las mejillas sonrosadas del trayecto a caballo y los labios agrietados, y ella lo invitó a entrar y le ofreció agua. El general le contó que había estado con Ezra ese mismo día y que había oído que George estaba peor. Que había decidido darle tiempo para visitar a su amigo y, quizá, tras su regreso, acercarse él mismo.

—No entiendo por qué —respondió ella—. Por lo que he oído, usted no era el mayor admirador de mi marido.

Antes de responder, Glass se pasó la mano por el poco pelo que le quedaba. Ella pensó que sería mucho más imponente cuando estuviera rodeado por sus soldados, pero que, no obstante, conservaba la dignidad aun estando solo y en posición de firmes en casa de una desconocida.

—El tiempo que he estado destacado en Old Ox tiene como resultado una serie de cosas que lamento y no puedo enmendar. La manera en que traté a su marido encabezaba la lista.

Dado que no tenía ningún interés en aliviar el malestar o la culpa que pudiera sentir el general, Isabelle mantuvo la boca cerrada. Era mejor dejar que terminase de hablar.

—Estaba tan ocupado con mis fines que se convirtieron en una especie de obsesión. Dadas las circunstancias, me pareció que el apuro de George no merecía la pena. Wade Webler me aseguró que se ocuparía de ello de manera justa, para preservar la sensación de calma…

Tenía cara de necesitar una pausa, y la aprovechó para mirar por la ventana, hacia la misma tierra que Isabelle supuso que George debía de estar contemplando en ese mismo instante.

—Me traicionó tal como George me dijo que haría. Y he pagado por ello.

Una sonrisa amplia le apareció en la cara, pero era falsa y no tardó en torcerse y formar una mueca de humildad. De hecho, continuó, lo mandaban al oeste con la mitad de los hombres a su cargo de los que tenía en ese momento.

—No tengo motivos para preguntarme el porqué —prosiguió—. No me he comportado a la altura del cargo que ostento. Y creo que George merece que yo mismo se lo diga antes de partir.

Isabelle no tenía nada que decirle a ese hombre divorciado de todas las certezas que antes lo alimentaban. Se limitó a andar hasta los pies de la escalera e indicarle que la siguiese.

—No se quede mucho —le dijo—. George necesita mucho descanso, de verdad.

Glass estuvo arriba no más de cinco o diez minutos y enseguida reapareció; se retiró un pelo suelto de la chaqueta y respiró hondo al verla a los pies de la escalera.

—¿Lo ha recibido bien? —preguntó ella.

—Estaba alerta, desde luego. Y me ha escuchado con atención. Cuando he acabado, no ha dicho ni una palabra. Ha sido extraño. Me ha dado unas palmadas en el costado, nada más. Como si fuera un niño, la verdad... Entonces me ha dicho que todos debemos seguir adelante. Y que me deseaba lo mejor.

—Pues sí, muy extraño —respondió ella.

Lo dijo pensando en el humor que encerraba el intento de mostrarle un poco de compasión a ese hombre, pues suponía que George se moría por deshacerse de él. No obstante, parecía que a Glass le había servido, y de mucho.

—Espero que guarde esas palabras en el corazón durante el viaje hacia el oeste.

Glass miró la cocina como si por allí pudiera acceder a una verdad superior, después asintió con la cabeza y se dirigió a la puerta.

—Buena suerte, general —dijo ella.

Él se volvió y se llevó la mano al pecho.

—Le deseo lo mismo a usted y a los suyos.

La oscuridad era total cuando el general se subió al caballo. Isabelle regresó a la cocina, acabó de preparar el guiso y subió una bandeja con la cena. Al abrir la puerta del dormitorio, la recibió el olor a carne podrida y el aire se volvió denso. Acercó una silla y la puso junto a George. En la frente volvía a brillarle un rocío de sudor y le temblaba la mano. Lo único que Isabelle quería era pasar con él una hora más de lucidez, o un momento nada más, antes de perderlo de nuevo por la fiebre.

—¿Adónde has ido? —le preguntó él.

—Estaba haciéndote la cena.

George enarcó una ceja, pero cuando vio la bandeja de comida, asintió para que se acercase.

—¿Qué mejor manera de acabar la velada que con un guiso?

Isabelle temblaba. Lo único que deseaba era que él disfrutase su creación, y los nervios empañaron la tranquilidad que le provocaban la ventana abierta y la masa oscura de árboles que había a lo lejos. Cogió una cucharada, y George abrió la boca para recibirla; Isabelle contempló como hechizada mientras él tragaba.

No dijo nada. Isabelle se negaba a pensar que la comida no fuera de su gusto, así que no hizo más que volver a cargar la cuchara. Sin embargo, cuando lo invitó a abrir la boca de nuevo, él volvió la cara.

—George, deberías comer.

Él negó con la cabeza, malhumorado.

—No tengo el estómago para nada.

—Pero me lo has pedido.

—¡Y ahora digo que no lo quiero! —Dio un golpe en el lateral de la cama—. ¡No está bueno!

Ella no era capaz de mirarlo. Cada pocos instantes George gemía de dolor y se le acumulaba el sudor en la almohada. Isabelle no tenía manera de distinguir la tristeza de la rabia que sentía, pues estaba furiosa porque él le había dedicado sus últimas reservas de energía a los invitados y a ella no le había dejado más que esa amargura imperecedera; aun así, también sabía hasta qué punto lo asolaba el dolor, y lo único que quería era un momento de paz para su amado. Que se acabase el dolor.

Cuando Isabelle habló, el humo del plato había desaparecido flotando en la noche y el guiso se le había enfriado en el regazo.

—Lo siento —dijo—. Siento no poder cocinar a tu gusto. Siento haber sido tan cruel algunas veces. Que tu comportamiento me frustrase tanto cuando lo único que hacías era actuar con naturalidad. Me encolerizaba contigo cuando tú eras demasiado frío para comprender mi pesar, y yo hui de ti cuando no necesitabas más que una caricia mía. Y te culpé. Dios mío, te culpé de muchas cosas que no habías hecho. Solo alguien como tú podría tolerarme, y quizá, en ese sentido, seas un ángel. Estoy muy agradecida de tenerte. Y lo siento.

El rostro de George, de un blanco inquietante, se había quedado sin color y él estaba inmóvil. Sin avisar, estiró el brazo y agarró el cuenco de ave guisada de la bandeja. Cogió la cuchara y tomó un poco. Y después otra cucharada.

—George, no hace falta que...

—Está excelente —dijo él.

Le costaba mucho esfuerzo tragar y le temblaba la garganta a medida que le bajaba la comida.

—Está buenísimo. Todo. Exquisito. Divino.

Empezaron a temblarle los párpados. Se le resbaló la cuchara y se le cayó al suelo. Se le volcó el cuenco en el pecho. Tenía convulsiones y la pierna le daba sacudidas, como si hubiera adquirido voluntad propia y quisiera escapar de él; apretaba los puños, se le pusieron los brazos rígidos, en ángulos extraños, y después se le quedó el cuerpo flácido del golpe.

Isabelle corrió a por toallas y volvió con él; lo limpió con cuidado, despacio; repasó las partes que ya le había lavado. Era un socorro egoísta, puesto que, aunque George aún tenía pulso, Isabelle sabía que había perdido a su marido.

George aguantó toda la noche. Fue Silas el que le tapó la cara con la sábana al llegar la mañana. Le puso las manos en los hombros a Isabelle con mucho afecto y le dijo que no pasaría nada, que se quedaría con ella mientras durase su duelo.

Sin embargo, ella no quería ni oír hablar de ello.

—En toda mi vida ya he llorado lo de dos mujeres —sentenció—. Se acabó.

Su única distracción era mantenerse ocupada. Sacó un cubo del sótano y fue al baño, donde cogió el cepillo de George, la pomada para el pelo y el resto de las posesiones que había allí, y las guardó. Su aroma era omnipresente, ese almizcle sudoroso que ni le gustaba ni la disgustaba, un olor que era ni más ni menos que el de George, tan conocido como él. Estaba segura de que en cuanto sacaran el cadáver de la casa y limpiasen hasta el último resto que quedase de él, ella tendría un momento para pensar en otras cosas que no fuesen el sonido de sus pasos al bajar la escalera, la tranquilidad de sus ronquidos, la sonrisa encantadora cuando volvía del bosque. Quizá dejaría de pensar incluso en su hijo, que no iba a enterarse del fallecimiento de su padre, estando como estaba perdido en alguna parte del mundo adonde su madre no podría enviarle un mensaje.

Silas apareció en la puerta del cuarto de baño y le preguntó qué hacía.

Ella le señaló las toallas que había en el toallero, junto a la bañera.

—Cógelas, por favor —le dijo—. Cada vez que las veo no hago más que pensar en cuando George se envolvía en una al salir de la bañera y entraba en el dormitorio. Mojado. Siempre salpicaba el suelo de agua. No puedo con eso. Compraré nuevas.

—Izzy, por favor. Ahora no estás bien.

No la llamaba Izzy desde que era pequeña, pero ella estaba segura de que no actuaba con la misma inmadurez. Al ver que Silas no cogía las toallas, las recogió ella y las metió en el cubo.

—Si no quieres ocuparte de esto —le dijo—, puedes ponerte con las ollas y las sartenes de la cocina. Todas las asas tienen la forma de su mano. Solo lo veo a él inclinado sobre la sartén oliendo lo que cocinaba. Es superior a mí. Mañana iré al pueblo y también compraré menaje de cocina.

Cuando quiso salir del cuarto de baño, Silas la abrazó, se la llevó al pecho, y ella, con la mejilla pegada a él, dejó caer el cubo al suelo.

—Isabelle —le susurró al oído—. Date un día, por el amor de Dios. Guardar la sartén no te servirá de nada.

Sin pronunciar ni una palabra más, la llevó al sofá. Estuvieron sentados juntos en silencio. No había nada más que hacer en la casa y, por fin, el peso del día se le echó encima. Al cabo de un rato, él le dijo que quería liarse un cigarrillo y le preguntó si podía pasar sin él un momento.

—Yo también quiero salir —respondió ella.

—Yo no te lo impediré.

Así que allí fue donde pasó el resto del día, y cuando llegó la noche, contempló las estrellas con una manta en el regazo. No le cabía duda de que vería otra señal de su marido, apiñada entre las constelaciones. Pero era un cielo nocturno como el de cualquier otro día. Silas se negaba a dormir, pero guardaba las distancias; esperaba dentro y salía de vez en cuando a preguntarle si estaba lista para acostarse. La última vez que abrió la puerta bostezó, e Isabelle le dijo que la dejase tranquila.

—Supongo que no hay manera de moverte —dijo él.

—No puedes preocuparte tanto por mí —contestó ella—. Estoy bien. Pero quiero pasar la noche en vela.

—¿Esperando a qué?

—A la mañana.

—¿Y después? —preguntó Silas.

—Después enterraré a mi marido. No hagamos que ese momento llegue demasiado rápido.

Silas se quedó junto a la puerta. Era evidente que no comprendía que aquello era una intrusión, y ella deseó que entendiese que no había nada que hacer aparte de concederle un periodo de tiempo en el que ella pudiese extraerle el significado a la inmensidad del paisaje y vivir una última noche en un mundo que no sabía y al que no le importaba que ella hubiese perdido a su marido.

—Vete a dormir —dijo Isabelle.

No se molestó en despedirse de él, pero cuando por fin se volvió al cabo de un rato, las velas de dentro estaban apagadas y la cabaña a oscuras.

Capítulo 26

Era Caleb el que insistía en que permaneciesen en el bosque porque, según afirmaba, Hackstedde y Webler aún podían perseguirlos: un miedo que también preocupaba a Prentiss. Se habían detenido, tras una semana de huida, al llegar a un pueblo del que no habían oído hablar, y Caleb iba allí a por comida y regresaba al campamento portando pan y latas de carne; después de comer, dormían rodeados de silencio, esperando a que llegase la luz del alba. Todas las noches Caleb se animaba, se llenaba de una energía vibrante que almacenaba en alguna parte y anunciaba con la voz colmada de orgullo que había pasado otra jornada, como si hubieran logrado alguna hazaña noble. «Ya van ocho días», decía, por ejemplo. La noche posterior sería la novena. Y cada amanecer conducía al siguiente y todos se fundían con el anterior, hasta que pasaron unas cuantas semanas y Prentiss ya había dormido suficientes noches al raso para que la experiencia le durase un buen rato, por no decir para siempre.

Una mañana estaban ociosos, envueltos en las sombras de los árboles, mirando hacia la carretera que se dirigía al pueblo. Convent, le había dicho Caleb tras la primera incursión. El lugar se llamaba Convent. Prentiss aún no había pronunciado el nombre. No le parecía correcto tentar a la suerte, hablar de él como de algo real, el paso sucesivo de su plan, para que después se lo robasen cuando Hackstedde apareciese como si nada en su campamento, con una cuerda en la mano, listo para destrozar los sueños de libertad que Prentiss atesoraba en su mente con tanto celo. Sin embargo, había pasado casi un mes y Hackstedde no daba señales de vida. Cada vez parecía más probable que la cosa fuese a seguir así.

—Apuesto a que en Convent hay camas —dijo Prentiss—. No creo que yo sea el único que quiere disfrutar de la sensación de tener una almohada de verdad debajo de la cabeza. Por no hablar de las picaduras. No estaríamos todo el día rascándonos la espalda el uno al otro. Imagínatelo.

Caleb le brindó una mirada evasiva y no dijo nada.

La inquietud que demostraba hizo que Prentiss cambiase de táctica: abordó el asunto de frente.

—Prefiero arriesgarnos que seguir así. No le veo sentido a perseguir la libertad si una vez que la tienes delante no te aferras a ella.

—Me gusta estar aquí —dijo Caleb en voz baja y teñida de vergüenza—. Ojalá pudiera decirte el motivo, pero no alcanzo a dar con él.

Sin embargo, a Prentiss no le costó entenderlo. Viviendo allí fuera con su sentimiento de culpa, el chico no tenía que preocuparse por decepcionar a nadie. No había ninguna persona que fuese a ver más allá de su falsa confianza y a dejarlo en evidencia como, al parecer, tantos habían hecho en el pasado, a juzgar por las historias que le había contado a Prentiss sobre chicos que era depredadores, chicos que lo rondaban en sueños. Prentiss reconocía partes de sí mismo en Caleb, ya que él y Landry se habían escondido en la tierra de George del mismo modo. La tranquilidad, la felicidad de que te dejasen en paz, importaba más que mil picaduras de insecto.

Desde donde se encontraban en la carretera, Prentiss alcanzaba a ver los primeros edificios de las afueras del pueblo que asomaban entre el humo de las chimeneas y alguna que otra nube. Ya se había hecho un mapa imaginario del lugar, del rincón acogedor de la tienda adonde Caleb se había aventurado a por comida, el chapitel elevado de la iglesia donde todos se reunían los domingos. Conocía hasta las casas de todos los vecinos: familias que había inventado y a las que había asignado hasta aficiones y oficios, pasiones y secretos.

Sin embargo, Convent no era el lugar donde quería aterrizar para siempre. No existía ningún sitio que estuviera a unos días de distancia de Old Ox que él fuese a considerar su hogar. Solo de oír el nombre le temblaba la boca. Se le entumecían los pies. Y las viejas imágenes del Palacio de su Majestad, del rostro de Landry de niño, de lo brillante que era la sonrisa de su madre (solo los días buenos, cuando tenían un conejo en el asador, cuando acababan pronto de trabajar y ella le alborotaba el pelo a Landry y sus risotadas resonaban en las paredes de la cabaña) se le clavaban como un cuchillo y se convertían en el vacío que quedó en la cabaña cuando vendieron a su madre, en el agujero maltrecho que tenía su hermano en lugar de cara en el ataúd. Cabía la posibilidad de que con el tiempo Prentiss consiguiese olvidar partes del pasado, derrocar la influencia que tenían sobre él, pero había una serie de recuerdos que siempre sobrevivirían a la caída y se alzarían entre los escombros. Monumentos a la pérdida.

—Yo no te lo impido —dijo Caleb— si te quieres ir.

Lanzaba de una mano a otra el último tarro de fruta en conserva de su madre. Se negaba a comérsela. El último vínculo que lo unía a la mujer a la que tanto adoraba. Al parecer, se conformaría con aguantar en ese bosque durante el resto de su vida, apartado de la sociedad, mientras el mundo seguía su curso.

El viento soplaba con tanta violencia que daba la sensación de poder cortar la carne como un látigo. Se calmó un rato antes de levantarse de nuevo y soplar en dirección al pueblo. Prentiss volvió a forzar la vista mirando hacia los tejados de la lejanía, pedazos de ladrillo y madera que lo seducían con el poder de lo desconocido.

Aun así, pese a cuánto deseaba probar suerte allí, fue a él a quien le echó a galopar el corazón cuando en la carretera apareció un carro de caballos con un hombre que parecía dormido, con la barbilla apoyada en el pecho. Se ocultó detrás de un árbol, mientras que Caleb, sin preocupaciones, se limitó a mirar en la otra dirección y continuó jugando con el tarro. Prentiss se riñó en silencio, se sacudió un trozo de corteza de la camisa y eso le hizo pensar en lo desesperado que estaba por darse un baño. Pero no era solo el hombre del carro, sino que la luz del día tenía un matiz que lo intimidaba: un tamborileo constante que iba haciéndose más fuerte, el fragor de una amenaza que se acercaba, el mismo que seguía al caballo de Gail en los campos del Palacio de Su Majestad o al de Hackstedde en el bosque; y aunque el ruido no era tan real como Caleb lo pintaba, eso no lo hacía menos persistente, menos tangible, cada vez que veía a uno de los desconocidos que pasaban ante ellos por la carretera. Le dio muchísima vergüenza asumir que tenía miedo.

—¿Qué pasa? —le preguntó Caleb.

Nada, le respondió Prentiss. No le interesaba alarmar al chico, que ya se preocupaba de sobra por si le había sucedido algo a su padre. La caminata ya les había proporcionado suficiente desasosiego y no hacía falta alentar a Caleb, que todas las noches se preguntaba si cualquier repique distante era George que volvía a reunirse con ellos. Dado que había regresado de la guerra de una pieza, Caleb no parecía ser consciente del modo en el que esas situaciones acostumbraban a terminar: sin reuniones. Sin resolución. Es decir, la chispa de vida que te conectaba a la persona que estimabas se apagaba sin más y se ennegrecía del todo. El presente pasaba como una exhalación, mientras que el pasado era una herida sin curar, sin cerrar, una herida que se sentía, pero nunca sanaba.

—Creo que ambos deberíamos ir una temporada al pueblo —dijo Prentiss—. Hacer algo. Trabajar un poco. Es posible, diría yo, vivir con normalidad, aunque no sea mucho tiempo.

Se había dado cuenta de que el tiempo era distinto en el bosque. Sin un hombre como Gail (o como George, a pesar de sus modales más suaves) que lo mantuviera pendiente de su transcurso, había aprendido a notar su paso al ser testigo de las emociones del sol: la furia que se mostraba de color naranja por las tardes; la pérdida de interés en ciertos momentos en los que permitía que el viento echase a volar y refrescase el ambiente; los violetas de las puestas de sol, que eran como un guiño, una floritura antes de esconderse del todo y tentar al mundo con la promesa de lo que podría traerles al llegar la mañana. Podía despertar pasiones un momento dado y adormecerte al siguiente, y a Prentiss no le sorprendió ver que Caleb estaba como en trance. Se preguntó cuánto tiempo llevaba allí plantado en silencio, hasta dónde había llegado el hombre de la barbilla apoyada en el pecho desde la última vez que Caleb lo había mirado.

¿Qué no daría él por tener tan poco cuidado? Por no mirar por encima del hombro. Por saltarse una señal y encontrarse dos pueblos más allá bebiendo cerveza en el porche de un desconocido y hablando con él sobre el último forastero que había cometido el mismo error. Él también deseaba equivocarse. Eso era lo que George, lo que Caleb, lo que nadie acababa de entender. Subestimaban su pasión por la vida. La libertad de echarle una mirada furtiva a una mujer comprometida, una que le recordase a Delpha o a Clementine, y dirigirle una palabra de manera taimada cuando su hombre estuviese trabajando, sin importarle a quién le perteneciese, puesto que todas las mujeres eran dueñas de sí mismas y él era dueño de sí mismo.

¿Qué había de la libertad de aprender? Existían muchísimas cosas que Prentiss anhelaba saber, temas en los que quería educarse en el futuro. No todo era pura especulación: habían tenido tanto tiempo libre que Caleb había empezado a enseñarle letras. A menudo, Caleb pasaba la mañana poniéndolo a prueba con distintas palabras, cada una más avanzada que la anterior, y Prentiss comenzaba a ansiar la sonrisa que se le dibujaba al chico en la cara cuando le ponía trampas y él no caía en ellas.

Su progreso también parecía motivar a Caleb. Le decía que nunca más quería trabajar en una finca agrícola, que en un mundo tan amplio había mucho más que hacer. Una imprenta debía de ser un trabajo agradable, dijo, y aunque Prentiss no sabía mucho del tema, la idea le sonaba igual de bien. Tendría que aprender los números, quizá, saber cómo llevar a cabo una transacción con un cliente o calcular el inventario, pero Caleb le aseguraba que podría estudiar todo eso a su debido tiempo. En el norte había profesores dispuestos a trabajar con libertos como él. Y si eso era real, las fronteras entre lo posible y lo imposible no estaban del todo claras. Con un trabajo como ese, con cierta educación, Prentiss se veía convirtiéndose en alguien igual que cualquier hombre blanco. Iría por la ciudad con el orgullo que alimenta a una brigada de soldados de camino a la batalla.

En momentos así se acordaba de Clementine. Hasta de su madre. Si supiera deletrear sus nombres y pudiera pagarle el precio al hombre adecuado, de pronto lo imaginario se hacía realidad. Claro que podría encontrarlas. Qué ignorancia la suya por haber pensado lo contrario, por haber desestimado ese potencial, las grandes recompensas derivadas de la vida culta que podía seguir a la que tenía entonces. Ya se veía a sí mismo saliendo pronto del trabajo para regresar a casa, a su madre jugando con Elsy y a Clementine embarazada en la cocina, preparando una comida a partir de una receta que su madre le había transmitido a su nueva hija.

Buen dinero. Una familia. Una casa propia. Se dio cuenta de que la cuestión no era que podía ser libre. Podía ser feliz.

Capítulo 27

Una mano. Era lo único que le había tocado a George después de su fallecimiento. Tenía la muñeca suave como la cera endurecida; tan fría y tan ajena que Isabelle se convenció de que no era su marido ni mucho menos. Lo enterraron la mañana siguiente de su muerte en un ataúd de nogal idéntico al de Landry, solos Isabelle y Silas, pues ella no quería ver a nadie en semejante ocasión. Su muerte era de ella, la había reclamado; los demás podían llorarlo cuando les conviniese si les apetecía.

Cuando el entierro hubo terminado, Silas le dijo que debería marcharse con él. En la finca de Chambersville había sitio de sobra. Allí podría estar más cerca de sus sobrinos.

Se encontraban delante de la cabaña. Silas ya había sacado el caballo del establo. Estaba listo para partir: las alforjas llenas de ropa usada, el sombrero puesto, la mano en el flanco del caballo para calmar al animal antes de la cabalgada.

—Que vengan los chicos aquí —respondió ella—. Tráemelos. Me gustaría conocerlos más. Pero no pienso salir de Old Ox.

Él le cogió una mano, se la acercó a la cara, le dio un beso breve y se la soltó de golpe.

—Recuerda —dijo ella— que una vez te dije que quizá te necesite. Eso no ha cambiado.

—Sería de tontos pensar que no voy a volver yo mismo para ver cómo te van las cosas —contestó Silas—. Mi predicción es que no tardarás en pedirme que me marche de tu casa, no que venga.

—Eso no pasará jamás —repuso ella.

Silas se subió al caballo y le guiñó un ojo.

—Tú espera a que mis hijos estén armando escándalo por aquí.

Echó el brazo hacia atrás, le dio unas palmadas al caballo en los cuartos traseros y después un toque en los costados con los talones. Se levantó una nube de polvo que parecía humo y Silas desapareció antes de que la polvareda se hubiese posado.

Se había quedado sola y no tenía a nadie a quien rendirle cuentas. Aun así, estaba dispuesta a ocuparse de la tarea de la que George le había hablado. A la mañana siguiente fue al pueblo a pie. El lugar continuaba recuperándose. Se le hacía extraño contemplar el espectáculo de los hombres y los caballos que pisoteaban el suelo ceniciento que había sido el aserradero, el matadero, mientras limpiaban todo lo que el fuego había arrasado apenas unas semanas antes. La escena le resultaba distante, como si fuera algo que hubiera soñado otra persona; no obstante, Isabelle no dejó que las vistas le arruinasen el ánimo. Le corría la energía por las venas, la alentaba a actuar. Llevaba los carteles que había escrito en el despacho de George, diez en total, y los colgó con orgullo por todo el pueblo: en un tablón de la mueblería, en un poste delante de la escuela. Estaba resuelta a que llamasen la atención: palabras en negrita y letras grandes para que todo el que pasase por allí reparase en ellos.

SE NECESITA AYUDA EN LA FINCA DE LOS WALKER. CUALQUIER RAZA, CREENCIA O COLOR. SALARIO JUSTO E IGUALITARIO.

Cuando ya no le quedaban carteles, con las manos vacías y los pies cansados, regresó a casa. Lo único que quedaba por hacer era esperar.

El primer hombre se presentó varios días más tarde, como una aparición hecha de la luz de la mañana. Un tipo encorvado que renqueaba a cada paso igual que George. Isabelle lo vio subir por el camino desde la ventana del dormitorio, así que se vistió y se apresuró a bajar.

Al abrir la puerta se vio ante un hombre de color que llevaba una camisa de algodón con el cuello arrugado y una chaqueta azul de traje. Por el bolsillo de la pechera asomaba una pequeña flor amarilla que empezaba a marchitarse, pero aún se veía brillante sobre la tela. Era mayor que ella, debía de tener unos sesenta años y, al parecer, era tan receloso que incluso después de que ella lo saludase no parecía atreverse a hablar.

—Señora —dijo al final—, busco al propietario de la finca de los Walker.

Ella respondió que era ella.

—¿No hay un señor Walker?

—Ahora ya no.

Aunque era reticente, no tenía miedo de mirarla a los ojos. Él los tenía escondidos casi por completo entre los pliegues de la piel y, sin embargo, se dejaban ver mientras hablaba: dos lechos profundos de color avellana que proporcionaban solemnidad a todas las expresiones cuando emergían de pronto debajo del ceño arrugado.

—He visto el cartel que hay en el pueblo —dijo—. Si es que aún ofrece trabajo.

Ella salió al porche y se acercó a la barandilla sin dejar de pensar en la tierra quemada y en todo lo que había colina abajo. Él la siguió, aún con prudencia, con distancia. Ella le relató lo que había sucedido. Y después le preguntó si tenía conocimientos de agricultura.

A modo de respuesta, él le enseñó las manos, que tenía tan curtidas que Isabelle casi no le distinguía las líneas de las palmas, talladas mediante años de trabajo.

—Dime cómo te llamas —le pidió ella.

—Elliot.

—Elliot, aparte de este terreno estropeado, tengo muchas otras hectáreas. Más de las que podría gestionar yo sola. Pero no pienso vender ni una parcela. Lo que voy a hacer es proponerte una cosa. Voy a darte un pedazo de tierra para que la cultives. No te pediré parte de la cosecha ni dinero. Será para ti durante un año, puede que dos; tiempo suficiente para que tu situación mejore antes de que le dé la misma oportunidad a otra persona. A cambio, quiero que me ayudes con ese campo quemado de ahí abajo, la tierra que labró mi marido. Quiero que me des servicio unos días a la semana. Yo estaré allí y me gustaría que trabajases conmigo; juntos haremos todo lo que esté en nuestra mano para que vuelva a ser no solo bonita, sino próspera.

Elliot se quedó en silencio. Tenía una mata de pelo enmarañada y se pasó la mano por ella mientras sopesaba la propuesta.

—Va a darme un pedazo de su tierra para que la cultive y lo único que quiere es un poco de ayuda. ¿Eso es todo?

—Así es —afirmó ella.

—Pero ¿por qué?

Miró a Elliot a los ojos y habló sin tapujos.

—Mi intención es hacer como hizo mi difunto marido —respondió—. Aunque sea solo para vengarlo. Restaurar la tierra.

Isabelle les echó un vistazo a los rosales; los pétalos marchitos se caían, estaban listos para cortarlos, y se imaginó el aspecto que tendrían si ella hacía el trabajo necesario.

—La flor es muy bonita, por cierto —dijo, y señaló el bolsillo de Elliot con la barbilla—. ¿Dónde la has cogido?

—Me la ha dado mi esposa. Me ha dicho que tenía que ponerme elegante.

—Pues lo has conseguido.

Él entrelazó las manos y carraspeó.

—No quiero hablar más de la cuenta, señora, así que dígamelo si hace falta, porque yo solo siento respeto por usted, pero en el pueblo hay unos cuantos hombres que han visto el cartel y tienen demasiado miedo de venir. Supimos lo de los dos hermanos. Oímos lo que le pasó al grande. Nadie quiere problemas, si sabe a lo que me refiero.

Un escalofrío le recorrió todo el cuerpo a Isabelle.

—Se llamaba Landry —dijo, y con la mano guio la mirada de Elliott hacia el bosque—. Está enterrado allí, junto a mi marido.

—Señora, yo...

—Permíteme que termine. He perdido más de lo que podría haber imaginado, pero ellos dos son la razón por la que te he traído y traeré a tantos como pueda. El motivo de que quiera convertir estas tierras en las más preciosas y abundantes de todo el condado. Sí, hay cierto riesgo, pero en el pueblo hay más soldados que nunca, hombres que son como tú y velan por tus intereses. La Oficina de los Libertos los manda todas las semanas para garantizar que haya seguridad. Aun así, podría pasar cualquier cosa, eso es cierto. Y si esa posibilidad te da demasiado miedo como para aceptar, lo entiendo.

Isabelle no alcanzaba a leerle la expresión y pensó en lo que había debajo de la superficie, en si se le agrandarían los ojos al oír un chiste o cuánto placer mostraría bailando una melodía con su esposa. En cómo florecería su personalidad en las condiciones adecuadas.

—Acepto la parcela —dijo al final—. La extensión que me ofrezca.

—Seis hectáreas.

—Trato hecho —respondió él con sorpresa en la voz.

—¿Y me ayudarás a arreglar las tierras colina abajo?

—Se lo prometo.

No se estrecharon la mano. Él se limitó a asentir con la cabeza y se dirigió a los escalones.

—Señora —concluyó—, volveré la semana que viene.

—Hasta entonces, Elliot.

Cuando se iba, ella le dijo a voces que les contase a los demás que les ofrecía el mismo trato. La extensión era limitada porque esa era la tierra que tenía, pero todos eran bienvenidos, tal como proclamaban los carteles.

Capítulo 28

Era un otoño brillante. El sol se volvió tolerable, y los nogales, tan amarillos que parecían enormes dientes de león recién florecidos. Otros tenían el tono vibrante del naranja calabaza. Isabelle hacía la ronda por la mañana a lomos de Ridley, rodeada de toda aquella hermosura; comprobaba que el puñado de hombres que habían llegado después de Elliot a lo largo de los meses precedentes estuviera bien. Muchos aún vivían en el campamento que había al otro lado del pueblo, pero algunos se habían instalado en la granja y habían plantado tiendas improvisadas en los sitios que más les gustaban de sus parcelas.

En un día normal, sus terrenos eran tan extensos que, si Isabelle no quería, no tenía por qué ver a nadie; sin embargo, disfrutaba al observarlos trabajar en la tierra y saber que sus visiones se hacían realidad y conseguían sus objetivos. Eran todos antiguos esclavos y la mayoría había traído a su familia para que los ayudasen. A menudo la miraban con escepticismo, como si no fuese nada más que la encarnación más reciente de un capataz, pero con el tiempo dejaron de ser reticentes ante su presencia, gracias a las costumbres repetidas, la tranquilidad que les infundía al hacerles preguntas sobre cómo cuidar de los cultivos y, más adelante, gracias también a que labraban juntos la parcela de George. Todos los días la ayudaba al menos uno de ellos, y el esfuerzo de volver a sembrar, sin más ayuda que la azada y un poco de estiércol para que las plantas creciesen bien, empezaba a curar los daños provocados por el fuego. No había mucho optimismo en cuanto a obtener una cosecha abundante la primera temporada, le dijeron; la tierra tardaría al menos un año en volver a su estado anterior. Sin embargo, doce meses no le parecían tanto tiempo.

La última parada después de trabajar siempre era el bosque. Primero avistaba la tumba de Landry: el azul del calcetín de la cruz actuaba como faro en la oscuridad inminente. Se sentaba en el espacio que había entre su tumba y la de George y hablaba como si estuviesen allí con ella, los ponía al día sobre el trabajo, prometía volver con rosas cuando brotasen. A George nunca le habían gustado, pero si las toleraba en vida, sería capaz de hacerlo una vez muerto. A Landry le gustaban todas las cosas bonitas, todo lo sagrado. El regalo lo haría feliz.

De vez en cuando Isabelle intentaba hablar en voz alta con Caleb, contarle cómo le iba la vida, igual que hacía con George, pero no era lo mismo. Conversar con Caleb le provocaba una sensación de cierre que la inquietaba. En el pueblo casi nadie preguntaba por él, pues sabían lo que había sucedido; pero si alguien la interrogaba, ella no podía hacer más que ofrecer una sonrisa vidriosa, desearles lo mejor y despedirse. Los recuerdos de su hijo y de Prentiss los conservaba para cosas mucho más valiosas que una charla informal: una plegaria para bien entrada la noche, cuando la soledad se apoderaba de ella, cuando pegaba las rodillas al pecho y le pedía a Dios que los mantuviera a salvo, dondequiera que estuviesen. A veces pensaba en ellos por la mañana, cuando necesitaba un empujoncito para seguir adelante, para vestirse, para salir con el orgullo que se exigía a sí misma y encontrarse con quienquiera que la esperase en el campo para ayudarla con el trabajo. Los chicos querrían que continuase viviendo, pensaba. Por lo tanto su objetivo era hacer justo eso, por cualquier medio.

Así fue como una tarde regresó a casa agotada tras un día típico y encontró a Mildred en el porche caminando de un lado a otro sin cesar. Llevaba ropa de montar, pantalones negros y guantes blancos, y se dirigió a Isabelle con un fervor que contrastaba mucho con el ritmo lento de la última hora que ella había pasado en el bosque.

—Qué sucia estás, ¿no? —comentó Mildred.

—Esta mañana he tenido que arreglar la bomba de agua. Y llevo en el campo desde entonces.

—Cómo no. Un hombre ha pasado por aquí a dejar unos nabos, dice que son para ti.

Isabelle subió los escalones, y Mildred se acercó para darle un beso en la mejilla. Isabelle notó que olía a sudor y estaba segura de que Mildred le olería a ella el aroma de la tierra, si bien ninguna de las dos rehuyó a la otra. Los nabos en cuestión estaban junto a la puerta. Isabelle los recogió.

—Debe de haber sido Matthew. Acaba de plantar sus cultivos, pero me dijo que me daría algo de lo que cultiva su madre en Campton. Para que pruebe lo que saldrá de su parcela. No creía que fuese a hacerlo, pero ha mantenido la promesa. ¿Quieres entrar en casa? —le preguntó—. No tengo mucho más que ofrecer aparte de compañía, a menos que quieras un nabo, claro.

Mildred ya la seguía al interior.

—Deberías cuidarte mejor —le dijo—. Estás flaca.

—Ahora que no está George, vivo más que nada de las plantas de atrás y de algún que otro huevo.

En el salón estaban muchos de los libros sobre cultivos de George, dispuestos sobre la mesa, delante del sofá. En un pedazo grande de papel que estaba en el suelo, Isabelle había dibujado un mapa de la finca con nombres que representaban la parcela que les había cedido a las personas que las habían aceptado.

—Por el amor de Dios, Isabelle, cada día está peor —se estremeció Mildred—. Tendremos que conseguirte una asistenta.

—Supongo que será mejor que no te deje ver mi dormitorio.

—Haz todas las bromas que quieras, pero ya vendrás a pedir ayuda a gritos cuando las alimañas campen por aquí a sus anchas.

Isabelle encendió la vela de la mesa del comedor y después fue a la cocina y se lavó la cara y las manos antes de quitarse el sombrero y volver a la mesa. Se sentó, se desató los cordones de las botas, y Mildred ocupó la silla de al lado. Desde la muerte de George, su amiga la había visitado bastantes veces y siempre hablaban hasta bien entrada la noche, pues sus reflexiones les daban fuerzas y ninguna de las dos tenía que ir a ninguna parte por la mañana. Unos días antes Mildred le había anunciado que su hijo Charlie se casaba y para Isabelle había sido una sorpresa y una buena noticia, aunque le daba la sensación de que Mildred se lo tomaba como una pérdida, un gesto de abandono, así que no le preguntó más por ello.

—¿Va todo bien? —preguntó Mildred mientas se quitaba los guantes.

—Yo diría que sí. Ellos no me necesitan para nada, pero me reconforta saber que no estoy tan sola. Elliot y yo nos hemos hecho amigos. Creo que nos llevamos bien. Me ha presentado a su esposa e hijos. Y con Matthew también tengo buena relación.

—Sin embargo, lo cierto es que estás sola en tu casa, a kilómetros del pueblo. Eso no me gusta. ¿Qué pasa si alguien tiene malas intenciones? Ni siquiera cierras la puerta con llave.

Isabelle estuvo a punto de echarse a reír.

—Por favor, si duermo más tranquila que nunca.

—¿Mejor que con George?

—Ay, es que George está aquí —respondió Isabelle, y suspiró—. Está por todas partes. En el campo, en el bosque. No me deshago de él. Pero por muy resentida que esté, todos los días estoy ansiosa por verlo. En ese sentido, no es diferente de cuando estaba vivo.

Mildred se levantó y siguió dando vueltas como en el porche.

—Ya no necesitas adorarlo de esa manera, ¿lo sabías? Podrías dejar de vivir aquí. Haríamos bien en mudarnos a Europa, empezar de cero. Lo pensaba el otro día. En cualquier zona rural de Italia nos recibirían muy bien, no me cabe duda.

—Dos viudas americanas.

—¿Lo ves? Tenemos ese título en común.

Isabelle se inclinó sobre la mesa y apoyó la barbilla en los nudillos mientras Mildred iba al salón.

—Estoy muy satisfecha —le dijo a su amiga—. Hago lo que hago porque me da la felicidad. Si consiguiésemos encontrar la manera de que tú te sientas igual, seríamos muy afortunadas. Las dos.

La luz de la vela alcanzaba el salón, donde Mildred se alzaba junto al sofá, observando los libros que se acumulaban sobre la mesilla.

—Al menos deberías permitirme que te dibuje un mapa en condiciones —le propuso—. Sería una desgracia que por dibujar tan mal confundieras los terrenos. Imagínate que un hombre cree que dispone de una parcela y a otro le pasa lo mismo; Dios sabe lo que podría pasar. ¡Menudo desastre armarías! Y la cocina. —Dio media vuelta y desfiló hacia allí—. Está llena de mugre, Isabelle. Yo te la podría limpiar. Y si tienes la casa ordenada y un lugar adonde volver que esté, aunque sea, un poco limpio... La situación me haría sentir mucho mejor.

—Mildred —dijo Isabelle, y estiró el brazo hacia la silla donde antes estaba sentada su amiga—. Tienes que relajarte. Siéntate.

Mildred calló, respiró más despacio (hasta ese momento el encaje blanco de la blusa se le zarandeaba) y tomó asiento.

—Es que... Estos días he pensado en qué hacer ahora. Tú sigues forjando tu camino, mientras que yo no hago nada aparte de quedarme en casa.

—Mildred —respondió Isabelle con tono firme.

Su amiga levantó la mirada de la mesa y la llama centelleante de la vela delató que le temblaba la mandíbula.

—Me encantaría contar con tu ayuda. Más que la de cualquier otra persona. Para mí serías indispensable. Eres indispensable.

Isabelle se sorprendió de ver que esa afirmación era para Mildred un gran alivio, algo necesario. De inmediato, su amiga se calmó, e Isabelle le apoyó la mano en el hombro.

—Haga lo que haga, quiero que formes parte de ello. Podríamos empezar mañana. Me gustaría mucho que te pusieras con el plano. Si estás libre, claro.

Mildred recobró un poco más de su compostura; tragó saliva, respiró hondo y recuperó su habitual mirada dura e inquisitiva.

—Creo que mañana tendré algo de tiempo —declaró Mildred con la confianza de siempre.

Lo que no sabía Isabelle era que el día siguiente se convertiría en todos los días de allí en adelante.

El mapa de Mildred tenía el nombre de todos los libertos que se habían instalado en la finca de los Walker. En pleno invierno ya había siete parcelas divididas y, como había bosque, casi no quedaba más espacio donde plantar. Había dos mujeres, Clarinda y Jane, que habían ocupado un pequeño terreno junto al de Matthew. Decían ser hermanas, pero su aspecto era demasiado desigual. Clarinda era fornida y hacía gala de una voz tan profunda que a menudo parecía estar a punto de ponerse a cantar un himno solemne. Jane era ágil, abultaba la mitad que la otra y hablaba con un tono de voz tan agudo que a Isabelle a veces le rechinaban los dientes solo de oírla. Ambas llevaban el mismo atuendo, que consistía en una capota blanca y un vestido de tejido hecho en casa con dibujos de pétalos de flores. Eran parlanchinas y a menudo buscaban a Isabelle para airear cosas sobre su familia: primos que vivían a varios estados de distancia y a los que jamás habían visto u otros antiguos esclavos a los que consideraban sus parientes y ahora estaban en el condado de al lado. Isabelle sentía curiosidad por saber cuándo hacían el trabajo, ya que su jardín estaba lleno de vida y de zanahorias y cebollas que tenían aspecto de que estarían listas para la cosecha de primavera. La visita que hizo a la parcela una tarde no le proporcionó respuestas, ya que ninguna de las dos hermanas se encontraba allí. Pero cuando Isabelle volvía de la tumba de George al finalizar el día, las vio pasar por delante de la cabaña; le contaron que trabajaban en una tejeduría y a menudo no volvían hasta el anochecer. Lo que ganasen con la cosecha serviría para complementar las ganancias. Suficiente para lanzarse a buscar a la familia que le habían descrito.

Había otros, como Godfrey, que no le habían hablado desde su llegada un mes antes. Isabelle le había asignado un lugar en el extremo este, a las afueras de la finca, y en las dos visitas que le había hecho él no se había dignado a decirle ni una palabra. Al hombre le había sucedido algo. Usaba una parte pequeña de la tierra y solo había plantado para alimentarse él. A Isabelle no le extrañó enterarse por los demás de que nunca se esforzaba por conversar con ellos y que casi nunca salía de su parcela.

En una ocasión lo acosaron unos adolescentes del pueblo que buscaban problemas. No le pegaron, pero lo despertaron y zarandearon, y una semana después de que ella y Mildred se enterasen, a Isabelle la sorprendió encontrar en el porche un ramo de flores de parte de uno de los delincuentes. Al parecer, Mildred les había contado el incidente a sus hijos y ellos se habían ocupado del tema a su manera; habían localizado a los agresores y los habían castigado. Isabelle la informó de que la próxima vez debía avisar a las autoridades, si bien ninguna de las dos se quejaba de cómo había acabado el asunto.

Isabelle llevó las flores a la parcela de Godfrey, pero no lo encontró por ninguna parte. La siguiente vez que lo visitó, la tienda ya no estaba, y al ver que las herramientas también habían desaparecido, se dio cuenta de que había abandonado el lugar. Pasado un tiempo, allí se instaló otro liberto. No obstante, aquellos jóvenes habían lanzado un mensaje, y entre la reputación de los Foster, la amenaza de las autoridades federales y las consecuencias del incendio, eran pocos los que se atrevieron a volver a pisar la granja de los Walker sin que los invitasen antes.

La mayor parte de los días, Mildred llegaba pronto para desayunar y, mientras Isabelle hacía la ronda, ella limpiaba, cumplía el papel de administradora y tomaba nota de cualquiera que se acercase a la casa pidiendo ayuda o a solicitar tierras. Ya habían quitado los carteles del pueblo, pero aún llegaba gente que había oído rumores de que allí repartían terrenos. Como el espacio era limitado y las parcelas estaban todas asignadas, había que rechazarlos, cosa para la que Mildred tenía agallas e Isabelle no. Sin embargo, había más de un liberto, como Elliot, que en lo más crudo del invierno se alegraba de recibir ayuda y estaba dispuesto a compartir la cosecha.

Por las noches, Isabelle y Mildred cenaban juntas, hablaban sobre el día, sobre la vida, sobre lo que les deparaba el futuro.

Después se sentaban en el sofá a leer o a tejer o a continuar la conversación de la cena. Eran inseparables, e Isabelle no tenía miedo de darle la mano a su amiga ni de apoyarle la cabeza en el hombro cuando se fatigaba. Pero no compartían la cama. Lo que había entre ellas no era físico, era una implicación a nivel espiritual que trascendía todo acto de pasión. Con verse por las mañanas y por las tardes tenían suficiente, y cuando Mildred se marchaba a casa a ver a sus hijos y a dormir, la distancia no hacía más que enfatizar el reencuentro de la jornada siguiente. Cuando se abría la puerta de casa, Isabelle ya casi ni la saludaba, pero tanto las nuevas costumbres como la presencia de su amiga eran regalos que quería saborear.

De vez en cuando discutían. Isabelle insistía en que los que trabajasen en sus tierras debían tener un sitio donde alojarse. Muchos de ellos habían acampado allí y no veía motivos para no permitirles algo más cómodo. Si les construyesen hospedaje, no sería un arreglo permanente: seguirían marchándose cuando se les acabase la temporada y tuvieran dinero en el bolsillo. En cambio, Mildred creía que si una familia tenía una casa, jamás renunciaría a ella, y el asunto estuvo candente durante un tiempo.

Los domingos descansaban y charlaban de temas más ligeros. Era la última semana de diciembre, justo después de Navidad, la primera que Isabelle pasaba sin George, y estaban en el porche, cada una con su té y abrigada con una colcha. Un pájaro se posó en la barandilla, ladeó la cabeza y echó a volar de nuevo. El té las hizo entrar en calor, aunque fuese solo un rato; la calidez se disipaba rápido con el frío de la mañana. No tardarían en meterse y encender la chimenea, pero no pasaban ningún día sin un poco de aire fresco, y sentarse después junto al fuego era la recompensa por haber salido.

Mildred estaba de un humor muy persuasivo e intentaba convencer a Isabelle de que aprendiese a montar a caballo.

Pronto habría una subasta y Mildred sabía que había una potrilla de un establo desconocido a precio barato. Isabelle podía domarla y pronto las dos cabalgarían juntas por el campo sin preocupación alguna.

Isabelle dejó de escuchar cuando una carreta con la lona salpicada de agujeros apareció por el camino. Tiraba de ella un solo caballo y, a medida que se acercaba, vio que estaba cargada de cajas, pero el misterio de quién la conducía, bajo el cobijo de muchas prendas, no se desveló hasta que Isabelle alcanzó a ver un cuerpecito junto a la persona que sostenía las riendas, envuelta en mantas, apoyada en su madre.

Isabelle dejó el té y cogió el abrigo de lana del respaldo de la silla.

—¿Eres tú? —voceó, y bajó los escalones hasta que la carreta se detuvo.

—¡La parte de mí que haya resistido al frío! —respondió Clementine.

Se apeó de la carreta y enseguida agarró a su hija para bajarla.

Habían sobrevivido intactas al incendio, pero habían perdido la casa, tal como Mildred le había contado a Isabelle. Desde entonces, Clementine había acudido a cenar a su casa una vez y después había visitado la tumba de George, pero a juzgar por la carreta, que estaba cargada con sus posesiones, no parecía que esos reencuentros fuesen a repetirse en el futuro.

La melena de Elsy era tan copiosa como la de su madre, y la maraña eclipsó el rostro de Clementine mientras llevaba a su hija hacia el porche.

—Pero ¡quiero ver el caballo! ¡El caballo! —dijo la niña.

Clementine la bajó al suelo y le dio la mano.

—Ese caballo podría cogerte con los dientes y lanzarte como a una muñeca de trapo. ¿Quieres que te haga eso?

La niña se rio y asintió con la cabeza.

—¿De verdad? —le preguntó Clementine—. Ya veremos lo que opinas cuando estés con la cara hundida en el barro.

—¡Me gusta el barro! —exclamó la niña.

Su madre no supo qué contestar a eso y lo único que pudo hacer fue sujetarla para que se estuviese quieta mientras Isabelle se acercaba a recibirlas. Clementine llevaba un vestido de lana debajo de un abrigo tan largo que parecía de hombre y un elegante pañuelo rojo enrollado alrededor del cuello. Sin forma pero hermosa. Isabelle la abrazó y saludó a Elsy, y después le echó un vistazo a la carreta.

—Está muy destartalada, ya lo sé —dijo Clementine—. Me da miedo que se rompa. Pero era la única que pude comprar por el precio que tenía en mente.

—Has llegado hasta aquí sin problemas —contestó Isabelle—. ¿Qué más da el aspecto que tenga?

Clementine miró la carreta con recelo.

—¿Te importa que te pregunte qué piensas hacer con ella? —dijo Isabelle.

—Bueno, me duele decir que no nos queda más remedio que irnos a otra parte. El hotel no es un alojamiento adecuado. Ha habido quejas; que si Elsy hace ruido y yo vuelvo tarde. No podía ser.

—¿Y ahora? —preguntó Isabelle.

En ese momento la sorprendió el toque fresco de una mano en el hombro, y Mildred, que se había acercado, se dirigió a Elsy.

—¿Qué os parece si llevo a la niña a ver las gallinas? —propuso—. Les iría bien un poco de comida, si es que se atreve a darles de comer.

—¡Sí me atrevo! —se apresuró a decir Elsy.

—Ya lo veremos —respondió Mildred.

Miró a Clementine, que se limitó a asentir; al parecer, se alegraba de darse un respiro. Mildred y Elsy se fueron hacia el corral.

—Cuando se despierta de la siesta —dijo Clementine—, tiene una energía inagotable.

—A mí todo eso me queda muy lejos —repuso Isabelle—, pero me acuerdo de cómo era. —Se volvió hacia Clementine—. ¿Qué tal si vamos al porche? Podríamos tomar un té.

Fueron juntas. Clementine se sentó en la silla de Mildred e Isabelle sirvió té en otra taza.

—¿Sabes adónde vais a ir?

—No del todo. Lo único que quiero es una existencia más tranquila en alguna parte, nada más. Y un ambiente más adecuado para mis servicios. Aquí los hombres están más centrados en reconstruir su vida que en visitar a mujeres como yo. Ya no entra dinero.

—Entiendo.

—Siempre he hecho lo que debía para sobrevivir —dijo Clementine—. Y aunque aquí me he ganado bien la vida, en el norte las cosas serán mejor. Con un público más cordial. Quizá más adinerado también.

—No me cabe duda de que cualquier cosa que hagas te saldrá bien. ¿Qué me dices de Elsy?

—Quiero meterla en la escuela dentro de poco. Lo que no sé es cómo lo haré.

—¡Te espera todo un viaje! —exclamó Isabelle—. Apuesto a que habrá muchas pruebas que superar.

—No creas que no lo sé. Estoy aterrada, si quieres que te diga la verdad. Pero es mejor hacer el cambio cuando es pequeña. Al menos eso es lo que me digo.

Un viento estridente levantó polvo del suelo y ambas bebieron un sorbo de té como defensa contra el mal tiempo.

—Me preguntaba —murmuró Clementine en voz baja— si sabes algo de ellos.

Isabelle tomó otro sorbo, por si acaso. Era posible que la impasividad de Clementine la reconfortase o quizá fuese que lo preguntaba sin ningún prejuicio; pero por primera vez en mucho tiempo, Isabelle se sintió capaz de responder a esa pregunta.

—No. Todavía no.

—Ay, Isabelle.

—No, ni se te ocurra ir por ahí. No necesito compasión. Estoy segura de que ambos están bien. Pero Caleb es así.

Clementine se quitó el pañuelo del cuello y miró a Isabelle con preocupación evidente, esperando a que continuase. Esperando, quizá, con la misma exasperación que le atenazaba el corazón a Isabelle todas las noches. Pero Isabelle no tenía nada más que compartir. Nada del reino de lo conocido.

—La carta llegará —dijo Isabelle, y su tono abrazó el optimismo que se había obligado a practicar—. Muchas veces me imagino abriéndola. La letra redonda e infantil, las frases que se inclinan en diagonal a medida que las escribe. Lo vago que es con las palabras...

Isabelle miró por el camino y disfrutó del producto de su mente, el escenario que había construido tantas veces e invocaba en sus momentos más oscuros. El contenido de una carta que no existía.

—Dirá mucho más que cualquiera de las cartas míseras que me mandaba durante la guerra. Me contará que están bien. Habrán acabado en Filadelfia o en Nueva York, aún no he decidido en cuál de las dos. Trabajan en un hotel. Uno notable. Uno adonde va la alta sociedad. Caleb les sirve la cena a los clientes: asados con salsa de champán y jalea, riñones estofados al vino, y toda la noche la orquesta toca música clásica que hace que todo el mundo esté alegre. Prentiss, bueno, él trabaja en una de las salas de fumar. Hay humo en el aire, cómo no, y se oye el repique de las bolas de la mesa de billar. El lugar está lleno de las mentes más importantes que visitan la ciudad y que hablan de nuevos inventos, de qué nos deparará el futuro, y, después de meses de tranquilidad en el bosque, Prentiss disfruta de ese ambiente, de la inteligencia estimulante, y lo guarda todo a buen recaudo en la mente. Los chicos tienen camas como las de los clientes. Con colchones, no jergones de paja. En Nueva York, hasta los empleados merecen más que un jergón de paja. Les dejan comerse las sobras de las extravagantes cenas y, cuando ya es tarde y todo el mundo está durmiendo, a lo mejor se cuelan con la llave de Prentiss en la sala de fumar y juegan una partida de billar...

»No sé, Clementine. Es lo que me viene a la cabeza. Ojalá hubiese más. Puede que mi imaginación sea limitada, pero con semejante imagen, ¿a quién le hacen falta las palabras para convertirlo en realidad?

Clementine se movió y dio palmadas en la silla de lo contenta que estaba.

—Magnífico, de verdad. No me cabe duda de que es justo así. Una madre se da cuenta de esas cosas, y esos chicos tienen la astucia y las ganas suficientes para hacerlo realidad.

—Gracias —respondió Isabelle—. Ya somos dos.

—Seguro que Landry estaría extasiado por su hermano —añadió Clementine—. Por que Prentiss haya llegado tan lejos en la vida.

Solo de oír el nombre, Isabelle se puso tensa. Ya habían charlado de Landry una vez, junto a las tumbas, el día que Clementine fue a cenar con ella, pero igual que con Caleb, Isabelle nunca conversaba de él con Mildred y, por lo tanto, desde entonces no había vuelto a hablar de él con nadie.

—Lo siento —dijo—. No esperaba oír su nombre.

Clementine se inclinó hacia delante en la silla e Isabelle percibió el olor húmedo de su abrigo.

—No quería disgustarte —añadió—. Pero, por lo que Prentiss me contó, sé que tenía un vínculo muy fuerte con su hermano, y me imagino que Landry se alegraría de ver que se ha alejado de la locura de este sitio.

—¿Prentiss te habló de Landry?

—En el calabozo —dijo Clementine—. Te envidio que lo conocieras. Parecía muy curioso. Prentiss me habló de cuánto lo fascinaba el agua.

Isabelle no tenía ni idea, puesto que ninguno de los dos hermanos había compartido esas cosas con ella, y así se lo dijo a Clementine. Entonces Clementine se lo contó todo. Que Landry contemplaba la fuente del Palacio de Su Majestad y la buscaba siempre que podía. Tal como Prentiss se la había descrito, era como si formase parte de su persona: el vínculo con su belleza, con su funcionamiento interno. Bajo tierra había algo misterioso y delicado que la hacía funcionar sin parar. Siempre, como la vida.

Puede que Clementine se percatase de la expresión dolida de Isabelle al darse cuenta de que le habían ocultado esa intimidad. Cambió el tono, rebajó el entusiasmo.

—Ni que decir tiene que todo esto se basa en lo que me contó Prentiss bajo coacción. Entre lo que él decía y la impresión que me has dado tú, es posible que lo haya mitificado un poco.

Volvió a soplar el viento, una ráfaga frenética y cortante, y a pesar del abrigo de lana, a Isabelle le hubiera gustado tener a mano un chal. Al acabar el día tendría la piel enrojecida.

—No sé bien qué decir.

—Pues no digas nada —sentenció Clementine—. Ya te he interrumpido más de lo necesario. A ver si encuentro a mi niña corriendo por ahí.

Justo entonces, un chillido agudo de alegría resonó detrás de la cabaña. Isabelle llamó a Mildred, y aunque su amiga no contestó, la puerta del corral se cerró con un golpe sordo.

Clementine ya estaba de pie. El viento le azotaba la melena, que ondeaba como las ramas de un árbol durante una tormenta. Le dio un abrazo a Isabelle y bajó los escalones.

—A lo mejor algún día, en alguno de mis viajes, me encuentro con nuestros chicos andando juntos por la calle, vestidos de punta en blanco, dos empleados del mejor hotel de la zona. A lo mejor salen del turno, con la corbata desatada y el sombrero en la mano. Listos para una noche en el centro.

Isabelle sonrió, la idea la alegraba.

—Desde luego, ha habido coincidencias más grandes que esa.

—Te prometo que les haré saber que en casa hay alguien que espera saber de ellos. Que deberían escribir sin más dilación. E incluir una dirección de contacto.

—Sería un regalo espléndido —dijo Isabelle.

¿Cómo era posible que un comentario tan inofensivo de su amiga la dejase con un nudo en la garganta?

—Diles que estoy bien. Que me las apaño. Y recuérdale a mi chico que no escriba sin más, sino que escriba detalles. Cartas largas, tal como me prometió.

Cuando Clementine abrió la boca para responder, Elsy corrió hacia ella dando gritos y hablando de las gallinas, y el momento pasó. Mildred subió los escalones del porche y entre esas dos parejas había un mundo: Clementine y Elsy junto a la carreta, abrazadas con la ropa ondeando al viento, e Isabelle y Mildred junto a las sillas, a un paso de la puerta que las conduciría al interior y a la chimenea.

—Cuídate —dijo Isabelle.

Mildred se despidió con la mano y Clementine, oculta tras el pañuelo del cuello, le devolvió el gesto. Elsy le tendía la suya al caballo. Clementine le llamó la atención, le cogió la mano y la hizo decirles adiós. Cuando se subieron a la carreta, Isabelle aún las contemplaba como si fuesen a decirse algo más, una última despedida. Pero el caballo dio la vuelta e Isabelle se quedó con la sensación de que Clementine se había marchado nada más llegar.

Capítulo 29

Había un hombre bien vestido de escasa estatura que al alba recorría el tranquilo pueblo de Convent haciendo sonar una campana. Había mañanas de invierno en las que el sol aún no había trepado por la oscuridad de la noche anterior, y en esas ocasiones en la otra mano llevaba un farol que atraía a los hombres del mismo modo que la luz tienta a los insectos pasajeros. Las puertas de las casas se abrían y se cerraban sin hacer ruido, se oían pasos ligeros, y el hombre de la campana y el farol no tardaba en tener un rebaño silencioso a su alrededor. El grupo avanzaba al unísono, sin detenerse, y se agrandaba a medida que seguían adelante. Eran una banda de fantasmas flotando hacia la niebla y hacia el bosque de más allá.

—Prentiss —murmuró Caleb en la oscuridad de su habitación.

Observaba al conjunto de hombres. Estaba acostumbrado a no recibir respuesta a esas horas, pero lo intentó de nuevo:

—Prentiss, ya están delante.

No sabía cuánto llevaban en Convent. Tiempo suficiente para haber perdido la cuenta. ¿Cuatro meses? ¿Cinco? Era el primer pueblo que habían encontrado después de frenar el ritmo de la huida y el hostal era el primero que los había alojado. La mujer que estaba a cargo y su peculiar hospitalidad le recordaban a Caleb a su madre; sus tareas domésticas parecían ir de la mano de su insistencia en que aquello fuese un hogar en estricta armonía. Si la puerta entre la cocina y el salón quedaba entreabierta, la señora Benson no emitía queja alguna, pero al cabo de un instante la encontraban cerrada. Si se oía un ruido fuerte en el piso de arriba, llamaba desde abajo para preguntar si alguno de los huéspedes necesitaba ayuda: su manera de pedir silencio. De conseguir descanso para todos.

Había instalado a Prentiss y Caleb en un desván lleno de telarañas: solo dos camas, una a cada extremo; y aunque había arañas tan enormes que parecían más bestias que insectos y una humedad que volvía los tablones del suelo del color de los dientes podridos, Caleb se sentía afortunado de tener un espacio para ellos dos.

Caleb llamó a Prentiss de nuevo y la silueta que había al otro lado de la habitación se movió. Desde que habían llegado, Prentiss no se había despertado antes que Caleb ni una sola vez. Todas las mañanas era como si el frío lo hubiera clavado al colchón y Prentiss se hubiera rendido del todo con la intención de dormir hasta los últimos coletazos del invierno, como un animal. Pero entonces despertaba de pronto, impulsado no por Caleb (puesto que Caleb admitía que tenía un efecto mínimo en Prentiss, que en general guardaba silencio y estaba a todo un mundo de distancia), sino por algún pozo de diligencia que le exigía ponerse con una tarea y llevarla a cabo hasta completarla con una seguridad tan devastadora que ningún patrón podría tener ni asomo de queja. Y era para eso para lo que se despertaban: para trabajar. El trabajo que llenaba sus días.

—Pues venga, vamos —dijo Prentiss con la voz empañada de sueño.

Actuaba de tal modo que ya se había vestido antes de que a Caleb se le hubiera acostumbrado la vista lo suficiente para ver la figura que se le acercaba en la penumbra.

Esa mañana aún hacía frío y los hombres se arropaban bien con las chaquetas. Todos tenían cargas. Un hombre hablaba a menudo de la esposa a la que le enviaba lo que ganaba, una mujer que no contestaba sus cartas y que quizá ya no fuese su esposa. Pero, dado que era un preso fugado, regresar a casa lo satisfaría en cuanto al estado de su matrimonio y también acabaría con él colgando de una soga, así que había aprendido a soportar el misterio tal como estaba. Los demás hombres eran más callados, aunque por las miradas fugaces a un lado y al otro, por el miedo a los caballos asustados o al graznido de un cuervo, quedaba claro que desde el pasado los acechaba algún tipo de oscuridad con el poder siniestro de presentarse en cualquier momento y hacer realidad un destino digno de una huida.

El hombre del farol dejó de hacer sonar la campana cuando salían del pueblo. La tierra que pisaban era terreno cenagoso, aunque había gente que se las había apañado para construir granjas aquí y allá, entre los meandros. Cada una de las casas tenía un farol cuyo tenue resplandor parecía una pequeña estrella en la penumbra de la mañana. Caleb percibía los faroles como postes de camino; lo instaban a continuar, pero no tenía claro hacia dónde, y la cuadrilla de hombres siempre salía de la carretera antes de acercarse lo suficiente para seguir pensando sobre su significado.

—El señor Whitney quiere a los de siempre —dijo el hombre del farol.

Había terratenientes que pedían a los mismos trabajadores día tras día, aquellos con los que estaban satisfechos. Caleb y Prentiss le habían caído en gracia al señor Whitney al principio de estar en Convent y ya no habían ido a ninguna parte. Avanzaron con el resto, ocho en total, y el hombre del farol les dijo que se marchasen.

La carretera conducía a una azucarera: una estructura de madera sin techo ni paredes. Whitney recibía a los hombres con un solo pedazo de pan frito para cada uno. Hacían tanto ruido al masticar que sofocaban el sonido del río allí abajo.

—Cinco minutos —dijo Whitney.

Con ese frío acuciante, los hombres se apiñaban y comían como una manada de lobos. La temperatura subiría en cuanto los calderos empezasen a hervir.

—Llevo toda la mañana cortando leña —les contó Whitney, como queriendo decir que la mañana había pasado de largo cuando aún no había ni empezado—. Quiero que tres de vosotros me relevéis. Los demás poneos con los calderos como ayer. Caleb, tú con los barriles.

Sabía cómo se llamaba Caleb porque era el único blanco de una cuadrilla compuesta por indios y negros, y a menudo lo escogía para hacer el trabajo que menos esfuerzo requería. En una ocasión había intentado cambiar y cedérselo a otro hombre, y había sido una de las pocas veces que había despertado la cólera de Prentiss, que se había apartado de su caldero y se había enfrentado a él con la cara bañada en sudor.

«Vas a llenar esas cubas —le había dicho Prentiss—. Haz caso de ese hombre. ¿Cómo se te ocurre quejarte por que te lo pongan fácil? Te pareces demasiado a tu padre.» Y eso fue todo. Caleb no volvió a cometer el mismo error.

El proceso casi nunca variaba, y ese día era como todos los demás. Quienes no cortaban leña encendían la llama debajo de los calderos. Había cuatro en total, alineados uno detrás de otro. Cuando el agua del primero se evaporaba, pasaban el sirope al segundo con cucharones y el proceso de refinamiento acababa con Caleb, que se encontraba junto a los toneles vigilando el flujo de sirope; cuando el barril estaba lleno, le ponía la tapa, lo dejaba enfriar en un rincón y cogía uno nuevo para llenarlo.

El calor se acumulaba sin cesar y las toses eran imparables, ladridos largos que llevaban la firma del trabajo que hacía cada uno. Al final del día se apresuraban al agua helada, saltaban adentro como animales, soltaban la mugre de toda la jornada y flotaban inmóviles para que sus extremidades descansasen un momento de remover sin parar, de estar siempre de pie.

Caleb se acordó de su primera semana de trabajo, un día en el que a un joven que debía de tener su misma edad se le cayó el cucharón. El sirope fluía como la lava y todos observaron la calamidad silenciosa que sufría el muchacho: de repente, los ojos le ocuparon todo el rostro y estrujaba las manos hasta formar bolas de dolor. Era una situación fascinante, hasta el punto de que durante un momento no se movió nadie; el sirope le atravesó el cuero de la bota y, al ir a quitársela, se dio cuenta de algo nefasto: se le había pegado el cuero a la piel. Más adelante el chico describió el dolor al quitarle el doctor la bota como si le arrancasen la lengua de la boca. Caleb no lo había olvidado. No creía que ninguno de ellos fuese a olvidarlo.

Hacía su trabajo con cuidado y a menudo observaba a Prentiss desde el caldero más cercano; Prentiss llevaba barba, pues se la había dejado porque al principio tenía miedo de que los buscasen, de que fuese necesario cambiar su apariencia. No se la había cortado ni una vez, y a pesar de que a lo largo de los meses anteriores no había conseguido que le creciera más que una pequeña mata en la barbilla y medio bigote, a esas alturas parecía mayor, aunque Caleb sabía que la versión joven seguía allí debajo, aguardando el momento adecuado para volver. Al menos eso esperaba.

El señor Whitney tenía setenta años y casi no le quedaban dientes. Andaba entre ellos con una mano dentro de los pantalones y la otra sujetando el cronógrafo. El azúcar se evaporaba a intervalos precisos, y era extraño que llevase el control del tiempo, teniendo en cuenta la frecuencia con la que hablaba de su instinto para saber cuándo terminar el proceso basándose solo en su aspecto. Con el tiempo, las cosas que hacía (el toqueteo de la entrepierna, los chasquidos incesantes del reloj) empezaron a parecer menos relacionadas con el trabajo y más un síntoma de sus manías, un modo de calmar los nervios.

Llegaba el mediodía antes de que Whitney les diese un descanso. Los hombres salían de allí en fila. Junto a la estructura, debajo de un árbol, había un cubo de agua de la que todos bebían un sorbo y después se sentaban con el cuerpo perlado de sudor a pesar del frío, todos en silencio. Whitney aprovechaba el momento para exponer, una vez más, su intención de comprar una evaporadora con la que podría prescindir de todos ellos, ya que el líquido herviría según los estándares exactos de la máquina; pero ese discurso lo había repetido tantas veces que ya nadie le hacía caso.

Prentiss estaba de pie, a solas, con la camisa desabrochada por la cintura, frotándose una hoja por la frente, con la mirada perdida en el bosque.

—¿Dónde estás hoy? —le preguntó Caleb cuando se acercó a él.

—En ninguna parte más que aquí —respondió Prentiss.

Nadie se daba las palizas trabajando que se daba Prentiss: nadie consumía menos agua, se quejaba tan poco, sudaba tanto. Era un castigo, Caleb lo sabía. Por ofensas que no había cometido. Por pérdidas que jamás recuperaría. Y, a pesar de haber manifestado al principio que Convent no estaba a suficiente distancia de Old Ox para considerarlo su hogar, era Prentiss el que quería quedarse allí. Si bien habían gastado algo de dinero, tenían suficiente para marcharse, pero el trabajo estaba bien y Prentiss se contentaba con estar en un lugar donde nadie lo conocía y donde no le hacían preguntas. Un sitio donde podía distraerse removiendo un caldero sin cesar, con la mirada empañada de algún tormento que también hacía las veces de placer, con el calor que expulsaba los demonios que lo asolaban.

—La señora Benson me ha dicho que podemos cenar un poco de las sobras del conejo —dijo Caleb.

—¿Crees que le quedará algo de leche? —preguntó Prentiss.

—¿La leche de cabra?

—Es como beber mantequilla. Las vacas no tienen ni punto de comparación.

—Si no le queda, supongo que podemos volver y ordeñar una nosotros.

—No pienso tocarle las ubres a una cabra. Ahí pongo el límite.

—Pues yo no creo que ordeñar una cabra esté por debajo de mí —respondió Caleb—. En realidad sería un honor. Estoy seguro de que hay hombres en el mundo que creen que el día no está completo hasta que han ordeñado a una cabra.

Recogió una hoja, se secó la frente con ella y la dejó caer al suelo. No miró hacia Prentiss porque, si lo sorprendía sonriendo, este intentaría disimularlo, así que ambos esperaron juntos a que acabase el descanso, refrescados por el sudor que se les secaba en la piel.

Esa noche no habría conejo. Ni leche. Cuando acabaron de hervir azúcar, Whitney los puso a fabricar duelas para los barriles que llenarían al día siguiente, y cuando llegaron a casa, la señora Benson se había acostado y la casa estaba tan oscura que tuvieron que subir a tientas. Había una manzana para cada uno, y Caleb temía despertar a la anciana con el ruido que hacían comiendo. Un poco de cerdo cocido que habían comprado el día anterior les sirvió de postre. Algunas noches que tenían un rato libre, Prentiss se ponía con un pedazo de madera y la navaja y hacía algo, o nada, ya que Caleb no alcanzaba a verlo y tampoco quería interrumpir. En cambio, esa noche Prentiss se acostó enseguida, y Caleb se quedó a solas con la inquietud que lo asaltaba todas las noches: pensaba en su madre, en su padre, en su viejo dormitorio. En aquel burro, Ridley. Imágenes que le daban vueltas en la cabeza, que alimentaban el sentimiento de culpa que acumulaba, los deberes filiales con los que no había cumplido, hasta que los pensamientos y las escenas se convertían en una historia, en un sueño, de modo que mientras dormía el mundo se llenaba de las mismas personas y circunstancias de las que se había empeñado en huir.

Unas horas después, al despertar de esa pesadilla, tuvo la sensación de que él mismo había materializado a partir de una alucinación la figura clara y amenazante de su pasado que veía por la ventana, como si ese individuo hubiera estado aguardando desde hacía un tiempo a que él se percatase de su presencia. El hombre de aspecto siniestro esperaba de pie junto a un caballo atado a un carruaje; se quitó los guantes de golpe mientras inspeccionaba la casa.

Caleb saltó de la cama. Aún no había amanecido, y quizá, por culpa de los crujidos a una hora tan extraña, Prentiss levantó la cabeza de la almohada para ver qué era ese ruido.

—¿Qué haces? —murmuró.

—Es él —dijo Caleb.

Tenía un martilleo en la cabeza, como si la pesadilla se expresase con una aflicción física. Metió la mano debajo de la cama, sintió el tacto frío de los tablones de madera y la navaja apareció junto a una de las patas.

—¿Qué quieres decir con «él»? —quiso saber Prentiss apoyado sobre los codos.

—Ya sabes quién. Y voy a matarlo.

Caleb abrió la hoja de la navaja y bajó los escalones de dos en dos.

—¡Caleb! —lo llamó Prentiss.

Cuando Caleb llegó a la puerta, no había nada entre él y August, aparte del frío de la noche, el silencio plúmbeo de un pueblo durmiente. Si August decía aunque fuese una sola palabra, si Caleb oía esa voz conocida, sabía que flaquearía, que su amigo tenía demasiado poder sobre él y no podría resistirse. Así que no pensaba darle la oportunidad. Se acercó con sigilo y la navaja preparada y, durante un momento, durante un suspiro de tiempo que transcurrió mientras se aproximaba, le pareció que las pesadillas se habían mezclado con la realidad, que al acabar con la vida de su amigo quizá conseguiría abolir el dolor del pasado y proporcionarle a su mente la libertad de pasear tranquilo por el paisaje de sus sueños. La venganza lo tentaba de tal modo que pensó que una sola noche de descanso verdadero haría que languidecer durante días en la celda de una prisión o recorrer el camino hasta la horca mereciesen la pena con creces.

Pero cuando el hombre encendió un puro, Caleb vaciló y se le resbaló la navaja de la mano, que cayó al suelo con un ruido que resonó por toda la calle tranquila.

—Buenas noches —dijo el hombre, más como amenaza que como saludo.

Era alto y desgarbado, con el pelo castaño, no rubio como lo había visto Caleb desde la ventana. Los dos dientes delanteros le sobresalían de la boca como si huyeran de ella. Era increíble que pudiera cerrarla.

—Lo siento. —Caleb era incapaz de moverse del sitio—. Lo he confundido con otra persona. Con un intruso.

—¡Un intruso! —respondió, y mordió el puro como un niño muerde los juguetes cuando le salen los dientes—. He estado a punto de sacar la pistola, pero no desenfundo a menos que vaya a disparar y no disparo a menos que quiera matar, así que imagino que entiende la suerte que acabas de tener.

A Caleb empezaron a castañetearle los dientes y el aire gélido penetró en la parte de su ser que un momento antes estaba abrumada por la rabia, por la necesidad imperiosa de imponer un castigo.

—¿Me permites que te pregunte quién eres? —continuó.

Caleb le dijo cómo se llamaba y que se alojaba en el hostal.

—Soy Arthur Benson. Mi tía es la propietaria de la casa. No tenía ni idea de que aceptaba huéspedes. ¿Él va contigo?

Arthur señaló en dirección a la casa.

Caleb se volvió y vio a Prentiss, con los brazos cruzados para protegerse del frío.

—Sí, somos dos —afirmó.

—Muy bien.

Aunque acababa de ponerse a fumar, se agachó y se apagó el puro contra el lateral de la bota y después se sacudió la ceniza.

—Siento mucho haberle dado un susto —añadió Caleb—. Estaba desorientado.

—Uy, no me has asustado ni un poco. Tía, tía.

La señora Benson, casi invisible dentro de una enorme levita que llevaba por encima del camisón, apartó a Prentiss de la puerta.

—Ayer mismo recibí tu telegrama —dijo a voces—, pero te esperaba a una hora más normal. Entra.

Caleb nunca la había visto moverse tan deprisa y retrocedió cuando se abrazó a ese hombre. No sabía si en ese momento su presencia era una intrusión o si sería grosero marcharse en una situación como esa.

—Tienes huéspedes —señaló Arthur.

—Han pagado hasta finales de mes —le informó—. Pero aquí siempre hay sitio para ti, Arthur. Siempre hay sitio para la familia.

Una hora más tarde volvían a estar en el desván, ambos en silencio y ninguno dormido. Caleb oía la respiración rápida de Prentiss, sus movimientos nerviosos.

—Estaba seguro de que era él —susurró Caleb—. Tienes que creerme.

—Descansa un poco.

—Crees que estoy loco.

—No he dicho eso. He dicho que descanses.

—Ya lo sé. Pero...

—Caleb.

—Tienes que escuchar...

—¿Qué pasa? ¿Crees que yo no los veo igual que los ves tú?

Caleb sintió una sacudida, como si una serpiente le hubiese siseado desde los pies de la cama.

—¿Qué te crees que me paso mirando en el bosque todo el día? Mire adonde mire, veo a mi hermano, amoratado y apaleado, con la cara llena de sangre. Llevo viendo a mi madre desde que la vendieron. Veo a la señora Etty a mi lado como si estuviésemos otra vez en el campo, como si no se hubiera escapado. La mitad de las veces que tú me despiertas, creo que es Gail que viene a por mí, por vaguear en un día de trabajo. Supongo que ese chico, August, estará delante de tu ventana durante el resto de tu vida. Así es como funcionan los demonios. Así es como te persiguen los fantasmas. Enorgullécete de haber salido y haberte enfrentado a él. No todo el mundo tiene esa valentía. Pero debes saber que eso no cambiará nada. Seguirás teniendo que levantarte por las mañanas, que acostarte por las noches. Así que si tú no piensas descansar, al menos deja que lo haga yo.

Se oyó un ruido abajo, fruto de quién sabe qué, y el silencio de la casa reconoció el sonido.

—Lo siento, Prentiss.

—No lo sientas. Duérmete.

Desde lejos, los hombres de los calderos parecían hechiceros que removían marmitas, brujos haciendo rituales en un lugar perdido del bosque adonde nadie debía acercarse. Caleb se aliviaba debajo de un árbol cerca de la azucarera y los miraba de lejos. La jornada ya casi había terminado. Los chicos que cortaban leña frenaban el hacha en lo alto antes de dar el golpe, y los hombres de los calderos habían encontrado un ritmo tranquilo para removerlos. La última hora pasó deprisa y los trabajadores descansaban un momento al aire frío cuando el señor Whitney le hizo un gesto a Caleb para que lo acompañase. Caleb le dio un toque en el hombro a Prentiss y los tres fueron hasta un claro que daba a la casa de Whitney y a la tierra de labranza donde estaban sus cultivos.

El río corría deprisa entre ambos y Whitney lo señaló y le contó a Caleb que el agua le entraba en la casa. Había cavado un dique hacía más de diez años, pero había que reforzarlo. Tenía que ser más profundo y necesitaba zanjas para drenar bien. Serían unos meses de trabajo una vez vendido el azúcar.

—Me vendría bien contar con alguien como tú —dijo—. Por lo que veo, estás enseñado. Sabes los números y eso. Me serías de muchísima ayuda.

Caleb se metió las manos en los bolsillos y observó el paisaje con recelo mientras se preguntaba qué problemas o qué fortuna le depararía la propuesta; podía escoger entre lo fácil que era acceder a los deseos de otro hombre por encima de los suyos y la dificultad de perseguir algo más allá del horizonte, la cuna de lo desconocido y lo intangible, la posibilidad de seguir su propio camino igual que había hecho al rescatar a Prentiss, cuyo resultado, bueno o malo, jamás tendría vuelta atrás. Cuando miró a Prentiss para que lo ayudase, este se rascó la barba descuidada mientras miraba el suelo para abstenerse de la decisión.

—Creo que no soy el hombre adecuado —respondió Caleb con más debilidad de la que pretendía—. Quizá me haya juzgado mejor de lo que soy. No tengo fuerza para liderar a otros. Nunca la he tenido.

Whitney se relamió las encías con su gruesa lengua, los pocos dientes que le quedaban.

—Eso se aprende. Y, en cualquier caso, no es para que guíes a nadie. Yo estaré por ahí con los pantalones remangados igual que tú y mantendré a los chicos a raya. Pero necesito a alguien con dos dedos de frente a mi lado.

Caleb imaginó qué vida sería: despertar todas las mañanas en el frío ático y ese farol al otro lado de la ventana, un orbe flotante que penetra la niebla. Después, la orilla embarrada del río, reforzar el dique. Y más tarde el calor de la azucarera cuando empezase la temporada.

—Mi idea es marcharme de aquí —dijo, y la certeza con la que hablaba lo sorprendió hasta a él—. Mañana podría cambiar de opinión, puesto que soy dado a la indecisión, pero es lo que deseo. Encontrar mi propio lugar en alguna parte. Me gustaría que el hombre que tengo detrás viniese conmigo, pero no sé si lo hará. Hoy en día parece satisfecho, y no puedo culparle por querer cierta satisfacción. Si se queda, lo recomiendo para el puesto. Trabaja el doble que yo y es el doble de listo. Y ahora debería marcharme a casa, pero le agradezco la oportunidad.

Caleb inclinó el sombrero con respeto, pero Whitney no le devolvió el saludo.

—Habrá más como tú —dijo—. Ya me las apañaré.

—Estoy seguro de que sí —contestó Caleb.

Cuando dio media vuelta, Prentiss descruzó los brazos y se puso a su lado. Caminaron juntos con el rumor del río en los oídos.

Prentiss no habló hasta que habían pasado la azucarera y llegado a la carretera.

—Apuesto a que le ha hecho algún postre al sobrino.

—¿En qué estás pensando? —preguntó Caleb.

—Tarta de chocolate. Eso me imagino.

—Eso se puede mejorar. Yo veo seis capas. Chocolate y vainilla, una encima de otra.

—Se me hace la boca agua. ¿Crees que nos guardará un pedazo?

—El sobrino está como un palo. Y parece de esos que son demasiado orgullosos para comer dulces. Que piensa que son para niños.

—Entonces nos vamos a hartar —apuntó Prentiss.

—Y que lo digas —respondió Caleb, y se frotó las manos—. Comeremos hasta que salga el sol.

—Hasta que nos reviente el estómago.

A Caleb le dolían los músculos, pero el frío le hacía sentir un hormigueo por toda la piel que lo distraía del dolor. No tardarían en llegar a Convent y dormirían hasta la hora de cenar. Comprarían un poco de carne en lata en la tienda para comérsela en el desván antes de dormirse de nuevo. Y entonces, antes del alba, la campana los despertaría de nuevo. El farol al otro lado de la ventana.

Un repique, un anuncio metálico, despertó a Caleb en mitad de la noche. Sin embargo, no era la campana que esperaba. Miró por la ventana y no vio más que oscuridad. Detrás de él, envuelto en capas de penumbra, Prentiss estaba sentado sin camisa en la única silla del desván, inclinado hacia delante, con la navaja en la mano y el cuenco en el suelo.

—¿Prentiss?

Prentis estiró el brazo hacia el suelo y se levantó con la manta en la mano. La dobló hasta que tuvo el tamaño de un trapo, abrió la ventana y entró un torrente de frío.

—¿Qué haces?

Desdobló la manta, le dio una sacudida, cerró la ventana y se giró hacia la cama de Caleb. Incluso a oscuras, se le veía el rostro desnudo. Volvió a la silla, al cuenco del suelo.

—Un poco tarde para afeitarse —dijo Caleb.

Prentiss se acercó a él con pasos ligeros, y Caleb se sentó en la cama. De pie a su lado, con las vigas del bajo techo pegadas a la cabeza, Prentiss parecía mucho más alto. Le tendió la mano.

—¿Qué me dices…? —empezó a decir—. ¿Qué me dices si te propongo que nos larguemos de aquí?

Se le quitó el sueño de golpe. No tenía que contestar para que Prentiss supiese la respuesta. Caleb se levantó y buscó sus pertenencias a tientas debajo de la cama. Tenía muy poco que empaquetar. La navaja. La camisa que había comprado en la tienda y la poca ropa que tenía. El último tarro de melocotones en conserva de su madre, que había guardado sin abrir y no se había comido, aunque fuese solo para acordarse de ella.

—Nunca te ha gustado andar por el bosque de noche —dijo Caleb—. Podemos esperar a que se haga de día.

—No quiero oír la campana. Ni un día más. Quiero irme.

Prentiss ya tenía la ropa lista en la cama. Caleb se dio cuenta de que ya llevaba tiempo preparado. Al menos durante esa noche.

—Tampoco tenemos que ir por el bosque —contestó Prentiss—. Nadie nos busca. Iremos por la carretera. Cuando salga el sol, estaremos a dos pueblos de aquí.

—Podemos coger un tren. En nada estaremos en el norte.

Debajo de la cama, junto a los melocotones de su madre, era donde Caleb guardaba el rollo de papel que la señora Benson le había dado. Había querido usarlo, pero no lo había hecho durante todos esos meses porque se había convencido de que esa vida, el trabajo agotador, el desván gélido, no era lo que su madre querría oír. Pero lo había guardado debajo de la cama sabiendo que llegaría un día en el que se pondría a escribir. Tenía que ser en las circunstancias adecuadas. De eso estaba convencido. Redactaría la carta desde una mesa, su propia mesa, en una vivienda soleada que no fuese propiedad de ningún desconocido. Un lugar seguro, hermoso y tranquilo. Un lugar donde se sentiría liberado. Un lugar desde donde merecería la pena escribir a casa. No tardaría en llegar, lo sabía. Estaba lejos de Convent. Muy lejos de Old Ox.

Capítulo 30

El rocío cubría casi todo el suelo y una niebla lúgubre se cernía sobre Isabelle mientras andaba por la carretera Stage. Por la mañana le había dejado el burro a Elliot. Tan entrado el invierno, los cultivos no la necesitaban y no tenía ganas de ayudar a los demás con sus huertos. Ese día no.

Durante esos últimos meses los árboles seguían pelados tras el incendio y hasta cierta distancia había una claridad sorprendente, pues la nueva desnudez del bosque traicionaba su anterior grandeza y misterio. No se veía ni un conejo, ni un solo zorro. Nada más que una quietud interminable. Y así sería gran parte de esa zona durante un tiempo, pensó, pues no había más medios para cambiarla que esperar a que llegase otra estación, otro año.

En las tierras de Ted Morton las cosas no habían ido mejor, e Isabelle vaciló a las puertas de su propiedad. La fuente estaba donde siempre, justo delante de la carretera. Ya no funcionaba y la base estaba cubierta de óxido. Los querubines de arriba seguían posando, tirando flechas y señalándose con expresiones sensibleras y adoración. En la cima había una diosa esbelta pero musculosa que sujetaba un jarrón de donde antes manaba agua; miraba hacia arriba con sorpresa, pero ahora lo único que contemplaba era el cielo, y su expresión había adoptado un matiz lastimero, como si rezase desesperada por que el chorro apareciese de nuevo.

La finca de Morton había quedado tan desfigurada por el incendio que casi no quedaban ni arbustos. La mansión se había convertido en un esqueleto chamuscado de su versión anterior. Ni siquiera los pilares de piedra habían aguantado: el calor los había agrietado, y tras la caída del primero, había seguido la veranda del primer piso, que se había derrumbado de modo que la entrada había quedado oculta tras una montaña de piedra y escombros. La familia se las había apañado para sobrevivir, aunque todos los muebles, por no hablar de las tierras, habían sido pasto de las llamas. Lo único que quedaba de la casa eran los cimientos: una ausencia tan extraña que a Isabelle le había dado escalofríos la primera vez que la había visto unos meses antes. Pero para entonces allí trabajaba una gran cantidad de negros y la planta baja había sido reconstruida con intención de imitar el diseño original. Había enormes pilas de vigas de madera y unos cuantos hombres pasaron por delante de Isabelle con carretillas llenas de piedras. Una cuadrilla de mujeres embarradas y descalzas cargaba con pequeños fardos de ladrillos y los amontonaba delante de la casa.

Isabelle avistó por fin a Ted junto al camino que conducía a la parte trasera de la propiedad, ocioso junto a su hijo, mirando unos documentos y fumando una pipa. A medida que Isabelle se acercaba, el pliego de papeles fue bajando, y cuando llegó, Ted se los entregó a su hijo.

—Ve a buscar a Gail y dile lo que hemos hablado —le pidió Ted—. Si tiene que ir al aserradero una vez más, que vaya.

El chico echó a correr con cara de estar contento con el recado. Ted la observó con reticencia y le dio una buena chupada a la pipa, hasta que se le hundieron las mejillas y le salió humo por las comisuras. Tenía los tirantes colgando de la cintura. Se le había acumulado el polvo en las fisuras de la cara, en el hoyuelo de la barbilla, en las arrugas de la frente, como si alguien acabase de desenrollarle delante de la cara una alfombra vieja que llevase mucho tiempo almacenada.

—Hola, Ted —le saludó Isabelle.

—Veo que has entrado en mi propiedad por ti misma —dijo Ted.

—No quiero causar molestias.

—En cuanto me hayas dicho qué haces aquí, yo mismo juzgaré eso.

Ted tenía una arruga en el pantalón a la altura del muslo, un pliegue pequeño por donde lo había agarrado su hijo. Isabelle vio que el niño se marchaba corriendo y miró a Ted.

—No vengo con malas intenciones —anunció—. Vengo con una propuesta. ¿Me harías el favor de dar un pequeño paseo conmigo? No tardaremos.

—No sé qué pensará mi esposa de que vaya a pasear con otra mujer.

—¿Está aquí? —Isabelle miró a su alrededor—. ¿O tienes miedo de que te supervise desde lejos?

La boquilla de la pipa de Ted era una pluma fina de oca por donde pasaba el humo; le entraba en la boca mientras sopesaba lo que Isabelle había dicho. Exhaló una vez más y dijo:

—Sabiendo lo que pienso de tu familia, dudo de que se preocupase mucho.

—Mucho mejor.

Isabelle echó a andar por el camino hacia la carretera Stage, y Ted la siguió un par de pasos por detrás.

—Confío en que esté bien.

—Está en Savannah con mi hermana mientras reconstruimos la casa.

—Debe de ser difícil.

—No es de las que se quejan. Además, hubo bastantes que fueron para allá después del incendio. Tienen un pequeño círculo social, se hacen compañía. El hijo de los Webler tiene alguna propiedad allí. He oído que se las ha prestado a algunos a buen precio.

Isabelle decidió que el silencio era la mejor respuesta.

—Según dicen —continuó Ted—, hoy en día es casi un ermitaño. Vive con discreción, cobra el dinero y no se relaciona con nadie. Casi no dice ni mu. Imagino que debía de ser uno de los jóvenes más populares del pueblo. Nadie había dicho ni una palabra en contra de él. Y que su esposa haya acabado como acabó… Después de todo lo que tu chico le hizo pasar. Bueno, espero que Dios le dé paz.

Tiempo atrás, comentarios como ese la habrían herido profundamente, pero Isabelle había desarrollado resistencia a esos ataques, a las miradas que le echaban por el pueblo y a los que hablaban a sus espaldas. Un vacío en algún lugar de su interior donde ella almacenaba esa maldad, la dejaba morir y después la soltaba al aire para que se marchase flotando para siempre. Lo notaba en algún lugar cerca del corazón, un compartimento en lo más hondo; se palpó el sitio con la mano, la dejó allí un momento y luego la rabia amainó y le cerró la puerta a la crueldad que emanaban las palabras de su vecino.

—Pensaba que no eras tan chismoso, Ted. Eso déjaselo a las que van por ahí cotorreando por los salones, ¿no te parece? Centrémonos en los asuntos importantes.

Ted enarcó una ceja y no se dio por amonestado.

—¿Y qué asunto de importancia me traes?

Habían llegado a la fuente; Isabelle se detuvo y tocó la base.

—La fuente —dijo—. Quiero comprártela.

Ted no se lo tomó como una petición extraña y, sin embargo, puso reparos.

—La hice fabricar para mi mujer.

—Estoy segura de que el dinero os será útil en tiempos duros como estos.

—Dejó de funcionar hace tiempo.

—Bueno, cuando sea mía, eso no será asunto tuyo.

—¿Para qué quieres la maldita fuente?

Alzó las manos con exasperación y los tirantes del peto se agitaron mientras gesticulaba.

—La gente me dice que desde el incendio te has vuelto más loca que George y, por el amor de Dios, esto encaja con lo que me dicen. Vienes hasta aquí por una fuente que está rota. Pues no está en venta. Y si lo estuviera, no recurriría a ti.

Isabelle miró a Ted y después detrás de él. Se preguntó cómo era posible que Landry viese la fuente desde el campo. Sabía dónde estaba la casa, dónde se ubicaban las filas de plantas de algodón que él recogía. Sin embargo, no lograba determinar cómo era posible que alguien alcanzase a verla desde esa distancia, puesto que incluso las hileras más cercanas a los laterales del Palacio de Su Majestad estaban a cierta distancia, y las de atrás, aún más lejos. De todos modos, si la veía, quizá la fuente que él imaginaba, la fuente que tenía en la cabeza, fuese una que él mismo había ideado durante los largos días de trabajo y almacenado en su mente, una posesión suya y de nadie más. Sí, tal vez la de Ted fuese una mera sustituta. Un recambio llamativo y barato.

—¿Me permites que te pregunte quién la construyó? —dijo Isabelle.

Ted montó en cólera.

—¡Ay! No me hagas hablar… —exclamó—. Tenía un negro que mandé al pueblo a aprender a trabajar la piedra y ¿qué hizo él? Pues cogió sus cosas y se marchó a la primera de cambio. Y ahora he contratado a un mampostero del pueblo que no vale ni la mitad que ese chico, pero quiere cobrar el doble que un trabajador normal por hacer un cuarto del trabajo. ¿Qué te parece? Sé que no debería estar hablando de negocios con una mujer, pero me cuesta creer lo que ese chico…

—Eso está muy bien, Ted.

Las brasas de la pipa se habían apagado. Ted le dio la vuelta para vaciar el tabaco y le dio un golpe en la base con la mano. Pensaba en algo. Tardó un momento en encontrar las palabras.

—¿Sabes? —susurró—. Yo no tuve nada que ver con ese fuego. Gail tampoco. Wade hizo un llamamiento, pero no respondimos. No, nosotros no.

Isabelle ya había vivido esa noche una vez. No había ni una sola parte de ella que quisiera revivirla.

—Eso ya está pasado, supongo.

—Supongo que sí. Yo sabía que no cambiaría nada. Me pareció una tontería, la verdad. La vida sigue. Esos yanquis con sus uniformes y sus espaditas no se quedarán aquí para siempre. Volverán a sus casas. Y los negros seguirán trabajando como a nosotros nos parezca. Y ese lío que tienes montado en tu propiedad, bueno, la gente también pondrá fin a eso. Igual que ha sido siempre. Tenemos maneras de hacer las cosas. Maneras que no hacía falta arreglar.

Ella lo miró a la cara una vez más: curtida por el tiempo, marcada y picada por los elementos.

—Ted —dijo ella, y se sacó un poco de suciedad de debajo de una uña—. Acabemos con esto aquí y ahora.

Él se sorbió una flema y asintió con la cabeza, aunque más bien pareció que estiraba el cuello, que investigaba con meticulosidad lo que tenía delante. Ese ser. Esa mujer.

—Yo sigo con lo mío —dijo él.

—Y yo haré lo mismo. Mándale recuerdos a tu esposa.

La carretera volvía a estar desierta cuando Isabelle regresaba a casa. Se acordó de Ezra, por curioso que pareciese, y de la última vez que lo había visto, antes de que se fuese a visitar a sus hijos. «Un derroche. Un despilfarro total.» Eso había dicho de su plan: de los cultivos, de la causa, tal como lo consideraba ella; y lo único que había podido hacer era mirarlo y confesar que tal vez tuviese razón, pero que si su vida iba a quedarse estancada o empezar el descenso hacia el inevitable acto final, pensaba enorgullecerse de saber que las tierras de George, que ahora eran sus tierras, continuarían prosperando después de que ella ya no estuviese. Otros seguirían en lugar de ella. Y estaba bastante convencida de que, a pesar de todo lo que decía, alguien tan necio como Ted Morton no haría nada para impedírselo.

Cuando subía por el camino hacia la cabaña, estaba envuelta en la niebla turbia de las tardes invernales; la uve invertida del tejado era como una bandera que anunciaba que había llegado a salvo. El carruaje de Mildred estaba en la rotonda. El humo de la chimenea desaparecía entre la niebla en cuanto emergía. Un hombre encorvado salía del establo con el sombrero ladeado sobre la cabeza, caminaba sin hacer ruido con las botas. Era Elliot, que había devuelto a Ridley. Quizá hubiera llamado a la puerta y Mildred le hubiera dicho que Isabelle estaba fuera, o quizá él no había querido molestar. Se bamboleaba a cada paso, e Isabelle pensó en lo mucho que se parecía a George, con la articulación rozando el hueso, el hueso rozando la articulación, la dignidad solemne con la que ocultaba su fatiga. Una persona como Elliot había dado miles de pasos más en la vida de los que ella podría llegar a dar. Si cada persona tuviera unos pasos asignados antes de rendirse al tiempo, a él se le agotarían mucho antes que a ella. Eso no tenía nada de bueno. Pero era así. No tardó en desaparecer entre la niebla como el humo, en reunirse con su familia, sus cultivos, su día.

Pensó en Caleb, en la crueldad de su ausencia. En que, cuando era niño, en días como ese, plagados de silencio, se acurrucaban en el sofá y suspendían todas las actividades del día para disfrutar de la compañía del otro. No tardaban en hacer café y la casa encontraba el calor como si ellos mismos lo creasen con las palabras que compartían, con las risas, y el día tocaba a su fin sin que ninguno de los dos se diese cuenta. El hecho de que su único hijo estuviese en alguna parte que ella no conocía, en algún lugar perdido, era para ella un grandísimo fracaso. Un fracaso que ninguna madre era capaz de superar. Daba igual cuánto propósito y cuánto significado le ofreciese el mundo.

Quizá lo único que la salvaba era la carta que por fin él le había escrito. Llegaba con meses de retraso según su estimación; y, cómo no, era mucho más corta de lo que ella hubiese querido, pero al menos había cumplido su palabra. Se había sentado a escribirle a su madre y, con ese gesto, le había hecho el mayor regalo que ella podría haber pedido. Había leído la nota tantas veces, la había inspeccionado con tanta atención, que le preocupaba la posibilidad de que el papel se le hiciera pedazos. Aun así, aun leyendo todas las frases con muchísima atención, todas las palabras, la carta no le revelaba la información que ella más deseaba saber. Habían llegado a una ciudad del norte, pero Caleb no desvelaba el nombre para evitar que las autoridades se enterasen de dónde estaban ubicados Prentiss y él (muy típico de Caleb imaginar que el sheriff aún estaba ansioso por interceptar el correo a fin de castigarlo por un delito que todos habían olvidado). No había ni una mención sobre sus sentimientos, ninguna referencia a si era feliz. Pero sus días tenían cierta rutina, le había escrito, cierta gratificación. Tenían dinero para alimentarse, para vestirse.

Los pocos detalles que le daba la habían dejado con ganas de más. Prentiss olía a pescado todos los días porque trabajaba en los muelles cargando barcos (¿qué muelles?, ¿qué cargaba?), y varias noches a la semana aprendía a leer y a escribir en una parroquia donde ayudaban a muchos otros libertos ansiosos por devorar conocimientos tras toda una vida en que eso se les había negado. Caleb, mientras tanto, seguía a su aire y había encontrado un trabajo muy adecuado para él. Todas las noches se lavaba durante un tiempo sorprendente, ya que las manchas de tinta del taller eran imposibles de quitar (¿de qué taller se trataba?, ¿hacía algo que se le daba bien?). Sin más información que esa, Isabelle se ponía a pensar en George, en las manchas que le dejaba en el vestido cuando traía las manos negras de los nogales después de un paseo por el bosque. ¿Qué no haría por abrazar a su hijo, por estrecharlo entre los brazos, por tener la oportunidad de hablarle de lo valiente que había sido su padre y de que ya no estaba con ellos? Había muchas preguntas sin responder y les había quedado mucho sin decir. Pero estaban vivos. Hasta que él volviese a escribirle, seguiría preocupándose a la manera de las madres, pero al menos lo haría sabiendo que él estaba en alguna parte, sano y salvo, arreglándoselas.

Al final, solo las distracciones la salvaban, y simplemente de forma temporal. En el granero pasó la mano por los tablones astillados y regresó hacia la cabaña. Podían erigirla allí, pensó. Delante del granero. Podía contratar a alguien del pueblo. Un liberto. Un mampostero de verdad que le construyese la fuente. Sería al mismo tiempo más magnífica y menos extravagante que la de Ted. Sin querubines ni diosas. Pero con una nota conmemorativa en la parte delantera para honrar la memoria de un hombre que había merecido tener su propia fuente en vida. Por fin la tendría.

—¿Adónde has ido? —le preguntó Mildred de pie en la puerta, con las mejillas sonrosadas del fuego.

Isabelle no quería decírselo, puesto que sabía que la historia se desenmarañaría deprisa y se le notaría lo emocionada que estaba con la fuente, lo que resultaría en críticas por parte de Mildred, abundando más que nada en la idea de que Isabelle tenía la cabeza llena de ellas pero que no se le daba tan bien ejecutarlas. En ese momento quería disfrutar de la paz que sentía en su imaginación, de los pensamientos sobre lo que estaba por venir.

—Mildred —dijo con incertidumbre en la voz—, esto es vida, ¿verdad?

Mildred la miró confundida, agarrando la puerta con la mano como si al apretarla fuese a recibir la respuesta que Isabelle buscaba.

—Supongo que sí —respondió al final—. Si te sirve de algo.

—Así es. Me sirve.

—¿No vas a entrar?

—Sí, enseguida —contestó Isabelle—. Déjame sola un momento.

Mildred tenía cara de querer salir y cogerla en brazos para llevarla al interior, pero cedió.

—No tardes mucho —dijo, y cerró la puerta.

Isabelle continuó pensando. La fuente iría en el centro de la rotonda, decidió entonces. Todos los que llegasen la verían antes que nada, antes que la cabaña, antes que el granero. Y no dejaría de funcionar. Eso era importante. Que manase sin cesar hiciera el tiempo que hiciese, en todas las estaciones, y que perdurase. Ese sueño la tuvo tan cautivada durante tanto rato que se sorprendió al ver que la luz del día se le escapaba y los pensamientos la seguían hacia la noche, cuando Mildred ya se había ido a casa, y la sepultaban mientras estaba sentada en el salón, mirando la oscuridad por la ventana, mirando hacia el bosque, viajando más lejos que nunca con su imaginación.

Se le ocurrió tomar un poco de brandi, un lujo que casi nunca se permitía. Bebió y pensó en George, pues ¿no había dicho él hacía mucho que el bosque estaba lleno de magia, de bestias extrañas y de grandes misterios? Pensó en las cosas que no se veían, en sombras que correteaban por el paisaje y se materializaban en otra cosa: en George y en Landry enmarañados en el entorno, parte integral de las hojas acanaladas de los nogales; los susurros de su aliento cabalgaban a lomos del viento que azotaba la cabaña en las noches largas.

O quizá fuesen Caleb y Prentiss los que apareciesen de las profundidades ocultas del bosque, dos figuras vagando entre los árboles como si salieran de la nada y volviesen de un viaje que, con el tiempo, los había devuelto a casa. Se deleitaba con la idea de que observasen la granja de nuevo, las parcelas donde bullía la vida; y entonces, en ese momento, se detendrían ante la fuente, sorprendidos de que semejante belleza hubiese arraigado en su ausencia, de que el agua manase hacia el cielo, para siempre, hacia lugares desconocidos.

Todo aquello no eran más que invenciones, cómo no, e Isabelle vivía sabiendo perfectamente que nada de eso le había sido prometido. Podía desear más, pero hacía mucho que había aprendido a vivir solo con lo que sucedía. A veces, solo a veces, la esperanza le bastaba.

AGRADECIMIENTOS

A los que siempre les estaré agradecido por estar en mi bando:
Emily; Ben; Lena; Bret; Elizabeth; Jason; Mason; Jony; Stevie; Sara; Sarah B. C.; Jane; Billy y Holly; el Centro Michener; Evan y Michael; todos los de Little, Brown; Susan; Aaron; Adam; Jacob.

A mi madre y mi padre. Por todo.